JEANETTE GREY

Seven Nights

W0205801

Zum Buch

Auf der Suche nach Inspiration reist die zweiundzwanzigjährige Kunststudentin Kate nach Paris. Hier will sie durch die Museen streifen und sich in den strahlenden Lichtern der Metropole verlieren. Doch die Stadt der Liebe hat andere Pläne für die New Yorkerin: Sie trifft auf Rylan, einen gut aussehenden Fremden, der sie sofort in seinen Bann zieht. Von ihm lässt sich Kate bei Tag Paris zeigen und bei Nacht in eine ihr bisher unbekannte Welt der Leidenschaft entführen. Hals über Kopf stürzt sie sich in ein prickelndes, erotisches Abenteuer und verfällt Rylan – obwohl sie nach einer großen Enttäuschung nicht mehr an die Liebe glaubt. Auch Rylan ist fasziniert von der klugen, humorvollen Kate. Zum ersten Mal in seinem Leben verspürt er ernsthafte Gefühle für eine Frau und ist fest entschlossen, Kates Herz zu erobern. Doch um ihr Vertrauen zu gewinnen, muss er ehrlich sein. Und Kate sagen, wer er wirklich ist – auch wenn sein Geheimnis alles zwischen ihnen zerstören könnte ...

Zur Autorin

Jeanette Grey hat Physik und Kunst studiert und arbeitete zunächst als Lehrerin und in der Werbebranche. Wenn sie nicht ihrer größten Leidenschaft, dem Schreiben, nachgeht, töpfert sie und verbringt Zeit mit ihrem Mann und ihrem Haustier: einem Frosch. *Seven Nights. Paris* ist der erste Band ihrer neuen Erotikserie im Diana Verlag. Jeanette Grey lebt, liebt und schreibt im Staat New York.

JEANETTE GREY

Seven Nights

PARIS

Roman

Aus dem Amerikanischen
von Charlotte Seydel

DIANA

Der Verlag weist ausdrücklich darauf hin, dass im Text enthaltene externe Links vom Verlag nur bis zum Zeitpunkt der Buchveröffentlichung eingesehen werden konnten. Auf spätere Veränderungen hat der Verlag keinerlei Einfluss. Eine Haftung des Verlags ist daher ausgeschlossen.

FSC
www.fsc.org
MIX
Papier aus verantwortungsvollen Quellen
FSC® C014496

Verlagsgruppe Random House FSC® N001967

Deutsche Erstausgabe 10/2017
Copyright © 2015 by Jeanette Grey
Die Originalausgabe erschien 2015 unter dem Titel
Seven Nights to Surrender bei Forever,
Hachette Book Group, New York
Copyright © der deutschsprachigen Ausgabe 2017
by Diana Verlag, München,
in der Verlagsgruppe Random House GmbH,
Neumarkter Straße 28, 81673 München
Redaktion: Dr. Katja Bendels
Umschlaggestaltung: t.mutzenbach design, München
Covermotiv: © Solei/Shutterstock
Satz: Leingärtner, Nabburg
Druck und Bindung: GGP Media GmbH, Pößneck
Alle Rechte vorbehalten
Printed in Germany
ISBN 978-3-453-42201-8

www.diana-verlag.de
Besuchen Sie uns auch auf www.herzenszeilen.de
Dieses Buch ist auch als E-Book lieferbar

KAPITEL 1

Wie hübsch die Worte in ihrer Vorstellung klangen. Es war geradezu lächerlich, verglichen mit den Lauten, die herauskamen, sobald Kate den Mund aufmachte und sie laut aussprach.

Mit Daumen und Zeigefinger knetete sie nervös den Riemen ihrer Tasche, hielt den Blick starr auf die Frau hinter der Kasse gerichtet und wiederholte immer wieder in Gedanken: *Un café au lait, s'il vous plaît.* Einen Milchkaffee, bitte. Kein Problem. Das hatte sie drauf. Die Person vor ihr in der Schlange trat an den Schalter. Kate nickte sich selbst bestätigend zu, straffte die Schultern und lächelte möglichst selbstbewusst.

Gerade in dem Moment, als sie an der Reihe war, wurde sie plötzlich so heftig von der Seite angerempelt, dass ihr förmlich die Luft wegblieb.

Fluchend fuchtelte sie mit dem Arm, um das Gleichgewicht wiederzuerlangen. Ein pickeliger Teenager murmelte etwas vor sich hin, was nach einer ausgiebigen Entschuldigung klang, doch ihrem spärlichen Schulfranzösisch nach zu urteilen könnte er sie ebenso gut beschuldigt haben, *ihn* angerempelt zu haben. Kate entschied sich, einfach an die Variante mit der Entschuldigung zu glauben.

Verlegen wedelte sie mit den Händen, um dem Jungen zu signalisieren, dass alles in Ordnung war. Als er erneut auf sie einredete, blickte sie sich um. Hinter ihr stand ein erschreckend gut aussehender Mann mit dunklem Haar und einem Kinn, bei dem frau sich förmlich danach sehnte, es zu malen. Er überflog mit demonstrativem Desinteresse eine französische Tageszeitung und legte ungeduldig die Stirn in Falten. Die übrigen Leute in der Schlange machten ähnliche Gesichter.

Kate wandte sich ab und zeigte dem Jungen nach bester New Yorker Art die kalte Schulter. Wenigstens schien die Frau hinter der Kasse es nicht eilig zu haben. Kate stieß ein schnelles »Désolé« – *tut mir leid* – hervor und legte die Hände auf den Tresen. Sie konnte das. Sie lächelte erneut, während sie sich darauf konzentrierte, die einstudierten Worte auf ihre Lippen zu befördern. »Un café au lait, s'il vous plaît.«

Nein, es hatte nicht annähernd so hübsch geklungen wie in ihrer Vorstellung. Sie hielt den Atem an, doch die Frau nickte einfach, tippte die Bestellung ein und gab sie an das Mädchen an der Espressomaschine weiter. Dann verkündete sie auf Französisch den Betrag, den Kate zu zahlen hatte.

Ja! Sie konnte sich gerade noch zurückhalten, eine Siegerfaust in die Luft zu stoßen. Seit zwei Tagen streifte sie nun durch Paris, und egal wie intensiv sie die Sätze vorher eingeübt hatte – Kellner, Kellnerinnen und Ladenbesitzer antworteten ihr, kaum dass sie den Mund aufmachte, sofort auf Englisch und entlarvten sie damit gnadenlos als Amerikanerin.

Wahrscheinlich wollte die Kassiererin sich nur über sie

lustig machen, doch Kate ergriff die Gelegenheit und setzte alle Rädchen in ihrem Hirn in Bewegung. Wie ihr Lehrer auf der Highschool es ihr beigebracht hatte, zählte sie im Kopf die Zahlen durch, bis sie jede Ziffer übersetzt hatte. Drei Euro fünfundachtzig. Triumphierend griff sie nach der Tasche an ihrer Hüfte.

Und griff ins Leere.

O nein. Entsetzt tastete sie über Schulter und Taille und blickte panisch um sich. Die Tasche war weg.

Sie stöhnte laut auf. Wie viele Leute hatten sie genau hiervor gewarnt? In Paris wimmelte es von Taschendieben. Das hatten ihr nicht nur ihre Mutter und Aaron, sondern sogar der Kerl im Reisebüro erzählt. Ein gereiztes Lachen löste sich aus ihrer Kehle. Durch ihren Kopf hallte die Stimme ihres Vaters, der sie anschrie, sie solle doch um Himmels willen besser aufpassen. Mist. Es war nur ... Sie könnte schwören, dass sie die Tasche vor einer Sekunde noch gehabt hatte. Kurz bevor der Junge sie angerempelt ...

Ein Frösteln überlief sie. Natürlich. Der Junge.

Tränen brannten in ihren Augen. Sie hatte keine Ahnung, wie sie all das auf Französisch erklären sollte. In der vergeblichen Hoffnung, ihre Handtasche würde wie durch Zauberei wieder auftauchen, tastete sie noch einmal an sich herum. Ihr Vorhaben, einen ruhigen Nachmittag in einem Café zu verbringen und zu zeichnen, wurde von einem Moment auf den anderen zunichtegemacht.

Hinzu kam, dass die Warnung vor Taschendieben nicht das Einzige gewesen war, das ihr von zu Hause auf die Reise mitgegeben worden war. Ausnahmslos alle, denen sie mitgeteilt hatte, sie wolle nach Paris reisen, um zu sich selbst zu finden und sich von der Stadt inspirieren zu lassen, hatten sie für verrückt erklärt. Das hier war ihre erste Auslandsreise, und sie verschlang fast ihre gesamten Ersparnisse. Zu allem Überfluss hatte Kate auch noch darauf bestanden, allein zu reisen. Wie sollte sie denn auch Kontakt zu ihrer inneren Muse aufnehmen können, wenn sie nicht etwas Zeit mit ihr allein verbrachte? Ohne jegliche Ablenkung. Umgeben von Kunst und Geschichte und von einer wundervollen Sprache, derer sie kaum mächtig war. Für Kate hatte sich das nach einer guten Idee angehört. Die perfekte Gelegenheit, ein paar grundlegende Entscheidungen zu treffen.

Aber vielleicht hatten die anderen ja doch recht gehabt.

Da sie hier in aller Öffentlichkeit nicht die Bauchtasche mit ihrem übrigen Bargeld unter dem T-Shirt hervorholen wollte, schrieb sie ihre Pläne für den heutigen Tag in den Wind. Sie würde einfach zum Hostel zurückgehen. Immerhin war sie noch im Besitz ihres Ausweises und des Großteils ihres Geldes. Sie würde sich ihr Budget einfach neu einteilen, und alles wäre wieder in Ordnung.

»Mademoiselle?«

Ihr noch ein wenig tränenverschwommener Blick sprang hoch. Und höher. Der gut aussehende Mann – der mit den dunklen, widerspenstigen Haaren und dem markanten Kinn – stand direkt vor ihr und berührte sie mit einer warmen Hand sanft am Ellenbogen. Ein elektrisierendes Kribbeln summte unter ihrer Haut. War er eben auch schon so groß gewesen? Und die Schultern auch schon so breit? Er trug ein schlichtes schwarzes Button-down-Hemd, doch Kate konnte den Blick nicht von dem Stoff über seiner Brust lösen, unter dem unzählige Muskeln zu erahnen waren.

Er zog die Brauen zusammen, und zwischen seinen strahlend blauen Augen erschienen zwei zarte Falten.

Kate schüttelte den Kopf, um sich von ihrer Benommenheit zu befreien, und räusperte sich. »Pardon?«, fragte sie und hob in dem – leider immer noch vergeblichen – Bemühen, französisch zu klingen, am Ende die Stimme.

Er lächelte, und sie hatte das Gefühl, jeden Augenblick in Ohnmacht zu fallen. In perfektem Englisch, das vielleicht ein kleines bisschen nach New York klang, fragte er: »Ist alles in Ordnung?«

Jedes Mal, wenn in den vergangenen Tagen jemand mit ihr Englisch gesprochen hatte, hatte sie sich geärgert. Jetzt hätte sie ihn dafür am liebsten geküsst, geradewegs auf seine vollen, weichen Lippen. Bei der Vorstellung errötete sie ein wenig. »Nein. Ich ...« Überflüssigerweise klopfte sie sich erneut auf die Seite. »Ich glaube, dieser Kerl hat mir meine Tasche geklaut.«

Seine Miene verfinsterte sich, doch er fing weder an, sie für ihre Unachtsamkeit zu tadeln, noch wandte er sich ab. »Das tut mir leid.«

Nun meldete sich die Frau hinter der Kasse wieder: »Möchten Sie Ihren Kaffee noch?«

Kate wollte gerade ablehnen, doch der Mann hatte bereits einen Zehneuroschein auf den Tresen gelegt und antwortete der Kassiererin mit einem Wortschwall auf Französisch. Die nahm das Geld, drückte ein halbes Dutzend Tasten, ließ einige Münzen in seine Hand fallen und sah dann den nächsten Kunden in der Schlange an.

»Ähm ...«, hob Kate an.

Der Mann löste erst jetzt die Hand von ihrem Ellenbogen, legte sie stattdessen auf ihren Rücken und führte Kate ans Ende des Verkaufstresens. Es war eine überaus intime Berührung. Sie hätte zurückzucken müssen, doch bevor sie sich dazu entschließen konnte, ließ er den Arm sinken und wandte sich ihr zu. Wo seine Hand gelegen hatte, spürte sie einen kalten Fleck.

Sie setzte ein paarmal an, ehe sie schließlich fragte: »Haben Sie jetzt gerade meinen Kaffee bezahlt?« Sie mochte schlecht in Französisch sein, aber sie war nicht auf den Kopf gefallen.

Er grinste schief zu ihr herunter. »Gern geschehen.«

»Das wäre aber wirklich nicht nötig gewesen.«

»Au contraire.« Er hob eine Braue. »Wenn man einen schlechten Tag hat, sollte man auf keinen Fall auch noch auf seinen Kaffee verzichten.«

Nun, da hatte er recht. »Ich habe noch etwas Geld. Ich kann es Ihnen zurückgeben.«

»Nicht nötig.«

»Doch, wirklich.« Sie warf ihre Vorbehalte bezüglich ihrer Ersatzbrieftasche über Bord und griff nach dem Saum ihres T-Shirts. Bevor sie jedoch ihren Geldgürtel hervorholen konnte, fasste er ihre Hände und hielt sie zurück.

Seine Augen wirkten jetzt dunkler, seine Fingerspitzen waren warm. »Ich halte eine schöne Frau zwar nur ungern davon ab, sich vor mir zu entkleiden, aber das ist wirklich nicht nötig.«

Wollte er etwa andeuten ...? Nein, das war unmöglich. Dennoch wallte unwillkürlich Empörung in ihr auf. Sie schob seine Hände weg und zog den Saum ihres

T-Shirts nach unten. »Mit einem Strip wollte ich Sie *nicht* bezahlen.«

»Schade. Aber wahrscheinlich ist es besser so«, fügte er in konspirativem Ton hinzu. »Was diese Dinge angeht, ist die Polizei hier zwar lockerer als in den Staaten, aber trotzdem. Es wäre ein wenig gewagt.«

Die Barista stellte zwei Tassen auf den Tresen und sagte etwas auf Französisch, jedoch zu schnell, als dass Kate es hätte verstehen können.

»Merci«, erwiderte der Mann, klemmte sich die Zeitung unter den Arm und nahm die beiden Tassen.

Aus irgendeinem Grund fühlte Kate sich bemüßigt, noch einmal zu betonen: »Das wäre wirklich nicht nötig gewesen.« Dann streckte sie die Hand nach der Tasse aus, die sie für ihre hielt.

»Natürlich nicht.« Er zog die Tassen an seine Brust, sodass sie nicht an sie herankam. Sein Bizeps wölbte sich. »Aber so hatte ich die Chance, Sie auf einen Kaffee einzuladen.«

Kate stutzte.

»Na, kommen Sie schon«, sagte er, steuerte auf einen leeren Tisch am Fenster zu und setzte sich.

Das war überhaupt nicht das, was sie für den heutigen Tag geplant hatte. Als er sich gesetzt hatte, sah sie, wie sich sein Profil von dem hereinfallenden Licht abhob. Wenn ihr nicht die Tasche abhandengekommen wäre, hätte sie jetzt zu gern ihr Skizzenbuch hervorgeholt und diese markanten Wangen festgehalten.

Während sie dastand und ihn anstarrte, fielen ihr schlagartig alle Warnungen ihrer Mutter wieder ein. Dieser Typ war zu glatt. Zu gewandt, zu gut aussehend. Über der gesamten Situation stand in fetten Lettern: *Keine gute Idee*. Nachdem ihr letzter Versuch, sich mit einem Mann einzulassen, katastrophal geendet hatte, sollte sie jetzt eigentlich klüger sein.

Doch Tatsache war, dass sie diesen Kaffee unbedingt wollte. Und vielleicht auch die Gelegenheit, im Geiste noch ein paar Studien von seinem Kinn anzufertigen. Das wäre gar nicht schwer. Sie müsste nur zu ihm gehen und gegenüber von ihm Platz nehmen. Nur dass ...

Nur dass sie so etwas normalerweise nicht machte.

Weshalb sie es vielleicht gerade jetzt tun sollte.

Nervös nestelte Kate an ihrem T-Shirt herum. Dann machte sie einen Schritt nach vorn. Sie war im Urlaub, Herrgott, und dieser Kerl lud sie ein. Sie hatte es verdient, einen Moment loszulassen. Sich vielleicht ausnahmsweise einmal zu amüsieren.

Also wirklich. Was sollte schon passieren, wenn sie sich ein bisschen mit einem Fremden unterhielt?

Rylan Bellamy verfügte über eine knappe, bewährte Liste von Regeln darüber, wie man eine Touristin abschleppte.

Erstens: Gib dich vertrauenswürdig und harmlos. Touristen rechneten ständig damit, ausgenutzt zu werden.

Zweitens: Mach kein Hehl aus deinen Absichten. Es blieb keine Zeit, lange herumzureden, wenn die Frau jeden Augenblick wieder abreisen konnte.

Drittens: Sorge dafür, dass sie stets weiß, dass sie die Wahl hat.

Er führte den Cappuccino an seine Lippen und blickte aus dem Fenster des Cafés. Eigentlich hatte er gar nicht vorgehabt, der Frau vor ihm in der Schlange einen Kaffee zu spendieren oder sie abzuschleppen. Und ganz bestimmt hatte er sich nicht plötzlich doch in den Wirtschaftsteil der *Le Monde* vertiefen wollen, sodass er nicht mitbekommen hatte, wie man ihr direkt vor seiner Nase die Handtasche geklaut hatte. Doch die ganze Geschichte hatte ihm jede Menge Möglichkeiten eröffnet.

Vertrauenswürdig? Einzuschreiten, als sie aussah, als würde sie gleich in Tränen ausbrechen, schien ihm ein guter Anfang zu sein. Dass er ihr sowohl auf Englisch als auch auf Französisch zur Seite gesprungen war, sprach ebenfalls für ihn. Dass er anschließend ihren Kaffee bezahlt hatte, war selbstverständlich gewesen.

Kein Hehl aus seinen Absichten machen? Daran arbeitete er noch, aber bisher war er nicht zurückhaltend gewesen. Schließlich hatte er sie bereits berührt. Sie hatte weiche Haut und schöne, zarte Hände, deren Fingerspitzen mit Tinte bekleckst waren.

So wie sich die großen dunklen Augen wie Kleckse von ihrem hübschen blassen Gesicht abhoben. Und diese rosafarbenen Lippen.

Er veränderte seine Haltung und schaffte es, dem Impuls, zu ihr hinüberzublicken, noch einen weiteren Moment zu widerstehen. Der dritte Teil, in dem es darum ging, ihr zu vermitteln, dass die Entscheidung bei ihr lag, war notwendig, konnte sich jedoch als frustrierende Erfahrung herausstellen. Wenn sie nicht freiwillig an seinen Tisch kam, würde sie auch niemals mit in seine Wohnung kommen oder gar in sein Bett. Er hatte den Handschuh fallen lassen – sie konnte ihn jetzt aufheben oder einfach gehen.

Sie stand immer noch am Tresen. Verflixt, er hoffte wirklich, dass sie nicht ging. Um cool zu wirken, beschloss er, bis dreißig zu zählen. Er setzte die Tasse zurück auf die Untertasse. Kurz fürchtete er, sie wäre vielleicht bereits gegangen. Aber nein. Er spürte, wie sie ihn durch den Raum hinweg beobachtete, ihn mit ihrem Blick durchbohrte.

Das gefiel ihm. Angesehen zu werden war ein schönes Gefühl. So wie gemustert, taxiert zu werden. Das machte ihre Entscheidung nur umso reizvoller, vorausgesetzt, sie entschied sich *für* ihn.

Bingo.

In dem Café war es zwar laut, aber seine Sinne waren auf sie konzentriert, sodass er sofort spürte, als sie auf ihn zukam. Bei dreizehn hörte er auf zu zählen und musterte sie, während sie zu ihm an den Tisch trat.

Wenn er noch Zweifel gehegt hätte, ob sie eine Touristin war, so hätten sich diese spätestens jetzt, bei genauerer Betrachtung, erledigt. Sie trug violette Converse, die geradezu *Amerikanerin* schrien, sowie einen dunklen Rock, der ihr bis zu den Knien reichte, und ein schlichtes graues T-Shirt mit einer kurzen Leinenjacke darüber. Keinen Schal oder Gürtel oder irgendein anderes der tausend Accessoires, die dieses Jahr bei der Pariser Damenwelt so beliebt waren. Ihr kastanienbraunes Haar hatte sie zu einem Knoten gedreht.

Hübsch. Amerikanisch. Verklemmt. Aber wirklich sehr, sehr hübsch.

»Ihr Kaffee wird kalt«, sagte er, reichte ihr die Tasse über den Tisch und schob mit dem Fuß einen Stuhl unter dem Tisch hervor.

Hundert scharfe Erwiderungen tanzten auf ihren Lippen, doch ihr Schweigen – sowie ihre keck gehobene Braue und ihr nachdenklicher Blick – sagten mehr. Sie setzte sich ihm gegenüber, schlug steif die Beine übereinander und hockte sich auf die Stuhlkante, als sei sie bereit, jeden Augenblick die Flucht zu ergreifen.

Normalerweise ließ er die Finger von scheuen Vögelchen. Sie bedeuteten zu viel Arbeit, wenn man bedachte, wie kurz sie in seinem Nest landeten. Doch mit diesem hier hatte er nun schon einmal begonnen, und etwas an ihrem Mund gefiel ihm. Und irgendwie mochte er ihre ganze Ausstrahlung – sie wirkte unschuldig und unerschrocken zugleich. Das war zumindest einen Kaffee wert.

Sie schob einen Finger durch den Henkel und tippte mit dem Daumen gegen die Tasse. Ihr Argwohn war unübersehbar.

»Ich habe nichts hineingemischt«, versicherte er ihr.

»Ich weiß. Ich habe Sie die ganze Zeit beobachtet.«

Dessen war er sich durchaus bewusst gewesen, vielen Dank. Nichtsdestotrotz schätzte er ihre Ehrlichkeit. »Warum zögern Sie dann? Er ist schon bezahlt. Wenn Sie ihn nicht trinken, trinkt ihn keiner.«

Sie schien einen Augenblick darüber nachzudenken, dann nahm sie den Zucker und schüttete mehr hinein, als gesund gewesen wäre. Sie rührte kurz um, nahm die Tasse und trank einen Schluck.

»Gut?«, fragte er. Seine Stimme sank unwillkürlich eine Tonlage tiefer, er konnte nichts dagegen tun. »Süß genug?«

»Ja.« Sie setzte die Tasse wieder ab. »Danke.«

»Gern geschehen.«

Sie schloss den Mund und klammerte sich noch stärker an die Tasse. Er ermahnte sich, Geduld zu haben, lehnte sich in seinem Stuhl zurück und legte die Ellenbogen auf die Armlehnen. Dann musterte er sie ausgiebig.

Ach, zum Teufel mit der Geduld. Wenn er nicht bald etwas sagte, würden sie noch den ganzen Tag hier sitzen. Er konzentrierte sich auf das, was er von ihr wusste, und deutete vage in ihre Richtung, um an die fehlende Tasche zu erinnern. »Sie könnten wegen des Diebstahls Anzeige erstatten.«

Sie schüttelte den Kopf und trommelte mit den Fingern gegen das Porzellan. »Das lohnt sich nicht. Immerhin war ich so schlau, nur dreißig oder vierzig Euro mitzunehmen. Und die Polizei wird kaum wegen ein paar Zeichenstiften und Heften ermitteln.«

»Nein, vermutlich nicht.«

Die Zeichenutensilien fügten sich ins Profil. Sie passten zu den Flecken an ihren Händen und dem durchdringenden Blick.

Er ließ einen Moment verstreichen. Da sie freiwillig nicht mehr von sich preisgab, musste er wohl etwas nachbohren. Ganz offensichtlich würde er den Großteil der Unterhaltung bestreiten müssen.

Nicht, dass ihm das etwas ausmachte. Er war jetzt seit einem Jahr in Paris und vermisste es, Englisch zu reden. Zwar sprach er hervorragend Französisch, aber es war eben nicht seine Muttersprache. Die Art, wie die Laute der Sprache, mit der man aufgewachsen war, sich um die Zunge schlangen, gaben einem sofort das Gefühl, zu Hause sein.

Zu Hause. Dieser Gedanke versetzte ihm einen Stich.

Er räusperte sich und konzentrierte sich wieder auf seine Charmeoffensive. »Sie sind also Künstlerin?«

»Könnte man so sagen.«

»Könnte man so sagen?«

»Ich habe gerade erst mein Studium abgeschlossen.«

»Herzlichen Glückwunsch.«

Sie schnaubte leise. »Jetzt muss ich entscheiden, wie es weitergeht.«

Ah. Diese Art der Flucht nach Europa kannte er. Sehr gut sogar. Und er wusste, wie sinnlos sie war.

Aber er erkannte ein Klischee, wenn er eines sah. »Dann sind Sie also hier, um *sich selbst zu finden*?«

»So ungefähr.« Etwas von ihrer Zurückhaltung fiel von ihr ab. Sie sah auf und begegnete seinem Blick. In ihren Augen lag eine gewisse Unsicherheit, als wartete sie auf seine Reaktion. »Klingt ziemlich albern, was?«

»Nun, ist zumindest ein romantischer Gedanke.« Er war noch nie ein großer Romantiker gewesen. »Wenn es funktionierte, würden einfach alle nach Prag ziehen, anstatt ihr Leben lang zum Therapeuten zu laufen. Was würden dann bloß die ganzen Seelenklempner machen?«

Sie verdrehte die Augen. »Nicht jeder kann es sich leisten, einfach nach Europa zu reisen.«

Ihre Bemerkung hatte nichts Heiteres. Er erinnerte sich daran, was sein Vater ihm beigebracht hatte, und konzentrierte sich auf die angespannten Gesichtsmuskeln um ihre Augen. Diese Reise war offenbar ein Luxus für sie. Gut möglich, dass sie jahrelang darauf gespart hatte.

Vermutlich war es besser, wenn er seine eigenen Vermögensverhältnisse nicht erwähnte. Im Geiste verlegte er ihr abendliches Rendezvous von seiner Bleibe in ihre. Das war sicherer.

»Das stimmt«, gab er zu. »Therapiestunden sind allerdings auch nicht gerade billig, und Reisen macht mehr Spaß.«

Das brachte ihm ein Lächeln ein. »Ich kann das nicht beurteilen, aber vermutlich schon.«

»Glauben Sie mir, es ist so.« Er nahm seinen Cappuccino und trank noch einen Schluck. »Und? Was haben Sie hier vor? Was haben Sie schon gesehen? Was möchten Sie unbedingt noch sehen?«

»Ich bin erst vor zwei Tagen angekommen. Gestern war ich im Musée Marmottan Monet.«

»Bezaubernd.« Und noch bezaubernder war es zu sehen, wie ihre Gesichtszüge sofort weicher wurden, als sie ihm davon erzählte.

»Heute Morgen bin ich hauptsächlich herumgelaufen. Dann wollte ich mich hierhersetzen und ein bisschen zeichnen.«

Sie zu fragen, ob sie ihm ihre Arbeit einmal zeigen würde, wäre eine gute Gelegenheit, seine Absichten deutlich zu machen. Es war allerdings unerträglich trivial. Er lächelte ironisch. »Sehr pariserisch.«

»Und dann ... ich weiß nicht. Der Louvre und das Musée d'Orsay natürlich.« Sie zog die Mundwinkel nach unten. »Alles andere hatte ich in meinem Reiseführer notiert.«

Ah. »Und ich vermute, den hat man Ihnen gerade geklaut?«

»Richtig.«

Ohne sie aus den Augen zu lassen, trank er seinen Cappuccino aus. In ihrer Tasse befand sich noch ein Kaffeerest, doch sie näherten sich dem Zeitpunkt der Entscheidung. Er hatte heute nichts weiter vor – eigentlich hatte er nie etwas vor. Nicht mehr, seit sein Leben zusammengebrochen war. Aber war er bereit, einen ganzen Nachmittag zu opfern, um sie herumzuführen?

Er versuchte, das Ganze analytisch zu betrachten. Obwohl sich ihre Haltung etwas gelockert hatte, wirkte sie noch immer ein wenig zugeknöpft. Angesichts ihres Alters war sie vermutlich keine Jungfrau mehr, aber er würde eine Menge Geld darauf verwetten, dass sie auch nicht weit davon entfernt war. Das entsprach nicht seinem üblichen Beuteschema. Er bevorzugte Mädchen, die wussten, was sie taten – und noch wichtiger: die wussten, was *er* tat. Wonach er suchte.

Dieses Mädchen ... Sie so weit zu bringen würde einige Arbeit erfordern. Sollte ihm das aber gelingen, sagte ihm sein Gefühl, dass es sich durchaus lohnen könnte. Sie war hübsch, und wenn sie lächelte, verwandelte sie sich in eine Schönheit.

Aber da war noch etwas anderes. Sie war romantisch und so voller Hoffnung, und wenn sie zeichnete und sich einbildete, Paris könnte ihr Leben verändern, musste sie ein sehr kreativer Mensch sein. Plötzlich interessierte ihn, was genau sie zeichnete und wie sie dabei aussah.

Immer wieder glitt sein Blick zu ihren Augen. Ihr Blick war die ganze Zeit, in der sie hier zusammengesessen hatten, umhergewandert, als würde sie alles in sich aufnehmen. Das Geschehen draußen vor dem Fenster, die Gesichter der Menschen im Café. Ihn. Das war faszinierend. *Sie* war faszinierend, sie faszinierte ihn auf eine Art, wie ihn schon lange keine Frau mehr fasziniert hatte.

Bei der Vorstellung, allein in seine Wohnung zurückzukehren, hätte er am liebsten laut geschrien.

Seine Entscheidung war gefallen. Er schob seinen Stuhl zurück und klatschte in die Hände. »Nun, worauf warten wir noch?«

»Wie bitte?«

»Reiseführer sind sowieso Mist. Vor allem, wenn man etwas Besseres haben kann.« Er stand auf und hielt ihr die Hand hin.

Ihre Miene wirkte skeptisch. »Und das wäre?«

Er schenkte ihr sein verführerischstes Grinsen. »Mich.«

KAPITEL 2

Kate blieb regungslos sitzen, als er ihr seine Hand anbot, um ihr aufzuhelfen. Sie gab sich alle Mühe, unbeeindruckt zu erscheinen, und hob fragend eine Braue. »Haben Sie mit dieser Masche normalerweise Erfolg?«

Der Kerl zog die Hand nicht zurück und schien auch sonst nicht von seiner Strategie abzuweichen, was Kate in gewisser Weise beeindruckte. »Ja, das habe ich tatsächlich.«

»Interessant.«

Die traurige Wahrheit war, dass sein Angebot, ihr die Stadt zu zeigen, mehr als verlockend klang. Die Aufmerksamkeit tat ihr gut, vor allem nachdem ihr Selbstwertgefühl im letzten Jahr ziemlich gelitten hatte. Ach was, in den letzten zweiundzwanzig Jahren. Außerdem war es sicher kein Nachteil, von jemandem herumgeführt zu werden, der fließend Französisch sprach. Und dass er so gut aussah, machte das Angebot nicht weniger verlockend.

»Bei Ihnen nicht?«, fragte er, während sie ihn prüfend musterte.

»Bislang noch nicht.«

Sein Lächeln wurde breiter. »Gut. Ich mag Frauen, die hart zu knacken sind.« Er richtete sich auf und streckte ergeben die Hände zur Seite. »Na, kommen Sie, was haben Sie schon zu verlieren?«

»Unter normalen Umständen würde ich sagen: meine Tasche. Aber die ist ja nun schon weg.«

»Na, sehen Sie? Das Risiko ist gering. Okay, Sie vertrauen mir nicht.« Das war leicht untertrieben. Vertraute sie überhaupt noch einem Mann auf dieser Welt? »Und ich nehme es Ihnen nicht übel. Ein umwerfend gut aussehender Mann spaziert in ein Café und spendiert Ihnen ungefragt einen Kaffee? Bietet an, Ihnen die Stadt zu zeigen? Ziemlich verdächtig.«

»Durchaus.«

»Gut. Sie haben gesagt, Sie wollen den Louvre besuchen? Gehen wir in den Louvre. Ich zeige Ihnen meine Lieblingsbilder, und wenn ich Sie bis zum Abendessen noch nicht umgebracht habe, gestatten Sie mir, dass ich Ihnen einen ganz besonderen Ort zeige. Einen Ort, der in keinem Reiseführer steht.«

Allmählich gingen ihr die Argumente aus. Das klang nach einem guten Plan. Sie würden sich an einem öffentlichen Ort aufhalten, und sie hatte Zeit, ihm noch ein bisschen auf den Zahn zu fühlen. Und wenn er sich nicht als Oberpsycho entpuppte, nun, jeder musste schließlich irgendwann etwas essen, oder?

Dennoch erhielt sie ihre skeptische Haltung aufrecht. Es gefiel ihr viel zu gut, wie er sich mühte, sie zu überzeugen. »Ich weiß ja noch nicht einmal, wie Sie heißen.«

Diese Grübchen, wenn er einen Mundwinkel nach oben zog ... Das war nicht fair. Erneut streckte er ihr die Hand entgegen und stellte sich vor: »Rylan. Sehr erfreut.«

Rylan. Das war ungewöhnlich. Es gefiel ihr.

»Kate«, erwiderte sie und legte ihre Hand in seine, da ihr kein überzeugendes Argument mehr einfiel, das dagegensprach. Seine warmen Finger schlossen sich um ihre, sein Daumen strich über ihre Hand, und – *oh,* dieser Casanova – er beugte sich vor, zog ihre Hand zu sich heran und gab ihr einen Handkuss.

»Bezaubernd.«

»Ach was.« Doch ihr Puls beschleunigte sich, und der Kuss fühlte sich an, als würde er eine heiße Spur bis zu ihrem Rückgrat hinterlassen.

Dieser Mann war gefährlich.

Er richtete sich auf, ohne jedoch ihre Hand loszulassen. Mit dem freien Arm zur Tür deutend fragte er: »Also?«

»Mhm«, machte sie und blickte zu ihm hoch, als stünde es noch zur Debatte, was sie tun würde. Seine blauen Augen funkelten, als wüsste er genau wie sie, dass ihre Entscheidung längst gefallen war.

»Nun.« Sie stand auf und fühlte sich größer als üblich. Stärker. Vielleicht lag es daran, dass ein Mann wie dieser ihr derart schmeichelte. Vielleicht aber auch daran, dass sie im Begriff war, eine so leichtsinnige Entscheidung zu treffen. Wie dem auch sei, es führte jedenfalls dazu, dass sie die Schultern straffte und ein wenig die Hüften schwang.

»Nun?«

»Gehen wir«, sagte sie.

Er ließ nicht von ihrer Hand ab. »Ich hatte gehofft, dass du das sagst, Kate.« Er drückte kurz ihre Finger und tat einen Schritt in Richtung Tür. »Widmen wir uns ein bisschen der Kunst.«

Von äußeren Zwängen einmal abgesehen, war sie nach Paris gekommen, um sich von der Schönheit dieser Stadt inspirieren zu lassen. Einer Schönheit, die sie in den Mauern eines berühmten Museums finden konnte. Ebenso wie in der geschwungenen Linie zwischen Schultern und Hals dieses Mannes. Letzteres hatte sie vielleicht nicht im Kopf gehabt, als sie sich auf den Weg nach Paris gemacht hatte, aber was war schon gegen eine kleine Planänderung einzuwenden?

Schließlich konnte man nicht zu sich selbst finden, ohne unterwegs ein paar Umwege zu machen.

Auf dem Weg zum Ausgang des Cafés entwand ihm das Mädchen – Kate – ihre Hand. Ein wenig enttäuschend, aber nicht weiter beunruhigend. Rylan griff an ihr vorbei, um ihr die Tür aufzuhalten, und schob sie hindurch, indem er sanft eine Hand auf ihren Rücken legte. Er folgte ihr auf den Bürgersteig hinaus und deutete die Straße hinunter. »Es ist nicht weit. Hast du Lust, ein Stück zu gehen?«

»Klar.«

Sehr gut. Um diese Jahreszeit erwachte Paris zum Leben, Bäume und Blumen standen in voller Blüte, der Himmel erstrahlte in leuchtendem Blau. Jetzt, da der Sommer vor der Tür stand, erschien selbst der Verkehr nicht ganz so erdrückend wie üblich. Der Touristenstrom verstopfte zwar die Bürgersteige, doch zumindest lächelten die Reisenden hin und wieder.

Auf dem Weg zum Museum ging sie neben ihm her. Wann immer das Gedränge zu groß wurde, nutzte er die Gelegenheit, eine Hand auf ihre Hüfte zu legen und sie zu sich heranzuziehen, wobei er die Finger einen Augenblick zu lange dort beließ. Sie passte perfekt an seine Seite.

Jedes Mal, wenn ihre Körper sich streiften, durchfuhr ihn ein erregendes Kribbeln, das in ihm das Verlangen weckte, sie dichter an sich zu ziehen.

Das Ganze schien sie zu amüsieren. Doch ihre geröteten Wangen ebenso wie die Tatsache, dass sie sich nicht gegen seine Berührungen wehrte, vereitelten ihr Bemühen, sich gänzlich unbeeindruckt zu geben.

Als sie an einer Ampel warten mussten, wich sie jedoch zurück und wandte sich zu ihm um. »Also. Rylan.«

Ein warmer Schauer rieselte über seinen Rücken. Wie wundervoll sein Name von ihren Lippen klang. Deutlich besser, als Theodore Rylan Bellamy III je geklungen hatte. Er hatte sich erst kürzlich von den letzten Bürden seines Vaters befreit, von seinem Namen allerdings schon vor Jahren. Dennoch musste er immer noch lächeln, wenn die Leute es einfach hinnahmen, dass er sich mit seinem zweiten Vornamen vorstellte. Seiner Familie hatte das nie gepasst.

Er ignorierte den Anflug von Ärger, den dieser Gedanke in ihm auslöste, sah seiner Begleiterin in die Augen und imitierte ihren Tonfall. »Kate.«

Sie musterte ihn von oben bis unten. »Erzähl mir etwas von dir.«

Natürlich. Das hier war schließlich kein offener Flirt. Er hatte sie gefragt, ob sie mit ihm ins Museum gehen würde, nicht ins Bett, verdammt. Und nun wollte sie sich mit ihm unterhalten. Ihn kennenlernen.

Schon allein bei der Vorstellung empfand er eine innere Leere.

Er schob die Hände in die Hosentaschen, verlagerte das Gewicht und ließ den Blick zwischen ihren Augen und dem vorbeifließenden Verkehr hin und her wandern. »Da gibt es nicht viel zu erzählen.« Lügner. »Ich bin ein gelangweilter Ausländer, der sich eine Weile in Paris rumdrückt und skrupellos einsamen Touristinnen die Stadt zeigt, um im Gegenzug ihre Gesellschaft zu genießen.«

»Wie kommst du darauf, dass ich einsam bin?«

Schulterzuckend legte er ihr erneut eine Hand auf den Rücken, als die Ampel auf Grün umsprang. Während sie die Straße überquerten, spürte er durch ihre Jacke hindurch ihre Körperwärme. »Du wirkst so.«

»Ich könnte mit einer ganzen Horde von Freunden hier sein oder mit meiner Familie. Meinem ...«, sie hielt den Atem an, »... Freund.«

Dahinter verbarg sich eine Geschichte, eine schmerzhafte Erfahrung. Er war versucht nachzubohren, dem auf den Grund zu gehen.

Doch wenn er in ihrem Schmerz herumgrub, hatte sie das Recht, dasselbe bei ihm zu tun.

Er zögerte einen Moment, dann entgegnete er unbekümmert: »Ah. Aber dann wärst du doch mit einem von denen unterwegs, stattdessen bist du mit mir hier.«

Dem widersprach sie nicht, doch als sie den Bürgersteig auf der anderen Seite erreichten, rückte sie etwas von ihm ab. Dann wechselte sie das Thema: »Wie lange – wie hast du das genannt – drückst du dich schon in Paris rum?«

»Seit ungefähr einem Jahr. Wenn es mir zu langweilig wird, treibt es mich von Zeit zu Zeit woandershin, aber man kann es deutlich schlechter treffen als hier in Paris.«

»Und was machst du?«

Nichts. Nicht mehr. »Ich jobbe hier und da«, wich er aus. Manchmal fühlte sich das, was er tun musste, um an sein Geld zu kommen, tatsächlich wie Arbeit an. »Aber ich habe nicht viele Ausgaben. Faszinierenden Frauen einen Kaffee auszugeben reißt nicht gerade ein Loch in meine Brieftasche.«

»Hm.« Ihr Mundwinkel glitt nach unten.

»Gefällt dir die Antwort nicht?«

»Ich bin mir sicher, dass das nicht alles ist.«

Scharfsinnig. »Da muss ich dich leider enttäuschen.«

»Wo wohnst du? In einem Hostel oder so?«

Er zögerte. »So etwas in der Art.« Schließlich fühlte sich lediglich das Bett in der Wohnung so an, als würde es ihm gehören. »Und du? Wohnst *du* in einem Hostel?« Wenn sie sparen musste, war das naheliegend.

»Ja.«

»In welchem?«

Sie verdrehte die Augen. »Als ob ich dir das verraten würde.«

»Na gut. Dann warte ich eben, bis ich dich nach Hause bringe.«

»Ist das eine Drohung?«

»Ein Angebot. Das du hoffentlich annimmst.« Er beugte sich dichter zu ihr und atmete den Duft ihrer Haare ein. Vanille und Rose. Süß und warm. Der Duft gefiel ihm, er erweckte etwas in ihm. »Denn ich würde dich sehr gern …«, seine Lippen streiften ihr Ohr, »… heute Abend nach Hause begleiten.«

Ein Schaudern durchfuhr ihren gesamten Körper. Sie ballte die Hände zu Fäusten, dabei streiften ihre Knöchel seine Schenkel, und er triumphierte innerlich.

Dann verschränkte sie die Arme über der Brust und trat einen kleinen Schritt zur Seite. Was ihm einen leichten Stich versetzte. Doch sie konnte ihm nichts vormachen.

Amüsiert ließ er ihr ihren Raum. Auch wenn sie sich noch zierte, allmählich freundete sie sich mit der Idee an. Da machte er sich keine Sorgen.

Er stupste sie mit der Schulter an. »Und du? Erzähl mir etwas von dir.«

»Da gibt es nicht viel zu erzählen«, erwiderte sie in Anspielung auf seine eigene Antwort. Sie kniff kurz die Augen zusammen, dann zuckte sie mit den Schultern. »Ich stamme aus Ohio, habe aber in New York studiert. Meine Mutter schickt mir paranoide E-Mails und fragt mich einmal pro Tag, ob ich schon überfallen worden bin.«

Er wich zurück. »Na, dann hast du ihr heute ja wenigstens was zu erzählen.«

»Ja.« Nachdenklich tastete sie die Seite ihres Körpers hinab, wo die Tasche gehangen hatte. »Da habe ich vier Jahre in dieser miesen Gegend in Brooklyn gewohnt, nur um in Paris beklaut zu werden.« Sie senkte den Blick. »Meine Mom hat mich davor gewarnt, weißt du? Sie meinte, Paris wäre eine Stadt voller Diebe.«

Ihre Miene wurde immer bedrückter. Au Mann, sie hatte ihre Gefühle wirklich nicht unter Kontrolle, ganz anders als die Menschen, mit denen er sich früher abgegeben hatte. Die hätten für eine solche Naivität nur Verachtung übriggehabt. Hier und jetzt jedoch weckte sie in ihm ein seltsam zärtliches Gefühl, was eine ganz neue Erfahrung für ihn war. Gern hätte er den traurigen Zug um ihre Lippen fortgewischt – oder noch besser: fortgeküsst. Er wollte wissen, woher diese Traurigkeit kam. Ihre Reaktion ergab für ihn keinen Sinn.

Anstatt sie zu berühren oder weiter nachzufragen, lenkte

er das Gespräch daher auf ein unverfänglicheres Thema. »Lebst du mit deiner Mutter allein?«

»Mehr oder weniger. Mein Vater ... spielt keine Rolle mehr.« Ihrem Ton nach zu urteilen, verbarg sich auch dahinter ein Minenfeld. Sie verschränkte die Arme. »Und du?«

Apropos Minenfeld ...

Bevor ihm eine Ausrede einfiel, um nicht über seine katastrophale Familie sprechen zu müssen, bogen sie um eine Ecke, und er atmete erleichtert aus. Er reckte den Hals und zeigte geradeaus.

»Siehst du da vorne die Banner?«

Kate folgte seinem Blick und stellte sich auf die Zehenspitzen. Zum Glück war sie leicht abzulenken. »Ja?«

Rylan nahm ihre Hand und verlor sich erneut in dem Gefühl ihrer weichen Haut. Er leckte sich über die Lippen und schluckte. »Komm. Wir sind fast da.«

Um das Museum herum waren die Touristenmassen dichter, allerdings noch nicht so schlimm wie im Juli. Sie ließ es zu, dass er seine Finger mit ihren verschränkte und beschleunigte ihren Schritt, während sie sich über den Bürgersteig schlängelten. Schließlich erreichten sie die hohen Mauern des Louvre, und er zog sie mit sich durch den Torbogen.

»Ist der Eingang nicht in der Pyramide?«, fragte sie atemlos und spielte auf den berühmten Eingang des Museums an.

Er wandte sich zu ihr um und zwinkerte ihr zu. »Würde ich es wagen, dich auf anderem Weg hineinzuführen?«

Sie betraten den gepflasterten Hof. Er ließ ihre Hand los und breitete die Arme aus. *Tada.* »Ihre Pyramide, Madame.«

Peis Pyramide. Eine Konstruktion aus Stahl und Glas, die den Haupteingang des Museums beherbergte. Rylans Mutter hatte sie stets verabscheut, doch er hatte nichts gegen das Ding. Außerdem stand sie in allen Reiseführern und in den Französischbüchern der amerikanischen Highschools. Normalerweise wollten alle Touristen sie sehen.

Sie betrachtete das Bauwerk eine Weile, dann verzog Kate das Gesicht zu einer Grimasse. »Sie ist so viel cooler und zugleich lange nicht so beeindruckend, wie ich sie mir vorgestellt habe.«

Nun ja, zumindest war sie ehrlich. Lachend warf er den Kopf in den Nacken. »Willkommen im internationalen Tourismus.« Er grub in der Tasche nach seinem Telefon. »Soll ich ein Foto von dir machen?«

»Eigentlich schon. Ja.«

»Stell dich dorthin.« Er deutete auf eine Stelle, wo er sie und die Pyramide gut einfangen konnte. Der Himmel erstrahlte in makellosem Blau, die Sonne ließ ihr Haar rötlich schimmern. Ihr Fotolächeln war nicht ganz so faszinierend wie ihr echtes, aber er nahm es trotzdem. »Sag ›Fromage‹.«

Er drückte ab und zeigte ihr das Bild, dabei rechnete er mit der leicht verlegenen Miene, die alle Frauen an den Tag legten, wenn er ihnen ein Foto von ihnen präsentierte, doch stattdessen nickte sie nur. »Guter Bildaufbau.«

Er stutzte. Sie hatte den ganzen Tag über zeichnen wollen und war nur mit ihm mitgegangen, weil er angeboten hatte, sie in den Louvre zu führen. Demzufolge durfte ihn ihre Bemerkung eigentlich nicht überraschen. Dennoch stieg sie in seiner Achtung. Wenn sie etwas betrachtete, sah sie genau hin. Sie sah mehr.

Plötzlich gewann die Vorstellung, mit ihr durch das Museum zu streifen, beträchtlich an Reiz.

Er blickte erneut auf das Foto, dann wechselte er zurück zur Kamera-App. »Mit einer so hübschen Frau im Bild ist das nicht schwer.«

Sie richtete den Blick gen Himmel und wollte schon weitergehen, als er sie am Arm zurückhielt.

»Was ist?«

»Noch eins.«

»Das eine genügt«, widersprach sie.

»Noch eins für *mich.*« Er wirbelte sie herum und legte den Arm um ihre Schulter. Es war eine billige Masche, aber er konnte der Versuchung nicht widerstehen, ihr nahe zu kommen. Erneut umwehte ihn ihr Duft, er atmete ihn ein und genoss das Gefühl, sie an seiner Seite zu spüren. Erst dann streckte er den Arm aus, um ein Selfie zu machen, und setzte sein charmantestes Grinsen auf.

Ihr Lachen klang eher nachsichtig als bezaubert, doch damit konnte er leben. »Und mit *dieser* Masche kommst du normalerweise auch an?«, fragte sie.

Er drückte auf den Auslöser. »Sogar noch besser als mit der Reiseführer-Masche.« Scherzhaft schlug er an ihrem Ohr die Zähne aufeinander. »Weil ich so eine Ausrede habe, dich zu *berühren.*«

Er tat übertrieben beleidigt, drückte sie noch einmal an sich und ließ sie dann los. Obwohl sie nur einen kleinen Schritt zur Seite trat, hinterließ der Verlust ein kaltes Gefühl an seinen Rippen. Im Geiste schüttelte er den Kopf über sich.

Bevor er der Versuchung nachgeben konnte, sie erneut an sich zu ziehen, und diesmal ohne Ausrede, richtete er seine Aufmerksamkeit auf das Display. Der Anblick versetzte ihm einen Stich. Sie sahen gut zusammen aus. Wie ein wirklich glückliches Paar – das es angeblich gar nicht gab, wie man ihm beigebracht hatte. Ihre Augen funkelten, und sie strahlte über das ganze Gesicht.

Und er ebenso. Nichts an seiner Miene wirkte gezwungen oder aufgesetzt, und gerade das schnürte ihm die Kehle zu. Dieses hier war keins der üblichen Selfies, die er sonst mit Mädchen aufnahm. Keins dieser schrecklichen Fotos, die er auf den Stufen des Justizpalastes machte. Keins der anderen. Von früher.

Er ballte die Hände zu Fäusten und musste sich zwingen, sie wieder zu lösen.

Entschieden verdrängte er diesen Gedanken und schaltete das Display aus. »Du musst mir sagen, wo ich sie dir hinschicken soll.«

Ohne etwas von seinen Gedanken zu ahnen, hob sie eine Braue. »Ach, jetzt habe ich dich durchschaut. Du willst meine E-Mail-Adresse haben.«

»Ja«, erwiderte er trocken. »Das ist alles nur ein cleverer Trick, damit ich dich in alle erdenklichen Mailinglisten für Potenzmittel eintragen kann.«

Sie musterte ihn skeptisch. »Werde ich die denn brauchen?«

Gut gekontert. »Nicht, wenn du *mich* heute Abend mit nach Hause nimmst.« Er hakte sich bei ihr ein. »Komm. Die Meisterwerke warten.«

»Bist du sicher, dass wir immer noch im Museum sind?« Kate drehte sich einmal im Kreis und sah sich ehrfürchtig um. »Der Laden ist ja riesig.«

Die gewölbten Gänge schienen über ihr zu schweben, und die Decken waren beinahe ebenso beeindruckend wie die Gemälde. Obwohl die Werke viele hundert Jahre alt waren, die Ölfarbe getrocknet und der Lack gesprungen war, roch es hier irgendwie überall nach Kunst. Durch ihre meisterhafte Darstellung leuchteten die Figuren auf den Leinwänden, und etwas in Kate schien ebenfalls zu leuchten.

Ihr erster Besuch im Metropolitan Museum hatte sie auch begeistert. Doch da hatte sie ja noch keine Ahnung gehabt.

Sie beendete ihre langsame Drehung und richtete den Blick wieder auf die Mitte des Raums. Auf Rylan. Er hatte die Arme über der breiten Brust verschränkt und warf ihr einen derart leidenschaftlichen Blick zu, dass ihr ein Schauer über den Rücken lief.

Andererseits hatte sie das Met auch nicht mit einem Mann wie diesem besucht.

Wenn sie daran dachte, dass sie zuerst gezögert hatte, sich von ihm hier herumführen zu lassen. Sie hasste es, durch Museen zu hetzen, und war entschlossen gewesen, sich Zeit zu lassen. Und Rylan hatte die ganze Zeit über geduldig danebengestanden, bis sie sich sattgesehen hatte, und am Ende jeder Gemäldereihe gewartet, um ihre Hand zu nehmen. Seine großen kräftigen Finger schlossen sich fest um ihre Hand, und sein überaus männlicher Duft, der sich mit dem Holz- und Politurgeruch des Museums mischte, stieg ihr zu Kopf.

Sie schluckte und riss sich zusammen. Er war praktisch ein Fremder – eigentlich durfte es ihr nicht so leichtfallen, hier so vertraut mit ihm umherzustreifen. Und doch fühlte sie sich an seiner Seite wohler als mit jedem anderen Freund, mit dem sie schon mal ein Museum besucht hatte. Und ganz sicher wohler als sie sich je mit Aaron gefühlt hatte. Vielleicht lag es ja gerade daran, dass Rylan ihr so fremd war. Sie musste nicht vorgeben, jemand zu sein, der sie nicht war. Wenn sie nicht wollte, musste sie ihn nie wiedersehen. Sie hatte also nichts zu verlieren.

Er fing ihren Blick auf und deutete mit dem Kopf auf den nächsten Raum – eine stumme Einladung, mit der er sie fragte, ob sie bereit war weiterzugehen. Sie nickte und ging zu ihm. Die Wärme seiner Hand sickerte in ihren unteren Rücken, doch sie zuckte nicht zurück. Verrückt, wie schnell sie sich an diese kleinen Berührungen gewöhnte. Wie lange kannten sie sich? Ein paar Stunden?

Ein paar *wundervolle* Stunden.

Sie hatten bereits eine Menge Highlights des Louvre gesehen. Die beeindruckende Statue der *Nike von Samothrake*, die deutlich größer und viel beeindruckender war, als Kate erwartet hatte. Die kleine, hinreißende *Venus von Milo*. Um die *Mona Lisa* aus der Nähe zu betrachten, hatten sie sich, sehr zu Rylans Verdruss, anstellen müssen. Als er sie auf diese seltsam amüsierte, spöttische Art gefragt hatte, ob sie mit dem Bild zufrieden sei, hatte sie ihn geschubst. Dass viele, die sie gesehen hatten, von diesem Werk enttäuscht waren, hatte sie schon vor ihrem Besuch gewusst, aber das war ihr egal. Hauptsache, sie hatte es gesehen. In natura.

Im Geiste warf sie all ihre Pläne für ihre Woche in Paris über den Haufen. Sie musste unbedingt noch einmal allein mit ihrem Zeichenheft, mit Stiften und Ölkreiden wiederkommen und einen ganzen Tag hier verbringen.

»Du durchlebst gerade einen wahren Kunst-Orgasmus, stimmt's?«, fragte er und ließ von ihr ab, damit sie näher an eines der Gemälde treten konnte.

Inzwischen befanden sie sich in einem eher abgelegenen Teil des Museums mit großen klassischen Werken, die in leuchtenden Farben Szenen aus Legenden und Mythen darstellten – Rylan hatte darauf bestanden, dass sie sich auch diesen Bereich ansahen. Eigentlich war sie für solche Werke gar nicht hergekommen, doch überrascht stellte sie fest, wie schnell sie sich bei der Betrachtung dieser Gemälde in ihnen verlor.

Sie wollte es Rylan erzählen, doch als sie sich zu ihm umwandte, sah er sie erneut mit diesem Blick an. Sie zögerte.

Nicht, dass sie sich irgendwelchen Illusionen hingab. Ihr war klar, dass er aus keinem anderen Grund hier war, als sie zu verführen. Er investierte zwar deutlich mehr Zeit und Energie in das Vorhaben, als sie es irgendeinem Mann zugetraut hätte, dennoch ging es noch immer darum, sie abzuschleppen.

In dieses Bild passte allerdings nicht ganz, dass er sie fortwährend mit diesem Blick ansah. Als sähe er, ungeachtet seines eigentlichen Vorhabens, mehr an ihr als nur ihre Brüste.

Grinsend wandte sie ihre Aufmerksamkeit wieder den Gemälden zu. »Die sind fantastisch.«

»Es wird noch besser.«

Schwer zu glauben, aber wie könnte sie dieser Verheißung widerstehen?

»Was mich an europäischen Museen wirklich beeindruckt«, sagte er über seine Schulter hinweg, während er in den nächsten Ausstellungsraum voranschlenderte, »ist die schiere *Größe*.«

Sie folgte ihm durch den Durchgang und sah sich um. Wow. Er hatte nicht übertrieben. Deckenhohe Gemälde überzogen die Wände des riesigen Saals. Die Leinwände mussten gut sechs Meter hoch, einige von ihnen bis zu doppelt so breit sein.

»Heiliger Strohsack.« Ehrfürchtig drehte sie sich um und versuchte, alles in sich aufzunehmen. Sie zeigte auf ein Gemälde am Ende des Raums. »Das da ist ja größer als meine gesamte New Yorker Wohnung!«

Es war zwar nur ein winziges Ein-Zimmer-Appartement, aber trotzdem.

»So etwas sieht man in amerikanischen Museen nicht, oder?«, fragte er.

Er stand jetzt hinter ihr, und sein warmer Atem strich über ihr Ohr. Es fühlte sich ... angenehm an. Aber nicht angenehm genug, um sie davon abzubringen, die Bilder um sich herum zu betrachten.

»So etwas habe ich noch nirgendwo anders gesehen.«

Sie trat vor, löste sich von seiner Körperwärme und ging zu dem Gemälde an der gegenüberliegenden Wand. Er ließ sie gewähren, setzte sich breitbeinig auf die Bank in der Mitte des Raums, beugte sich lässig vor und stützte die Ellenbogen auf den Schenkeln ab. Obwohl sie ihm den Rücken zuwandte, nahm sie seine Gegenwart überdeutlich wahr – was ihr in diesem riesigen Saal irgendwie unverhältnismäßig erschien.

»Früher war das eines meiner Lieblingsbilder«, sagte er und deutete auf die Leinwand, vor der sie gerade stand.

»Ach?« Die Komposition und die Anordnung der Figuren

zogen den Blick des Betrachters auf faszinierende Weise in das Bild hinein. Nachdenklich legte sie eine Hand an den Mund und las die neben dem Gemälde angebrachte Beschriftung. *»Zeus und Hera?«* Sie trat einen Schritt zurück und legte den Kopf schräg.

Die beiden Figuren saßen in einem Garten und blickten einander tief in die Augen. Ein Lächeln umspielte Zeus' Lippen.

»Sie sehen glücklich aus.« Kate hörte seiner Stimme deutlich an, dass er die Achseln zuckte.

Tatsächlich? Der König und die Königin der griechischen Götterwelt waren nicht gerade für ihr vorbildliches Eheleben bekannt. Und wie vielen Opfern hatten ihre Eifersuchtsanfälle und ihr Groll den Tod gebracht? Sie runzelte die Stirn. »Das ist eine ungewöhnliche Darstellung.«

Er kicherte hinter ihr. »Ja. Sehr ungewöhnlich.« Und nach kurzem Zögern fügte er hinzu: »Vermutlich hat es mir deshalb so gut gefallen.«

»Mhm«, brummte sie und forderte ihn damit auf, ihr das näher zu erläutern.

»Es schien mir eine Erinnerung daran zu sein, dass sie trotz überwiegend schlechter Zeiten auch andere Momente miteinander geteilt haben. Sie hatten auch gute Zeiten.«

Das stieß ihr sauer auf. »Was nichts daran ändert, dass er die halbe Götterwelt geschwängert hat.«

Wenn ihre Mutter nicht auf die guten Zeiten mit ihrem Vater hereingefallen wäre ... Wenn die guten Zeiten mit Aaron sie selbst nicht so blind gemacht hätten ...

»Und den Großteil der Menschheit ebenfalls«, stimmte

Rylan mit leicht ironischem Unterton zu. »Aber dennoch. Mir hat damals die Vorstellung gefallen, dass es eine Zeit gegeben hat, in der sie offenbar glücklich miteinander waren.«

»Damals?«

Er grinste ironisch. »Irgendwann müssen wir alle erwachsen werden.«

Sie schwiegen einen Moment, während Kate das Gemälde betrachtete.

Als er weitersprach, hallte seine Stimme durch den Saal. »Das erste Mal bin ich mit vielleicht ... acht, neun Jahren hier gewesen.« Der Schatten der Vergangenheit legte sich auf sein Gesicht. »Ein paar Jahre, bevor meine Eltern sich scheiden ließen.« Er räusperte sich. »Meine Mutter hat mich mit hierhergenommen. Ich habe dieses Bild entdeckt und konnte mich nicht mehr davon lösen.« Er lächelte traurig. »Meine Schwester hat sich über mich lustig gemacht, weil ich all die riesigen Schlachtenbilder ignoriert habe, um zwei Menschen zu betrachten, die noch nicht mal nackt waren.«

Kate blickte über ihre Schulter zu ihm nach hinten. Wenn man bedachte, wie ausweichend er vorhin geantwortet hatte, waren das ... ziemlich viele Informationen auf einmal. Sie wandte sich erneut dem Gemälde zu und überlegte, wonach sie ihn noch fragen könnte. Nicht nach der Scheidung – dieses Thema rührte zu sehr an ihren eigenen Schmerz –, das würde sie sich für später aufsparen. Schließlich entschied sie sich für die Frage: »Du bist schon als Kind nach Paris gekommen?«

»Mit der ganzen Familie. Durch den Beruf meines Vaters sind wir ziemlich oft umgezogen.«

»Was hat er gemacht?«

»Finanzkram. Ziemlich langweilig. Und das ist sehr, sehr lange her.«

Sie sah ihn skeptisch an. »Allzu lange kann es nicht her sein. Wie alt bist du?«

»Siebenundzwanzig. Und erzähl mir nicht, neunzehn Jahre wären keine lange Zeit.«

Bei ihm klang es wie ein ganzes Leben. Für sie war es das fast.

»Das *ist* eine lange Zeit. Ich bin erst zweiundzwanzig.«

»So jung ist das nun auch nicht.«

Sie dachte einen Moment nach. »Es ist alt genug.«

»Alt genug wofür?« Seine Frage klang anzüglich und provozierte sie zu einer kühnen Antwort. »Um nicht auf Typen wie dich hereinzufallen?«

»Typen wie mich?« Er klang gespielt beleidigt. »Männer, die dich in ein schönes Museum führen?« Er stand auf, war mit einem Schritt bei ihr und strich ihr das Haar aus dem Gesicht. »Männer, die nichts anderes wollen, als dir ihren riesig großen ...«

Sie lachte, halb amüsiert, halb angewidert, und schob ihn fort.

»*Kunstverstand* zu präsentieren? Ich wollte Kunstverstand sagen.«

»Ganz bestimmt.«

»Ja.« Er breitete die Arme aus. »Und, gefällt dir, was du siehst?«

Sie konnte nicht lügen, noch nicht einmal ein bisschen schwindeln. Erneut drehte sie sich langsam im Kreis und prägte sich alles genau ein. Als sie wieder bei ihm ankam, löste sich etwas in ihr. Aus seinem Gesicht war jegliche

Ironie, jegliche Anzüglichkeit gewichen, er stand einfach nur da und wartete auf ihre Antwort.

Es schien, als würde ihn ihre Meinung tatsächlich interessieren.

Aus einem Impuls heraus trat sie ganz nah an ihn heran. »Ja.« Was sie dann tat, war dumm. Aber sie tat es – sie beugte sich vor und hauchte ihm blitzschnell einen Kuss auf die Wange. »Sogar sehr. Danke.«

Er grinste, als sie davontanzte, noch bevor er sie ganz zu sich heranziehen konnte. »Heißt das, du bist einverstanden, dass ich dich heute nach Hause begleite?«

Aufregung erfasste sie. Wäre das nicht schön? Er hatte sich so sehr um sie bemüht, und sie hatte jede Minute mit ihm genossen. Nachdem sie monatelang auf der Hut gewesen war und ihre Bitterkeit genährt hatte, war es verlockend, einfach loszulassen. Ausnahmsweise einmal Ja zu sagen. Er war witzig und intelligent, charmant und einfach hinreißend. Sie hätte es schlechter treffen können. Aber sie war sich nicht ganz sicher, ob sie es nicht auch besser treffen könnte.

Und außerdem hätte sie nie gedacht, dass es so unterhaltsam sein könnte zuzusehen, wie sich ein Mann um sie bemühte.

Mit federndem Schritt ging sie in Richtung Ausgang. »Fangen wir doch damit an, dass wir zusammen abendessen gehen.« Sie sah sich nach ihm um und lächelte über seine überaus selbstgefällige Miene. »Mehr verspreche ich nicht.«

»Das würde ich auch niemals erwarten.«

»Und es sollte ein gutes Restaurant sein.« Sie verlangsamte ihren Schritt, damit er sie einholen konnte, und ließ es zu, dass er seine Finger wieder mit ihren verschränkte. Mit seinem Lächeln und seinen Berührungen hatte er sie bereits weit aus der Reserve gelockt. Aber warum auch nicht? Vor allem, wenn es sich so gut anfühlte. »Etwas Originelles. Nichts, das in irgendeinem Reiseführer steht.«

»Keine Sorge.« Ein durchtriebenes Grinsen ließ seine Augen funkeln, und er drückte ihre Hand. »Da kenne ich genau das Richtige.«

KAPITEL 3

»Ich muss zugeben …«, sagte Kate und leckte sich den Daumen ab.

Diese kleine rosa Zunge machte ihn ganz verrückt. »Hm?«

»Du hast mich überrascht. Hiermit habe ich nicht gerechnet.«

»Was soll ich sagen? Ich stecke voller Überraschungen.«

Und er hatte den Eindruck, dass es ihr gefiel, auf diese Weise überrascht zu werden. Anstatt sie in irgendein lauschiges Restaurant zu führen, was sie vermutlich von ihrem Don Juan erwartet hatte, hatten sie fast eine Stunde am besten Crêpe-Stand von Paris angestanden und dann Galettes bei einem Mann bestellt, der sie frisch vor ihren Augen zubereitet hatte. Eier, Zwiebeln, Champignons und Spinat in einen butterigen Crêpe eingeschlagen für Kate. Für ihn Schinken und Käse, und einen zweiten mit Nutella und Banane als Dessert, den er in der freien Hand hielt. Er hatte die Hoffnung noch nicht aufgegeben, ihr diesen vom Körper lecken zu dürfen, doch wirklich wichtig war ihm das inzwischen nicht mehr.

Dafür amüsierte er sich zu gut. Durch das Quartier latin zu streifen, mit einem hübschen Mädchen Crêpes zu essen – er biss ein Stück ab und schluckte den Bissen hinunter.

»Was hast du denn erwartet?«, fragte er und stupste sie mit der Schulter an.

»Ich weiß nicht. Du hast so großgetan, dass ich mir Kerzen und Wein vorgestellt habe. Zumindest einen Tisch.«

»Oh, du dachtest, ich würde dich vornehm ausführen.«

Sie warf ihm einen Seitenblick zu.

Er musste aufpassen. Was seine Vermögensverhältnisse anging, hatte er unterschiedliche Signale ausgesendet, und sie war viel zu schlau, als dass es ihr nicht aufgefallen wäre. Wenn sie ihm glauben sollte, dass auch er sein Geld zusammenhalten musste, würde er etwas vorsichtiger sein müssen.

Und das ... wollte er tatsächlich. Er hatte dieses Spiel noch nie ernsthaft mit jemandem gespielt. Mit der Black Amex war das Verführen so leicht, dass er sie dieses Jahr schon häufig eingesetzt hatte. Zeigte man sich freigebig, erwiesen sich die Frauen sofort als ebenso freigebig. Es war ganz einfach.

Doch bei *dieser* Frau ... Er hatte gleich zu Beginn spontan beschlossen, bei ihr anders vorzugehen, und jetzt steckte er bereits zu tief drin. Er hatte sich ihr geöffnet, hatte ihr sein Gemälde gezeigt. Als ob es sie auch nur im Geringsten interessieren würde, dass er sich als Junge an die Hoffnung geklammert hatte, seine Eltern würden einander nicht ganz so sehr hassen, wie es immer aussah. Und es *hatte* sie interessiert. Sie hatte ihn mit diesem gefühlvollen Blick angesehen, mit dem sie tief in seine Seele zu schauen schien, und ihm Fragen über sein Leben gestellt.

Sie hatte sich so verhalten, als wäre es tatsächlich von Bedeutung.

Und damit wärmte sie etwas in ihm, das erkaltet war.

Sie richtete den Blick auf ihren Crêpe, zupfte an dem Papier und schmunzelte. »Auf schicke Restaurants kann ich gut verzichten.«

»Ja? Gefällt dir das hier besser?«

»Ja.« Sie biss vorsichtig von ihrem Crêpe ab und kaute. »Und ich glaube, du hast es gewusst.«

»Ich hatte so eine Vermutung.«

Sie gehörte zu den Mädchen, denen das Erlebnis wichtiger war als das Klischee. Das Essen wichtiger als das Ambiente. Sie genoss die Romantik, in einer lauen Nacht durch Paris zu spazieren.

»Richtig vermutet.«

Als sie ihren Hauptgang verspeist hatten, waren sie in einem geschäftigeren Teil des Viertels angekommen. Die bunten Schilder der Restaurants und Geschäfte leuchteten im Dunkeln, das Pflaster schien zu glänzen, und die Atmosphäre war von Leben und von Lärm durchdrungen, was sie jedoch nur entfernt wahrnahmen.

Er warf das Crêpe-Papier in den Mülleimer, dann nahm er ihre Hand und führte sie zu einer niedrigen Steinmauer, die einen Grünstreifen vom Bürgersteig trennte. Im Laufe des Tages hatte sie sich immer mehr an seine Berührungen gewöhnt, und er selbst war inzwischen fast süchtig danach, sehnte sich nach mehr. Er ließ ihre Hand los und strich mit der Rückseite seiner Finger über ihren Rock, dann über die glatte Haut an ihrem Knie. Eine Welle der Lust schoss sein Rückgrat hinauf, doch er zwang sich, die Hand wieder zurückzunehmen. Er atmete gegen die in ihm brodelnde Erregung an, aber dennoch klang seine Stimme deutlich tiefer, als er fragte:

»Hast du schon mal Crêpe mit Nutella gegessen?« Er faltete das Papier auseinander. Der Crêpe war zwar abgekühlt, aber immer noch warm.

»Nein, aber ich habe noch nie erlebt, dass mir etwas mit Nutella nicht geschmeckt hat.«

»Du wirst nicht enttäuscht sein. Das Lustige ist, dass die Dinger eigentlich überall gleich schmecken müssten. Die Füllung kommt aus dem Glas, und der Crêpe besteht aus nichts als Mehl, Milch und Eiern. Aber die Platte, die der da hat, muss irgendwie magisch sein, denn ...« Er hob die klebrige, am Rand leicht knusprige Ecke des Crêpes an und führte sie an ihre Lippen. »... das hier ist der beste süße Crêpe der ganzen Stadt.«

»Du schraubst meine Erwartungen ja ziemlich in die Höhe.«

»Und trotzdem wird er dich umhauen.«

Sie wirkte skeptisch, vor allem, als er mit der Zunge schnalzte und nicht zuließ, dass sie den Crêpe mit den eigenen Händen nahm, sondern darauf bestand, sie zu füttern. Sie verdrehte die Augen, öffnete dann jedoch ihren weichen, hübschen Mund, und seine Kehle wurde trocken. Dies gehörte zu den Klischees, derer er sich schon häufig bedient hatte, um Frauen zu verführen, doch noch nie hatte ihn dabei eine derartige Erregung erfasst. Noch nie hatte er so bewusst wahrgenommen, wie nah sie sich waren, ihren Anblick und jedes Geräusch derart genossen. Vielleicht, weil er bereits den ganzen Tag so hart für all das gearbeitet hatte.

Behutsam legte er ein Stück Crêpe auf ihre Zunge,

strich dabei mit dem Finger nur federleicht über ihre Lippe und war versucht, den Daumen hineingleiten zu lassen, um zu fühlen, wie sich ihr warmer Mund um ihn schloss. Aber nein. Noch nicht. Obwohl die Lust durch seinen Körper pulsierte, ließ er die Hand sinken.

Sie sah ihm in die Augen, während sie in Ruhe kaute und wartete, dass sich der Geschmack auf ihrer Zunge entfaltete. Nachdem sie geschluckt hatte, lächelte sie, und ihre Augen strahlten. »Okay …«, ihre Stimme zitterte, der einzige Hinweis darauf, dass die intime Geste des Fütterns sie ebenso erregt hatte wie ihn, »der schmeckt wirklich großartig.«

»Habe ich es nicht gesagt?« Er riss ein Stück für sich ab, dann noch eins für sie.

»Das musst du nicht«, sagte sie, als er ihr erneut einen Bissen anbot. Ihre Wangen waren vor Scham gerötet, und dass auch er es bemerken musste, war ihr unangenehm.

»Natürlich nicht.« Er hielt den Crêpe außer Reichweite. »Ich muss meinen Nachtisch nicht mit dir teilen.«

Aber das stimmte nicht. Seine Sehnsucht, die süße Masse zwischen ihre Lippen gleiten zu lassen, hatte sich in Verlangen verwandelt.

Sie sah ihn aus schmalen Augen an. »Ha ha.«

»Kein Witz. Ich gehe und nehme den einfach mit.«

Sie zögerte nur eine Sekunde. »Nein. Das machst du nicht.«

Es klang nicht wie eine Herausforderung, sondern wie eine Feststellung. Etwas in seiner Brust zog sich zusammen. Es störte ihn, dass sie recht hatte, aber dieses Gefühl wurde von der Erkenntnis verdrängt, dass sie beide hier eigentlich von etwas anderem sprachen. Seine Kehle schnürte sich zu. »Und du gehst auch nicht.« Er schluckte schwer. »Mund auf.«

Sie blickten sich lange in die Augen. Sie hob das Kinn, dann entspannte sie den Kiefer und öffnete vorsichtig die Lippen. Er rührte seine Hand mit dem Crêpe nicht von der Stelle, und ohne ihn dabei aus den Augen zu lassen, beugte sie sich vor und nahm ihm den Bissen aus der Hand. Er beobachtete die Art, wie sie sich bewegte, wie sie schluckte, ihre rosa Zunge, als sie sich über die Unterlippe leckte.

Gern hätte er etwas gesagt wie: Paris sei nicht so hübsch wie sie, oder wie wundervoll er ihren Mund fand. All die üblichen Schmeicheleien stimmten in diesem Fall sogar – viel mehr als sonst, wenn er einer Frau so etwas gesagt hatte. Doch ausgerechnet jetzt kamen ihm die Worte nicht über die Lippen.

Also hielt er den Mund, während er sie und sich selbst mit Crêpe fütterte. Als sie fertig waren, klebte etwas Schokolade in ihrem Mundwinkel. Er wischte sie mit dem Daumen fort, und sie errötete. Sie veränderte ihre Haltung und wandte den Blick zur Seite, als hätte etwas ihre Aufmerksamkeit erregt. Was es auch gewesen sein mochte, er hatte es nicht gesehen.

In diesem Moment hatte er nur Augen für sie.

»Hat es dir geschmeckt?«, fragte er und beugte sich vor, sodass er ihr noch näher war. Er mochte den Duft von ihrem Haar, den zarten Schimmer ihrer Haut. »Habe ich zu viel versprochen?«

Er würde ihr noch viel mehr versprechen, wenn es auch nur eine Chance gäbe, dass sie ihm glauben würde. Dass er sie verwöhnen, dass er alles Mögliche mit seiner Zunge anstellen konnte.

Sie nickte steif. Ihre Schultern waren angespannt, aber in ihren Augen las er eine Aufforderung. Er musste sie nur von ihrer Angst befreien. Von ihrem Misstrauen. Was auch immer sie zurückhalten mochte.

Er ließ die Hand über den Stein zwischen ihnen gleiten und legte sie auf ihr Knie. Dicht neben ihr, sodass sein Atem über ihre Wange strich, sagte er leise: »Mund auf.«

Seine Lippen strichen über ihren Mundwinkel. Sie schmeckte süß und warm, und einen Moment lang ließ sie es geschehen, dass er sie küsste. Nur für den Bruchteil einer Sekunde. Dann wandte sie sich ab, und ihr Atem zitterte ein wenig.

Er schloss die Augen und drückte das Gesicht an ihr Haar. Gab ihr einen weiteren zärtlichen Kuss auf die Wange. »Wovor hast du Angst?«

Sie lachte gereizt auf. »Ich weiß nicht, was für ein Spiel du mit mir spielst.«

»Kein Spiel.« Er hatte sein ganzes Leben lang Spiele gespielt, so wie er es ursprünglich auch mit ihr vorgehabt hatte, doch jetzt fühlte er, dass es für ihn kein Spiel mehr war. Er ließ die Stimme sinken. »Ich will dich einfach.«

Sie richtete den Blick in die Ferne. »Und das ist das Problem.« Sie wandte sich ihm wieder zu. »Das verstehe ich nicht.«

Die Worte hingen in der Luft, und Kate erstarrte. Sie konnte kaum glauben, dass sie das gerade gesagt hatte.

Herrje, sie war doch kein Mauerblümchen oder so etwas. Sie kannte ihre Vorzüge und ihre Schwächen: Sie war ganz hübsch, aber nicht umwerfend schön, talentiert, aber nicht so talentiert, dass sie nicht hart arbeiten musste.

Die Vorstellung, dass ein Mann sie begehrte, war zwar nicht alltäglich, aber doch nicht völlig abwegig.

Männer beherrschten es, Frauen zu sagen, was sie hören wollten. Und sobald man sich darauf einließ, zeigten sie sich von einer ganz anderen Seite. So war es zwischen ihrem Vater und ihrer Mutter gewesen. Selbst Kate hatte er manipuliert. Nur um ihm zu gefallen, hatte sie lange versucht, seinem Bild von ihr zu entsprechen. Sie hatte sich dermaßen verrenkt, dass sie den Schmerz bis heute spürte.

Und ihr Vater war nicht der Einzige gewesen. Auch Aaron hatte es so gemacht. Und der Typ in der Bar das eine Mal ...

Rylan wich zurück und musterte sie skeptisch. Er zögerte einen Moment, und sie erwartete, dass er seine Charmeoffensive noch verstärken würde. Etwa ein Gedicht herunterleiern oder, noch schlimmer, Texte von One Direction zitieren würde. Doch stattdessen legte er den Kopf schief und fragte: »Wer war es?«

Wie bitte? »Wer war was?«

»Der, der dich dazu gebracht hat zu denken, dass jeder Mann, der dir begegnet, dich nur ausnutzen will?«

Ihr stockte der Atem, als die Erinnerungen sie einholten. Doch bevor diese sie überrollen konnten, schob sie die Bilder beiseite und tat seine Frage mit einem Lachen ab: »Und wie kommst du darauf, du könntest den ganzen Tag an einer fremden Frau herumbaggern, nur um sie ins Bett zu kriegen, und ihr dann eine solche Frage stellen?«

»Punkt für dich.« Er nahm ihre Hand und führte sie an seine Brust. »Aber du lenkst ab. Das heißt, an meiner Vermutung ist etwas dran. Also, wer war es?«

Im Ernst? Gab es irgendjemanden, der einer Frau das *nicht* beibrachte? »Ähm. Meine Mom? Der Senat? *Law and Order: Special Victims Unit?*«

»Nein.« Er schüttelte den Kopf. »Wie hieß er?«

Sie schwieg. Wenn er sie so direkt fragte, war sie wehrlos. Aber sie hatte sich oft genug verbrannt, und die alten Wunden pochten noch immer heiß in ihrer Brust. Sie senkte den Blick und versuchte, ihm ihre Hand zu entziehen. »Das spielt keine Rolle.«

Sie wollte nicht an ihren Vater denken. Oder an Aaron. Daran, dass sie beinahe denselben Fehler begangen hätte wie ihre Mutter. Sie war so dumm gewesen.

»Doch, natürlich.« Er löste ihrer beider Hände von seiner Brust, ließ sie jedoch nicht los, sondern schloss die Finger um ihre Hand. Mit dem Daumen rieb er über den empfindlichen Fleck in der Mitte ihres Handtellers, wo sich die Muskeln beim Zeichnen immer verkrampften. »Weil ich nicht er bin.« Als sie einen erneuten Versuch unternahm, ihre Hand wegzuziehen, verstärkte er den Griff. Die Leidenschaft in seiner Stimme wich einer bemühten Leichtigkeit. »Ich meine, klar. Du bist nicht von hier. Du bist nur für ... wie lange hier? Ein paar Tage? Eine Woche? Es ist nur eine Liebelei. Aber wir könnten beide unseren Spaß haben. Ich habe nicht den ganzen Nachmittag mit dir im Museum verbracht oder die abnorme Summe von fast fünf Euro für dein Abendessen ausgegeben, nur weil du das erste Mädchen warst, das mir über den Weg gelaufen ist.«

Darüber musste sie schmunzeln. Er neigte das Kinn und legte die andere Hand auf ihre Wange.

»Siehst du?«, sagte er. »Genau das ist es. Dieses Lächeln,

wenn dir einer meiner schlechten Witze gefällt, du es aber nicht zugeben willst. Darum bin ich noch hier.«

»Nur wegen meines Lächelns?«

Sein Blick sprang nach oben. »Und wegen deiner Augen. Ich mag es, dass du alles genau zu beobachten scheinst.« Er strich mit dem Finger ihren Hals hinunter. »Und es gefällt mir, dass du mir die Meinung sagst und mich nicht mit allem davonkommen lässt.«

»Du magst Herausforderungen?«

»Ich mag Gespräche. Und die sind in dem Leben, das ich führe, schwer zu bekommen.«

Damit hatte er etwas in ihr angerührt. Sie hatte sich allein auf diese Reise begeben, ohne sich über Einsamkeit Gedanken zu machen. Wie oft hatte sie ganze Nächte im Atelier verbracht oder sich tagelang in ihrer winzigen Wohnung eingeschlossen, um zu malen? Es fiel ihr leicht, auf Gespräche zu verzichten. Aber gar nicht erst die Möglichkeit dazu zu haben oder gar von einer Sprache umgeben zu sein, die man nicht verstand, auch nicht im Radio und im Fernsehen, darauf war sie nicht vorbereitet gewesen ... sie fühlte sich einsam. Doch mit Rylan fühlte sie sich alles andere als das.

Sie zögerte einen Moment. »Und wenn ich nicht lächeln würde und andere Augen hätte?« Sie bemühte sich, schnippisch zu klingen und nicht zu zeigen, wie wichtig ihr seine Antwort war. »Dann wärst du nicht mehr hier und würdest nicht mehr versuchen, mich ins Bett zu kriegen?«

»Vielleicht doch.« Er lächelte schief. Es wirkte sanft und verführerisch. »Aber dann wäre es mir nicht wichtig.« Er beugte sich zu ihrer Hand hinunter und berührte sie mit seinen Lippen – ein wenig zu lange, sein warmer Atem strich über ihre Haut. Dann richtete er sich auf, erhob sich und zog sie sanft mit nach oben. »Komm. Ich bringe dich zur Metrostation.«

Verwirrt stand sie auf. Im Grunde hatte er doch gerade gesagt, dass er sich weiter bemühen würde. Wenn er jedoch anbot, sie zur Bahn zu bringen, wollte er dann schon aufgeben? Trotz ihres Widerstands stieg ein Gefühl der Enttäuschung in ihrer Brust auf.

Vielleicht sollte sie ihn küssen. Ihm ein Zeichen geben, dass sie, egal wie unsicher sie sich war, nicht wollte, dass es schon endete.

Aber vielleicht war es auch gut so.

Ihr Gehirn lief auf Hochtouren, während sie Hand in Hand die Straße hinunterliefen und sie im Geiste alle Optionen durchspielte. Als der Eingang zur Metro vor ihnen auftauchte, verlangsamte er seinen Schritt, blieb stehen und lehnte sich gegen einen Laternenpfahl.

Kates Herz pochte. Ihre Sorge, er könnte aufgeben, war ganz offensichtlich vorschnell gewesen, denn so, wie er sie jetzt ansah, konnte von Aufgeben keine Rede sein. Er beugte sich vor, legte die Hand auf ihre Wange und kämmte mit den Fingern durch ihr Haar.

Er strich mit der Nase über ihre Schläfe, und sie spürte seinen Atem warm an ihrem Ohr. »Nimm mich mit in dein Hotel.«

Gott, wie sie das reizte. Sie hatte weiche Knie, sein Duft erweckte Sehnsucht in ihr, und der leichte Druck seines Körpers an ihrem entfachte ihr Verlangen. Sie hob das Kinn und bog ein wenig das Rückgrat durch.

Doch dann stockte sie. »Ich kann nicht.«

»Warum nicht?« Er ließ die Fingerspitzen auf ihrem Arm nach oben tanzen und küsste ihren Hals.

»Ich ...« Warum noch mal? Sie hatte es ganz vergessen. Ach ja, richtig. »Ich kann nicht. Wirklich nicht.« Warum klang ihre Stimme so belegt, warum war ihre Haut so empfindlich? »Billiges Hostel, du erinnerst dich? Zimmergenossen.«

»Die ganzen Freunde, mit denen du unterwegs bist?«

»Schlimmer. Fremde.«

»Fremde, die nicht wissen sollen, wie du klingst, wenn du kommst?«

Verdammt. Allein wegen dieses verheißungsvollen Versprechens hätte sie ihn am liebsten am Kragen gepackt und in die Metro hinuntergezerrt.

Ein Versprechen, das ihr bislang kein anderer Mann gegeben, eine Verheißung, die ihr bisher kein Mann erfüllt hatte.

Als spürte er ihr Schwanken, ihre Unsicherheit, legte er noch mehr Überzeugung in seine Worte und in seine Küsse. »Oder vielleicht«, fuhr er fort, »weil das hier nur ein kleines Abenteuer ist.« Er löste die Lippen von ihrer Haut, bis sein Gesicht direkt vor ihrem war. Seine Augen funkelten dunkel. »Aber ich verspreche dir: Du wirst genauso viel davon haben wie ich. Noch mehr, wenn du mir zeigst, was dir gefällt.«

Ach, zum Teufel, Männer brachen ständig ihre Versprechen – doch an dieses eine wollte sie nur zu gern glauben. Seit Aaron und sie Schluss gemacht hatten, hatte sie nur ein einziges Mal Sex gehabt, und das war schrecklich gewesen. Sogar noch schlimmer als mit Aaron. Hatte sie nach alledem ... zur Abwechslung nicht mal was Gutes verdient?

Bevor sie es sich anders überlegen konnte, fasste sie in sein Haar, zog ihn zu sich herunter und nahm sich den Kuss, den sie vor ein paar Minuten noch so gefürchtet hatte.

Und sie wurde belohnt. Er schmeckte nach Schokolade und nach Sünde, seine Bartstoppeln brannten angenehm an ihrem Kinn. Er zögerte nur eine Sekunde, dann zog er sie an sich, umfing sie mit seiner Wärme und drückte seine Zunge an ihre Lippen. Er strich mit den Zähnen über ihre Unterlippe und nahm, was sie ihm anbot.

Doch er gab auch. Bis ihre Haut kribbelte, sich ihr Atem beschleunigte und sich tief in ihr Lust und Verlangen ausbreiteten.

Das war verrückt. Genau so war sie beim letzten Mal in Schwierigkeiten geraten. Sie sollte sich von ihm losmachen, sich sammeln und ihr rasendes Herz beruhigen.

Aber das hier war nicht mal annähernd wie beim letzten Mal. Dieser Mann hier hatte sie mit viel Geduld verführt, sein Kuss und seine unzähligen zufälligen Berührungen versprachen, dass sie es nicht bereuen würde, ihn an sich heranzulassen. Sie hatten sich unterhalten, sich gegenseitig Geschichten erzählt. Sie hatte mehr als nur Lust in seinen Augen gesehen.

Vielleicht konnte sie es dieses eine Mal einfach tun.

Bevor sie es sich wieder anders überlegen konnte, rückte sie keuchend von ihm ab, krallte die Finger in sein Hemd, schmiegte sich an seine harte Brust und fragte: »Gehen wir zu dir?«

Sein Lachen klang nach purer Verzweiflung, er zog ihren Kopf an seine Schulter und wiegte sie in den Armen. »Auch keine gute Idee, leider.«

Mist. »Mitbewohner?«

»So was in der Art.« Er neigte erneut den Kopf und küsste sie, diesmal sanfter, aber nicht weniger verheißungsvoll. Dann strich er ein letztes Mal mit den Lippen über ihre, löste sich von ihr und lehnte die Stirn an ihre Schläfe. »Heute Nacht wird das wohl nichts, was?«

»Sieht wohl so aus.« Warum war sie deshalb so zwiegespalten? Ihr Verstand sagte ihr, dass es besser war zu warten, doch ihr Körper widersprach. Schließlich würde sie nur noch wenige Tage hier sein. Sie könnte jetzt auf einem Bett liegen und so verwöhnt werden, wie sie es sich immer erträumt hatte.

Er legte ihr die Hände auf die Schultern, trat einen Schritt zurück und durchbohrte sie mit einem Blick, der sie mitten ins Herz traf. »Wir sehen uns einfach morgen wieder.«

»Ich ...« Ihr Zögern überraschte sie selbst. Doch sie wollte noch so vieles in dieser Stadt sehen, unternehmen und erleben. Obwohl er auf ihrer Liste schnell nach oben gerückt war, war sie nicht bereit, sich den Rest ganz entgehen zu lassen. »Wann?«

»Wann hast du Zeit?«

Wenn sie den Vormittag und vielleicht bis zum frühen Nachmittag für sich hatte, könnte sie ein paar Sehenswürdigkeiten besichtigen. Etwas Zeit mit Block und Kohlestiften verbringen und versuchen, das Licht einzufangen. Und noch ein wenig darüber nachdenken, was um alles in der Welt sie mit ihrem Leben anfangen wollte.

Mit diesem Mann.

»Gegen vier?«, schlug sie vor, dann zögerte sie. »Fünf?«

»Halb fünf.« Er schien nicht enttäuscht zu sein, dass sie

ihn nicht früher treffen wollte. »Du kennst doch die Tuilerien, oder? Hinter dem Louvre?«

»Natürlich.«

»Treffen wir uns dort. Bei unserer Statue.«

»*Unserer* Statue?«

Er grinste und nickte. »Unserer Statue.«

»Wir sind doch noch nie zusammen dort gewesen.«

»Nein. Aber morgen.« Er beugte sich vor und hauchte einen weiteren Kuss auf ihre Lippen. »Du wirst sie sofort erkennen, wenn du sie siehst.«

Sie erinnerte sich, dass sie sich den Park auf der Karte angesehen hatte, bevor man ihr diese geklaut hatte. Das Gelände war riesig, die Anlage legendär. Sie konnte gut und gerne den halben Tag dort verbringen, bis sie herausfand, was er meinte.

»Wenn ich zwei Stunden zu spät komme, weißt du, dass ich sie nicht gleich gefunden habe.«

»Das wird nicht passieren. Und außerdem kann ich sehr geduldig sein.« Er legte die Hand unter ihr Kinn. »Wie ich heute Abend bewiesen habe.«

»Ha.«

Er ließ den Arm sinken und wandte sich zum Gehen, hielt dann jedoch inne. »Kommst du also?«

Sie spürte die Antwort bis in die Zehenspitzen. Ihre Lungen bebten, als sie Luft holte.

Vielleicht war es verrückt. Vielleicht bodenloser Leichtsinn, zudem eine Ablenkung, die sie sich nicht erlauben konnte. Ihr Lächeln wankte. Trotzdem nickte sie. »Ich komme.«

KAPITEL 4 Ganz egal, wie lange er schon dieses Leben führte oder wie spät er am Abend ins Bett gegangen war, wenn er nicht gerade unter einem massiven Jetlag litt, riss Rylan jeden Morgen pünktlich um sieben Uhr die Augen auf und wartete darauf, angeblafft zu werden.

Seufzend ließ er sich gegen das Kopfende seines Betts sinken und strich sich durch das wirre Haar. Durch die Vorhänge fiel blasses Licht herein, und er betrachtete seine Umgebung: die vier grauen Wände, die Bücherregale und das viele *Zeug,* das er im Laufe des letzten Jahres angehäuft hatte. Draußen auf der Straße hatte der Tag bereits begonnen, aber hier drinnen war es wunderbar ruhig. Wie jeden Morgen war er allein in der Wohnung.

Nun, wie *fast* jeden Morgen. Schmunzelnd rieb er sich über das Gesicht. Hin und wieder hatte er eine Frau mit zu sich genommen, aber auch in den seltenen Fällen, in denen eine von ihnen die Nacht bei ihm verbracht hatte, war er nie angeblafft worden. Darauf konnte er auch gut verzichten, vielen Dank.

Nein, wie es aussah, stand er eher auf hübsche Kunststudentinnen. Hübsche Kunststudentinnen, die er jetzt in seinem Bett haben könnte, wenn er bereit gewesen wäre, ihr zu gestehen, was er eigentlich für ein Leben in Paris führte.

Mitbewohner. Sie hatte gefragt, ob er *Mitbewohner* hätte.

Er stöhnte und schüttelte den Kopf über sich selbst. Wahrscheinlich hätte er einfach ehrlich zu ihr sein sollen. Doch es hatte keinen triftigen Grund gegeben. Sie hatte ihm ja noch nicht einmal erzählt, wie lange sie in der Stadt sein würde. Bestimmt nicht länger als eine Woche. Höchstens zwei. Warum also unnötig Staub aufwirbeln? Sie wollte ein charmantes, unkonventionelles Abenteuer erleben mit abgeranzten Hostels und übel riechenden Backpackern als Zimmergenossen? Das wollte er ihr nicht verderben.

Und sich selbst wollte er es auch nicht verderben. Sie wusste nicht, was er zu bieten hatte, und hatte ihn dennoch geküsst. Sie hatte sich für die normale, einfache Version von ihm entschieden. Das hatte noch keine Frau vor ihr getan – allerdings hatte er bisher auch keiner eine Chance dazu gegeben.

Rylan wollte wirklich nicht ihr Gesicht sehen, wenn sie die Wahrheit erfuhr. Schließlich verkörperte er alles, was charmante, unkonventionelle Menschen wie sie verabscheuten. Oberflächlich, reich, faul. Hohl.

Um sich von diesen Gedanken abzulenken, griff er nach seinem Handy, das auf dem Nachttisch lag, und scrollte desinteressiert durch die Nachrichten, die er in der Nacht erhalten hatte. Ein paar stammten von seinem Börsenmakler, eine von einem Kumpel seines Vaters. McConnell. Letztere löschte er, ohne sie überhaupt zu lesen. Die von seiner Schwester überflog er, was er sich jedoch hätte sparen können. Sie hatte momentan nur eins im Kopf, und damit wollte er nichts zu tun haben.

Er würde nicht nach Hause kommen. Da konnten sie ihn noch so sehr mit E-Mails und Anrufen bombardieren, um ihm ein schlechtes Gewissen zu machen. Nicht jetzt. Nicht nach ... all dem, was geschehen war.

Vielleicht nie mehr.

Seufzend schaltete er das Display aus und legte das Telefon zur Seite. Dann schlug er die Decke zurück, rollte sich an die Bettkante und setzte sich auf. Er hatte bis zum späten Nachmittag Zeit, und im Grunde hatte er nichts zu tun. Dennoch würde er nicht mehr schlafen können. Er bog das Rückgrat durch, streckte sich und kratzte sich die nackte Brust. Mit dem Daumen stieß er gegen den Ring, den er an einer Kette um den Hals trug. Schließlich stand er gähnend auf, ging zum Kleiderschrank in der Ecke, zog ein T-Shirt heraus und streifte es über. Damit und mit seinen Boxershorts war er ausreichend angezogen.

In den übrigen Räumen der Wohnung war es sogar noch stiller. Aber es war keine gute Stille. Eher die Art von Stille, die ihn den Großteil seiner Zeit hinaustrieb in die Cafés und Museen, einfach raus. Er ignorierte die Stille, so gut er konnte, und marschierte zur Kaffeemaschine, um sich einen Espresso zu machen.

Während die Bohnen gemahlen wurden, schlenderte er zum Fenster und blickte auf die Welt unter sich. Er mochte die Stimmung kurz nach Sonnenaufgang in Paris. Die ersten Pendler waren mit einem Croissant in der Hand auf dem Weg zur Metro, die Touristen schliefen noch, und die Luft roch nach Bäckerei statt nach Abgasen. Es war eine friedliche Atmosphäre.

Diese Wohnung sollte friedlich sein. Das hatte seine Mutter dem Innenarchitekten ausdrücklich erklärt. Rylan drehte sich um, zwang sich, die Einrichtung genau zu betrachten, und knirschte gereizt mit den Zähnen.

Japanische Wandschirme, moderne Kunst und handgefertigte Vasen, in denen künstliche Blumen standen, hatten nichts mit Frieden zu tun. Nur mit Prahlerei.

Sie hatte sich mit dieser Wohnung einen hübschen kleinen Unterschlupf geschaffen, um dort mit irgendwelchen Idioten zu vögeln, während ihr Mann in den Staaten die Firma plünderte.

Mist. Mist, Mist, *Mist.*

Bevor er hier noch etwas Nutzloses, aber Unbezahlbares zerstörte, ging Rylan zurück zur Espressomaschine und griff nach der zarten kleinen Porzellantasse, wie sie in der Wohnung im Überfluss vorhanden waren. Der Espresso schmeckte bitter und verbrannte ihm die Kehle, doch das war ihm egal.

Er musste hier raus, und zwar nicht nur für heute Nachmittag. Mindestens für ein paar Tage. Vielleicht sogar endgültig. Er stellte die Tasse ins Spülbecken, wo sich später jemand anders darum kümmern würde, stützte sich mit beiden Händen auf der Arbeitsplatte ab und atmete tief durch.

Plötzlich schoss ihm ein Gedanke durch den Kopf – natürlich! Es war so naheliegend, so perfekt – wieso war er bloß nicht schon früher darauf gekommen?

Sofort lief er zurück in sein Zimmer, um Kleidung und Telefon zu holen.

Er hatte zu tun.

Kate trat aus der Kathedrale und blinzelte ins grelle Sonnenlicht. Sie tastete an der Seite nach ihrer neuen Tasche, die sie am Morgen an irgendeinem Stand gekauft und den ganzen Tag fest an den Körper gepresst hatte. Auf dem

Weg durch die Menge, die sich vor dem Ausgang auf dem Platz drängte, gelang es ihr, die billige Sonnenbrille herauszufischen, die sie bei demselben Verkäufer erstanden hatte, und sich diese auf die Nase zu schieben. Nun, da sie endlich wieder etwas sehen konnte, drehte sie sich um und warf einen Blick nach oben.

Die Kathedrale von Notre-Dame. Eine weitere Sehenswürdigkeit, die sie auf ihrer Liste der Dinge, die sie unbedingt gesehen haben musste, abhaken konnte. Und sie war froh, dass sie sich die Zeit genommen hatte, die Kirche zu besichtigen. Die bunten Fenster waren genauso wunderschön, wie man überall las. Die gewölbten Decken, die Bodenfliesen.

Allerdings hatte es nicht so viel Spaß gemacht wie der Besuch im Louvre. Keine der Besichtigungen, die sie allein unternommen hatte, hatte ihr so viel Vergnügen bereitet wie die Stunden mit Rylan.

Etwas irritiert von diesem Gedanken bahnte sie sich einen Weg durch die Menschenmassen auf dem Platz und sah sich um. Sie setzte sich auf eine freie Bank, legte die Tasche in den Schoß und ließ den Blick schweifen. Hier gab es so viel zu sehen, so viele Menschen mit so vielen unterschiedlichen Sprachen. Rylan hätte bestimmt zu allem, was hier zu sehen war, eine interessante Bemerkung gemacht.

Rylan. In ein paar Stunden würde sie ihn sehen, vorausgesetzt, er tauchte auf – und sie würde mit seiner kryptischen Beschreibung zum vereinbarten Treffpunkt finden. Sie wünschte, sie hätte seine Telefonnummer, damit sie ihn bitten konnte, sich schon früher mit ihr zu treffen. Aber nein. So war es besser. Er war ein angenehmer

Begleiter, klar, aber sie sollte sich nicht zu große Hoffnungen machen. Auch wenn er nicht nur auf einen One-Night-Stand aus war, stand ihm das Wort *unverbindlich* fett auf die Stirn geschrieben.

Dort stand aber auch: *souverän im Bett.* Und trieb das nicht einen lustvollen Schauer über ihren Körper?

Nach einer einsam verbrachten Nacht in einem Zimmer mit anderen Backpackern, die ihre Zurückhaltung, das Bett mit einem Fremden zu teilen, überhaupt nicht hatten nachvollziehen können, betrachtete sie heute ihr zögerliches Verhalten von gestern mit anderen Augen. Normalerweise schlief sie nicht mit Männern, die sie kaum kannte, aber sie war hier im Urlaub, und er war einfach umwerfend. Was also sollte die Zurückhaltung? Er wusste, wie man den Körper einer Frau berühren musste. Er würde die Versprechen einlösen, die er ihr ins Ohr geflüstert, die er auf ihre Lippen gehaucht hatte.

Später.

Jetzt musste sie sich der Aufgabe widmen, deretwegen sie nach Paris gekommen war. Sie öffnete ihre Tasche und zog das Skizzenheft und die Zeichenkohle hervor, die sie für den Tag eingepackt hatte. Irgendwie war sie immer noch sauer, dass ihr gestern ein nagelneues Heft geklaut worden war. Andererseits, ein leeres Heft konnte man schließlich für kleines Geld ersetzen. Aber fast volle Hefte? Die Geschichten, die sie erzählten, waren unbezahlbar.

Eine Weile blätterte sie durch die Seiten und betrachtete die Gesichter, die Szenen und die Stillleben, mit denen sie dieses Heft im Laufe der letzten Jahre gefüllt hatte, und es erfüllte sie mit Stolz – sie war stolz auf all die Dinge, die sie in den letzten Semestern an der Uni gezeichnet hatte.

Doch wenn sie das Heft jetzt durchblätterte, hörte sie wieder die Worte, die ihre Mentorin, Professor Lin, ihr in ihrem letzten Gespräch gesagt hatte.

»Es ist überaus beeindruckend, wenn man jeden Stil beherrscht, Kate.« Lin hatte mit der Fingerspitze an ihr Brillengestell getippt. »Aber solange du nicht deinen eigenen Stil gefunden hast ... ist das alles nur nachgemacht.«

Diese Worte nagten an Kate. In ihrem Heft hatte sie mit so vielen unterschiedlichen Stilrichtungen gespielt. Es gab exakte Abbildungen, fast perfekte fotorealistische Darstellungen, fauvistische Farb- und Bewegungsstudien. Ein paar Seiten zeigten impressionistisch verwischte Bilder, und sie hatte sich an abstrakte Kunst herangewagt. Im Großen und Ganzen, das musste sie zugeben, waren die Sachen gut. Aber sie hätten von jedem stammen können oder von fünfzehn *verschiedenen* Künstlern.

In der Kunst musste man einen Stil haben. Eine Vision.

Und das war das eigentliche, das geheime Ziel dieser Reise, über das sie noch mit niemandem zu sprechen gewagt hatte.

Es war ihre allerletzte Hoffnung, einen eigenen Stil zu finden. Einen, mit dem sie ihr Kunststudium fortsetzen konnte.

Sie musste sich beherrschen, die Seite in ihrer Hand nicht zu zerknüllen. Wenn sie keine eigene Vision fand, musste sie sich eben damit abfinden. Dann würde sie den Job, den sie zum Glück in einem Unternehmen ergattert hatte, antreten, und für den Rest ihres gottverdammten Lebens in einem Großraumbüro mit grauen Wänden verbringen. Sie schauderte. Seelenlosigkeit und Stagnation, das Einzige, wozu ihr Vater sie je für gut genug befunden hatte.

Ihr ganzes Leben lang hatte Kate versucht, ihm zu beweisen, dass er sich täuschte. Doch ganz tief in ihrem Inneren glaubte sie es manchmal selbst.

Aber heute nicht. Nicht hier.

Sie straffte die Schultern, blätterte durch die restlichen Zeichnungen zu den letzten weißen Seiten und blickte um sich. Paris wirkte so lebendig, verströmte so viel Energie und Romantik. Die Stadt fühlte sich genauso an, wie sie sich ihre Bilder vorstellte. Wenn sie doch nur diese Energie einfangen könnte ...

Vielleicht hätte sie dann etwas, wofür es sich zu kämpfen lohnte.

Wie schnell die Zeit verflogen war, merkte Kate erst am Stand der Sonne hinter der Kathedrale. Sie hielt im Zeichnen inne und blätterte gedankenverloren zu ihrer ersten Studie. Ja. Dort hatte die Sonne noch deutlich höher am Himmel gestanden. Aus einem Reflex heraus griff Kate nach ihrem schäbigen kleinen Aufklapphandy, doch das Ding stellte sich immer wieder automatisch auf New Yorker Zeit um, sie traute ihm nicht.

Mist. Wie um alles in der Welt sollte sie einen Fremden nach der Uhrzeit fragen?

Sie überlegte kurz, dann wandte sie sich an den Mann, der am anderen Ende der Bank saß. »Pardon?«, fragte sie.

Der Mann drehte sich zu ihr um und musterte sie kurz von oben bis unten, bevor er lächelte und auf Französisch losratterte.

Vor einer kleinen Ewigkeit hatte sie den Wortlaut der

Frage einmal gewusst. »Quelle …« *Wie* … Mist, was hieß noch mal Zeit auf Französisch? Verzweifelt tippte sie auf ihr leeres Handgelenk.

Der Mann lachte. »Trois heures et demie. Halb vier.«

»Danke.« Sie korrigierte sich. »Merci.«

Er sagte noch etwas, doch Kate stopfte bereits eilig ihre Sachen zurück in die Tasche, wobei sie ein wenig Bedauern empfand. Sie hätte gern noch ein paar Minuten länger an der letzten Zeichnung gearbeitet. Dreimal hatte sie dieselbe Ansicht von Notre-Dame gezeichnet, beim ersten Mal besonders genau, beim zweiten Mal mit lockerer Hand. Doch jetzt, beim letzten Versuch, hatte sie das sichere Gefühl gehabt, auf dem richtigen Weg zu sein. Ihre Striche hatten eine neue Qualität gehabt, die Steinmauern lebendig gewirkt. Es hatte sich besser angefühlt als bei den anderen Zeichnungen. Besser als bei allem, was sie seit der Uni gezeichnet hatte.

Doch damit musste sie sich ein anderes Mal weiterbeschäftigen.

Die Tuilerien lagen nur ein paar Straßen entfernt, aber sie verfügte über keinen guten Orientierungssinn, und Rylan hatte ihr noch nicht einmal irgendeine Querstraße als Anhaltspunkt genannt. Vermutlich würde sie die ganze Stunde bis zu ihrer Verabredung dafür brauchen, um den Weg und die besagte Statue zu finden. Was zum Teufel hatte er nur damit gemeint? *Unsere* Statue?

Kate zog ein Feuchttuch aus der Tasche und wischte sich schnell den Kohlenstaub von den Fingern, dann stand sie auf. Sie nickte dem Mann, der ihr die Uhrzeit genannt hatte, noch einmal zu und sah sich mit einem letzten wehmütigen Blick um. Dann schob sie den Riemen ihrer

Tasche über die Schulter und ging in die Richtung, von der sie hoffte, dass es die richtige war.

Zu ihrer Überraschung lag sie tatsächlich richtig.

Als sie den Park erreichte, verlangsamte sie ihren Schritt ein wenig. Wachsam drückte sie die Tasche an ihre Brust, während sie die Wege durchkämmte, doch ihre eigentliche Aufmerksamkeit galt allen Gebilden aus Granit, Marmor oder Bronze, auf die sie zufällig stieß. Sie waren alle wundervoll, gewaltig und beeindruckend. Doch keines rief *Rylan und ich.*

Während sie suchte, stieg zunehmend Verzweiflung in ihr auf und schnürte ihr die Brust zu. Rylan hatte so aufrichtig gewirkt, aber wenn er sie wirklich wiedersehen wollte, hätte er ihr doch einen genaueren Anhaltspunkt nennen können, anstatt sie hier die langen Wege auf und ab laufen zu lassen. Oder ihr eine Telefonnummer gegeben. Eine E-Mail-Adresse. Seinen Nachnamen. Irgendetwas, das ihr jetzt weiterhalf.

Wenn er nicht auftauchte oder sie ihn nicht fand ... nun, es wäre nicht das erste Mal, dass ein Mann sie enttäuschte. Bei Weitem nicht. Doch das änderte nichts daran, dass es jedes Mal wehtat.

In der Ferne ragte der Obelisk auf, der das westliche Ende der Gärten markierte, und Kate verzögerte ihren Schritt. Inzwischen musste es halb fünf sein. Wie lange würde er warten? Lohnte es sich, noch einmal zurückzugehen, falls sie etwas übersehen hatte? Resigniert ließ sie die Arme sinken, drehte sich im Kreis und suchte nach irgendetwas, das ihr einen Hinweis geben könnte.

Und dann entdeckte sie etwas Besseres. Etwas viel Besseres.

Sie lachte schallend auf, als sie ihn sah – wirres dunkles Haar und klare blaue Augen, Lederjacke und Jeans, was ihm außerordentlich gut stand, und in der Hand eine rote Rose.

Rylan.

Und hinter ihm eine Bronzestatue. Bestimmt von Rodin. Eine überlebensgroße Darstellung von einem Mann und einer Frau, die sich leidenschaftlich umarmten.

Sie war trivial. An der Grenze zum Kitsch. Doch als ihre Füße sie zu Rylan trugen, wich jeglicher Zweifel aus Kates Herzen. In den eineinhalb Tagen, die sie sich kannten, hatte er sie so oft zum Lächeln gebracht. Er hatte ihren Körper zum Leben erweckt, und noch schlimmer, er hatte sie mit *Kunst* verführt. Wenn das nicht einen Versuch wert war ... dann wusste sie es auch nicht.

KAPITEL 5

Wäre er seinen üblichen Spielregeln gefolgt, hätte Rylan jetzt ein sinnliches Schmunzeln aufsetzen müssen. Doch als Kate auf ihn zukam, schlich sich stattdessen ein echtes Lächeln in sein Gesicht.

Wem zum Teufel wollte er etwas vormachen? Wäre er seiner üblichen Inszenierung gefolgt, hätte er das Mädchen schon gestern Nacht mit nach Hause genommen, und ein zweites Treffen hätte nicht mehr stattgefunden. Ein zweites Treffen ... o Gott, das hier war ein Rendezvous. Ganz offensichtlich hatten sich all seine Prinzipien in Luft aufgelöst, als Kate sich gestern völlig unbeeindruckt von seinem Charme gezeigt hatte.

Sie hatte die Hände verschränkt, und ihre Wangen waren gerötet, was darauf hindeutete, dass sie auf der Suche nach ihm gerannt sein musste. Sie war ein paar Minuten zu spät, und er musste zugeben, dass er sich allmählich Sorgen gemacht hatte. Doch die waren jetzt verflogen. Das Haar trug sie heute offen, es umrahmte in langen Wellen ihr Gesicht und glänzte in der Sonne. Sie trug noch immer Turnschuhe, hatte dazu heute jedoch eine Jeans gewählt, die sich um ihre Hüften schmiegte, und ein tief ausgeschnittenes T-Shirt, das ... mit Kohle beschmiert war?

Sie blieb ein Stück vor ihm stehen, hob eine Braue und deutete auf die Rose. »Ist die für mich?«

Die Blume, die er auf dem Weg zum Park gekauft hatte, hatte er schon fast vergessen.

»Was, die?« Er drehte sie zwischen den Fingern. »Nee. Die hat mir irgendein Obdachloser geschenkt, während ich gewartet habe. Wahrscheinlich hat er gedacht, ich bin versetzt worden, und wollte mich trösten.«

»Entschuldige. Ich habe die Zeit vergessen.« Sie kniff die Augen zusammen. »Dass mir ein gewisser *Jemand* den Treffpunkt ziemlich ungenau beschrieben hat, war allerdings auch nicht gerade hilfreich, um pünktlich zu sein.«

»Dieser *Jemand* verkalkuliert sich eben manchmal.« Er reichte ihr die Rose, nahm ihre Hand und zog sie an sich. Und Teufel, damit hatte er nicht gerechnet. Sie fühlte sich genauso gut an wie gestern – vielleicht sogar noch besser.

Gestern waren es vielleicht seine Schmeicheleien gewesen, die sie dazu verführt hatten, Zeit mit ihm zu verbringen. Heute hatte sie sich bewusst dafür entschieden, ihn zu treffen. Sogar nach ihm gesucht.

Er schluckte den plötzlich heftig in ihm aufwallenden Stolz hinunter, musterte ihr Gesicht und hob die Hand, um etwas Kohlenstaub von ihrer Wange zu reiben. Wie reizend. »Lass mich raten: Du hast den ganzen Tag gezeichnet?«

»Ja. Ich habe viel geschafft.«

»Gut.« Wusste sie eigentlich, wie fantastisch das war? Er vergeudete jeden einzelnen Tag seines Lebens, und sie hatte sogar in ihrem Urlaub etwas zu tun. Und dann hatte sie damit aufgehört und war, ihrer Atemlosigkeit nach zu urteilen, hierher gerannt, weil er sie darum gebeten hatte.

Sein Herz zog sich zusammen, er legte eine Hand unter ihr Kinn und bemühte sich, nicht zu fest zuzufassen. »Schön, dass du da bist.«

»Find ich auch.« Doch sie wandte den Blick ab, als wäre es ihr peinlich, das zuzugeben.

Er neigte den Kopf und stupste mit seiner Nase gegen ihre, sodass ihre Lippen nur einen Hauch voneinander entfernt waren. Sie roch süßer als die Blume, die er ihr mitgebracht hatte, und ihre Haut war zarter als die Blütenblätter. Und fast genauso rot. Ihre Scham beunruhigte ihn. Er freute sich so sehr, dass sie sich entschieden hatte, ihn wiederzusehen, dass ihm die Vorstellung missfiel, sie könnte sich womöglich weniger freuen als er. Oder gar Zweifel hegen.

Was auch immer sie zögern ließ, er war entschlossen, ihre Bedenken zu zerstreuen.

Seine Stirn an ihre gelegt, strich er mit seinen Lippen über ihren Mundwinkel, und als sie sich tatsächlich von ihm küssen ließ, tat sein Herz einen Sprung. »Du siehst toll aus.«

Sie entspannte sich ein wenig in seinen Armen und legte lachend die Hand um seinen Nacken. »Musst *du* gerade sagen.«

Erneut machte sich Stolz in ihm breit. »Gefalle ich dir?«

»Ja«, sagte sie mit brüchiger tiefer Stimme. Sie strich mit der Hand über seine Brust und entzündete ein Feuer auf seiner Haut. »Sehr.«

»Gut.« Wenn sein Aussehen ihm zu dieser Chance verhalf, war es zumindest zu etwas nützlich. Ohne ein weiteres Wort legte er seinen Mund auf ihren, öffnete die Lippen und ließ die Zunge zu ihr gleiten. Sie schmiegte sich an ihn – perfekt, weich, sinnlich. *Willig.*

Und das war das Schönste von allem. All ihr Zögern von gestern Abend war auf einmal von ihr abgefallen, und die Art, wie sie sich dem Kuss hingab, ließ wahre Stromstöße durch seinen Körper jagen. Zum Teufel mit den Prinzipien – manchmal lohnte es sich, etwas mehr Zeit zu investieren, auch bei einer Touristin.

Er schloss sie in die Arme und küsste sie mit einer Lust und Hingabe, dass die Statue in ihrem Rücken dagegen verblasste. Als er drohte die Kontrolle zu verlieren, rückte er gerade so weit von ihr ab, dass ihr Atem sich noch miteinander verband, und knurrte mit tiefer Stimme: »Ich bin *sehr* froh, dass du da bist.«

Sie wirkte leicht verwirrt, ihre roten Lippen schimmerten glänzend und voll. »Ich auch.«

Die Versuchung war groß, seinen Plan schnell durchzuziehen, aber nein. Diesmal nicht, nicht bei diesem Mädchen.

Anfangs war ihr gestriger Ausflug ins Museum nur ein Trick gewesen, mit dem er sie in sein Bett hatte locken wollen. Doch irgendwie war dieser Tag am Ende der beste in diesem ganzen öden letzten Jahr gewesen. Er hatte sich dieser wunderschönen Frau nah gefühlt und es genossen, die Kunstwerke mit ihren Augen zu betrachten. Auch sich selbst hatte er mit ihren Augen gesehen. Nicht den Mann, den man um alle Optionen gebracht hatte, nur um ihm die Kehrseite des Lebens zu zeigen, das man für ihn vorgesehen hatte. Nicht den Mann, der sich daraufhin abgewandt hatte und fortgelaufen war.

Für sie war er einfach nur ein Mann. Ein Mann, dessen Aussehen ihr gefiel und den sie am Vorabend in seine Wohnung begleitet hätte. Ein Mann, der sie mit einem Kuss verwirren konnte.

Sein Puls raste. Klar, er wollte sie nackt vor sich liegen sehen. Aber er wollte auch den Rest von ihr. Er wollte *mehr.*

Er musste all seine Willenskraft zusammennehmen, doch schließlich gelang es ihm, einen Schritt zurückzutreten. Sein Atem ging noch immer zu schnell, und er musste seinem Körper Gelegenheit geben, sich zu beruhigen, indem er etwas Abstand zwischen sich und Kate brachte. Abendessen. Sie würden zu Abend essen. Dann konnten sie sich dem Rest widmen.

»Komm.« Er nahm ihre Hand und griff nach seiner Tasche, die auf dem Boden stand.

»Was ist das?«, fragte sie.

Hauptsächlich Kondome und etwas Frisches zum Anziehen.

»Nichts.« Er hängte sich die Tasche über die Schulter und deutete mit dem Kopf zum Ausgang des Parks. Schnell wechselte er das Thema, um seinen eigenen Plan nicht zu vereiteln und nichts zu überstürzen. »Was hältst du von äthiopischem Essen?«

»Das ist nicht französisch.« Ihre Stimme ging am Ende unsicher nach oben.

»Äußerst scharfsinnig. Aber magst du es?«

»Ich weiß nicht. Ich habe es noch nie probiert.«

Perfekt. »Lust auf ein Abenteuer?«

Kichernd drückte sie seine Hand und ließ sich von ihm den Weg hinunterführen. »Ist das nicht offensichtlich?«

Das gefiel ihm – die Vorstellung, dass er sie zu einem Abenteuer einlud, auf das sie ihn genauso mitnahm. Bei keiner einzigen seiner Eroberungen im letzten Jahr hatte er es auf diese Weise probiert – Rendezvous, Abendessen, Küssen im Park. Nicht ein einziges Mal.

Hatte er das überhaupt jemals getan? Bei all den beschissenen Beziehungen, die er in seinem Leben mit angesehen hatte, bei all den Spielchen, die die Menschen um ihn herum spielten ...

Doch hier, mit diesem Mädchen, das nicht wusste, wer er war, und die nur eine begrenzte Zeit in Europa bleiben würde, schien ihm das irgendwie einen Versuch wert zu sein.

Das Restaurant war nicht ganz so schäbig und trendy wie der Crêpe-Stand gestern, wo sie sich ihr Essen buchstäblich aus einem Loch in der Wand geholt hatten, aber auch nicht gerade schick. Es lag in einer Nebenstraße, im Souterrain eines Mietshauses. Die Beleuchtung war schummerig, die Farben jedoch grell, die Wände waren in Orange, Rot und Gold gestrichen. Rylan blickte an all den gewebten Körben auf den Tischen und den Wandteppichen vorbei zum Tresen. Er stutzte. Keine Lucille? Sie arbeitete doch immer samstags.

Ah, da kam sie durch den Perlenvorhang neben der Küche heraus in den Gastraum. Ihre Blicke trafen sich, und als sie ihn sah, lächelte sie. Mit hochgezogener Braue stolzierte sie durch den Raum auf ihn und Kate zu. Ihre dunkle Haut schimmerte im Schein der Lampen. »Deux?« *Zwei?*

Zugegeben, das war ungewöhnlich. Normalerweise tauchte er hier allein auf.

»Deux«, bestätigte er und führte Kate zu einem gemütlichen Platz an der Seite des Raums. Als er einen Stuhl für sie vom Tisch abrückte, fragte er: »Einverstanden?«

»Klar.« Sie klang nicht sehr überzeugt, darum beugte er

sich hinunter, fasste ihre Schultern und küsste sie auf die Wange.

»Es ist gut. Glaub mir.«

Mit einem leisen Brummen legte sie sich ihre Tasche auf den Schoß. Sie ließ das Ding heute nicht aus den Augen, es grenzte schon fast an Paranoia, doch das konnte er ihr nicht verübeln.

Um Zuversicht zu verbreiten, hängte er seine eigene Tasche über die Lehne des leeren Stuhls neben sich, als er ihr gegenüber Platz nahm – und erwischte Kate dabei, wie sie die Tasche erneut mit neugierigem Blick musterte.

Gut. Sollte sie weiter darüber nachdenken.

Lucille brachte ihnen die Speisekarten. »Braucht ihr einen Moment zum Aussuchen?«

Seltsam. Er hatte sie noch nie Englisch sprechen hören. »Ja, bitte.«

Sie nickte und entfernte sich unauffällig, allerdings nicht, ohne mit den Fingerspitzen über seinen Nacken zu streichen. Diese Schlange. Er warf ihr einen halbwegs vorwurfsvollen Blick zu, teils, um sie zu warnen, teils, um Kate zu zeigen, dass es ihm nicht gefiel.

Die schien nicht zu wissen, was sie davon halten sollte. Als sich Lucille entfernte, deutete sie vage in ihre Richtung. »Du bist hier wohl Stammgast?«

»Das könnte man so sagen.«

Er mochte kleine Restaurants, die eine eigene Atmosphäre hatten – in denen die Besitzer selbst bedienten und alle zur Familie gehörten. Wenn man sich in einer fremden Umgebung befand, taten solche Läden einfach gut. Läden, in denen man ihn nur mit einem seiner Namen kannte.

Genau wie Kate, für die er einfach nur Rylan war.

»Also.« Er klappte die Karte auf. »Gibt es etwas, das du nicht isst?«

»Nein, eigentlich nicht.« Sie griff nach der anderen Karte, doch er legte seine Hand auf ihre und hielt sie zurück.

Ihrem Gesicht nach zu urteilen, gefiel ihr das überhaupt nicht. Anstatt sie also davon abzuhalten, selbst die Karte zu studieren, schloss er die Finger um ihre Hand. »Du kannst natürlich selbst einen Blick hineinwerfen. Aber ... wenn du mir vertraust, würde ich gern etwas für dich aussuchen?«

»Ich vertraue dir.« Sicher?

Er schüttelte den Kopf und versuchte, jegliche Bedenken zu zerstreuen, die sie womöglich hatte. »Man bestellt hier verschiedene Gerichte. Die werden dann alle auf einer großen Platte serviert. Dazu gibt es Brot. Jeder probiert ein bisschen von allem.«

»Aha.«

Er schmunzelte und strich mit dem Daumen über ihre Knöchel. »Ich behaupte nicht, deinen Geschmack zu kennen, aber ich habe ein paar Favoriten, die ich dir gern vorstellen würde. Was meinst du?«

Und da war er wieder, dieser Blick. Als würde sie direkt in ihn hineinschauen. Eigentlich müsste ihm das unangenehm sein, aber das war es nicht. Stattdessen fragte er sich, was um alles in der Welt sie wohl sah.

Was immer es war, es schien sie zufriedenzustellen. Nur zur Sicherheit fragte sie: »Nichts zu Scharfes?«

»Ich kann auch mild.«

»In Ordnung.« Sie nickte entschlossen. »Ich bin dabei.«

Gut. Er drückte ihre Hand, wandte sich um und fing

Lucilles Blick auf, die zu ihnen an den Tisch trat. Er blätterte durch die Karte und wählte ein paar Gerichte zum Probieren für Kate aus, wobei er Gemüse- und Fleischvarianten mischte.

»Ist das alles?«, fragte Lucille, als er fertig war.

»Ja. Danke.« Er reichte ihr die Karten, ohne jedoch den Blick von Kate zu wenden.

Anscheinend war seine Botschaft angekommen. Lucille lächelte ihn zwar zärtlich an, versuchte diesmal jedoch nicht, ihn anzufassen.

Dafür würde er sich später bei ihr bedanken. Jetzt musste er sich um wichtigere Dinge kümmern.

»Erzähl«, sagte er und richtete seine ganze Aufmerksamkeit auf die Frau, die vor ihm saß. Er nahm ihre Hand, drehte sie um und klappte ihre Finger auf. Grinsend rieb er über die Farbflecken auf ihrer Haut. »Was hast du heute getrieben? Wobei hast du dich so schmutzig gemacht?«

Vielleicht hätte sie Rylans Fähigkeit, etwas zugleich verführerisch, ernst und albern klingen zu lassen, nicht ganz so anziehend finden sollen. Aber Kate lachte und ließ es zu, dass er ihre Hand umdrehte und ihre Fingernägel inspizierte. Seine warme Berührung fühlte sich schön an, genau die richtige Mischung aus sanft und fest.

Und egal, welche Gefühle es in ihr aufsteigen ließ, sie weigerte sich zurückzuzucken oder die Hand wegzuziehen. Wie oft war ihr der Zustand ihrer Hände unangenehm gewesen? Standen Männer nicht eher auf Frauen mit weicher, glatter Haut und perfekt manikürten Fingernägeln anstatt auf Kratzer und Tinte und Klebstoff an den Händen? Aber falls es Rylan störte, zeigte er es nicht.

Er zog ihre Hände zu sich heran, um sie auf den Handrücken zu küssen.

»Und?«, fragte er und legte sie zurück auf den Tisch.

»N… nichts Besonderes.« Ihre Stimme klang überraschend heiser, was allerdings zu ihrer Nervosität und Anspannung passte. Diesem Kribbeln in ihren Brüsten. »Nur ein bisschen gezeichnet.«

Seine Miene hellte sich auf. »Zeigst du es mir?«

»Es ist nichts Besonderes.« Der Drang, ihm ihre Hand zu entziehen, verstärkte sich, allerdings jetzt aus anderen Gründen.

Sie zeigte ihre Zeichnungen nicht gern – nicht, wenn sie noch nicht fertig waren, und selbst dann war sie nervös, wenn sie ihre Arbeiten jemandem zeigte. Das lag nicht nur an ihrer Unsicherheit. Sie wusste, dass sie einigermaßen gut auf ihrem Gebiet war.

Doch wenn man jemandem seine Arbeit zeigte, gewährte man ihm zugleich Einblick in einen ganz anderen Teil seiner selbst. Und wenn man noch nicht einmal wusste, wofür die eigenen Zeichnungen eigentlich standen, war das noch schlimmer. Man zeigte dem anderen eine unfertige Version von sich. Zersplittert und unscharf. Ein chaotisches Innenleben, das sich noch nicht zu einer Persönlichkeit geformt hatte.

»Komm schon«, drängte er. »Ich meine, wenn du nicht willst, verstehe ich das, aber ich wette, sie sind toll.« Er legte den Kopf schräg und blickte sie unter seinen dunklen Wimpern hervor aus wunderschönen klaren blauen Augen an.

»Sind sie nicht.«

»Ich werde sie nicht beurteilen.«

Er schien so *interessiert* zu sein. Als sie schwankte, ob sie ihm nicht doch einen Blick in ihren Kopf gewähren sollte, glänzten seine Augen. Sie war schon so oft und von so vielen Leuten verunsichert worden, wenn es um ihre Kunst ging – von ihrem Vater, von Aaron. Teufel, sogar manchmal von ihrer Mutter, obwohl die sich eigentlich bemühte, sie zu unterstützen.

Wahrscheinlich war es dumm, doch Kate fühlte sich von seiner Neugier geschmeichelt.

Und außerdem galt auch hier, was sie sich gestern gesagt hatte, als sie seinem Drängen nachgegeben hatte: Sie kannte diesen Mann nicht, und er kannte sie nicht. Was hatte sie also zu verlieren?

Ach, warum nicht. »Okay.« Das Herz klopfte ihr bis zum Hals, und ihre Finger zuckten vor Nervosität. Doch sie entzog ihm ihre Hand und öffnete die Tasche.

Über den Großteil der Seiten blätterte sie hinweg, da sie noch nicht bereit war, ihm zu viel von sich zu zeigen. Als sie zu der ersten Zeichnung gelangte, die sie heute angefertigt hatte, runzelte sie die Stirn. Sie sah kein bisschen besser aus als vorhin, als sie an ihr gearbeitet hatte. Doch Rylan schien so aufmerksam, so aufrichtig interessiert – es war zu spät, einen Rückzieher zu machen.

Sie versuchte, die Fassung zu wahren, obwohl ihr die Hitze in die Wangen stieg und Kälte den Nacken hinaufkroch, doch sie klappte das Heft auseinander und schob es zu ihm hinüber.

Er betrachtete die Zeichnung. »Notre-Dame?«

Etwas von ihrem Unbehagen verschwand. »Zumindest erkennst du es.« Aufgrund der markanten Fenster hatte sie das zwar vermutet, dennoch war es nett, es zu hören.

»Sofort.« Er machte keine weitere Bemerkung zur Qualität ihrer Arbeit, und erst da merkte sie, wie sehr sie auf irgendeine Bestätigung von ihm gewartet hatte. Wenn auch nur auf einen normalen höflichen Satz, den man sich normalerweise zu äußern verpflichtet fühlte. Er wollte gerade die Seite umschlagen, hielt dann jedoch inne. »Darf ich?«

Jetzt waren sie schon so weit gekommen. Sie nickte und hielt die Luft an.

Aufmerksam studierte er die nächste Zeichnung. »Dieselbe Ansicht.«

»Ja. Ich …« Lohnte es sich, ihm ihr Vorgehen zu erklären, wenn sie es jetzt selbst kaum mehr verstand? »Man muss ein bisschen herumprobieren, um herauszufinden, in welche Richtung man gehen will.«

Ein weiterer Blick zu ihr, um sich zu versichern, dass er zu der dritten und letzten Zeichnung weiterblättern durfte. Sie hielt die Luft an, als er die Seite auf Armeslänge von sich weghielt und sie dann erneut aus der Nähe betrachtete.

Als ihre Selbstbeherrschung bröckelte, zwang sie sich auszuatmen und befeuchtete ihre Lippen. »Damit bin ich nicht ganz fertig geworden.« Scherzhaft fügte sie hinzu. »Ich hatte keine Zeit mehr, ich musste zu einer Verabredung.«

Er zuckte lediglich mit dem Mundwinkel. Schließlich, nach einer gefühlten Ewigkeit, blickte er auf. »Das gefällt mir.«

»Ja?«

»Ja, sehr.« Er überzeugte sich davon, dass der Tisch sauber war, dann legte er das Heft mit der Zeichnung nach oben vor sich hin. Er tippte auf die Ecke der Seite. »Das hier ist besonders.«

Und jetzt war sie froh, dass er sie nicht gleich gelobt hatte – dass er sich Zeit gelassen und über jedes einzelne Bild nachgedacht hatte. Dadurch war das Kompliment wirkungsvoller, es schien glaubhafter, dass er es wirklich so meinte und es nicht nur aus Höflichkeit sagte.

»Ja.« Sie stieß einen Seufzer aus, Unsicherheit und Aufregung schmolzen dahin. Ihre Zunge, die die ganze Zeit über wie gefangen gewesen war, löste sich plötzlich, und sie beugte sich über den Tisch zu ihm hinüber. »Ich hatte das Gefühl, dass ich mit dem hier auf einem guten Weg bin. Ich wünschte, ich hätte ein bisschen mehr Zeit gehabt.«

»Geh noch einmal zurück.«

»Wenn ich die Gelegenheit dazu habe.«

»Du gehst zurück«, beharrte er. Er deutete mit dem Daumen auf die Ecke der Seite. »Weißt du, was daran anders ist?«

Am liebsten hätte sie gelacht. »Dass sie nicht total schlecht ist?«

»Nein. Die anderen sind auch nicht schlecht. Nur dass darin nicht so viel ... enthalten ist. Da hast du gezeichnet, was du gesehen hast. Aber hier hast du es so gezeichnet, wie du wolltest, dass der Betrachter es sehen sollte. Mit deinen Augen. Der Unterschied zu den anderen ist sehr subtil.« Er schob ihr das Zeichenheft zu. »Aber beeindruckend.«

Nachdenklich drehte sie die Seite um, sodass die Zeichnung gerade vor ihr lag. Er hatte recht. Es war nicht einfach nur eine berühmte Kirche, die dem Betrachter wie von einer Postkarte entgegenblickte. Das große, runde Fenster in der Mitte verband sich mit den Spitzbögen und den Dächern der Türme, die sich wiederum mit dem Himmel und dem Boden verbanden. Alles vermittelte ein Gefühl von Wärme. Den Eindruck von Ganzheit. Sie hatte angefangen zu interpretieren. Alles miteinzubeziehen und ein Bild zu erschaffen, das man *fühlen* konnte.

Notre-Dame. Unsere Lady. Eine Frau, die ganz allein auf einer Insel stand.

Lächelnd deutete Rylan auf die Zeichnung. »Man kann nicht lieben, was man nicht kennt, und man kann nicht so zeichnen, wenn man nicht liebt.«

Das war richtig, aber so hatte das noch niemand ausgedrückt.

Wie wäre es wohl, ihn zu zeichnen? Sie war nie besonders gut im Porträtieren gewesen, aber jetzt konnte sie es sich vorstellen. Ihn für sie posieren zu lassen. Vielleicht nackt. Er wäre wunderschön, und mit genügend Skizzen ... Aber es war gefährlich.

Der beste Weg, sich zu verlieben.

Sie schloss das Heft und steckte es zurück in die Tasche. »Woher weißt du so viel über Kunst?«

Ein Schatten legte sich über seine Augen, verschwand jedoch augenblicklich wieder. »Sie hat mich immer interessiert, aber ich selbst war nie sonderlich gut darin.«

Bevor sie weiter in ihn dringen konnte, erschien die Frau, die ihre Bestellung aufgenommen hatte, erneut am Tisch. Kate wollte sich nicht von ihrer Gegenwart einschüchtern lassen, stattdessen sah sie auf und lächelte ihr zu. Doch als die Frau Rylan eine Hand auf die Schulter legte, während sie einen Korb auf den Tisch stellte, glitt Kates Blick unwillkürlich zu ihm. »Euer Essen ist fast fertig.«

»Merci«, sagte Rylan, ohne auf ihre Geste einzugehen.

Also würde Kate sie auch nicht weiter beachten. Sie hatte gewusst, auf wen sie sich einließ, da durfte es sie nicht überraschen, dass er so locker, so vertraut mit einer hübschen Kellnerin umging. Es war sogar eine heilsame Warnung.

Ihr unruhiger Herzschlag beruhigte sich, als die Frau fortging und sie wieder allein ließ. Ohne Kate aus den Augen zu lassen, hob Rylan den Deckel des Korbs, aus dem daraufhin schwacher Dampf entwich, der von einer Reihe fest zusammengerollter Handtücher stammte. Er nahm eins heraus und warf es von einer Hand in die andere, während er sich damit die Hände reinigte. Dann legte er es zur Seite, holte ein weiteres heraus und sah sie an. »Darf ich?«

Oh. »Okay.« Sie streckte die Hände aus, und er nahm sie vorsichtig in seine und strich mit dem feuchten heißen Tuch über ihre Finger.

Kate schluckte. Sie hatte gewusst, was für ein Mann er war, und ja, dazu passte, dass er mit Kellnerinnen flirtete. Aber das hier passte auch zu ihm – eine lässige Ausstrahlung und geschickte Hände. Tief in ihrem Bauch erwachte ein heißes, loderndes Feuer.

Er wüsste, wie er mit ihrem Körper umgehen müsste, wenn sie ihn ließe. Und vielleicht wog das die Unsicherheit und die Unverbindlichkeit auf, auf die sie sich mit dieser Begegnung einließ. Die Vorstellung war beängstigend, aufregend und neu.

Und dann schoss ihr ein Gedanke durch den Kopf. Wenn er sie drängte – und das würde er –, *könnte* sie ihn mit zu sich ins Hostel nehmen. Nichts hinderte sie daran, außer ihrer eigenen Befangenheit, die Vorbehalte, die sie in den letzten Jahren gegenüber Sex, Intimität und Liebe aufgebaut hatte. Wen störten schon ihre Zimmergenossen mit ihrem leisen Stöhnen und den quietschenden Bettfedern? Wen interessierte es, auf welche Weise sie bislang Sex gehabt hatte?

Wozu war es wichtig, ob man einem Mann, mit dem man nur einmal schlief, vertrauen konnte?

Einen Partner wie ihn hatte sie noch nie gehabt, und sie war sich auch nicht sicher, ob sie das überhaupt gewollt hätte. Aber vielleicht verdiente sie die Chance, es auszuprobieren.

In diesem Moment blickte er zu ihr auf, und es war, als würde sich der Raum verschieben. Er hatte keine Ahnung, dass sich gerade ihre gesamte Vorstellung davon, was sich zwischen ihnen abspielen könnte, geändert hatte, aber er musste gespürt haben, dass etwas anders war, denn er zog einen Mundwinkel hoch und lächelte sie schief an. »Was ist?«

»Nichts.«

Kopfschüttelnd strich er mit dem Tuch noch einmal über ihre Knöchel, dann knüllte er es zusammen und legte es zur Seite. »Fertig. Alles sauber.«

»Wirklich schmutzig waren sie ja auch gar nicht.«

»Aber jetzt sind sie sauberer.« Er küsste ihre Hand, bevor er sie losließ.

In diesem Moment kam die Kellnerin, räumte Handtücher und Korb ab und tauschte sie gegen eine runde Platte von der Größe einer Pizza. Wie angekündigt, war sie mit Brot ausgelegt, von dem noch mehr zusammengerollt am Rand lag. Darauf waren diverse Speisen angerichtet, die Kate nicht identifizieren konnte. Sie waren bunt und verströmten ein unglaublich vielfältiges Aroma – so etwas hatte sie noch nie zuvor gerochen.

Eine dunkle Hand erschien über dem Tablett und deutete auf jedes Gericht. »Hähnchen, Rind, Kartoffeln, Gemüse, Linsen, Blattgemüse.« Die Kellnerin blickte von einem zum anderen und wartete auf eine Reaktion.

Rylan nickte, grinste sie an und sagte so schnell etwas auf Französisch, dass Kate es nicht verstand. Ihre Erwiderung war ebenso unverständlich, und er lachte und schüttelte den Kopf.

Als die Kellnerin sich entfernte, sah Kate ihn neugierig an. »Was habt ihr zwei geredet?«

Er rollte eine Serviette auseinander und legte sie sich auf den Schoß. »Ich habe ihr gesagt, dass es wunderbar aussieht, und sie hat gesagt, ich solle ihr Bescheid sagen, wenn du kneifst und lieber ein Sandwich willst.«

»Hm.« Kate nahm ebenfalls ihre Serviette, dann blickte sie in Richtung Kellnerin. »Sie hat das Besteck vergessen.«

»Nein.« Er riss ein Stück Brot ab und benutzte es wie einen Löffel, um sich etwas zu nehmen, das nach Hähnchen aussah. »Siehst du?«

Oh. Plötzlich ergab das Händereinigen deutlich mehr Sinn.

Es war ungewohnt, aber sie riss ein Stück Brot ab und versuchte, seinem Beispiel zu folgen. Die Kleckerei, die sie erwartet hatte, blieb aus, aber es war auch keine sonderlich saubere Angelegenheit. »Weißt du«, sagte sie, »meine Mutter hat immer gesagt, ich soll niemals bei einem Date französische Zwiebelsuppe bestellen, weil man damit zu viel kleckert. Das würde den Mann bloß abschrecken.«

Rylan wirkte derart elegant, als er sich Linsen von den Fingern leckte, als würde er in einem schicken Restaurant Champagner trinken. Er lachte. »Nun, hiermit hast du offiziell meine Erlaubnis, dir künftig jede Suppe zu bestellen, die du willst. Du musst mich nicht beeindrucken.« Er schob sich eine Handvoll Essen zwischen die Lippen und tupfte sich anschließend mit der Serviette die Mundwinkel ab. Schulterzuckend sagte er: »Ich mag Mädchen mit Appetit. Ich mag Dinge, die gut schmecken. Und ich finde nicht, dass es abschreckend ist, wenn jemand sie genießt. Ganz im Gegenteil.«

Er sah sie erwartungsvoll an. Während er geredet hatte, hatte sie ruhig dagesessen und das mit Soße getränkte Brot zwischen den Fingern gehalten. Na gut. Sie nahm einen Bissen und machte große Augen. Das Brot war luftig und schmeckte ein bisschen säuerlich, das Fleisch zart und geschmackvoll. So etwas hatte sie noch nie gegessen, es war intensiv und süß und köstlich gewürzt.

»Und?«

»Es ist gut«, sagte sie, was eigentlich keine Überraschung war.

»Hier.« Er lächelte, während er noch ein Stück Brot abriss, damit etwas Gemüse abschöpfte und es ihr anbot. »Probier das mal.«

Es war genau wie am Vorabend mit dem Crèpe. Nur dass sie statt an der frischen Luft in einem gemütlichen kleinen Restaurant saßen, wo niemand sie beobachten konnte, nur die anderen Gäste und die Kellnerin, und Kate hatte nichts zu verbergen. Nicht vor einem von denen. Sie neigte den Kopf und nahm ihm mit den Lippen das Stück aus der Hand. Seine Augen funkelten dunkel, und ein Schauer durchlief ihren Körper, als er die Fingerspitzen noch einen Augenblick verweilen ließ und langsam die Kontur ihrer Unterlippe nachzeichnete.

Sie schluckte, hielt seinem Blick jedoch stand.

»Das mag ich auch.« Die Art, wie er sie berührte, sie ansah und sie mit exotischen Köstlichkeiten fütterte.

Er schluckte, als sie sich mit der Zunge über die Lippen strich. »Bist du froh, dass du mir vertraut hast?«

War das nicht die Frage des Abends? Vielleicht sogar ihrer ganzen Reise?

Sie zögerte. Aber sie konnte es nicht leugnen. »Ja. Bin ich.«

»Na dann.« Er bereitete einen weiteren Bissen für sie vor und führte ihn zu ihrem Mund. »Hier. Das musst du auch unbedingt probieren.«

KAPITEL 6

Es war so ein Klischee – die Langeweile, die einen Menschen befällt, der in seinem Leben nichts mehr erreichen will. Rylan hatte sich damit abgefunden, einer ganzen Reihe von Klischees zu entsprechen. Der gelangweilte Ausländer, der lässige Schürzenjäger. Der einsame Wolf, der sich vor den Menschen versteckte, die ihn daran erinnerten, wer er einmal gewesen war und was er hinter sich gelassen hatte.

Anscheinend war es an der Zeit, der Liste einen weiteren Punkt hinzuzufügen.

Wie lange war es her, dass er etwas – jemanden – so sehr begehrt hatte? Frauen fielen in sein Bett. Sie amüsierten und unterhielten ihn, und im Gegenzug verwöhnte er sie. Doch sie gingen am nächsten Morgen, wenn nicht sogar gleich, nachdem sie fertig waren. Sie beschäftigten ihn nicht weiter. Nicht ernsthaft.

Als er und Kate in die Gasse hinaustraten, betrachtete er ihr Haar, das ihr um die Schultern fiel, ihre strahlenden Augen, den schlanken, blassen, so geschmeidigen Hals. Er wusste nicht, ob sie für ihn je so schön ausgesehen hatte, und er *begehrte* sie, sehnte sich mit einer solchen Macht nach ihr, wie er es in diesem ganzen langen einsamen Jahr nicht erlebt hatte – das bewegte ihn. Nie zuvor war ihm seine Zeit in Paris so einsam erschienen. An diesem Abend, hier, mit dieser Frau, verloren all seine Versuche, sich vor dieser Wahrheit zu schützen, ihre Wirkung.

Berauscht von dem guten Essen, der wunderbaren Gesellschaft und der Wärme dieses schönen Mädchens, konnte er sich nicht mehr zurückhalten. Bevor sie in die Hauptstraße abbogen, fasste er Kate entschlossen an der Schulter, drehte sie zu sich um und drückte sie gegen die Hauswand neben dem Restaurant. Und als er sich an sie drückte, Brust an Brust und Mund an Mund, beschleunigte sich sein Herzschlag. Es wäre ein Leichtes, sie zu überwältigen und sich zu nehmen, wonach er sich so sehnte ...

In seinem Kopf schrillten die Alarmglocken, und er hielt abrupt inne. Nein. Er hatte sich solche Mühe gegeben, sie vorsichtig zu umgarnen, und was er jetzt tat, war das absolute Gegenteil. Als er den Blick hob und sie ansah, erwartete er, Angst darin zu sehen.

Aber nein.

Sie legte die Hände auf seine Brust, ihre Augen groß und dunkel, und leckte sich mit der Zunge über die Lippen, während sie sich in sein T-Shirt krallte. Bereit.

Erleichterung durchströmte ihn, und die letzte Zurückhaltung fiel von ihm ab. Er neigte sich vor, und sein Puls raste, als sie willig die Lippen öffnete. Sie schmeckte nach Sex und Gewürzen, und er wollte sie überall schmecken – ihre vollen Brüste, die feuchte Stelle zwischen ihren Beinen.

Er wagte es, die Hand an ihrem Brustkorb hinaufgleiten zu lassen, bis sein Daumen über die Wölbung am Rand ihrer Brust strich. Als sie sich von ihm löste, um nach Luft zu schnappen, glitten seine Lippen über ihre Wange den Hals hinunter, und er vergrub das Gesicht in dem süßen Duft ihres Haars und raunte: »Heute Abend gehst du nicht allein ins Hostel zurück.«

Lachend lehnte sie den Kopf gegen die Mauer und hob eine Hand, um mit den Fingern durch sein Haar zu streichen. »Meine Zimmergenossen hatten gestern Nacht Sex.«

»Ja?«

»Ja.« Sie zog ihn an ihre Lippen und küsste ihn noch inniger.

Die Vorstellung – sie allein in einem schmalen Bett, während sie fremden Leuten dabei zuhörte, wie sie zum Höhepunkt kamen – machte ihn nur noch schärfer. Er schob seine Hand weiter ihren Brustkorb hinauf und fragte zwischen zwei Küssen: »Hat es dich erregt?«

Sie wand sich, löste jedoch keineswegs den Griff um seinen Nacken. »Es war mir peinlich.«

»Das beantwortet nicht meine Frage.«

»Vielleicht. Ein bisschen.«

Sein eigentlicher Plan machte einer ganzen Reihe neuer schmutziger Fantasien Platz. Er rückte so weit von ihr ab, dass er ihr Gesicht sehen konnte. »Hattest du Lust, auch eine Show abzuziehen? Während du ihnen bei ihrer zugesehen hast? Ist ein kleiner Voyeur dabei?«

»Nein.« Doch sie errötete. »Nein, aber ich habe keine Angst mehr davor, es dort auch zu tun. Wenn es denen egal ist, dann ... ist es mir auch egal.«

Und er konnte es in ihren Augen lesen, hörte es an ihrem Atem: Sie wartete nur darauf, dass er sie fragte.

Die Worte lagen ihm auf der Zunge, ganz vorn auf der Spitze. Wenn er sie auf den Hals küsste und an ihrem Ohr knabberte. Wenn er sich an ihre Hüfte drängte, ihr zeigte, wie hart er war, und sie bat, ihn mit zu sich zu nehmen, würde sie es tun. Er könnte sie in der Dunkelheit auf die geborgten Laken legen und sie nehmen. Begleitet von gedämpftem Stöhnen und geflüsterten Anweisungen würde er sie berühren und es herausfinden – wie sie sich wand und wie sie schrie. Er würde in sie eindringen und sie erobern, egal, ob ihnen die anderen von ihren Betten auf der anderen Seite des Zimmers aus zuhörten.

Das. Wäre. So. Verdammt. Scharf.

Doch nachdem sie in dem schmalen Bett miteinander geschlafen hätten, würde sie alsbald die Scham überkommen. Sie würde sich winden oder ihn ganz direkt bitten zu gehen. Nein. Der Nebel seiner Fantasien lüftete sich. Diese Geschichte hier war zwar nichts für die Ewigkeit, aber er wollte auch nicht, dass es nur bei einer Nacht blieb.

Nein. Sein ursprünglicher Plan war besser.

Er griff nach dem Saum ihres Shirts, ballte die Hand zur Faust und schloss fest die Augen, um seine Erregung unter Kontrolle zu bekommen. Er konnte kaum noch klar denken. »Was, wenn ich eine bessere Idee habe?«

»Hmmm?«

Auch sie war von der Lust überwältigt, er musste sich ein Stück von ihr lösen. Um nur einen halben Schritt zurückzutreten und etwas Abstand zwischen sie zu bringen, benötigte er seine gesamte Willenskraft. Doch er riss sich zusammen. Dann legte er die Hände auf ihre Schultern und blickte ihr in die Augen.

»Keinem von uns gefällt es dort, wo wir gerade wohnen, stimmt's?«

»Nein.« Sie runzelte die Stirn. »Aber ...«

»Was, wenn wir zusammenschmeißen?«

»Wie meinst du das?«

Er musste sich gut überlegen, wie er es am besten formulierte. »Wenn man das Geld, das zwei einzelne Betten in einem Hostel kosten, zusammenwirft, kann man sich dafür ein richtiges Hotelzimmer leisten.« Er ließ die Hand nach unten gleiten und strich mit dem Daumen über die Neigung ihres Halses. »Ein eigenes Zimmer mit einem eigenen Bad.« Er beugte sich näher zu ihr und flüsterte in ihr Ohr: »Ich würde dich in einem großen weichen Bett lieben, und dann in der Dusche. Du lehnst dich gegen die Wand, und ich presse mein Gesicht zwischen deine Schenkel. Du könntest so laut schreien, wie du willst. Niemand hört dich. Niemand sieht, wie oft ich dich kommen lasse.«

Das Stöhnen, das sie daraufhin von sich gab, ließ Funken über seinen Rücken tanzen.

Sie schüttelte den Kopf, aber ihre Augen strahlten, und sie spreizte die Beine, damit er ein Knie zwischen ihre Schenkel schieben konnte. »Die heutige Nacht ist schon bezahlt. Die geht auf mich.« Er strich mit der Nase über ihre Wange. »Wenn es nicht die beste Nacht deines Lebens wird, kannst du morgen in dein kleines Bett und zu deinen Zimmergenossen zurückkehren. Aber das wirst du nicht.« Er küsste ihr Kinn und knurrte mit tiefer Stimme: »Ich bin äußerst geduldig. Ich höre erst auf, wenn *alle* ... befriedigt sind.«

Ihr Entschluss wankte. »Hört sich so an, als hättest du schon ein Zimmer ausgesucht?«

»Reserviert und alles. Fünf Stationen mit der Metro.« Es lag in einer ruhigen Straße und entsprach seinem Geschmack, war jedoch nicht zu schick, sodass sie sich unwohl fühlte oder seine Lüge aufzufliegen drohte. Es war perfekt. »Saubere weiße Laken, ein kleiner Balkon, und ein Stück weiter gibt es eine Bäckerei. Morgen früh kaufe ich dir ein Schokoladencroissant und esse es von deiner Hüfte.«

Ihr Lachen klang glockenhell, und sie packte ihn auf eine Art, die ihm verriet, dass sie ihn nicht mehr loslassen würde »Na, wenn es Schokolade gibt ...«

»Alles, was du willst.« Und das meinte er genau so!

Sie veränderte ihre Haltung und schob ihn ein Stück von sich, damit sie ihm in die Augen schauen konnte. »Und wenn es die beste Nacht meines Lebens wird?«

»Dann bekommst du mehr davon.« Er schluckte schwer. Die Leidenschaft, mit der er das sagte, überraschte ihn selbst. Wie sehr er sich das wünschte. »So viele Nächte, wie du bleiben kannst. Sie gehören alle dir.«

Für eine gefühlte Ewigkeit wirkte sie unentschlossen, kaute mit diesen strahlend weißen Zähnen auf ihrer Unterlippe. Alles war sichtbar – ihre Zweifel und ihr Verlangen. Ihr Körper war so angespannt, er wollte nichts lieber, als ihm zu geben, wonach er sich so offensichtlich sehnte.

Sag Ja, wiederholte er wie ein Mantra in seinem Kopf. *Ich werde dich unendlich verwöhnen.*

Doch er spürte ihre Unsicherheit. Hemmungen, von denen er sie befreien wollte, aber dazu brauchte er Zeit. Zeit und ein wenig Vertrauen.

Er hielt den Atem an.

Und schließlich stieß sie sich von der Mauer ab, schob sich auf die Zehenspitzen hoch und zog seinen Kopf zu sich herunter. Dann gab sie ihm einen zarten flüchtigen Kuss auf die Lippen. Sein Herz veranstaltete die seltsamsten Dinge in seiner Brust; er hatte keine Ahnung, wie sehr er sich gewünscht hatte, ein Ja aus ihrem Mund zu hören. Dieser Kuss fühlte sich jedoch nicht nach einem Ja an. Er wusste nicht, wie er sich anfühlte, und die Unsicherheit machte ihn wahnsinnig. Er war es nicht gewohnt, abgelehnt zu werden. Nicht in diesen Dingen.

Kate ließ sich wieder nach unten sinken und löste sich von seinen Lippen, doch bevor seine Sorge ihn überwältigen, bevor er sie erneut an sich ziehen und noch einmal voller Überzeugung auf sie einreden konnte, verschränkte sie ihre Hand mit seiner.

»In Ordnung«, sagte sie.

Der Nebel in seinem Kopf lichtete sich. Genau darauf hatte er gewartet.

Kate wusste nicht, was genau sie erwartet hatte, als Rylan ihr erklärt hatte, er habe ein Zimmer für die Nacht reserviert. Eigentlich nichts Bestimmtes. Und solange sie sich kein Zimmer mit irgendwelchen nach Patchuli riechenden Rucksacktouristen teilen mussten, war ihr alles recht.

Und nun war sie mehr als zufrieden.

Das Zimmer war schlicht, aber freundlich. Geschmackvoll. Saubere weiße Laken, genau wie er es versprochen hatte, rote Vorhänge umrahmten die Tür zu dem winzigen Balkon. Cremefarbene Wände mit einem großen Spiegel und klassischen Gemälden. Ein kleiner Schreibtisch mit einem Stuhl und eine rosafarbene gepolsterte Bank.

Rylan war im Bad, sie allein im Zimmer. So konnte sie alles in Ruhe betrachten. In dem Bemühen, ihre Nerven zu beruhigen, strich sie über das Kopfteil des Bettes und über die Ecke des Nachttischs. Auf der einen Seite hing etwas neben dem Bett, das wie eine Gegensprechanlage aussah. Sie beugte sich vor, um den Apparat genauer zu untersuchen. Als sie einen der Knöpfe in der Mitte drückte, ertönte ein Knacken, dann folgte Musik. Édith Piaf. Ein Radio. Ein Radio mit fünf Sendern. Sie wechselte das Programm und lächelte, als das alte Chanson ruhigen Jazzklängen wich, dann einer kraftvollen amerikanischen Ballade aus den Achtzigern. Und schließlich einer ... Polka? Kopfschüttelnd stellte sie das Gerät aus und wandte sich erneut dem Zimmer zu.

Immer wieder wanderte ihr Blick zum Bett.

Sie zitterte, verschränkte die Arme vor der Brust und bemühte sich, ihre Angst in den Griff zu bekommen. Keiner von ihnen hatte ein Hehl daraus gemacht, warum sie hier waren. Wenn Rylan bei ihr war, wenn er sie küsste oder mit den Händen über ihre Hüften strich, schien ihr das alles auch vollkommen klar zu sein. Aber nun, da sie allein war, wurde sie den Gedanken nicht los, dass sie keine Ahnung hatte, was sie hier eigentlich tat. Das ganze Unterfangen war ein schrecklicher Fehler.

Plötzlich war es ihr zu warm im Zimmer, und sie trat an die Balkontür. Es erforderte etwas Geschick, doch schließlich schwangen die Flügel auf. Frische Luft strich über ihr Gesicht und trug die Geräusche der Stadt zu ihr herauf. Kate schloss die Augen und trat auf den Austritt. Sie legte die Hände auf das Geländer und neigte den Kopf.

Sie würde es tun, und sie würde nicht erstarren. Das hatte Aaron ihr stets vorgeworfen. Nein, es würde gut werden.

Sie öffnete die Augen, sie brannten. Warum ließ Rylan sie so lange allein? So hatte sie viel zu viel Zeit nachzudenken.

Als sie das Wasser im Bad hörte, rang sie um ihre Fassung, hatte sie jedoch noch nicht ganz zurückerlangt, als sie Rylans Schritte hinter sich hörte. Gegen ihren Willen erstarrte sie und konnte nichts dagegen tun, dass sie zusammenzuckte, als sie eine warme Hand auf ihrem Arm spürte.

Rylan schwieg einen Moment und ließ ihr Zeit, Atem zu holen. Ohne sie zu bedrängen, trat er hinter ihr auf den Balkon. Seine Brust berührte nur knapp ihren Rücken, eine Hand ruhte auf ihrer Taille.

»Hübsche Aussicht«, sagte er dicht an ihrem Ohr.

»Ja.« Sie hatte dem noch gar keine Beachtung geschenkt, war viel zu sehr mit ihrer Nervosität beschäftigt gewesen. Froh über die Ablenkung richtete sie den Blick auf die Welt unterhalb ihres kleinen Zimmers.

Es war wirklich hübsch. Viel hübscher als die Aussicht auf die Gasse durch das winzige Fenster im Hostel. Dieses Zimmer hier lag nicht sehr weit oben, doch hoch genug für einen schönen Ausblick. Sie ließ ihren Blick über die friedliche Straße gleiten, über die Ladenfronten, die Mauern und das Pflaster, dann nach oben zu der fernen Skyline, deren Lichter in der Dämmerung funkelten.

Er lachte leise, strich ihr Haar zur Seite und platzierte einen Kuss auf der bebenden Haut an ihrem Hals. »Ich meinte nicht die Stadt.«

Und irgendwie erinnerte sie das an ihre erste Unterhaltung im Café. Ein Teil von ihr war noch immer intensiv damit beschäftigt, was als Nächstes passieren würde, doch ein anderer Teil seufzte erleichtert auf, als sie wieder etwas Sicherheit zurückgewann. Sie lockerte den Griff um das Balkongeländer und neigte den Kopf zur Seite »Und dieser Spruch zieht bei den meisten Mädchen?«

»Das ist kein Spruch.«

»Aha.«

Sie hörte sein Lächeln, und sie spürte es. Er schmiegte sich ein wenig dichter an sie, jedoch vorsichtig, als wollte er ihr Zeit geben, Nein zu sagen. Als sie seinen Körper an ihrem spürte, gab etwas in ihr nach, dann noch etwas mehr, und plötzlich wusste sie wieder, warum sich vorhin alles so leicht angefühlt hatte. Sie spürte seine warmen Lippen an ihrem Ohr, und wie er kaum merklich mit den Zähnen darüberstrich.

»Es stimmt, also ist es kein Spruch.«

Wie oft war sie schon darauf hereingefallen, wenn ein Mann behauptet hatte, die Wahrheit zu sagen?

Mutig löste sie den Griff vom Geländer, und er schloss sie in die Arme. Er küsste sie auf den Übergang zwischen Nacken und Schulter, berührte mit den Hüften ihren Po. Eine ganz andere Art von Beben durchlief ihren Körper, eine brennende Lust. Sie spürte seine Erregung an ihrer Hüfte. Instinktiv wich sie zur Seite, doch er ließ sie nicht los.

Als spürte er den Ursprung ihrer Angst, murmelte er: »Wir machen nichts, was du nicht willst.«

Sie lachte und schloss die Hand um seinen Arm, der unterhalb ihrer Brust ruhte. »Das ist keine Frage des Wollens.«

»Willst du, dass ich dich berühre?« Seine Finger spielten mit dem Saum ihres Oberteils, eine Geste voller Verheißung.

Ihr Atem ging unregelmäßig. »Ja.« Sie schloss erneut fest die Augen. »Nur ...«

Er hielt inne. »Hmm?«

»Ich ... ich mache so etwas nicht so oft.«

Langsam platzierte er einen weiteren Kuss seitlich auf ihrem Hals. »Was? Sex?« Seine Lippen glitten weiter nach oben. »Oder dich von einem Mann verführen lassen, den du gerade erst in der romantischsten Stadt der Welt kennengelernt hast? Wenn Letzteres der Fall ist, bin ich nicht gerade schockiert.«

Ihr Lachen klang diesmal zugleich leichter und trauriger. »Ich habe bislang nur mit zwei Männern geschlafen. Der eine war ein One-Night-Stand, und ...« – sie wollte wirklich nicht daran denken – »... und es hat nicht gerade Spaß gemacht.«

Sie war dazu bereit gewesen, aber sie hatten beide getrunken, und es war viel zu schnell gegangen. Als er sie auf alle viere hinuntergedrückt hatte, war sie noch nicht bereit gewesen. Zwar war es nicht wirklich schrecklich gewesen, aber das war auch das einzig Positive, das sie darüber sagen konnte.

Rylans Umarmung veränderte sich. Sie war noch immer locker genug, dass Kate sich mühelos aus ihr hätte befreien können, wenn sie gewollt hätte – daran hatte sie keinen Zweifel –, doch die Art, wie er sie hielt, wirkte jetzt eher beschützend. »Wenn ich dir *jemals* das Gefühl gebe, dass dir etwas ›keinen Spaß macht‹ ...« Er verstummte und atmete tief durch, bevor er fortfuhr: »Ich werde nie etwas von dir fordern, was du nicht willst oder bevor du dazu bereit bist. Heute Nacht will ich nichts anderes, als dir Lust zu bereiten.«

Unwillkürlich fragte sie: »Nichts?«

»Nichts.« Er schluckte. »Es wäre eine Qual, aber wenn du mir sagst, dass du nicht interessiert bist, gehe ich jetzt.«

Irgendwann zwischendurch hatte er die Hüften von ihr gelöst, doch jetzt berührte er sie erneut. Keineswegs drängend oder fordernd. Er war nur da. »Nicht, dass du mich falsch verstehst: Ich will dich. Unbedingt. Aber das ist nicht so wichtig wie das, was du willst. Wenn du mich nicht ein einziges Mal berührst, aber ich dich trotzdem zum Höhepunkt bringen darf ...«, seine Stimme verhallte, und er strich über ihre Seite, »... verspreche ich dir, dass ich zufrieden sein werde.«

Sie öffnete die Augen. Was machte dieser Mann mit ihr?

Auch mit Aaron hatte ihr der Sex niemals *Spaß* gemacht. Er war auf seine Kosten gekommen, aber sie hatte es nie geschafft, ihm begreiflich zu machen, was sie von ihm brauchte. Er hatte sie nie danach gefragt.

Und jetzt bot Rylan ihr all diese Dinge an ... Und sie wollte sie. So sehr.

»Ich möchte dich berühren.« Ihre Stimme klang heiser und tief. »Aber ... können ... können wir es langsam angehen lassen?«

»So langsam, wie du willst. Ich habe nur eine Bitte.«

Ihr sank der Mut. »Ja?«

Er wich einen Schritt zurück und drehte sie um, sodass sie voreinander standen, Auge in Auge. Sein Blick brannte auf ihr. »Bitte. Kate.«

»Ja?«

»Bitte sag mir, dass ich dich zumindest schmecken darf.«

KAPITEL 7

Kate stockte der Atem. Nicht, dass das noch kein Mann bei ihr getan hatte. Aaron hatte es ein paarmal versucht. Es hatte sich warm und nass angefühlt – aber vor allem unangenehm.

Nie war sie stärker in Versuchung gewesen, einen Höhepunkt vorzutäuschen, wie in jenen Situationen, wenn sie dort lag und nur darauf wartete, dass Aaron zum Ende kam.

Ihre Wangen glühten, und um Rylan nicht anblicken zu müssen, spielte sie mit einem Knopf an seinem Hemd. »Du musst das nicht machen.«

»Ich muss überhaupt nichts.« Er beugte sich zu ihr hinunter, sodass sie seinem Blick nicht mehr ausweichen konnte. »Und du auch nicht. Aber ich möchte es gern.«

Sie zuckte die Schultern. »Es hat mir einfach nie viel gegeben.«

»Dann hat derjenige, wer auch immer es war, es nicht richtig gemacht.«

»Und du glaubst, du würdest es besser machen?«

»Das weiß ich.« Mit diesen Worten nahm er sie bei der Hand und führte sie vom Balkon zurück ins Zimmer. »Komm mit.«

Als sie ihm hineinfolgte, blieb er kurz stehen, um die

Tür zu schließen und die Gardinen zuzuziehen. Die schweren Vorhänge ließ er offen. Da sie nervös war und nicht wusste, was sie sonst tun sollte, stellte sie sich vors Bett und holte tief Luft.

Rylan trat hinter sie und legte, wie zuvor auf dem Balkon, die Arme um ihre Taille. »Ist das in Ordnung?«

»Ja.«

Anscheinend wollte er mit einer Geste beginnen, die sich bereits bewährt hatte. »Und das?« Er strich ihr Haar zur Seite und hinterließ eine Spur feuchter Küsse auf ihrem Hals. Die leichte Berührung seiner Zähne an einer empfindlichen Stelle ihrer Haut verstärkte den Genuss, und die Anspannung wich ein wenig aus ihren Gliedern.

»Ja.«

Ganz langsam fuhr er mit den Lippen über ihre Haut. Mit einem Arm drückte er sie fest an seine Brust, während er den anderen anhob und die Hand zu ihrem Hals führte. Weiche Fingerspitzen glitten zu ihrem Schlüsselbein hinab, verharrten dort einen Augenblick und strichen dann weiter nach unten durch das Tal zwischen ihren Brüsten bis zu ihrem Bauchnabel. Dort drehte die Hand um und verfolgte denselben Weg zurück nach oben, immer wieder, bis das Pochen in ihrem Unterleib sich wie glühende Lava anfühlte. Sie entspannte die Arme und ließ den Kopf an seine Schulter zurücksinken.

»Siehst du?«, raunte er mit heiserer Stimme. »Fühlt sich das gut an? Gefällt es dir, wenn ich dich berühre?«

Und ob. Die Flamme in ihrem Unterleib loderte auf, und etwas in ihr zog sich zusammen. »Ja.« Doch sollte sie ihn nicht auch berühren? Sie legte die Hand um seinen Schenkel.

Doch mit einem »Sch« lehnte er ihr Angebot ab. »Später, wenn du willst. Aber jetzt lass mich einfach machen.«

Das fiel ihr zwar nicht leicht, doch ein Gefühl in ihr, das sie bereits erloschen geglaubt hatte, sehnte sich genau danach. Sich ihm zu überlassen und sich ganz hinzugeben. Sie nahm ihn beim Wort und ließ den Arm zurück an ihre Seite sinken.

Seine Hand wanderte zu ihrer Hüfte. Sie hielt den Atem an. Auf dem Weg zurück nach oben streifte er durch ihre Jeans hindurch flüchtig den Scheitelpunkt zwischen ihren Schenkeln, und ein lustvoller Laut löste sich von ihren Lippen.

Vor wenigen Minuten war ihr die Vorstellung, von ihm berührt zu werden, noch überaus beunruhigend erschienen, und jetzt verlor sie den Verstand und wimmerte, wenn er nur flüchtig ihre Scham streifte.

Während er an ihrem Hals etwas murmelte, das sie nicht verstand, ließ er die Hände an ihrem Körper auf- und abgleiten, wobei er über die Stellen, die sich allmählich nach seiner Berührung sehnten, nur oberflächlich hinwegstrich. Als sich ein weiterer wollüstiger Laut aus ihrer Kehle löste, stöhnte er und drängte sich stärker gegen ihr Rückgrat. Sein heißer Körper versengte sie, bis sie Wachs in seinen Händen war und sich nach seiner Berührung verzehrte.

Er brauchte sie gar nicht erst zu fragen. Sie schloss die Augen und antwortete bereits mit »Ja.«

»Braves Mädchen.«

Diese Worte hätten die Flamme ihrer Lust wie ein Schwall kaltes Wasser ersticken müssen, doch das taten sie nicht. Sie wollte dieses Lob hören, wollte, dass diese leise heisere

Stimme ihr sagte, dass sie genau das war, wonach er sich sehnte.

Er saugte mit den Lippen an ihrem Ohrläppchen und rieb den Saum ihres Shirts zwischen den Fingerspitzen, um ihr anzudeuten, was er als Nächstes tun würde, und ihr Zeit zu geben, Nein zu sagen. Ihr Atem ging flach, als er den Stoff nach oben zog und mit seinen warmen Fingern über ihren Bauch strich. Er achtete jedoch darauf, dass ihre Brüste zunächst noch bedeckt waren und er nur ganz zart mit seinen Knöcheln die Rundung berührte.

»Darf ich?«

Sie nickte, bog den Rücken durch und hielt den Atem an.

Als er seine Hand schließlich zu ihrer Brust führte, griff er nicht grob zu, seine Berührung war zärtlich, und sie atmete erleichtert aus. Ihre Lust verstärkte sich, als er mit dem Daumen durch den Stoff ihres Shirts über ihre Brustwarzen strich, und sie spürte, wie er ihre Brust sanft mit seiner großen Hand umschloss.

Erneut zupfte er am Saum ihres Oberteils, woraufhin sie die Arme hob, er es ihr über den Kopf streifte und es auf den Boden fallen ließ. Dann schmiegte er sich wieder an ihren Rücken und ließ die Hände um ihren BH herum auf ihrer nackten Haut umherstreifen. Seine Berührungen elektrisierten sie, und als er die Hand nach vorne in ihren BH schob und über ihre feste Knospe strich, war es, als würden helle Funken sprühen. Schwer atmend schmiegte sie ihr Gesicht an seinen Hals, und er hielt sie, während er seinen Griff verstärkte und die Hand tiefer unter den Stoff gleiten ließ.

»Keiner hat sich Zeit für dich genommen, stimmt's?

Keiner hat dich dazu gebracht, darum zu betteln, bevor er selbst an die Reihe kam, oder?«

Eigentlich hatte sie sich mit den anderen auch Zeit gelassen, aber so wie jetzt war es noch nie gewesen. Sie wollte sich in seinen Armen umdrehen, die Beine spreizen und sie fest um seine Hüften schlingen. Sie fühlte sich so bereit, so heiß und so nass, sie begehrte ihn so sehr.

»Ich werde mir Zeit für dich nehmen«, versprach er mit tiefer Stimme an ihrer Wange. »Ich werde dich die ganze Nacht lang verwöhnen, bis du zitterst.«

»*Oh, bitte.*«

Ihr leises gekeuchtes Flehen hallte laut im Zimmer wider. Doch bevor sie sich dafür schämen konnte, hob er sie hoch. Sie öffnete die Augen, und ein Schrei stieg ihre Kehle hinauf, weil sie fürchtete zu fallen, doch dann spürte sie, wie ihr Rücken die weiche Matratze berührte. Sie blickte auf. Er kniete zwischen ihren gespreizten Beinen und sah sie so durchdringend an, als wollte er sie verschlingen.

Nein. Als wäre sie eine Kostbarkeit.

Ihr Atem erschien ihr ohrenbetäubend laut, während er sie betrachtete und mit seinen blauen Augen gefangen hielt; sein markantes Kinn und die Konturen seiner Wangen leuchteten golden im Schein der Lampe. Ohne sie aus den Augen zu lassen, öffnete er die Knöpfe seines Hemds und schob es sich von den Schultern, dann griff er über den Kopf hinweg nach seinem Unterhemd. Als er es auszog, verschwand sein Gesicht einen Moment lang unter dem Stoff, und sie nutzte die Chance, ihn kurz ungestört betrachten zu können.

Eine feine Spur dunkler Haare führte zum Bund seiner Jeans, darüber lag die glatte Ebene seines Bauchs. Die leicht definierte Muskulatur glänzte. Seine Brust war wie gemeißelt und ging in breite Schultern über, von denen ihr Blick zu seinen Schlüsselbeinen und der Kuhle an seinem Hals glitt.

Dort erblickte sie eine schlichte Silberkette, deren Anhänger sie jedoch nicht mehr in Ruhe mustern konnte, da Rylan bereits sein zerknülltes Unterhemd beiseite warf und sich über sie beugte. Er grinste, ganz offensichtlich hatte er bemerkt, dass sie ihn betrachtet hatte. Doch das Grinsen wich einem ruhigeren, gefühlvolleren Ausdruck. Ihre Brust hob und senkte sich, als sich seine Armmuskeln anspannten und er die Hände auf ihre Knie legte. Lasziv sah er unter dichten Wimpern zu ihr auf und neigte den Kopf. Er platzierte erst einen, dann noch einen Kuss auf die Innenseite ihres Schenkels, dann glitt er weiter hinauf. Als er die Nase durch den Stoff ihrer Jeans hindurch in die Falte an ihrem Beinansatz schob, stockte ihr der Atem.

O Gott, er hatte gesagt, er wolle sie schmecken, aber würde er das wirklich tun? So?

Er richtete sich ein kleines Stück auf, um ihr in die Augen zu sehen. Ihr Herz raste, ihre Nerven standen unter Hochspannung, jede Faser ihres Körpers konzentrierte sich auf die Stelle zwischen ihren Beinen. Er hatte sie noch nicht einmal richtig berührt, und schon rang sie um Atem.

Als er erneut den Kopf sinken ließ und – Herrgott – die Lippen genau auf die Mitte ihrer Jeans presste, direkt auf ihren Kitzler, hatte sie das Gefühl, endgültig keine Luft mehr zu bekommen. Durch den Stoff spürte sie seinen warmen Atem, und der Druck seiner Berührung steigerte ihre Erregung derart, dass sie glaubte, gleich zu explodieren.

Benommen bog sie das Rückgrat durch, ihr Bauch und ihre Scham glühten vor Lust. Noch nie hatte ein Mann sie zum Höhepunkt gebracht, doch das Gefühl kündigte sich bereits an, ein Ziehen, das ihr vertraut und fremd zugleich erschien.

Er drängte sich ein wenig stärker gegen sie, trieb eine weitere Lustwelle durch ihren Körper, und sie spannte die Muskeln an. Sie konnte es nicht fassen, dass das hier wirklich passierte. Doch dann löste er die Lippen von ihr, blickte zu ihr hoch und grinste. Sofort löste sich die Spannung, die sich in ihr aufgebaut hatte, in nichts auf und ließ sie ruhelos zurück. Als sie verzweifelt aufstöhnte, küsste er ihren Bauch, dann strich er mit den Lippen ein Stück höher über ihren Bauchnabel und immer weiter nach oben. Er küsste beide Spitzen ihrer Brüste und zog seinen Oberkörper durch das Tal zwischen ihren Beinen.

»Nun«, sagte er, als sein Gesicht schließlich über ihrem war. Er stützte sich mit den Händen rechts und links von ihrem Kopf ab, die Knie zwischen ihren Waden. Sie spürte ihn deutlich an ihrem Becken, warm und lebendig, wenn er sich auch noch nicht an sie schmiegte. Er küsste sie erst auf den einen Mundwinkel, dann auf den anderen und strich mit der Nasenspitze über ihre Wange. »Ist das ein Ja? Darf ich dich schmecken?«

Und sie konnte nicht anders. Sie lachte, fuhr mit den Händen durch sein Haar und ließ die dicken Strähnen durch ihre Finger gleiten. Er hatte sie so weit getrieben, dass sie wahrscheinlich zu allem Ja gesagt hätte. »Jedenfalls ist es kein Nein.«

»Damit kann ich arbeiten.«

Kopfschüttelnd zog sie ihn noch näher zu sich. Halb

nackt, wie er war, spürte sie seine warme Haut und nahm den Geruch von Bernstein und von Lust wahr. Er ließ sich auf sie sinken, seine Hüfte an ihrer, und *oh*, da war wieder dieser Druck, genau dort, wo sie ihn sich ersehnte. Begleitet von einem lustvollen Laut drängte er sich zwischen ihre Schenkel, und sie hatte das Gefühl dahinzuschmelzen, während sich ihre Lippen miteinander verbanden. Der Kuss und sein Druck auf ihr überwältigten sie, die Luft schien ihr zu dicht zum Atmen, ihre Lungen schienen ihr zu eng.

Er strich mit den Lippen über ihre Wange bis zu ihrem Ohr. »Meinst du, du bist nass für mich?«

Sie wusste nicht, ob sie je so nass gewesen war. Doch die Worte, die er so mühelos aussprach, würden ihr nicht so leicht über die Lippen gehen. Mit einer Mischung aus Wimmern und lustvollem Stöhnen legte sie die Hände auf seinen Rücken, ließ sie über seine heiße, weiche Haut gleiten, dann tiefer zum Bund seiner Jeans, und versuchte, ihn noch näher an sich zu ziehen.

Das genügte ihm als Ermutigung. Er küsste ihre Ohrmuschel und saugte an ihr. »Ich wette, du schmeckst herrlich süß.« Er packte ihre Hüfte und stieß fester in ihre Mitte. »Bereit, es mich herausfinden zu lassen?«

Sie war zu allem bereit. Wenn er wollte – wenn er es wirklich wollte, sollte er es haben, allen Ängsten zum Trotz. Bis hierher hatte er sich so liebevoll um ihren Körper gekümmert. Warum sollte sie ihm nicht auch beim nächsten Schritt vertrauen?

Er hob seine Hüften, drückte seine Stirn in das Kissen neben ihrem Kopf und atmete flach an ihrem Haar. Jeder Muskel in ihrem Körper geriet unter Spannung, als er die Hand zum Ansatz ihres Schenkels bewegte.

Als er seinen Handballen auf die Stelle presste, wo sie seine Berührung verzweifelt ersehnte, schrie sie vor Erleichterung fast auf.

»So ist es recht«, murmelte er. »Gott, ich wette, du bist total nass. Du brennst, stimmt's? Du wartest nur darauf, dass ich es dir besorge.«

»Oh, bitte.« Sie war erschrocken, als sie das Wort von ihren Lippen hörte. »Noch nie hat jemand ... Ich bin ...« *So kurz davor. Ängstlich.* Es war unfassbar erregend, zitternd in den Armen eines Mannes zu liegen, ihm all diese Stellen ihres Körpers zu offenbaren, all die verborgenen Facetten. Aber es machte sie auch schutzlos und verwundbar.

»Schh.« Wieder glitt er zu ihrem Mund, küsste sie zärtlich, aber nicht weniger lustvoll. »Lass mich nur machen.«

Doch seine beruhigenden Worte änderten nichts an ihrer Anspannung. Nachdem sie bereits so lange darauf wartete, sich fallen zu lassen, fühlten sich ihre Beine steif an, und seine Berührung durch ihre Jeans hindurch machte sie nur noch heißer, ohne dass die süße Erlösung sich ihres Körpers bemächtigte. Wenn sie doch einfach selbst Hand anlegen könnte ...

Eine überspannte Sekunde lang dachte sie daran, ihm etwas vorzuspielen, was ihr früher so leicht gefallen war.

Doch dann küsste er sich ihren Körper hinunter und öffnete ihre Jeans.

»Was machst du ...«, hob sie an und merkte dann, was für eine alberne Frage das war.

»Sag mir, dass du es nicht willst.« Seine Wange ruhte auf ihrem Bauch, seine schlanken Finger öffneten ihren Reißverschluss und strichen über den Stoff darunter.

Sie wollte nicht so tun, als würde sie kommen. Sie wollte ihm nichts vormachen.

Er drehte den Kopf und presste Mund und Augen auf ihre Haut. »Du sehnst dich danach. Das *spüre* ich. Bitte, lass mich dich verwöhnen.«

Was blieb ihr anderes übrig, als zu nicken?

Als hätte er nur darauf gewartet, riss er ihr die Hose herunter und fluchte verzweifelt, als er ihre Schuhe erreichte. Irgendwie schaffte er es, sie ihr auszuziehen, dann flogen sie über den Teppich auf die andere Seite des Zimmers, gefolgt von ihrer Jeans. Schließlich schob er die Finger in den Spitzensaum ihres Slips.

Nachdem er ein letztes Mal zu ihr hinaufgeschaut hatte, befreite er sie auch von diesem.

Nackt bis auf ihren BH fühlte sie sich noch ängstlicher und verletzlicher. Ihr war kalt, und sie versuchte bebend, die Beine zu schließen. Doch das ließ er nicht zu.

Zärtlicher als sie es sich vorgestellt hatte, spreizte er ihre Schenkel und legte die Hand auf ihre Mitte.

Der erste Strich seines Daumens über die Länge ihrer Scham war eine Explosion der Lust, fast schmerzhaft in ihrer Intensität. Ihr Bein zuckte, und sie versuchte, seine Hand festzuhalten, doch dann veränderte er seine Haltung, und er öffnete sie sanft. Sie zwang sich zu atmen. Sich zu entspannen.

Und dann leckte er sie.

»Oh *Gott*.« Es war so warm und nass, wie sie es in Erinnerung hatte, aber dieser Mann spulte nicht einfach eine Routine ab, er war einfallsreich. Er berührte und leckte sie an den weniger empfindlichen Stellen seitlich ihrer Klitoris und dann an dem Punkt, an dem sich alles zu intensiv anfühlte.

Schließlich fand er genau die richtige Stelle, und ihr gesamter Unterleib löste sich auf.

»Rylan ...«

Ohne mit dem Mund von ihrer Mitte abzulassen, ergriff er ihre Hände. Eine legte er auf sein Haar, die andere hielt er fest, damit sie etwas hatte, woran sie sich klammern konnte. Etwas, das sie erdete, als sie ihre Sprache verlor und nicht mehr denken konnte. Als sie nur noch das süße Pulsieren und die wachsende Lust spürte.

Immer wieder leckte er sie, bis sie so kurz vorm Höhepunkt war, dass er zum Greifen nahe schien, dann ließ er von ihr ab und ließ sie keuchend und verzweifelt zurück. Sie wimmerte und klammerte sich an ihn, riss vermutlich zu fest an seinem Haar, doch dann tauchte er nur noch gieriger in sie ein, küsste und leckte sie, saugte an ihr.

Sie spannte jeden Muskel an und drängte sich gegen seine Berührung, gegen seinen heißen Mund, und da war es – *genau da*. Warme Finger drückten sich gegen ihre Öffnung, dann glitten sie in sie hinein.

Sie riss die Augen auf und bog den Körper durch.

»Rylan ...«

Es war keine Welle. Es war ein Tsunami der Lust, der sie überrollte und sie mit sich in eine unglaubliche, pulsierende Besinnungslosigkeit riss. Sie kam, immer und immer wieder, sie fluchte, stöhnte laut seinen Namen und wollte nur, dass er blieb. Mit seiner Zunge, mit seinem Kuss und seinem Stoßen. Mit seinem Versprechen.

Das er eingelöst hatte.

Als das Feuer, die Dunkelheit und der Geschmack von reifer Frucht in ihrem Mund nachließen, öffnete sie die Augen und wand sich, als er weiter mit der Zunge über ihre Klitoris strich. Sie löste ihre Hand aus seinem Haar und zog an seinem Kopf, um ihn zum Aufhören zu bewegen. Noch einmal schob er die Finger in sie hinein und platzierte einen letzten Kuss auf ihrer Scham, dann löste er sich von ihr. Eine letzte Lustwelle durchfuhr sie, gefolgt von dumpfer Leere, als er sich zurückzog.

Er setzte sich auf die Knie, und nun konnte sie sehen, wie unglaublich gut er aussah – nackt bis zur Hüfte, Lippen und Finger feucht von dem, was er ihr gegeben hatte. Er wischte sich mit dem Handrücken über den Mund, und sie wimmerte. Kurz schloss er die Augen und legte den Kopf in den Nacken, als bete er zu einer Gottheit. Als er sie wieder ansah, brannte in seinem Blick eine derart intensive Leidenschaft, dass ein ungutes Gefühl ihr Rückgrat hinaufkroch. Sie machte Anstalten, die Beine zu schließen, doch er kniete noch zwischen ihnen.

»Du hast ja keine Ahnung, wie sexy das war«, sagte er. Er strich sich mit der Hand über den Oberkörper nach unten, zu der Wölbung in seiner Jeans, und etwas in ihr zog sich erneut zusammen.

Sie musste etwas für ihn tun. Wahrscheinlich würde er in sie eindringen wollen. Wenn er darauf bestand, würde sie mitmachen. Es war nur fair.

Doch als er sie wieder ansah, schien er ihre Unsicherheit zu bemerken. Er ließ den Kopf ein Stück sinken, beugte sich vor und setzte ein Knie neben ihre Hüfte. Das andere ließ er fest zwischen ihren Schenkeln. Sein Daumen und Zeigefinger spielten mit dem Knopf seiner Jeans. »Ich würde so gern kommen.«

»Ja. Wir können ...« Sie streckte die Hand aus, um ihm zu helfen.

Er schüttelte den Kopf. »Erst, wenn du so weit bist, meine Schöne.«

Dennoch löste er den Knopf und öffnete den Reißverschluss. Erstarrt und seltsam fasziniert beobachtete sie, wie er seine Hand in die Hose schob und vernehmlich stöhnte, als sein Handgelenk im Bund der Hose verschwand.

Er würde doch nicht – o Gott, doch. Als sich seine Hand in der Hose bewegte, schüttelte sie den Kopf.

»Ich will es sehen.«

Noch nie hatte sie zugesehen, wie sich ein Mann selbst berührt hatte, und die Vorstellung verursachte ihr trotz des befriedigten Zustandes, in dem sie sich befand, ein Kribbeln.

Er fragte nicht, ob sie sich sicher war. Alles an ihm drückte Erregung aus, und ohne sie aus den Augen zu lassen, schob er Hose und Slip über die Hüften nach unten.

Es hätte nicht *so scharf* sein sollen, doch seine ganze Erscheinung war es. Seine Muskeln zeichneten sich deutlich ab, sein Blick war schwarz vor Lust, und sein Glied ... Sie sog die Luft ein und biss sich auf die Lippe. Es war errötet, kräftig und lang, an der Spitze glänzte es feucht.

»Siehst du, wie hart du mich machst?«, fragte er mit heiserer, tiefer Stimme. »Dich zu lecken. Du schmeckst so gut, und wenn du kommst ...« Er verstummte und stöhnte auf, als er mit der Hand seinen Schaft hinunterstrich. Die Vorhaut zog sich zurück und enthüllte noch mehr von ihm. Er nahm die andere Hand, die noch immer nass von ihr war, ließ sie über die glänzende Haut gleiten und machte sie noch nasser. »O Gott.«

In einem harten Rhythmus stieß er die Hüften gegen seine Faust, und sie sah ihm mit einer Mischung aus Faszination und Ehrfurcht gebannt zu. Ein langes, tiefes

Stöhnen drang aus seiner Brust, als er den Kopf zurückwarf und noch mehr Flüssigkeit aus der Spitze quoll.

Es sah *gut* aus. Seine Lust wirkte faszinierend, sexy und wundervoll auf eine Weise, die sie zuvor nie ganz verstanden hatte.

Ohne nachzudenken streckte sie die Hand aus und ließ die Fingerspitzen über seine Schwanzspitze gleiten. Die Haut war heiß und fest. »Lass mich ...«

Bevor sie ihr Angebot zu Ende sprechen konnte, stieß er einen Laut aus, als hätte man ihn geschlagen, er bog den Rücken durch und öffnete die Lippen. »Kate, Kate, ich ...«

Er ergoss sich über ihre Hand und hinterließ weiße Tropfen auf ihrer Hüfte, als würde er sie als seinen Besitz markieren. Sie hätte nie damit gerechnet, doch in diesem Augenblick erfüllte diese Inbesitznahme sie mit einem tiefen Gefühl der Befriedigung.

»Gott*verdammt*«, stöhnte er und stieß noch ein paarmal sachter in seine Faust, bevor er den Griff löste. Seine feuchten Finger waren mit ihren verbunden, und er drückte ihre Hand. »Tut mir leid. Ich wollte dich nicht vollsauen.«

»Schon okay.«

Es stimmte. Es machte ihr nichts aus.

Sie war keine Jungfrau mehr gewesen, als sie ihm begegnet war. Sie hatten nicht miteinander geschlafen. Doch als er nun zwischen ihren Beinen lag, ihre Haut nass von ihm ... fühlte es sich an, als hätte sie etwas zum allerersten Mal getan.

Als würde sie nie mehr ganz dieselbe sein.

KAPITEL 8 Rylan wrang ein Tuch im Waschbecken aus und blickte auf. Das Bad war zwar klein, aber sauber, der große Spiegel über dem Waschbecken blitzeblank.

Der Mann, der ihn daraus anblickte, sah aus, als hätte er gerade den besten Sex seines Lebens gehabt.

Er drückte den Waschlappen in der Faust zusammen und strich sich mit der anderen das Haar glatt, das in alle Richtungen von seinem Kopf abstand. In dieser Hinsicht hatte Kate es ihm ordentlich besorgt, sie hatte sich fest in seine Haare gekrallt – fast zu fest, bevor sie sich durchgebogen, geschrien und an seiner Zunge pulsiert hatte.

Bei dem Gedanken daran befeuchtete er unwillkürlich seine Lippen. Er hatte schon mit vielen Frauen geschlafen, aber er konnte sich nicht an eine erinnern, die mit einer solchen Macht gekommen war. Vermutlich waren seine Schultern und sein Hals von den Kratzspuren ihrer Nägel übersät.

Er war der erste Mann, der sie zum Höhepunkt gebracht hatte. Und das hatte man gemerkt. Au Mann, sie war dermaßen angespannt gewesen, dass er selbst am Ende nicht sicher gewesen war, ob sie überhaupt kommen würde. Doch gleichzeitig schien ihr der kleine Tod nicht gänzlich fremd zu sein. Wenn er sich das vorstellte ... Kate, wie sie es sich selbst besorgte … Jedenfalls war er entweder nicht mehr in Form, oder sie hatte sich ihm nicht gleich hingeben können. Jedenfalls hatte sie ihn nicht gebeten aufzuhören, hatte sich so darin verloren, dass er einfach hatte weitermachen müssen, berauscht von dem Klang ihres Stöhnens. Eine gefühlte Ewigkeit war sie kurz vor dem Höhepunkt gewesen, und als sie schließlich losließ …

Er war noch nicht einmal in sie eingedrungen, dennoch war es eine der intensivsten sexuellen Erfahrungen seines Lebens gewesen.

Er hatte ihr das Erlebnis nicht verderben wollen, indem er sie anschließend zu etwas drängte, womit sie sich eindeutig nicht wohlfühlte. Sex kam nicht infrage, aber er war so erregt gewesen, dass er meinte, sich höchstens ein Dutzend Mal berühren zu müssen, um zu kommen.

Am Ende hatte genau eine Berührung von ihr genügt.

Er spürte, wie sein Schwanz in den Boxershorts kurz interessiert zuckte. Was ihn daran erinnerte, weshalb er eigentlich hier war.

Er verzog das Gesicht, zog die Shorts nach unten und wusch sich. Nicht, dass es viel abzuwaschen gab. Kurz hielt er den Atem an, als er daran dachte, wie er auf Kates helle Haut gekommen war. Er hatte sie nicht genommen, noch nicht, doch dem verdrehten animalischen Teil seines Hirns hatte es gefallen, wie er sie markiert hatte.

Eine Markierung, die sich jetzt bestimmt ziemlich unangenehm für sie anfühlte.

Er legte den Waschlappen zur Seite, nahm einen frischen, hielt ihn unter den heißen Wasserstrahl und wrang ihn aus, dann faltete er ihn zusammen und wandte sich zur offenen Tür, die ins Zimmer zurückführte.

Kate lag ruhig da, ihre cremefarbene Haut und die zerzausten Haare auf dem weißen Laken. Als sie ihm in die Augen blickte, fühlte er sich zum ersten Mal an diesem Abend befangen.

»Beobachtest du mich?«, fragte er und lehnte sich mit einem schiefen Grinsen an den Türrahmen.

»Du bist nicht der Einzige, der Gefallen an einer hübschen Aussicht findet.«

Das war keine bloße Schmeichelei, und deshalb berührte es ihn umso mehr. Er arbeitete hart an seinem Aussehen – es war eines der wenigen Dinge, für die er sich überhaupt noch anstrengen musste. Es war ein gutes Gefühl, ihr zu gefallen. Aber es war noch mehr.

Sein schiefes Grinsen verblasste und hinterließ ein Lächeln, dass sich eindeutig zu ehrlich anfühlte. Später würde er sich vermutlich dafür verfluchen, doch jetzt konnte er nicht viel dagegen tun. Kopfschüttelnd durchquerte er das Zimmer und setzte sich auf die Bettkante. Sie trug noch immer den hübschen blauen Spitzen-BH, der ihre Brüste so perfekt zur Geltung brachte, sie noch weicher, voller und einladender machte. Davon ließ er sich jedoch jetzt nicht ablenken. Er beugte sich hinunter und zupfte an dem Laken, das sie gerade so weit über ihre Hüften gezogen hatte, dass ihre Scham bedeckt war, ohne dass es die Tropfen berührte, die er auf ihr hinterlassen hatte.

Als er mit dem Waschlappen über ihren Bauch strich, seufzte sie. »Schön warm«, sagte sie.

»Ich habe mir gedacht, dass dir das gefällt.«

»Ja.«

Nachdem er alles fortgewischt hatte, beugte er sich hinunter und presste die Lippen auf die Mulde an ihrer Hüfte.

Er stützte sich mit der Hand auf dem Bett ab und platzierte einen weiteren Kuss auf ihrem Bauchnabel, dann auf jeder Brust. Ihre Lippen ließ er aus und küsste sie zum Abschluss auf die Stirn.

Dann stand er auf, um ins Bad zu gehen.

»Danke«, sagte sie.

Er hielt inne. »Gern geschehen?«

Sie musste seine Verwirrung gespürt haben. »Für alles. Das mit dem Waschlappen war nett. Und ... vorhin. Du hattest so viel Geduld mit mir.«

Als er die Unsicherheit in ihrer Stimme hörte, blieb er stehen. Er vergaß den Lappen in seiner Hand, kehrte zum Bett zurück, ließ sich mit einem Knie auf den Rand sinken und sagte vermutlich mit zu viel Nachdruck: »Du musst dich dafür nicht bei mir bedanken.«

Wie gerne hätte er sie gefragt, mit was für Idioten sie vorher geschlafen hatte. Wenn man mit einem Mädchen zusammen war, hatte man verdammt noch mal dafür zu sorgen, dass sie kam – egal, ob man es mit dem Mund, mit den Fingern oder mit dem Schwanz machte. Und wenn ihr das alles nicht gefiel, dann durch ihre eigene Hand. Alles andere war Mist. Und wenn man ein Mädchen beschmutzte, sorgte man zum Teufel auch dafür, dass man sie anschließend wieder säuberte. Man kümmerte sich um sie.

Am liebsten hätte er jedem Kerl, der das alles *nicht* für sie getan hatte, eine reingehauen. Sie hatte etwas Besseres verdient, so hübsch, klug und hingebungsvoll wie sie war.

Für einen Moment schloss er die Augen und zwang sich, sich zu beruhigen. Als er die Augen wieder öffnete, sah sie ihn wachsam und ein wenig beunruhigt an. Nein, so sollte sie sich nicht fühlen.

Er nahm ihr Gesicht in seine Hände, beugte sich hinunter und küsste sie so zärtlich und sanft, wie er nur konnte. »Es war mir ein Vergnügen«, sagte er. »Jede einzelne Minute. Eine Ehre.«

Er strich mit der Hand über ihren Hals, dann stand er auf.

Auf dem Rückweg zum Bad spreizte er die Finger und ballte sie zu Fäusten. Er spürte noch immer die Wärme ihrer Haut an seiner Hand. In den meisten Fällen ging er nur einmal mit einer Frau ins Bett, dann zog er weiter. Aber er hatte eben nicht gelogen. Ihre Lust war wundervoll gewesen, und es war ihm eine Ehre, ihr diese zu schenken.

Eine Ehre, von der er hoffte, dass sie ihm noch einmal zuteilwerden würde. Zumindest noch ein einziges Mal.

Der Mann im Badezimmerspiegel starrte ihn an. Wem wollte er hier eigentlich etwas vormachen? Er hoffte, dass er sie noch viel öfter haben konnte.

So oft wie möglich, bevor sie abreiste.

Während nebenan das Wasser lief, nutzte Kate die Zeit, um still und heimlich auszurasten. Bisher hatte sie erst einen einzigen One-Night-Stand gehabt, und der war vollkommen anders abgelaufen. Der Typ war mit zu ihr gekommen, und sobald er fertig gewesen war, hatte er sie aufgewühlt und verwirrt zurückgelassen. Sie hatte nur noch duschen und alles von sich abwaschen wollen.

Nichts an dieser Begegnung mit Rylan schien in eine solche Richtung zu deuten.

Dennoch, sie war noch nicht oft mit einem Mann im Bett gewesen. Rylan hatte ihr ausdrücklich erklärt, dass er das Zimmer für sie beide gemietet habe. Für den Rest der Zeit, die sie in der Stadt war, könnten sie sich die Kosten teilen. Es war nicht anzunehmen, dass er sich verdünnisierte oder das von ihr erwartete. Aber was sollte sie jetzt tun? Es war noch nicht spät, und sie war viel zu aufgedreht, um jetzt zu schlafen.

Mit finsterem Blick sah sie zu dem großen Wanderrucksack, den er an die Wand gelehnt hatte. Er hätte sie eher in seinen Plan einweihen können. Was würde sie jetzt für frische Unterwäsche und ein frisches T-Shirt geben? Sie kaute auf ihrer Unterlippe und spielte mit dem Träger ihres BHs. Nachdem sie ihn den ganzen Tag über getragen hatte, schnitten die Bügel unangenehm in ihre Haut. Wie gern hätte sie ihn ausgezogen, aber ... aber dann wäre sie nackt.

Sie rieb sich mit den Handballen über die Augen. Er war mit dem Gesicht zwischen ihren Beinen gewesen, und sie machte sich Gedanken darüber, dass er ihre Brüste sehen könnte?

»Willst du vielleicht ein T-Shirt von mir haben?«

Sie hatte nicht mitbekommen, dass er das Wasser abgestellt hatte. Dankbar drehte sie sich um und sah, dass er wieder im Türrahmen stand.

»Ja, gern. Das wäre toll.« Sie überlegte einen Augenblick. »Ich meine, wir sind – wir bleiben doch heute Nacht hier, oder?«

»Es sei denn, du hast noch etwas vor.«

»Nein.« Ihre Beine fühlten sich immer noch an wie Wackelpudding. Hierzubleiben klang nach einer sehr guten Idee.

Er kramte in seinem Rucksack und warf ihr ein schlichtes schwarzes T-Shirt zu. »Willst du auch ein paar Boxershorts haben?«

Sie überlegte nur eine Sekunde, dann nickte sie. Das war besser als nichts. Viel besser als der Slip, den sie völlig durchnässt hatte.

»Sie ist sauber.« Er reichte ihr ein Paar frische blaue Baumwollshorts. »Versprochen.«

»Danke.«

»Hast du was dagegen, wenn ich ...?« Er deutete auf seine Jeans, die er nicht wieder geschlossen hatte, und die lose um seine Hüften hing.

Er sollte es auch bequem haben. Und war es nicht nur fair? Er hatte schließlich fast alles von ihr gesehen. Sie sollte zumindest einen Blick auf seine Beine werfen dürfen. »Schon okay.«

Er setzte sich auf die Bettkante, um Schuhe und Strümpfe auszuziehen – Kate hatte gar nicht bemerkt, dass er sie noch anhatte –, dann streifte er sich die Hose ab. Nur in Boxershorts war er sogar noch attraktiver. Vielleicht weil er sich so wohl in seiner Haut fühlte. In seiner wundervollen, glatten, goldfarbenen Haut.

Grinsend sah er zu ihr hinüber, und sie blickte von seinen Wadenmuskeln auf, die von einem zarten Haarflaum überzogen waren. Der Mann war der Traum eines jeden Kunstmalers, eine Anatomiestudie, die nur darauf wartete, gezeichnet zu werden, und sie konnte es kaum erwarten, nach Papier und Stift zu greifen.

»Alles okay?«

»Ja.« Sie hob den Blick vom Laken und hantierte mit der Kleidung herum, die er ihr gegeben hatte.

»Soll ich dir helfen?« Lasziv fuhr er mit dem Finger unter ihren BH-Träger und ließ ihn von dort nach unten gleiten, um an den Haken und Ösen zu zupfen. »Darin bin ich ziemlich gut.«

Darauf wollte sie wetten. Sie sah ihn kopfschüttelnd an und strich sich die Haare zur Seite. »Klar.«

Mit einer einzigen geschickten Bewegung löste er die Häkchen. Sie wandte sich von ihm ab, bevor sie die Träger von den Schultern schob und ihre Brüste entblößte, denn sie fühlte sich trotz allem noch befangen.

Wie sehr wünschte sie sich, sie könnte sich davon befreien. Könnte die Stimme in ihrem Hinterkopf zum Schweigen bringen, die ständig an ihrem Aussehen und an ihren Fähigkeiten zweifelte und daran, ob sie wirklich verdient hatte, was sie bekam. Sie zitterte, als Erinnerungen auf sie einstürmten, in denen sie sich klein und wertlos fühlte – nichts von alledem war gerecht gewesen. Genauso wenig wie es jetzt gerecht war, dass diese Erinnerungen zurückkehrten.

Sie war mit Rylan ein großes Wagnis eingegangen und dafür belohnt worden. Warum konnte sie sich also nicht einfach entspannen und es genießen?

Während die Erinnerungen sie quälten, saß Rylan hinter ihr, stark und real. Er strich federleicht mit der Hand über ihr Rückgrat und vertrieb dadurch ein wenig von der Mutlosigkeit, die sie befallen hatte.

»Hübsch«, sagte er, beugte sich vor und küsste sie zart auf den Rücken.

Sie hörte das Wort und versuchte, es festzuhalten. Daran zu glauben. »Danke.«

Er rückte von ihr ab und ließ ihr Platz, um das Shirt

über den Kopf zu streifen. Der Stoff roch nach ihm, sauber und irgendwie warm. Beruhigend. Ohne das Laken von den Hüften zu heben, zog sie seine Shorts an. Sie waren ihr etwas zu groß, passten aber. Der Mann besaß eine schmale Taille.

»Besser?«

»Ja«, sagte sie und zog ihr Haar aus dem T-Shirt. »Viel besser.«

»Gut.« Er ließ sich auf die Matratze und den Kopf aufs Kopfkissen sinken, streckte die Beine von sich und legte einen Knöchel über den anderen. Einladend streckte er den Arm aus.

Nur zu gern folgte sie seiner Aufforderung. Sie zog die Decke hoch und kuschelte sich an ihn, legte den Kopf auf seine Schulter und die Hand auf seine Brust. Er war so warm, und er roch so gut. Hatte sie gerade nicht noch gedacht, es wäre zu früh, um schlafen zu gehen?

Eine Weile lagen sie schweigend beieinander, er strich mit den Fingern durch ihr Haar, während sie ihre über seine definierten Bauch- und Brustmuskeln tanzen ließ. Es war überraschend angenehm.

Bis sie mit dem Fingernagel über die Kette strich, die um seinen Hals hing. Sie war feingliedrig und hatte einen Anhänger ... einen Ring? Er war golden und silbern mit einer Reihe winziger Diamanten in der Mitte. Ziemlich groß, vermutlich von einem Mann. Als sie ihn berührte, hörte Rylan auf, durch ihr Haar zu streichen.

»Was ist das?«, fragte sie.

Sanft, aber bestimmt legte er die Hand auf ihre und führte sie zurück zu seinem Bauch.

»Nichts.« Er schluckte schwer.

»Nichts?«

»Nur der Ehering von meinem Vater.«

Oh. Ihr schwirrten unzählige Fragen durch den Kopf, aber weiterzufragen wäre zu aufdringlich, oder? Wenn Rylan den Ring um den Hals trug, war sein Dad wahrscheinlich weg. Tot oder verschwunden oder ...

»Ist er ...« Sie verstummte.

Rylan schnaubte. Anscheinend wusste er, was sie nicht auszusprechen wagte. »Er sitzt im Gefängnis.«

Oh.

Er lachte trocken. »Der Mann hat mir mein ganzes Leben lang gesagt, was ich zu tun und zu lassen habe. Kannst du dir vorstellen, wie überrascht ich war, als ich herausfand, was er all die Jahre getrieben hat?« Schmerz zuckte über sein Gesicht.

»Das tut mir leid.«

Er schüttelte den Kopf. »Es ist nicht mehr wichtig. Ich habe meinen Frieden damit gemacht.«

Von wegen. Alles an ihm drückte Widerwillen aus.

Er ließ ihre Hand los und strich mit den Fingern über den Rand des Rings. »Er hat ihn mir vor langer Zeit geschenkt. Direkt nach der Scheidung. Gleich, als er aus dem Büro des Anwalts zurückkam, hat er ihn abgenommen und ... wollte ihn wegwerfen.«

»Mhm«, machte sie, um ihn zum Weiterreden zu ermuntern.

Sie dachte an ihren eigenen Vater, und wie er sie im Stich gelassen hatte ...

Zögernd strich er wieder über ihr Haar. »Ich habe ihn gefragt, ob ich ihn haben kann. Da hat er gelacht.« Rylan klang bitter. »Aber er hat ihn mir trotzdem gegeben.«

Still wartete sie darauf, dass er fortfuhr, doch er schwieg.

Er hatte ihr einen winzigen Einblick gewährt. Kate konnte es sich vorstellen: ein jüngerer Rylan, der mit großen Augen zu dem mächtigen Vater aufschaute. Nur um anscheinend immer wieder enttäuscht zu werden. Hinter ihren Rippen spürte sie ein Ziehen, das plötzliche Verlangen, mehr zu erfahren.

Die Worte lagen ihr bereits auf der Zunge, doch bevor sie ihr über die Lippen kamen, besann sie sich eines Besseren. Schließlich kannte sie diesen Mann kaum. Sie hatten zwei Abende miteinander verbracht, und sie mochte ihn. Sogar sehr. Aber er schuldete ihr nichts. Weder seine Geschichte, noch sein Vertrauen. Es sei denn, er bot ihr beides von sich aus an.

Sein angespannter Kiefer ließ erahnen, dass er ihr bereits mehr anvertraut hatte, als es sonst seine Art war.

Bei seinem Anblick gewann ein anderer Impuls in ihr die Oberhand. Nicht, ihn zu drängen, sondern stattdessen etwas von sich preiszugeben. Sie versuchte entspannt und ruhig zu atmen. Sie streichelte seine Haut mit ihren Fingerspitzen, hielt sich jedoch von dem glänzenden Ring fern.

»Ich habe mit meinem Vater nicht mehr gesprochen, seit ich zwölf war.«

Etwas von der Anspannung wich aus seinen Schultern. »Das ist ziemlich lange.«

»Ja. Er war ... nicht besonders nett.« Das war milde ausgedrückt. Er hatte sie mit diesem Mist in ihrem Kopf zurückgelassen, dieser Stimme, die ständig sagte, sie sei nicht gut genug und hätte nicht verdient, was sie bekam, aus ihr würde niemals etwas werden ... Sie schluckte schwer. »Nicht zu mir und nicht zu meiner Mutter. Er …« *Hat uns manipuliert. Hat uns eingeredet, wir könnten nicht auf eigenen Füßen stehen, und dann …* »Er hat sie angelogen. Jahrelang. Sie betrogen.« Das war etwas, das jeder verstand. Etwas, das sie leicht erklären konnte. »Nichts, worüber man leicht hinwegkommt.«

Wenn überhaupt jemals.

Rylan schmunzelte und rieb mit dem Daumen über ihre Hand. »Väter bauen ziemlichen Mist, was?«

Sie zitterte. »Das kann man wohl sagen.«

Es gefiel ihr, dass er das gesagt hatte. Dabei konnte er unmöglich wissen, wie viel sie ihm nicht erzählt hatte. Doch für einen angenehmen Augenblick lang fühlte es sich so an, als würde er es verstehen.

Eine Weile lagen sie in der Stille des Zimmers, berührten sich sanft und hielten sich fest. Aus den halben Geständnissen und vagen Andeutungen über ihre Vergangenheit war eine zarte Nähe zwischen ihnen entstanden. Doch sie fühlte sich gut an. Sicher.

Irgendwann stieß Rylan die Luft aus und drückte ihre Schulter. »Also, Kate …« Heiterkeit schlich sich in seine Stimme, eine künstliche Unbeschwertheit. Er ließ ihre Hand los und griff nach der Fernbedienung, die auf dem Nachttisch lag. »Hast du schon mal französisches Fernsehen gesehen?«

Die zarte Nähe zwischen ihnen wurde erschüttert, aber nicht zerstört.

Sie richtete den Blick auf den Bildschirm, der auf der anderen Seite des Zimmers zum Leben erwachte. »Nein, noch nicht.«

»Es ist eine Erfahrung.«

Als er einen Knopf betätigte, füllte eine Stimme das Zimmer, die in rasendem Tempo etwas auf Französisch sagte. Kate runzelte die Stirn.

»Gibt es englische Untertitel?«

»Keine Sorge.« Er küsste sie auf die Schläfe. »Ich übersetze es dir.«

Er zappte noch ein bisschen durch die Kanäle, bis er etwas gefunden hatte, das ihm zu gefallen schien, dann legte er die Fernbedienung zur Seite und nahm erneut ihre Hand. Er hielt Wort und raunte ihr mit tiefer warmer Stimme die Übersetzung des Dialogs ins Ohr, und sie ließ sich von ihr einhüllen wie zuvor von seinen Armen.

Und auch wenn ihr Blick unwillkürlich immer wieder zu dem glänzenden goldenen Ring zwischen seinen Schlüsselbeinen zuckte, gab sie sich zumindest Mühe, seinen Worten zu folgen.

KAPITEL 9

»Und?« Rylan klopfte den Rasierer auf dem Rand des Waschbeckens aus, bevor er ihn erneut unter dem Wasserstrahl abspülte. »Was willst du heute machen?« Er grinste sich selbst im Spiegel an. »Abgesehen davon, aus dem Hostel auszuchecken und deine Sachen hierherzuschaffen, natürlich.«

»Natürlich.« Er hörte ihrer Stimme an, dass sie die Augen verdrehte. Außerdem klang sie noch etwas schläfrig, nach einem unterdrückten Gähnen. Offenbar war sie kein Morgenmensch.

Sie hatte länger geschlafen, als er gedacht hatte. Er selbst war wie üblich im Morgengrauen aufgewacht. Nun ja, nicht ganz wie üblich. Meist quälte ihn beim Aufwachen eine innere Unruhe, für die ihm kein Ventil zur Verfügung stand. Gewöhnlich streifte er dann durch die Wohnung, ging ins Fitnessstudio oder las den Wirtschaftsteil der Zeitung, wobei er sich schon währenddessen daran erinnerte, dass ihn der Inhalt nichts mehr anging. Doch heute ... heute hatte Kate friedlich neben ihm geschlafen. Irgendwie hatte es genügt, sie nur anzusehen, und schon war er ruhiger geworden. Mit dem Blick war er den Konturen ihres Halses gefolgt und hatte ganz sanft ihren weichen, nackten Schenkel mit dem Knie gestreift.

Durch das Geräusch des laufenden Wassers hindurch hörte er, wie sie sich im Zimmer nebenan bewegte. Er verzog das Gesicht und verstärkte den Griff um den Rasierer.

Es machte ihn schier verrückt, dass sie sich direkt nebenan anzog, während er hier stand – nackt bis auf ein Handtuch und die Kette um seinen Hals. Noch feucht von der Dusche und erregt von der Vorstellung, was sie dort draußen trieb.

Mit finsterem Blick hob er den Kopf und strich mit dem Rasierer über die kniffelige Stelle unter dem Kinn. Er hatte ihr versprochen, brav zu sein und nicht hinzusehen, wenn sie sich anzog. Erst daraufhin hatte sie ihm erlaubt, die Badezimmertür zu öffnen, damit er den Dampf hinauslassen und so beim Rasieren sein Gesicht im Spiegel sehen konnte.

Er strich sich mit dem Finger über die feuchte, glatte Haut und überzeugte sich davon, dass er auch kein Haar übersehen hatte. »Nein, im Ernst. Was hast du heute vor?«

»Ich weiß noch nicht. Ich habe mir einen neuen Reiseführer gekauft.«

Er schnaubte verächtlich. »Den du ganz offensichtlich nun nicht mehr brauchst. Schließlich hast du ja mich.«

Seine Bemerkung ignorierend fuhr sie fort: »Ich bin noch nicht dazu gekommen, ihn mir anzusehen. Darum werde ich mich wohl irgendwo hinsetzen und ein bisschen darin lesen.«

»Zeitverschwendung«, murmelte er vor sich hin. Lauter sagte er: »Aber was *willst* du heute machen?« Er überlegte kurz. »Wie lange bleibst du überhaupt?«

»Mein Rückflug geht am Freitag.« Heute war Sonntag.

Er rechnete im Stillen. Sie offenbar auch, denn schließlich sagte sie: »Also mit heute noch fünf ganze Tage.«

Plus die zwei, die sie schon miteinander verbracht hatten. Sieben Nächte insgesamt. Damit konnte er arbeiten.

Als er fertig war, spülte er den Rasierer ab und legte ihn zur Seite. »Nun, vielleicht kannst du heute nicht so viel besichtigen, wie du gern möchtest. Das ist das Problem, wenn man in einem katholischen Land unterwegs ist.«

»Ja. Aber ein paar Dinge haben doch trotzdem geöffnet, oder?«

»Klar.« Er drehte den Wasserhahn ganz auf und wusch sich den restlichen Schaum vom Gesicht. Nachdem er sich abgetrocknet hatte, trug er etwas Rasierwasser auf und schlich dann auf Zehenspitzen zur Tür, um einen Blick zu riskieren.

Aber er hatte es ihr doch *versprochen.* Stöhnend, weil er offenbar plötzlich ein Gewissen besaß, hielt er sich mit einer Hand die Augen zu. Mit hoher Stimme fragte er: »Darf ich schon reinkommen?«

»Äh. Ja.«

Endlich. Unwillkürlich grinsend trat er um die Ecke. Sie saß auf der Bettkante und nestelte an dem Riemen ihrer Tasche, die neben ihr stand. Zu der Jeans vom Vortag trug sie eines seiner Hemden, das sie aus seinem Rucksack stibitzt hatte. Er maß sie von Kopf bis Fuß mit seinem Blick.

Eine Frau in einem Männerhemd sah einfach verdammt sexy aus. Das Teil war ihr zwei Nummern zu groß, doch sie hatte es in der Mitte geknotet, wodurch ihre Taille noch schmaler wirkte und ihre Brüste und Hüften voller. Und noch schlimmer: Oben war es so weit geöffnet, dass ein Hauch ihres Dekolletés zu sehen war. Sein Hals wurde trocken, sein Schwanz zuckte interessiert, und er gab sich keine Mühe, es zu verbergen.

Den ganzen Tag lang würde er sie so sehen müssen. In seinem Hemd. Wie zum Teufel sollte er das aushalten?

»Was ist los?«, fragte sie und lenkte seine Aufmerksamkeit von ihrer Brust zu ihrem Gesicht. Sie hob eine Braue.

Er grinste. Es war ihm nicht peinlich, dass sie ihn erwischt hatte. So, wie sie sich verhielt, konnte sie es ertragen, ein bisschen gemustert zu werden.

»Du trägst mein Hemd«, stellte er fest.

Ein Anflug von Unsicherheit erschien in ihren Augen, doch sie hob das Kinn und blickte ihn herausfordernd an. »Ist das ein Problem?«

»Nur, wenn du erwartest, dass ich heute die Hände von dir lasse.«

Sie errötete, doch um ihre Lippen spielte ein Lächeln. »Ich erwarte nicht, dass du sie ganz bei dir behältst.«

»Gut.« Er trat zu ihr, beugte sich hinunter und küsste sie leidenschaftlich auf die Lippen, wobei er einen Finger in die Öffnung des Hemds hakte und hineinlugte. *Köstlich.*

Kopfschüttelnd schlug sie seine Hand weg, doch ihr Lächeln blieb. »Zieh dich an.«

»Na, das macht aber keinen Spaß«, brummte er, doch es war schon spät. Er ging in die Ecke, wo er seinen Rucksack abgestellt hatte, beugte sich zu ihm hinunter und durchforstete nachdenklich den Inhalt. Etwas knapp für fünf Tage, insbesondere, wenn sie sich so großzügig an seinen Sachen bediente, doch es würde schon reichen. Notfalls konnte er sich immer noch irgendwann in die

Wohnung schleichen. Sie würde es wahrscheinlich kaum bemerken, wenn wie durch Zauberhand ein paar neue Sachen auftauchten.

Völlig ungehemmt löste er das Handtuch von den Hüften, nahm ein Paar Boxershorts und schüttelte sie aus. Er stand mit dem Rücken zu ihr und freute sich über das leise Geräusch, das sie von sich gab, als er sein Hinterteil entblößte. Als er sicher war, dass sie genug gesehen hatte, schlüpfte er in die Shorts und suchte eine Hose. Nachdem er auch noch ein Hemd aus dem Rucksack gezogen hatte, trat er zur Seite, um sich im Wandspiegel zu betrachten und zerzauste sich mit der Hand das noch feuchte Haar.

»Willst du hören, was ich mir für unseren heutigen Ausflug überlegt hatte?«, fragte er.

Sie zögerte. »Du musst wirklich nicht die ganze Zeit mit mir verbringen. Ich habe nicht damit gerechnet …«

Natürlich hatte sie das nicht. Doch die Unsicherheit, die in ihrer Antwort anklang, gefiel ihm nicht. Er drehte sich halb zu ihr um. »Soll ich nicht?«

Es erschien nicht sofort ein Nein auf ihren Lippen.

Aha. Er wandte sich wieder dem Spiegel zu. »Wenn du willst, kannst du den Tag auch für dich haben.« Was ziemlich verdrießlich wäre, denn er fand seinen Plan ziemlich gut, und die Vorstellung, den Tag allein zu verbringen, begeisterte ihn nicht gerade. Nicht, wenn er die Möglichkeit hatte, ihn mit einer interessanten Frau zu verbringen.

»Ich möchte noch ein bisschen zeichnen«, sagte sie nach einer weiteren kurzen Pause. »Aber das muss nicht heute sein. Was wolltest du vorschlagen?«

Er hatte schon befürchtet, sie würde nie fragen.

»Nun.« Er richtete den Kragen seines Hemds und drehte

sich zu ihr um. »Da du eine arme Künstlerin bist und so ...« Mit etwas Anlauf warf er sich neben sie auf das Bett und stützte sich auf den Ellbogen ab. Die Matratze um ihn herum wankte. Als sie überrascht aufschrie, lachte er. Er schlängelte sich unter ihrem Arm hindurch, schob den Saum von ihrem – *seinem* – Hemd nach oben und platzierte einen Kuss auf ihrer Flanke. »Was hältst du von Montmartre?«

Sie zog das Hemd wieder nach unten und versetzte ihm einen scherzhaften Stoß. Er ließ sie los, drehte sich um und schwang sich neben sie auf die Bettkante, nah genug, um ihren süßen Duft einzuatmen.

»Montmartre?« Sie hob die Hand und strich mit den Fingern durch sein Haar.

»Klar. Wir sehen uns Picassos alte Wirkungsstätten an und tauchen in das ein, was von der Kunstszene der Jahrhundertwende noch übrig ist. Trinken einen Absinth und machen, na, du weißt schon, was Künstler eben so tun.«

Sie schenkte ihm ein aufrichtiges, hübsches Lächeln. »Das ist wirklich eine gute Idee.«

»Natürlich. Sie ist ja schließlich von mir.« Er küsste sich ihren Hals hinunter und legte einen Arm um ihre Taille.

Lachend lehnte sie sich an ihn, und plötzlich verlor das Herumalbern etwas von seiner Leichtigkeit. Sie fühlte sich so perfekt an seiner Seite an, dass sich ihm die Kehle zuschnürte.

»Außerdem«, sagte er, »ist es schön da oben. Man kann bis ganz hinaufgehen, bis zur Kirche Sacré-Coeur. Die wunderbaren Fenster. Und die Aussicht! Von da oben kann man ganz Paris sehen, es liegt dir buchstäblich zu Füßen.«

»Klingt wundervoll.«

»Das ist es.«

Er wollte es ihr zeigen. Er wollte ihr so einiges zeigen, und als er sie im Arm hielt, war es ein wenig zu leicht, sich vorzustellen, sie wären ein ganz normales Paar, das sich aufmachte, die Stadt zu erkunden.

Derlei Gedanken waren gefährlich. Schließlich vögelten sie nur miteinander – und selbst dazu waren sie noch nicht mal gekommen.

Er rückte etwas von ihr ab und hob anzüglich eine Braue. »Es sei denn, du möchtest heute lieber hierbleiben.«

»Nein. So verlockend das auch ist …« Sie löste die Hand von seinem Nacken und ließ sie nach unten sinken, wo sie an seinem Schlüsselbein kurz bei der Kette verweilte. »Die Sonne scheint. Und dafür ist später noch genug Zeit.« Ihre Stimme bebte, und ihr Daumen glitt tiefer und geriet in die Nähe des Rings von seinem Vater. »Stimmt's?«

Instinktiv griff er nach ihrer Hand, beherrschte sich jedoch, sie von dem Ring fortzureißen. Stattdessen führte er ihre Knöchel an seine Lippen und küsste jeden einzelnen. »Jede Menge«, stimmte er zu.

Noch fünf Tage, sagte er sich.

Der goldene Ring lag schwer auf seiner Brust.

Fünf Tage waren mehr als genug.

Kate glaubte nicht, dass sie je genug von Paris bekommen würde.

Rylan schien irritiert, als sie neben ihm her hüpfte und sich bei ihm einhakte. Sie *liebte* den Montmartre. Sie hatte sich ausgiebig mit all den Menschen beschäftigt, die hier gelebt, geliebt und gemalt hatten und die hier gestorben waren. Pablo Picasso und Henri de Toulouse-Lautrec. Renoir, Degas und Van Gogh.

Natürlich hatten sich die Zeiten seit damals geändert, doch der ganze Ort wirkte immer noch so, als könnte jeden Augenblick jemand seine Staffelei aufstellen und die Pinsel herausholen. Rylan und sie frühstückten in einem einfachen Café, das genauso aussah, wie sie sich ein echtes Künstlercafé vorstellte – nicht so schick wie die Cafés und Bistros bei den Museen unten an der Seine. Sie stöberten in kleinen Geschäften und machten peinliche Selfies vor Moulin Rouge – Kate war begeistert. Am liebsten hätte sie hier einen kleinen Laden eröffnet und für immer verkaterte Menschen in schwarzer Kleidung gezeichnet, geraucht und geredet.

Und im Hintergrund all dieser Szenen sah sie im Geiste Rylan. Rylan mit seinem selbstzufriedenen Grinsen und der aufgesetzten skeptischen Miene. Er stand gern daneben und sah ihr zu, wie sie sich amüsierte. Auch wenn er dabei das Gesicht verzog – sie durchschaute ihn. Er amüsierte sich ebenfalls.

Gerade das war seltsam liebenswert, wie eine Katze, die nicht zugeben will, dass sie gern gekrault wird.

»Okay«, sagte sie und legte einen Hut weg, für den sie *nicht* ihr letztes Geld ausgeben musste. Als sie weiter den Bürgersteig hinunterschlenderten, zupfte sie Rylan am Arm und stupste ihn an, bis er die Hand aus der Hosentasche zog und sie ihre Finger mit seinen verschränken konnte. »Nun hast du dich den ganzen Tag nach mir gerichtet.«

»Ach ja? Ist mir gar nicht aufgefallen.«

Sie ging nicht darauf ein. »Was würdest *du* jetzt gern machen?«

Seine Stimme klang anzüglich. »Da fallen mir so einige Dinge ein.«

Ihr auch. Den Großteil ihrer Aufmerksamkeit hatte sie heute dem Montmartre gewidmet, aber gleichzeitig hatte es sie einige Mühe gekostet, sich nicht in Tagträumen darüber zu verlieren, wie geduldig Rylan sie letzte Nacht gestreichelt hatte. Sie erinnerte sich an seine großen Hände auf ihren Brüsten und Hüften. An das warme Gefühl seiner Zunge ...

Sie blinzelte und drückte seine Hand fester. »Was würdest du gern *auf dem Montmartre* machen?«, stellte sie klar.

»Das ist keine große Einschränkung.«

»Im Ernst.«

»Ich meine es ernst.« Er musterte ihre Beine, aber nicht mehr ganz so anzüglich. »Tun dir nicht die Füße weh?«

Doch, ein wenig schon, aber so viel, wie sie schon gelaufen war, war das nicht anders zu erwarten. »Es geht. Warum?«

Er zeigte den Hügel hinauf, und sie blinzelte gegen den hellen Himmel an. »Es ist ein ziemlicher Aufstieg, aber die Anstrengung lohnt sich.«

Sie überlegte. »Da oben steht Sacré-Coeur, richtig?« Eine große, alte, berühmte Kirche. Klang nicht nach etwas, das ihn besonders fesseln könnte.

»Ja.«

»Warum willst du dorthin?«

»Steht das nicht auf deiner Liste der Dinge, die man gesehen haben muss?«

»Ja, aber ich habe dich gefragt, was *du* gern machen möchtest.«

»Das habe ich dir doch gesagt.« Er sah sie nicht an. »Ich will dir die Stadt zeigen.«

»Was du bereits getan hast. Du hast mir sogar ziemlich viel gezeigt. Es muss doch etwas geben, das du gern für dich machen würdest.«

Nachdenklich verzog er den Mund und schwieg eine ganze Weile. Schließlich, als sie gerade nachhaken wollte, sagte er: »Von dort hat man den besten Blick der ganzen Stadt. Und wenn wir schon mal hier sind …« – er zuckte mit den Schultern – »… würde ich ihn mir gern ansehen. Und ich würde gern erleben, wie *du* ihn dir ansiehst.«

»Oh.«

Ihr war nicht entgangen, dass er ihr ganz offensichtlich wirklich gern dabei zusah, wie sie die Stadt erkundete, die er bereits so gut kannte. Sie konnte nicht behaupten, dass sie das ganz verstand, aber sie würde es nicht weiter hinterfragen.

»In Ordnung«, sagte sie und machte Anstalten, die Straße in Richtung Hügel zu überqueren. »Gehen wir.«

Lachend hielt er sie zurück und führte sie einen anderen Weg die Straße hinunter. »Erste Lektion über das Fortbewegen in einer europäischen Stadt: Der kürzeste Weg zwischen zwei Punkten ist nie eine gerade Linie.«

»Nein?«

»Nein. Wir müssen hier entlang.«

Sie war froh, dass er den Weg kannte, denn als sie endlich die steile Treppe erreichten, die zur Kathedrale hinaufführte, war sie schon außer Atem und völlig geschafft. Er legte den Arm um sie und navigierte sie um ein paar aufdringliche Straßenhändler herum, wobei er sie schützend an sich zog und die Männer mit ein paar harschen Worten auf Französisch abwies. Es war ein wundervolles Gefühl, so beschützt und behütet zu werden.

Während sie sich bemühte, beim Aufstieg mit ihm Schritt zu halten, fragte sie: »Wie bist du eigentlich ein so guter Stadtführer geworden?«

»Keine Ahnung. Ich hatte viel Zeit, die Stadt kennenzulernen und meine Lieblingsplätze zu finden. Und ich habe beschlossen, sie mit anderen zu teilen.« Er sagte nicht, mit wie vielen Menschen er sie bereits geteilt hatte.

Sie gab sich nicht der Illusion hin, die Erste zu sein, der er diese Führung schenkte. Er hatte sie zwar an Orte geführt, die ganz individuell auf sie zugeschnitten zu sein schienen, doch es war nicht zu übersehen, dass er darin eine gewisse Übung hatte. Teufel, er hatte ja sogar zugegeben, dass seine Masche in der Vergangenheit bei Frauen gut gezogen hatte.

Trotzdem. Ihr Blick glitt zu seiner Brust, wo der Stoff seines Hemds den Ring um seinen Hals verbarg. Vielleicht war seine brüchige Stimme, als er ihr von seinem Vater erzählt hatte, bloß Teil der Vorstellung gewesen, doch das glaubte sie eigentlich nicht. Sie würden eine begrenzte Zeit miteinander verbringen, und sie war weit davon entfernt zu glauben, einzigartig zu sein. Aber sie hatte ein kleines bisschen von ihm erfahren. Etwas, das sie zumindest ein wenig vom Rest unterschied.

Dieser Gedanke machte sie mutig.

»Weißt du was?« Sie warf ihm einen Seitenblick zu. »Du hast mir gar nicht erzählt, warum du eigentlich hier bist.«

Er brummte, zog die Brauen zusammen und, ob bewusst oder unbewusst, beschleunigte seinen Gang die Stufen hinauf. Sie legte ebenfalls einen Schritt zu und schob eine Hand in seinen Gürtel, um sich daran festzuhalten.

»Warum kommen Menschen nach Paris?«, fragte er nach einem Moment, zuckte die Schultern und ließ den Arm sinken. »Eine tolle Stadt, schöne Kunst, besseres Essen. Ich konnte die Sprache schon, darum dachte ich, warum nicht?«

»Das sind alles gute Argumente«, stimmte sie zu. Sie hätte es dabei belassen können, aber sie konnte nicht anders, sie musste weiterbohren. »Aber du bist nicht von hier.«

»Nein.«

Meine Güte, er ließ sich wirklich alles aus der Nase ziehen. Warum war er gestern Nacht so offen gewesen und gab sich jetzt so verschlossen? »Und woher kommst du?«

»New York City. Ursprünglich.«

»Wohnt deine Familie noch dort?«

Er warf ihr einen Blick zu, den sie nicht zu deuten wusste. »Du weißt ganz genau, dass mein Vater nicht mehr *dort wohnt.*«

Ja, das wusste sie. Sie hätte es etwas feinfühliger formulieren können. »Stimmt.« Sie räusperte sich. Vorsichtig fragte sie weiter: »Und deine Mutter ...?«

Er lachte kurz und gequält auf. »Wer weiß? Vielleicht ist sie in New York. Oder in Argentinien oder Schanghai. Keine Ahnung.«

Er warf einen Blick zurück über die Schulter und legte noch einen Schritt zu, als sie eine Gruppe langsam schlendernder Touristen überholten. Verdammt, dieser Hügel war *steil,* und seine Beine waren deutlich länger als ihre.

Dieser Mistkerl schien nicht mal ein bisschen außer Atem zu sein.

»Puh«, sagte sie schließlich und gab auf. Als sie den nächsten Treppenabsatz erreichten, ließ sie die Hand von seiner Taille gleiten. Es war ihr egal, dass die Familie, die sie gerade überholt hatten, jetzt wieder an ihnen vorbei musste. Ihre Schenkel brannten, und sie fasste sich an die Brust. »Wovor zum Teufel rennst du eigentlich davon?«

Er erstarrte. Und sie hätte es beinahe übersehen. Die Art, wie seine Augen sich weiteten und unter der Maske des locker flirtenden Charmeurs ein unglücklicher, überraschter Ausdruck aufblitzte. In ihm lagen Verschlossenheit und Schmerz, und ... sie wusste nicht genau, was noch. So schnell, wie er erschienen war, verschwand der Ausdruck wieder. Rylan blinzelte ein paarmal und zog die Brauen zusammen. »Wie bitte?«, fragte er.

Was zum Teufel ...? Sie wollte doch nur wissen, warum er so verdammt schnell ging, und ...

Und dann begriff sie es. Sie hatte ihn nur ein wenig ärgern wollen und dabei durch Zufall den Nagel auf den Kopf getroffen.

Er war hier in Paris, Tausende Meilen weit weg von zu Hause, und wich ihren Fragen über sein Leben aus, *weil er davonlief.* Wovor, das konnte sie nur vermuten, aber ganz offensichtlich war es keine Kleinigkeit.

Sie schluckte schwer und sagte mit brüchiger Stimme: »Das war wörtlich gemeint. Weil du so gerannt bist.«

»Oh.«

Das Grinsen, das sie eigentlich erwartet hatte, mühte sich auf sein Gesicht, schien sich aber nicht durchsetzen zu können. Sie wandte den Blick ab, stützte sich auf die Knie und atmete ein paarmal tief ein und aus. Das Schweigen zwischen ihnen fühlte sich bedrückend und stickig an, genau wie die Luft, nachdem sie den Hügel hinaufgerannt waren. Als sie es wagte, wieder zu ihm hinaufzublicken, lehnte er mit verschränkten Armen an einem Geländer.

Und war eindeutig entschlossen, alles, was er in den letzten Minuten unbeabsichtigt von sich preisgegeben hatte, zu ignorieren

»Alles okay?«, fragte er. Seine Stimme hatte sich verändert. Er klang nicht distanziert, aber wachsam. Eher wie die Vorstellung, die er ihr bei ihrer ersten Begegnung geboten hatte, als er ihr einen Kaffee ausgegeben und versucht hatte, sie mit seinem lässigen Charme ins Bett zu bekommen.

Was ihm gelungen war.

Kate nickte und richtete sich wieder auf. »Ja. Alles okay. Solange du nicht wieder deine Roadrunner-Nummer abziehst und mir davonrennst.«

»Ich werde versuchen, mich zu beherrschen.«

Er ignorierte die Gruppe, die gerade an ihnen vorbeiging, und hielt ihr seinen Arm hin. Sie hakte sich bei ihm ein, und er fühlte sich so warm, fest und verlässlich an.

Doch genau das täuschte. Wie oft hatte ihre Mutter ihr das gepredigt – du kannst keinem Mann wirklich vertrauen. Und schon gar keinem, der eine bessere Frau haben könnte als dich. Sie schluckte. Es spielte keine Rolle, wie offen Rylan ihr gegenüber manchmal zu sein schien. Dieser Mann verbarg etwas vor ihr.

Arm in Arm und in einem deutlich gemäßigteren Tempo stiegen sie weiter den Hügel hinauf. Sie plauderten über Dinge, die ihnen unterwegs begegneten, und darüber, wie lange sie bei diesem Tempo wohl noch bis nach ganz oben brauchen würden. Um das Thema, über das sie soeben zufällig gestolpert waren, machten sie einen großen Bogen.

Was Kate überhaupt nicht gefiel.

Schließlich, nach einer gefühlten Ewigkeit, endeten die Stufen, und er führte sie nach rechts.

Und plötzlich schmerzten ihre Füße nicht mehr. Ihre Lungen brannten nicht mehr, und die Stimmen in ihrem Kopf verstummten. »Wow«, murmelte sie.

»Ich habe es dir ja gesagt.«

Er hatte nicht gelogen. Neben ihnen lag die Basilika, doch die interessierte Kate im Moment weniger. Sie standen auf dem Gipfel der Welt, der Himmel war blau, und ganz Paris lag ihnen zu Füßen.

»Komm.«

Er nahm ihre Hand, führte sie durch die Menge und fand einen freien Platz am Geländer, von wo aus man auf die Stadt hinunterblicken konnte. Dort schob er sie nach vorn und stellte sich hinter sie. Sie spürte sein Kinn auf ihrer Schulter und seine warme Brust an ihrem Rücken.

»Hast du eine Kamera dabei?«, fragte sie. Wenn sie gewusst hätte, dass der Ausblick so spektakulär war, hätte sie darauf bestanden, erst zu ihrem Hostel zu gehen, um ihre eigene Kamera zu holen.

»Keine Sorge.« Er schüttelte den Kopf und zog sie dichter an sich. »Darum kümmern wir uns später. Jetzt genieß erst mal die Aussicht.«

Kate hielt den Atem an. Sie wollte gerne ein paar Fotos haben, um sich später an all das hier zu erinnern, aber auch, um sie als Vorlage zum Zeichnen zu nutzen. Doch was nutzte es, einen Moment festzuhalten, wenn man darüber ganz vergaß, ihn zu genießen?

Sie musste das alles in sich aufnehmen.

Doch gleichzeitig gab es gerade so vieles, was sie innerlich beschäftigte. Die Hoffnung, die sie gehabt hatte, sich hier in Paris künstlerisch weiterzuentwickeln, die Entscheidungen, die sie treffen musste, wenn sie nach Hause zurückkehrte, und die aufwühlenden Gefühle, die Rylan in ihr weckte – all das beschäftigte ihr Herz und ihre Gedanken.

Doch dann nahm Rylan ihre Hand in seine und strich mit den Fingern seiner anderen Hand langsam an der Seite ihres Körpers auf und ab. Der gleichmäßige Rhythmus seines Atems ließ ihre Gedanken und den Rest der Welt verstummen. Nur ein wenig. Doch genug, um sich geborgen zu fühlen und es genießen zu können, von so viel Schönheit umgeben zu sein.

Schweigend standen sie eine ganze Weile so da, bis er sie an sich drückte und sie auf die Schläfe küsste.

»Ich bin aus vielen Gründen hier in Paris.« Seine Stimme klang schroff, aber ehrlich. »Und nicht alle davon sind unbedingt gut. Aber was wirklich zählt – und woran ich lieber denke –, ist die Tatsache, dass ich jetzt hier bin. In diesem Moment, an diesem Ort.« Er beugte sich hinunter, um sie sanft und gefühlvoll auf die Wange zu küssen, dann flüsterte er ihr ins Ohr: »Mit dir.«

Die Skepsis, die sie erst vor wenigen Minuten wie eine Rüstung angelegt hatte, verschwand, und seine Worte schlängelten sich an ihrem Schutzwall vorbei. Es war ihr sogar vollkommen egal, dass ihr die Worte bekannt vorkamen. Es klang nicht einstudiert. Es klang ehrlich.

Und in diesem Augenblick war das alles, was für sie zählte.

KAPITEL 10

Rylan war ein Mistkerl. Erstens, weil er Kate über seine ursprüngliche Herkunft belogen hatte. Zweitens, weil er ihren Fragen über seine Vergangenheit den ganzen Nachmittag lang ausgewichen war. Aber er hatte ihr schon genug von sich erzählt, und die Details, die sie offenbar so unbedingt aus ihm herauskitzeln wollte, waren ihm zu nah an der Realität. Ihre gemeinsame Zeit war auch für ihn zu einem Urlaub geworden, zu einer Auszeit von der Langeweile, die ihn befallen hatte. Eine Chance, nicht über all das nachzudenken, was er zurückgelassen hatte.

Drittens und letztens machte das, was er jetzt tun würde, ihn zu einem verdammt perversen Dreckskerl.

»Komm«, sagte er und legte Kate eine Hand auf den Rücken. Sie stiegen den Hügel von Sacré-Coeur hinab und waren bald wieder mitten in Montmartre, wo es ihr so gut gefallen hatte. Doch noch hatte sie nicht alles gesehen.

»Wohin gehen wir?« Sie lachte – ein hoher, warmer Ton, den er nur zu gern hörte, nachdem die Stimmung vorhin ein wenig zu ernst geworden war. Hoffentlich lachte sie auch noch, wenn sie sah, wohin sie als Nächstes gingen.

»Das wirst du schon sehen.«

Zunächst war die Veränderung unauffällig. Nur ganz allmählich gingen die kitschigen Geschäfte und die kleinen Cafés in den Rotlichtbezirk über. Als sie die ersten Läden passierten, deren Schaufenster Dildos zeigten, schien sie es noch nicht einmal zu bemerken.

Doch dann verlangsamte sie ihren Schritt und bekam schmale Augen.

»Rylan«, sagte sie in warnendem Ton.

Verdammt, er war ein Dreckskerl. Und das hier versprach richtig lustig zu werden.

»Du weißt doch, was Toulouse-Lautrec auf den Montmartre geführt hat, oder?«

»Das ist nicht lustig.«

»Huren, Tänzerinnen. Das gehört nun einmal dazu.«

»Rylan!«

»Was meinst du, was das Moulin Rouge war? Ein Kindergarten?«

»Aber deshalb wollte ich nicht herkommen.«

»Das weiß ich.« Er zog den Trumpf hervor, den er noch im Ärmel zurückgehalten hatte. »Aber du hast mich gefragt – und nicht nur einmal –, was *ich* auf diesem Ausflug machen möchte.«

»Ich gehe nicht in ein ... ein *Bordell.*«

Er tat entrüstet. »Natürlich nicht.« Trotz ihrer Missbilligung gingen sie weiter und – perfekt. Er blieb stehen, machte eine einladende Geste und zeigte auf den Laden, zu dem er sie hatte führen wollen. »Aber in einen Sexshop. Das ist etwas ganz anderes.«

»Ich will nicht ...«

»Aber ich.« Er beugte sich zu ihr, und obwohl sie verärgert war, zuckte sie nicht zurück. »Ich möchte dir ein

Geschenk kaufen und dir heute Nacht zeigen, wie man es benutzt.« Er ließ die Erregung, die ihn bei der Vorstellung überkam, in seine Stimme fließen. »Ich möchte herausfinden, wie oft du kommst, bevor du mich anbettelst aufzuhören.«

Sie wich zurück, und ihre Wangen leuchteten tomatenrot. Doch sie stemmte die Hände in die Hüften und hob trotzig das Kinn. Nachdem sie sich mit einem Blick davon überzeugt hatte, dass sie allein waren, stieß sie hervor: »Ich weiß, wie man einen … einen …« Sie senkte die Stimme, was ihn noch mehr amüsierte. »Einen *Vibrator* benutzt.«

Tja, jetzt war er überrascht. »Ach ja?«

»Natürlich.« Sie warf erneut einen Blick über die Schulter und wirkte verlegen, allerdings auf andere Weise. Dann beugte sie sich dichter zu ihm herüber und sagte noch immer mit leiser Stimme: »Ich habe dir doch erzählt, dass kein Typ es je geschafft hat. Du weißt schon.«

»Dich zum Höhepunkt zu bringen?«

Gott, er konnte die Hitze ihrer Wangen bis hierhin spüren. Als sie schwieg, deutete er das als Zustimmung. »Aber …«

»Aber?«

»*Aber* eine Frau hat ihre Bedürfnisse.«

»Das habe ich nie bezweifelt.« Er war sich ziemlich sicher gewesen, dass sie wusste, wie sich ein Orgasmus anfühlte, so wie sie sich gebogen und gegen seine Zunge gedrängt hatte. Allein die Vorstellung, dass sie sich zwischen die Beine fasste, um selbst die Sehnsucht zu stillen, machte ihn hart. Bei der Vorstellung, dass sie sich dabei eines kleinen technischen Hilfsmittels bediente, hätte er sie am liebsten auf der Stelle in eine Gasse gezerrt.

Doch er hatte Geduld. Nicht viel, aber genug.

Herausfordernd hob er eine Braue. »Was ich bezweifle, ist, dass du eine Ahnung hast, wie du einem Mann diese Bedürfnisse verständlich machst. Weshalb wir«, er trat zur Seite und öffnete die Ladentür, »ein bisschen üben werden.«

Sie blickte von der offenen Tür zu ihm und wieder zurück. Ihre Füße schienen am Boden festgewachsen zu sein. Nach einer gefühlten Ewigkeit verstärkte sich die Röte auf ihren Wangen derart, dass er sich allmählich Sorgen machte. Doch gerade als er schon damit rechnete, dass sie ohne ihn zur Metro rennen würde, verschränkte sie die Arme vor der Brust und sah ihn an. »Na gut.«

Und mit diesen Worten stürmte sie in den Laden. Verdammt, es gefiel ihm, wenn sie so hitzig war. Kopfschüttelnd schmunzelte er in sich hinein, folgte ihr in das Geschäft und ließ die Tür hinter sich zufallen.

Innen war der Laden gut beleuchtet. An den Wänden hingen ein paar anzügliche Bilder, und in den Regalen standen Bücher, DVDs und Sexspielzeuge, aber es hatte nichts von den Läden, in denen die Leute Perverse in Trenchcoats erwarteten, die sich auf der Suche nach geeignetem Material, um sich einen runterzuholen, in den Gängen herumdrückten. Aktuell hielten sich im Geschäft nur eine Handvoll Leute auf, überwiegend Frauen. Hoffentlich beruhigte Kate das ein wenig.

Rylan nahm sich einen Korb und nickte dem Mädchen hinter dem Tresen zu, dann schlenderte er zu Kate, die eine Auslage mit Glasdildos betrachtete.

»Hübsch, nicht?« Er nahm ein knolliges Modell mit roten Wirbeln und legte seine Lippen dicht an ihr Ohr. »Fragst du dich, wie sich das in dir anfühlen würde?«

Sie wand sich. »Vermutlich kühl.«

»Ganz bestimmt.« Er legte es weg. »Doch das ist nur der halbe Spaß.« Er nahm einen, der noch eingepackt war, und legte ihn in den Korb.

Sie legte eine Hand auf seinen Arm. Er öffnete den Mund, um ihr zu erklären, warum das eine gute Idee war, warum er damit über ihre Scham streichen und zusehen wollte, wie der Dildo in sie hineinglitt. Doch sie nahm lediglich die Packung heraus und ersetzte sie durch eine schlankere Version in Violett.

Fast hätte er sich verschluckt. »Gute Wahl.«

»Mhm.« Sie ging an ihm vorbei und sah sich weiter um.

Während sie auf Erkundungstour ging, nahm er eine interessant aussehende Kugel in die Hand und spielte mit dem Gedanken, auch Gleitmittel mitzunehmen, doch das schien ihm etwas anmaßend. Vielleicht beim nächsten Mal.

Als er wieder zu ihr trat, hielt sie ein Paket mit einer Art Minizauberstab in der Hand.

»Hast du etwas Gutes gefunden?«

Sie erschrak, ließ sich jedoch nicht wieder von ihm aus der Fassung bringen. Schulterzuckend legte sie es zu ihren Einkäufen. »Das ist die Reisegröße von einem, der mir gefällt.«

»Nette Vorstellung.« Er deutete auf den Rest des Ladens. »Irgendetwas anderes, worauf du anspringst?« Apropos, sie mussten noch Batterien mitnehmen. »Handschellen? Peitschen? Pornos?«

»Nein, danke.«

Das war okay für ihn.

Am Tresen zahlte er alles in bar, wobei er sein Portemonnaie so hielt, dass sie es nicht sehen konnte. Als sie sich beteiligen wollte, winkte er ab. »Es war meine Idee«, erklärte er mit Nachdruck.

»Okay. Aber dann übernehme ich heute das Abendessen.«

Im Geiste ordnete er die Liste der Restaurants neu, die er ihr für heute Abend hatte vorschlagen wollen. »Okay.« Er drehte die Schachtel mit dem Zauberstab, den sie ausgewählt hatte, in der Hand. »Aber der *Nachtisch* geht auf mich.«

Kate stand im Hotelzimmer vor dem Spiegel. In *ihrem* Hotelzimmer. Sie schluckte und beobachtete dabei in dem beschlagenen Spiegel ihren Hals.

Bis auf ein Handtuch war sie nackt.

Nach ihrer Einkaufstour in diesem Geschäft hatten sie ein einfaches Abendessen zu sich genommen und waren dann bei ihrem Hostel vorbeigegangen, um sie auszuchecken und ihre Sachen zu holen. Sie hatten banale Dinge getan, aber die Luft zwischen ihnen hatte bei jedem Schritt geknistert, und ihr Unterleib hatte sich vor lustvoller Vorfreude zusammengezogen.

Am vergangenen Abend hatte sie eine Ahnung davon bekommen, wie sich die Dinge entwickeln könnten, heute Abend hatte sie es den ganzen Rückweg über *gewusst*. Er würde sie ausziehen und seine Lippen auf ihre Haut legen. Würde mit diesen warmen, gefühlvollen Fingern über ihre geschwollenen Brüste und ihre Hüften streichen und sie an verborgene Stellen gleiten lassen, die Kate nur selten jemandem offenbarte. Ihr Rückgrat kribbelte in einer Mischung aus Nervosität und Vorfreude.

Wahrscheinlich erwartete er, dass sie heute Nacht miteinander schlafen würden. Wie sollte er das nicht erwarten, nachdem er gestern so geduldig mit ihr gewesen war? Sie wusste noch immer nicht so genau, wie sie sich bei dieser Vorstellung fühlte, hatte sich aber den ganzen Nachmittag über gedanklich dafür gerüstet.

Bevor er sie jedoch mit diesen kleinen Küssen, die er auf ihrem Hals verteilte, in Wachs verwandeln konnte, hatte sie sich von ihm gelöst und darauf bestanden, erst einmal zu duschen. Allein. Wenn er vorhatte, erneut die Lippen auf sie zu legen – vor allem *dort,* wollte sie sauber für ihn sein. Und außerdem hatte sie etwas Zeit gebraucht, um einen klaren Kopf zu bekommen.

Sie war so lange unter der Dusche geblieben, wie sie es gewagt hatte, ohne verdächtig zu wirken. Und trotzdem war es noch nicht lang genug gewesen.

Kate nahm ihre Bürste und konzentrierte sich auf die Knoten in ihrem Haar. Ihre Brust und ihr Gesicht waren von der Hitze gerötet, und von ihrem Hals und Brustansatz perlten noch ein paar Wassertropfen.

Sie legte die Bürste weg und schob die feuchten Haare über ihre Schulter zurück, strich mit den Fingern über ihr Dekolleté und verweilte dort einen Augenblick.

Ihre Unruhe war groß, aber sie konnte es nicht leugnen: Noch nie zuvor hatte sie sich so sinnlich gefühlt. Sie wollte es. Und sie musste nichts weiter tun, als ihm zu vertrauen: Wenn sie sich Rylans Händen überließ ... würde es ihr schon irgendwie gut gehen.

Bevor sie ihre Meinung ändern konnte, öffnete sie die Badezimmertür und trat ins Zimmer.

Rylan saß auf dem Bett, die Ellbogen auf die Knie gestützt. Er hatte Jacke und Hemd ausgezogen, Jeans und

T-Shirt jedoch anbehalten. Hinter sich hatte er die Decke zurückgeschlagen und die Kissen am Kopfende zu einem Berg aufgetürmt.

Als sie hereinkam, hob er abrupt den Kopf und musterte sie von Kopf bis Fuß. Er befeuchtete die Lippen. »Fühlst du dich besser?«

»Ja. Viel besser.« Sie zwang sich, die Hände locker an den Seiten herunterhängen zu lassen und nicht an ihrem Handtuch herumzunesteln oder es über ihren Brüsten festzuhalten.

»Gut.« Er stand auf und trat auf sie zu, blieb jedoch mit etwas Abstand vor ihr stehen und traute sich nicht, sie zu umarmen. Er strich ihr über die Wange, dann hinunter über ihre Schulter zu der Stelle, wo das Handtuch über ihrer Brust gehalten wurde. Er zog jedoch nicht daran. Machte keine Anstalten, sie weiter zu entblößen. »Du siehst zum Anbeißen aus.«

Ein Schaudern überlief ihren gesamten Körper. »Du siehst auch gut aus.« Er sah immer gut aus.

Und er grinste. »Bitte.« Er deutete auf das Bett. »Leg dich hin.«

Wieder strich er ihr über die Wange, dann ging er zum Stuhl neben dem Eingang und holte die Tüte aus dem Sexshop. Ihr Gesicht wurde heiß, doch sie sagte nichts. Als er mit den Einkäufen im Bad verschwand, wandte sie sich dem Bett zu und unterließ es, sich vorzustellen, wie er die Sachen wusch und wahrscheinlich die Batterien einsetzte.

Sie wusste noch immer nicht genau, was er mit diesen Dingen vorhatte. Aber sie hatte nicht gelogen, als sie behauptet hatte, damit Erfahrung zu haben. Ihre Mitbewohnerin, mit der sie während ihres ersten Collegejahres zusammengewohnt hatte, hatte euphorisch von ihren Vibratoren geschwärmt und war entsetzt gewesen, als Kate ihr gestanden hatte, nichts darüber zu wissen. Damals war sie mit Aaron zusammen gewesen, darum hatte sie sich darüber auch keine großen Gedanken gemacht. Es gelang ihm zwar kein einziges Mal, sie zum Höhepunkt zu bringen, da sie aber nicht jede Nacht miteinander verbrachten, fand Kate genug Zeit, sich um ihre Bedürfnisse zu kümmern. Aber sich selbst Sexspielzeug zu kaufen hatte sich etwas zu sehr nach einer Niederlage angefühlt.

Und nachdem er ihr alles gestanden hatte – nachdem sie ihn verlassen hatte –, war diese Form der Niederlage zu ihrem täglich Brot geworden.

Ihre erste Vibrator-Bestellung im Internet hätte vermutlich einiges Comedy-Potenzial gehabt, wenn sich das Ganze nicht so demütigend angefühlt hätte. Nach stundenlangen Überlegungen hatte sie sich schließlich für einen entschieden und auf »kaufen« geklickt. Ein paar Tage später war das Ding in einem unauffälligen braunen Karton eingetroffen, und als ihre Mitbewohnerin weg war, hatte sie die Tür abgeschlossen und die Musik aufgedreht. Und den besten Orgasmus ihres Lebens gehabt.

Bis gestern Nacht.

Die Kombination aus Rylans übernatürlichem Verständnis für ihren Körper und der Macht von ein paar Batterien würden sie womöglich um den Verstand bringen. Dennoch stieg sie mit leichtem Widerwillen auf das Bett. Ihre überschaubare, sorgfältig ausgewählte Sammlung von kleinen technischen Freunden war nichts, worüber sie sprach, und schon gar nichts, das sie mit jemandem teilte. Sie versteckte sie in Beuteln, schob sie unter

Pyjamas und seriöse Romane sowie unter alles andere, das sie in ihre Nachttischschublade werfen konnte, damit niemand es jemals entdeckte. Rylan mochte so tun, als wäre das keine große Sache, aber für sie war es immer ein beschämendes Geheimnis gewesen – ebenso wie die Tatsache, dass sie sich überhaupt selbst befriedigte.

Sie hörte, wie im Bad das Wasser abgestellt wurde. Showtime. Mit dem Handtuch noch immer um ihren Körper gewickelt, setzte sie sich vorsichtig im Bett auf und zog die Decke bis zur Taille nach oben. War es zu plump, sich gegen den Kissenberg zu lehnen, den er zusammengeschoben hatte? Hätte sie ihre Haare trocknen sollen?

Bevor sie sich zu sehr in ihre Gedanken hineinsteigern konnte, kam Rylan aus dem Bad zurück. »Hast du es bequem?«, fragte er und legte den Kopf schief.

Nein. »Ja.«

Sein Mundwinkel zuckte nach oben und zeigte, dass er ihr nicht glaubte, doch er schwieg. Stattdessen kam er zu ihr. Er schob die Decke ein Stück zur Seite, breitete ein Handtuch neben ihr auf der Matratze aus und legte die Sachen darauf, die er gekauft hatte. Sein gesamtes Verhalten wirkte so entspannt und ungezwungen, als würden normale Menschen das jeden Tag tun.

Ihr Atem beschleunigte sich ein wenig. Vielleicht *tat* er das ja jeden Tag.

»Hey.«

Sie blickte zu ihm hoch. Spürte seine warme Hand auf ihrem nackten Arm, was ihr half, sich zu entspannen, und sie vor einem drohenden Nervenzusammenbruch bewahrte. So gut sie konnte, schob sie ihre Sorgen und Ängste beiseite. Ja, diese Dinge waren ihr peinlich und machten sie nervös. Ja, Rylan hatte viel mehr Erfahrung als sie. Aber das war in Ordnung. Er wusste, worauf er sich einließ. Und bei allem, was sie miteinander getan hatten, schien es ihm bislang nie etwas ausgemacht zu haben, die Führung zu übernehmen.

Sie stieß einen tiefen Seufzer aus, legte ihre Hand auf seine und schenkte ihm ein kleines Lächeln. »Entschuldige. Bin nur etwas nervös.«

Er beugte sich vor, um sie auf die Schulter zu küssen. »Nicht nötig. Hier werden nur schöne Dinge passieren.«

Richtig. Es war schwer zu glauben, nachdem sie so oft enttäuscht worden war, aber Rylan hatte ihr bislang keinen Grund gegeben, ihm nicht zu vertrauen. »Okay.«

»Hier.« Er stieß sie an. »Rutsch mal ein Stück nach vorne.«

Sie rückte etwas näher zu ihm und merkte erst, als er ins Bett stieg, dass er sich hinter sie setzen wollte.

»Willst du nicht ...?« Sie führte den Satz nicht zu Ende.

»Hmm?«

Er hatte Strümpfe und Schuhe ausgezogen, doch davon abgesehen war er im Grunde noch angezogen.

»Ich ...« Verdammt, warum fiel es ihr nur so schwer, über diese Dinge zu reden? »Ich möchte nicht die Einzige sein, die nackt ist.«

Er lachte, aber es klang nicht gemein. Mit der Fingerspitze strich er über den Rand ihres Handtuchs, dort, wo es sich zwischen ihren Schulterblättern spannte. »Du bist noch gar nicht nackt.«

»Ich könnte es aber genauso gut sein.«

»Okay, okay.« Er zog sein Unterhemd aus und stand auf, um die Hose abzustreifen. Die Boxershorts behielt er jedoch an, als er es sich wieder hinter ihr bequem machte, sodass sie zwischen seinen Beinen saß.

»Was ist mit …?«

»Gleich.« Er zog sie an seine Brust. Als sie versuchte, sich zu entspannen, und sich gegen ihn sinken ließ, stieß er ein leises Stöhnen aus, und augenblicklich durchströmte sie eine Welle der Lust. Sie spürte seinen festen Schaft in ihrem Rücken. »Siehst du?«, sagte er und strich mit den Händen ihre Arme hinauf und hinunter. »Wenn ich alles ausziehe, bin ich gleich da.« Er kippte die Hüften nach vorn und senkte seine Stimme. »Und ich glaube, so weit sind wir beide noch nicht.«

Sie ganz bestimmt nicht, aber ihn zu spüren, zu wissen, dass er erregt und so nah war, trieb eine neue Lustwelle durch ihren Körper. Seine Brust war breit und fest hinter ihr, seine Hände so sicher, als er sie streichelte. Er roch gut und klang gut, und auch wenn er ihr nur eine begrenzte Zeit gehörte, war er jetzt ihretwegen hier. Er wollte *sie*.

Zitternd schloss sie die Augen und holte tief Luft.

»So ist es gut«, sagte er, als sie sich entspannte. »Wunderschön.«

Er strich in immer weiteren Kreisen über ihre Arme und ihren Oberkörper, über die nackte Haut über dem Handtuch und beugte sich vor. Sein Mund war heiß und nass an ihrem Hals, und er wusste, was das in ihr auslöste. Als ihre Nervosität allmählich nachließ, baute sich eine neue Spannung in ihr auf, doch diesmal war es Begehren. Ihre Haut fühlte sich an, als stünde sie unter Strom, sie reagierte überempfindlich auf jede Berührung seiner Hände und Lippen. Zwischen ihren Beinen wuchs ein tiefes Verlangen, flüssige Lust – sie war warm und reif, und sie glühte.

»Das ist perfekt«, murmelte er. »Lass mich dich verwöhnen.«

Sie wusste nicht, wie lange sie so an ihn gelehnt gesessen hatte und sich von ihm hatte streicheln lassen. Als es zu viel zu werden drohte, veränderte sie ihre Haltung und presste die Schenkel zusammen, doch es half nichts. Aus seiner Brust drang ein tiefes Stöhnen, er hielt kurz inne und ließ die Hände tiefer sinken. Durch das Handtuch streichelte er ihre Brüste und ihre Seiten, dann glitt er tiefer. Seine warmen Hände strichen über ihre Hüften und den Ansatz ihrer Schenkel, mieden jedoch ihre so bedürftige Mitte. Dabei konzentrierte sich ihre ganze Aufmerksamkeit auf die Stelle, die er sich weigerte zu berühren, und Unruhe erwachte tief in ihrem Inneren.

Wollte er, dass sie es laut aussprach? Dass sie ihn darum bat oder noch schlimmer, ihn anflehte?

Sie rang nach Luft, und er streichelte sie fester. Seine Hände waren überall.

Und plötzlich wurde ihr klar, dass er nicht der Einzige war, der sich hier bewegen durfte.

Als erwachten ihre Glieder aus einer Erstarrung, hob sie den Arm und strich mit den Fingern durch sein Haar. Sie wandte ihm das Gesicht zu und zog ihn zu sich herunter, und als ihre Lippen sich trafen, wuchsen Lust und Verlangen. Er öffnete die Lippen, verwöhnte sie mit seiner Zunge und ließ ihre in sich hineingleiten. Er schmeckte nach Sex und sorgte dafür, dass sie sich so unendlich sexy fühlte – berauscht und mächtig.

Atemlos rang sie nach Luft. Sein Zeigefinger tanzte über die nackte Haut oberhalb des geknoteten Handtuchs und zupfte an dem Frottee.

»Darf ich?«

Er klang genauso verloren wie sie, ebenso erregt und voller Verlangen. Sie legte den Kopf in den Nacken und reckte den Hals, um noch einmal von seinen Lippen zu kosten. Ihr Herz hämmerte gegen ihren Brustkorb, sie löste sich von seinen Lippen und rückte von ihm ab, sodass sie ihm in die Augen sehen konnte.

Ihre Stimme schien im Zimmer widerzuhallen, als sie sagte: »Ja.«

KAPITEL 11

Wie ein Geschenk würde Rylan Kate auspacken. Aber er musste ruhig bleiben, sich Zeit lassen, um die Spannung zu erhöhen. Gestern Nacht hatte Kate solche Hemmungen gehabt, sich ihm nackt zu zeigen, und Reste dieser Unsicherheit waren noch immer spürbar in der Art, wie sie sich jetzt anspannte.

Angst gab es in seinem Bett nicht. Das würde er sie lehren müssen. Noch einmal.

Er legte eine Hand auf ihre Wange und drehte ihr Gesicht zu sich, mit der anderen zupfte er an ihrem Handtuch. Sofort löste sich der Knoten, und der Stoff lag locker über ihren Brüsten. Rylan schloss die Augen und nippte an ihren Lippen. Er war hart wie ein Diamant an ihrem Rücken, und wenn das hier gut werden sollte, musste er sich beherrschen.

Es dauerte nur einen Moment, dann hatte er sich wieder unter Kontrolle. Sanft und vorsichtig klappte er erst die eine Seite des Handtuchs auf, dann die andere. Ihr Atem beschleunigte sich. Mit einer federleichten Berührung strich er durch das Tal zwischen ihren Brüsten. Ihre Haut war weich, noch warm von der Dusche und fühlte sich wundervoll an, als er mit einer Hand über ihren Nippel fuhr. Als er sie berührte, entfuhr ihr ein kurzer hoher

Laut. Doch er stillte ihr Verlangen nicht, sondern ließ die Hand über ihren weichen Bauch gleiten.

Kurz bevor er ihre Scham erreichte, hielt er inne. Gestern Nacht war sie so nass gewesen, so köstlich auf seiner Zunge, das wollte er wieder fühlen. Doch heute Nacht verfolgte er eine bestimmte Strategie.

Er ließ die andere Hand von ihrem Gesicht über ihren Hals und weiter nach unten gleiten. Um zu sehen, wie ihre Erregung wuchs, löste er die Lippen von ihren, öffnete die Augen und betrachtete ihren ausgestreckten Körper.

Die Decke über ihren Schenkeln verbarg knapp das dunkle Dreieck über ihrer Vagina, der Rest von ihr lag nackt vor ihm. Was für ein Anblick.

Ihre Brüste waren nicht groß, aber weich und rund, ihre Nippel, die sich steif aufgerichtet hatten, von einem dunklen Rosa. Er strich mit den Händen ihren Körper hinauf, um sie zu umfassen.

»Gefällt dir das?«, fragte er, als sie erschauderte.

Sie nickte, wand sich jedoch, als wäre es ihr unangenehm, und er erinnerte sich daran, dass er das alles hier tat, um ihr etwas zu zeigen.

»Hat das schon mal jemand für dich getan? Dich so gestreichelt?«

»Nein.«

»Idioten.« Hier lag ein Schatz verborgen – Lust, die so viel größer war als eine schnelle Nummer. Doch die eigentliche Frage lautete: »Hast du sie je darum gebeten?«

Sie lachte. Es war so traurig, dass er spürte, wie Wut in ihm hochkochte.

»Du hast mit Idioten geschlafen«, wiederholte er. Er küsste ihre Ohrmuschel, nass und langsam. »Weißt du, du kannst einen Mann dazu bringen, alles Mögliche für dich zu tun. Aber du musst ihm sagen, was du willst.«

Unsicheres Schweigen schlug ihm entgegen. Das war nicht überraschend, störte ihn aber trotzdem.

»Komm schon«, sagte er. »Sonst lässt du dir keine Gelegenheit entgehen, mir die Meinung zu sagen. Was hält dich jetzt davon ab? Du kannst mir sagen, dass ich an deinen Titten saugen soll.« Er sagte es so grob wie möglich, und die Art, wie sie schluckte und sich mit dem Rücken gegen seinen noch immer harten Schwanz drängte, bestätigte ihm, dass er richtig lag. »Oder deine Möse berühren.«

Bei diesen Worten hob sie die Hüften und machte Anstalten, die Beine übereinanderzuschlagen. Kam gar nicht in Frage. Mit einer geschickten Bewegung schob er seine Knöchel über ihre und spreizte ihre Beine.

»Verschließ dich mir nicht«, raunte er. Er strich ein letztes Mal mit den Daumen über ihre Nippel, dann ließ er die Hände zu ihren Schenkeln gleiten und strich auf ihrer weichen Haut auf und ab, wobei er mit jedem Mal die Decke etwas weiter nach unten schob, bis er alles sehen konnte. Er bewegte die Hände ein Stück nach oben und führte seine Finger an ihrem Beinansatz entlang, knapp vorbei an der Stelle, wo sie seine Berührung ersehnte – wo er sie ersehnte.

»Warum macht dir das solche Angst?«, fragte er.

»Ich habe keine Angst.« Sie konnte ihm nichts vormachen. Ihre Stimme zitterte.

»Nein? Du konntest mir gegenüber ja kaum zugeben, dass du es dir schon mal selbst gemacht hast. Du kannst mir immer noch nicht sagen, was du willst. Was ich für dich tun soll.« Er begab sich auf gefährliches Terrain, das war ihm klar. »Diese anderen Männer. Die dich nie zum Höhepunkt gebracht haben. Konntest du denen sagen, was du willst?«

Sie schüttelte den Kopf, doch es wirkte irgendwie gequält. »Das fällt nicht jedem so leicht wie dir. Wir Mädchen ...« Sie führte den Satz nicht zu Ende.

»Was?« Er ließ ihr einen Moment Zeit, ihren Gedanken weiterzuführen, doch sie schwieg. Er konnte sich denken, was sie hatte sagen wollen. »Was? Du willst nicht wie ein Flittchen wirken? Oder als wüsstest du, was du tust? Also, ich kann dir sagen ...« Wieder strich er mit den Händen ihren Körper hinauf, über ihre Brüste und dann wieder hinunter, um erneut über ihrer Scham zu verweilen. »Es gibt nichts Erotischeres als eine Frau, die weiß, was sie will. *Nichts.*«

»Aber ...« Die Worte klangen erstickt. »Ich kann nicht.«

Was konnte sie nicht? Darüber reden?

Und dann kam ihm eine Idee – die beste überhaupt. Schon bei dem Gedanken daran pulsierte sein Schwanz. Er legte seine rechte Hand auf ihre, nahm sie hoch und legte sie auf ihren Schenkel.

Er schluckte. »Kannst du es mir denn zeigen?«

Kate merkte, wie das Blut aus ihrem Gesicht wich.

Sie war so erregt, so verwirrt und beschämt, und er forderte sie immer wieder und auf so viele Arten heraus. Ihr Verstand wusste, dass das okay war. Eine Frau sollte für sich einstehen, im Bett und auch sonst.

Doch in ihrem Inneren war sie ein unsicheres verklemmtes Häuflein Elend. Sie wollte nicht um Dinge bitten.

Bitten bedeutete, möglicherweise abgewiesen zu werden, zu hören, dass man nicht gut genug war, etwas nicht verdiente.

Da war sie wieder, diese Stimme in ihrem Kopf. Die sie schon ihr ganzes Leben lang verfolgte.

Doch Rylan übertönte und erstickte diese Stimme. Er schob ihre Hand näher auf den Punkt ihres Verlangens. »Ich will, dass du mir zeigst, was dir gefällt.«

Er verscheuchte ihre Zweifel und weckte zugleich einen neuen in ihr.

Sie wusste nicht, was sie ihm zeigen sollte.

»Aber ...« Widerwillig zog sie die Finger zurück und rollte sie unter ihrer Handfläche zusammen. »Du weißt doch, wie ...« *Wie du mich zum Höhepunkt bringst.*

Gestern hatte er es getan. Warum mutete er ihr das zu?

»Ja, das weiß ich. Und das könnte ich jetzt auch tun, aber ich möchte es lieber so machen.«

»Warum?«

»Warum?« Er strich mit der anderen Hand über ihren Schenkel. »Weil es mich anmacht. Weil ich noch etwas lernen kann, damit ich deine Muschi beim nächsten Mal noch besser verwöhnen kann.« Er atmete aus, und der Atem strich heiß über ihr Ohr. »Weil ich will, dass du es dem nächsten Mann zeigen kannst, der den Weg zur Perle einer Frau selbst mit Wegbeschreibung nicht findet.«

Natürlich. Sie war nur für ein paar Tage hier, dann würde sie ihn nie mehr wiedersehen. Das hatte sie von Anfang an gewusst, hatte es sogar als Vorteil betrachtet. Als Ausrede dafür, sich einfach gehen zu lassen. Doch es so deutlich aus seinem Mund zu hören, versetzte ihr einen heftigen Stich und raubte ihr den Atem.

Sie schob den Gedanken fort, doch er ließ sich nicht so leicht verdrängen. Egal, wie wenig Zeit sie miteinander hatten, jetzt war Rylan hier. Hier bei ihr.

Und sie wollte nichts sehnlicher, als ihm noch näher zu sein.

»Können wir ...« Sie drehte sich um, reckte den Hals, um ihm in die Augen zu sehen. Er fasste ihre Hüfte, als wollte er sie davon abhalten, als dächte er, sie wollte fliehen. »Das Handtuch«, sagte sie in dem Versuch, es ihm zu erklären.

Wenn sie seine warme Haut spürte, würde die Berührung sie vielleicht erden. Vielleicht konnte sie dann den Moment, die kurze Zeit genießen, in der es nur ihn und sie gab.

»Natürlich.«

Sie schluckte. »Und deine Shorts?«

»Bist du sicher?«, fragte er nach einer kurzen Pause.

Sie überlegte. Ja, sie war sich sicher. »Ja.«

»In Ordnung.«

Sie setzte sich auf und rückte ein Stück vor, damit sie das Handtuch herausziehen und er seine Unterhose ausziehen konnte. Als er Kate wieder zwischen seine Schenkel zog, fühlte sie nur noch seinen warmen festen Körper hinter sich, und das erregte sie noch mehr. Die Haare an seinen Beinen und auf seiner Brust kitzelten sie. Und sein glatter, seidener Schaft, der nackt und feucht an ihrem Rückgrat lag, setzte sie in Flammen.

»Shit«, sagte er leise, als sie sich gegen ihn sinken ließ. »Irgendwann ...«

Sie hielt den Atem an. »Irgendwann was?«

»Irgendwann«, wiederholte er, griff ihr Handgelenk und führte ihre Finger diesmal zielsicher zwischen ihre Beine. »Wenn du so weit bist ...«

Als sie jetzt das erste Mal mit der eigenen Hand ihre Falten berührte, war sie wie elektrisiert. O ja, sie war nass, und es war eine solche Erleichterung, dort endlich den lang ersehnten Druck zu verspüren.

Dennoch meldete sich tief in ihrem Inneren eine Stimme, die sagte, dass es falsch war. Sie versuchte, ihre Hand zurückzuziehen, doch er hielt sie fest, und als sie nicht von sich aus tiefer in sich eintauchte, ergriff er die Initiative. Er legte seine Finger über ihre, ließ sie durch die nassen Falten gleiten und trieb eine Welle der Lust ihr Rückgrat hinauf.

Mit der anderen Hand umfasste er ihre Brust und reizte die feste Knospe. Kate keuchte auf. Sie hatte nicht gewusst, wie empfindlich ihre Nippel waren, doch er hatte sich viel Zeit genommen, sie zuvor zu erregen. Seine Berührung schien jetzt gröber zu sein. Als er mit dem Fingernagel über die Spitze kratzte, presste sie unwillkürlich die Hand auf ihre Scham.

»So ist es gut, meine Schöne.« Seine Stimme sank eine Oktave tiefer, und das trieb eine neue Lustwelle durch ihren Körper.

Gott. Was tat sie hier?

Unfähig, sich noch länger zurückzuhalten, stieß sie einen Laut aus, der sich wie ein Schluchzer anhörte, und begann, sich nun ernsthaft zu streicheln. Es fühlte sich gut an – fantastisch.

Und dann fing er auch noch an zu reden. »Irgendwann«, nahm er seinen Satz von vorhin wieder auf, während er noch immer ihre Hand über ihrer Scham hielt und ihrer Brust Funken der Lust entlockte, »wenn du so weit bist, ziehe ich dich nackt aus. Ich spreize deine Beine und lege sie mir über die Schultern. Und dann lecke ich dich *stundenlang.*«

Verdammt. Oh, verdammt. Sie rieb fester über ihren Kitzler und verlor sich in ihrer Lust.

»Aber ich gebe dir nicht meine Finger. Nichts, was das Verlangen in dir stillt. Ich treibe dich so weit, bis du verrückt wirst, wenn ich dich nicht ausfülle. Willst du das? Merkst du, wie du dich danach sehnst, von etwas ausgefüllt zu werden?«

Ja. Tief in ihr herrschte eine Leere, und so wollte sie nicht kommen, auch wenn sie kurz vor dem Höhepunkt war.

»Ja«, stöhnte sie.

»Willst du nicht etwas in dieser hübschen kleinen Muschi haben, während ich dich lecke?«

»Ja.« Unbedingt. Sie verstärkte den Druck und streichelte sich wie von Sinnen, während sie zugleich vor dem Abgrund zurückschreckte, der sich zu ihren Füßen auftat.

Er ließ von ihrer Brust ab, und alles, was sie hörte, waren die schmatzenden Geräusche ihres Körpers – es war schrecklich peinlich, aber es fühlte sich so gut an. Sie konnte nicht aufhören.

Auch nicht, als er ihre andere Hand nahm und sie um einen langen, kühlen, glatten Gegenstand legte.

»Was ...« Sie riss die Augen auf und sah den gläsernen Zauberstab in ihrer Hand, den sie vorhin gekauft hatten.

Eine neue Welle der Scham stieg in ihr auf und schnürte ihr die Kehle zu, doch es war egal. Sie wollte es. Sie wollte, dass er diese Gefühle in ihr entfachte.

»Komm«, drängte er. »Es wird sich gut anfühlen. Es wird so gut aussehen. Weißt du denn nicht, wie hübsch das in dir aussehen wird?« Als sie bebend ausatmete, sank seine Stimme noch tiefer. »Merkst du nicht, wie hart ich bin, nur von dem Gedanken, dich auszufüllen?«

Kurz vergaß sie das Spielzeug und das pulsierende Verlangen zwischen ihren Beinen, weil sie, o Gott, ja, ihn spürte. Sein Schwanz drückte sich mit unverhohlenem Verlangen gegen ihren Rücken. Lang und kräftig, und sie könnte ihn haben. In sich. Sie müsste ihn nur darum bitten.

Sie stieß einen Fluch aus, wehrte sich jedoch nicht, als er die Finger noch fester um ihre schloss und den Griff um das Glas verstärkte. Er führte den Stab hinunter, zum Zentrum ihres glühenden Verlangens, und drückte ihn zwischen ihre Falten.

Er trieb sie dazu. Er trieb sie dazu, das zu tun, was sie selbst wollte, und diese Vorstellung entfachte eine brennende Begierde in ihr.

Sie krümmte die Finger und half ihm, den Stab an der richtigen Stelle zu platzieren.

»Willst du, dass ich dich ausfülle, Süße?«

Sie schloss fest die Augen. »Ja.«

Als das Glas in sie hineinglitt, fühlte es sich noch kälter an, und ihr Körper entspannte sich und nahm es in sich auf. Sie stöhnte laut auf. Die Leere war verschwunden, auch wenn es nicht das war, wonach sie sich eigentlich sehnte. Es war kalt und künstlich, und sie sehnte sich nach heißer Haut. Sie sehnte sich danach, dass er auf ihr lag und sie mit seinem Gewicht in die Matratze drückte. Dass er sie nahm.

Seine Stimme klang wie flüssige Sünde an ihrem Ohr. »Irgendwann. Bevor du fährst. Bevor ich dich wieder gehen lassen muss.« Sie winselte, denn erneut spürte sie einen heftigen Stich in ihrer Brust. Er presste sie an sich und hielt den Atem an, als würde der Gedanke auch ihm zu schaffen machen. Sein Griff verstärkte sich. »Nachdem du hundertmal auf meiner Zunge gekommen bist, liegst du vor mir. Und ich werde so hart für dich sein. Weil ich diese süße kleine Möse so sehr will, dass es schon wehtut.«

Er schob seine Hüften gegen ihren Rücken, rieb sich grob an ihrer Haut und stöhnte auf.

»Genau so, wie du dich damit fickst«, sagte er und schob den Glasstab tiefer in sie. »Werde ich dich nehmen. Ich werde ganz tief in dir sein.«

»Bitte ...«

Er drückte ihr etwas in die andere Hand, und sie war so erregt, dass sie einen Moment brauchte, um den Vibrator zu erkennen, den er gekauft hatte. Schwer atmend umschloss sie mit den Fingern den Griff. Er stellte ihn an und half ihr, ihn auf ihre Klitoris zu legen.

Jede Faser in ihr erwachte zum Leben. Es war perfekt – hart und surrend verwandelte er das süße Pulsieren der Lust in ein überwältigend intensives Gefühl. Sie hielten ihn gemeinsam fest, bis sie irgendwann nicht mehr wusste, wer was machte, nur dass sie kurz vorm Höhepunkt war und unbedingt kommen musste.

Er schob den Stab noch fester in sie. Seine Stimme klang rau und leidenschaftlich. »Ich kann es kaum erwarten, in dir zu kommen.«

Sie hörte auf zu atmen, spannte jeden Muskel an und drückte ihr Gesicht an seinen Hals. Stieß fester mit dem Stab zu und ...

Der Höhepunkt riss sie mit sich und hüllte sie in einen Kokon unvorstellbarer Ekstase. Ihr Hals schmerzte, sie schrie seinen Namen, schrie nach Gott, und ihr ganzer Körper sang, als sie sich durchbog und den Kopf nach hinten sinken ließ. Welle für Welle spülte der Orgasmus über sie hinweg, und während der ganzen Zeit hielt Rylan sie in seinen Armen.

Nach einer gefühlten Ewigkeit ebbten die Wellen ab. Sie versuchte, den Vibrator auszustellen, und schließlich gelang es ihr. Rylan hielt noch immer das Glas tief in ihr, während er mit der anderen ihre Hüfte umfasste und – Oh.

Sein Atem ging noch immer flach, als er sie fester an sich zog. Sein Schwanz glitt über ihre Haut, und ihr Becken sank nach unten. Vielleicht würde er sie eines Tages so nehmen, sie auf seinem Schoß. Er wäre tief in ihr vergraben, würde ihr helfen, ihn zu reiten, ihren Kitzler und ihre Brüste berühren, und genau das wollte sie.

Sie streckte eine Hand aus und griff in sein Haar, während sie sich umdrehte und ihn zu einem leidenschaftlichen Kuss zu sich herabzog.

»Und das werde ich …«, keuchte er.

Er stöhnte an ihren Lippen, und sie spürte Nässe in ihrem Rücken. Tief in ihr pulsierte es, Nachbeben durchliefen ihren Körper, während er auf ihrer Haut kam und sie mit seinem Saft markierte.

Eine ganze Weile saß er hinter ihr, zitternd und unter Hochspannung, dann zog er sie an sich. Schließlich seufzte er und löste sich von ihr, er küsste sie auf die Schläfe und zog das jetzt warme Glas aus ihrem Körper.

Es hinterließ ein Gefühl der Leere, doch es war nicht

unangenehm. Wie auch, nach allem, was er ihr gegeben hatte?

Nach allem, was er ihr gezeigt hatte?

Doch als er sie in den Armen hielt, war er derjenige, der ihr ein »Danke« ins Ohr raunte.

Zitternd legte sie die Hände um seine Unterarme. Erstaunen erfasste sie, so wie noch kurz zuvor die Lust sie erfasst hatte.

»Nein«, sagte sie mit erstickter Stimme. »Ich danke dir.«

KAPITEL 12

Ein neuer Tag, ein neues Museum.

Rylan betrachtete das Gemälde, vor dem er stand, und kramte in seinem Hirn nach etwas Intelligentem, das er dazu sagen konnte. Seine Mutter hatte ihm beigebracht, wie man über Kunst sprach, doch jetzt fiel ihm nichts ein. Hätte er doch damals nur gewusst, dass er dieses Zeug eines Tages brauchen würde.

Verstohlen blickte er zur Seite. Nach mehr als nur ein bisschen Überredungskunst hatte Kate schließlich eingewilligt, den Tag wieder mit ihm zu verbringen. Es wurmte ihn, dass er sie erst mit einem Besuch im Musée d'Orsay hatte locken müssen. Er war sich ziemlich sicher gewesen, dass er für den Genuss ihrer Gesellschaft gestern Nacht in Orgasmen bezahlt hatte, doch anscheinend war das keine gültige Währung für sie. Was sie wirklich wollte, waren Monet und Van Gogh.

Es machte ihm nicht ernsthaft etwas aus, doch ein ganz kleines bisschen nagte es doch an ihm. Einerseits gefiel es ihm, wie sehr sie sich für Moderne Kunst begeisterte, zugleich störte es ihn, dass sie ihm so wenig Aufmerksamkeit schenkte. Er runzelte skeptisch die Stirn. Noch beunruhigender war, *dass* ihn das störte.

Mit schief gelegtem Kopf stand sie vor einem anderen

Werk, und er konnte geradezu sehen, wie die Kunsthistorikerin in ihrem Kopf arbeitete. Sie trat einen kleinen Schritt zurück, und ein Lichtstrahl, der durchs Fenster hereinfiel, ließ ihr Haar glänzen. Verdammt, er wünschte wirklich, er hätte etwas Intelligentes zu sagen.

Er straffte die Schultern und schüttelte den unerträglichen, klagenden Tonfall ab, der seinem inneren Monolog anhaftete. Lächerlich. Seine Mutter war nicht die Einzige, die ihm etwas beigebracht hatte, und es gab mehr als eine Möglichkeit, ein Gespräch zu beginnen. So viel hatte sein Vater ihn gelehrt.

Die Leute liebten es, über Themen zu sprechen, die sie interessierten – egal, ob diejenigen, mit denen sie redeten, irgendetwas darüber wussten.

Er trat zu ihr und stieß sie mit dem Ellenbogen an. »Erzähl mir was über Kunst.«

Sie riss den Blick von dem Gemälde los, das sie studiert hatte, und hob eine Braue.

Richtig. Sie durchschaute ihn doch jedes Mal.

Langsam fragte sie: »Was willst du denn wissen?« Sie klang skeptisch und abwesend.

Er zuckte die Schultern. Wenn er wollte, dass sie wirklich mit ihm sprach, musste er sich schon etwas mehr anstrengen. »Alles. Erzähl mir etwas über ...« Er blickte mit zusammengekniffenen Augen auf das Schildchen an der Wand. »Eugène Boudin.«

Was ihn fertigmachte, war, dass es ihn wirklich interessierte. Vielleicht nicht unbedingt Eugène Boudin im Speziellen, aber warum sie das Bild so ansah, wie sie es tat. Was faszinierte sie so am Impressionismus, am Kubismus und am Fauvismus?

»Komisch.« Ihr Ton war knochentrocken. »Der Mann, der mich durch den Louvre geführt und mir sein Lieblingsbild gezeigt hat, will jetzt Nachhilfe in Kunstgeschichte?«

»Ich mein's ernst.« Ernster, als ihm noch vor einigen Minuten bewusst gewesen war. Und außerdem ... »Ich mag mich ziemlich gut im Louvre auskennen, aber ...« Die nächsten Worte überraschten ihn. Er räusperte sich, um sein Zögern zu überspielen. »Meine Mutter hat sich nie sonderlich für das hier interessiert.«

Wenn sie sein Zögern bemerkt hatte, ignorierte sie es. Fassungslos deutete sie mit einer umfänglichen Geste in die Räume um sie herum. »Wie kann einen das hier nicht interessieren?«

Sie hatte recht. Das Gebäude war wunderbar, durch die Fenster fiel von allen Seiten warmes Licht herein, und die Statuen und Gemälde waren zweifellos Meisterwerke.

Er zuckte die Schultern und bereute es, das Thema aufgebracht zu haben. »Als ich klein war, war das hier noch das ›neue Museum‹. Meine Mutter hat uns lieber klassische Kunst gezeigt.«

Sie hatte Moderne Kunst genauso geschätzt, wie es sich für eine gebildete Frau aus ihren Kreisen gehörte. Verdammt, sie hatte ihre Wohnung mit diesem Zeug ausstatten lassen. Aber es waren die Werke der alten Meister, die sie zum Leben erweckten.

Die ihre Augen leuchten ließen, was ihrem Ehemann und ihren Kindern nur so selten gelang.

»Uns?« Natürlich interessierte Kate das am meisten.

»Mir, meinem Bruder und meiner Schwester.« Den Bellamy-Kindern. In seinem Hals stieg ein bitterer Geschmack auf.

Sie schürzte die Lippen. »Ich wusste gar nicht, dass du Geschwister hast.«

»Wir sind in alle Winde verstreut. Jeder macht sein eigenes Ding.« Seit der Verhandlung hatte er kaum mit einem von ihnen gesprochen.

»Lass mich raten. Du bist der Älteste?«

»Schuldig im Sinne der Anklage.«

»Und hast die anderen ständig rumkommandiert.«

Darüber musste er grinsen. »In diesem Punkt verweigere ich die Aussage.«

»Aha.« Sie beugte sich vor, um eine Ecke des Gemäldes genauer zu inspizieren, und er dachte schon, sie würde das Thema fallen lassen. Doch dann drehte sie sich mit verschränkten Armen zu ihm um. »Du erzählst freiwillig nie etwas von dir, stimmt's?«

Er sah sie skeptisch an. »Wie bitte?«

»Jedes Mal, wenn wir über dich reden, beantwortest du gerade mal meine Fragen. Aber du erzählst nie etwas von dir aus.«

Ihr Vorwurf traf ihn unvorbereitet.

Er hatte ihr in den letzten Tagen doch viel erzählt. Er hatte ihr das Gemälde gezeigt und ihr berichtet, dass er als Kind mit seiner Mutter im Louvre gewesen war. Und er hatte ihr von dem Ring seines Vaters erzählt.

Er hatte ihr freiwillig Dinge erzählt, die er noch nie freiwillig jemandem erzählt hatte.

Und außerdem. »Eigentlich hatte *ich dich* gebeten, mir etwas über das zu erzählen, was wir hier sehen.«

Es hatte mit einer Frage begonnen, die ihn noch nicht einmal interessiert hatte, bis sie aus seinem Mund gekommen war.

»Aber darüber sind wir auf deine Familie zu sprechen gekommen. Oder zumindest habe ich versucht, über sie zu sprechen.«

Sie hatte nicht ganz unrecht, aber irgendwie schien es ihm nicht fair. »Du darfst also ausweichen, ich aber nicht.«

»Ich bin nicht ausgewichen. Ich habe nur versucht herauszufinden, was du willst.«

»Ich will dich kennenlernen«, stieß er hervor. »Ist das ein Verbrechen?« Er hörte, was er gesagt hatte – hörte die Scheinheiligkeit darin, kaum dass er es ausgesprochen hatte. Rasch versuchte er zurückzurudern. »Das ist nicht dasselbe. Geschichten über tote Künstler oder meinen ...« *Armseligen Haufen von einer Familie.* Jetzt flehte er sie nahezu an. »Das ist nicht dasselbe.«

»Wenn du mir nichts über dich erzählen kannst, was tun wir dann eigentlich ...« Sie verstummte, schlug die Augen nieder und wich seinem Blick aus. Er hatte sie noch nie so wütend gesehen, und als sie abwinkte, sich umdrehte und zu einer Skulptur auf der anderen Seite des Raumes ging, ballte sich in seinem Magen ein unheilvolles Grummeln zusammen.

Nun stand er allein neben dem blöden Eugène Boudin und sah zu, wie sie sich entfernte. Ein Impuls in ihm sagte: *Meinetwegen.* Wenn sie es so wollte, was scherte es ihn? Es war nur eine Frage der Zeit, dann war sie ohnehin weg. Wenn nicht jetzt, mitten im Museum, dann in ein paar Tagen. Sie würde hinter der Sicherheitskontrolle am Flughafen verschwinden und nie wieder von sich hören lassen.

Aber ... aber ...

Mist.

Ohne auf die Menschen um sich herum zu achten, joggte er durch die Galerie. Er trat hinter Kate, fasste ihre Schultern und drehte sie zu sich herum. Sie blickte ihn derart erwartungsvoll an, als hinge alles Weitere zwischen ihnen von dem ab, was er jetzt sagte.

Vielleicht sollte er dem ein Ende machen und gehen. Es gab Hunderte Frauen wie sie, Touristinnen, die in einer wunderschönen Stadt allein unterwegs waren und nur darauf warteten, sich zu amüsieren.

Doch keine war wie sie. Keine von ihnen würde all seine Maschen durchschauen oder ihm so hart zusetzen. Keine würde ihm so unschuldig und zugleich so stolz gegenübertreten. Sie war diejenige, für die er seine öden Tage aufgeben wollte, um stattdessen mit ihr ins Museum zu gehen. Die er in eigenwillige Restaurants ausführen, küssen und berühren wollte. Diejenige, die er nackt auf seinem Bett ausstrecken wollte.

»Ich heiße Rylan Bellamy«, sagte er, und das entsprach der Wahrheit.

Doch wie alles, was er ihr diese Woche erzählt hatte, war es nur ein Teil der Wahrheit, und der Teil, den er ihr verschwieg, brannte in ihm. Seit dem College benutzte er nur noch seinen zweiten Namen – er hatte ihn an dem Tag geändert, an dem sein Vater den Brief mit der Erklärung, dass er den Studienplatz annahm, für ihn abgeschickt hatte. Als würde es ihn irgendwie dafür entschädigen, dass er nicht über sein Schicksal bestimmen konnte, wenn er wenigstens über seinen Namen bestimmte. Über alles andere hatte er seit Jahren mit niemandem gesprochen.

Doch jetzt kochte alles wieder in ihm hoch – diese

Monstrosität, die seit seiner Geburt auf ihm lastete. Die man ihm aufgebürdet und die sein ganzes Leben bestimmt hatte.

Theodore Rylan Bellamy III.

Irgendwie fühlte es sich an wie eine Lüge, ihr das vorzuenthalten.

Er blickte ihr in die Augen und suchte nach einem Hinweis, dass sie ihn durchschaute. Doch ihr Mund bildete eine schmale Linie, ihr Blick wirkte ungerührt und drückte Ungeduld aus. Sie wartete. Er musste ihr mehr geben.

Richtig. Sie hatte ihn nach seiner Familie gefragt.

Er holte tief Luft. »Ich bin das älteste von drei Kindern. Meine Schwester, Lexie, ist drei Jahre jünger als ich. Sie macht ihren Abschluss in Wirtschaft und wird eines Tages die ganze Welt regieren.« Es stimmte. Lexie, dieser Hitzkopf. Wäre sie doch nur ein Junge geworden ... Stattdessen hatte sein Vater ihn bekommen. Ihn und ... »Mein Bruder, Evan, ist der Jüngste. Er ist gerade aufs College gekommen, und niemand weiß, was er mit seinem Leben anfangen will, aber er ...« Er hielt inne, als er den Schmerz in seiner Brust spürte. Evan war die eigentliche Enttäuschung der Familie, und doch ... »Er ist wie du. Und wie meine Mutter. Er liebt Kunst und schöne Dinge.«

Und darum hatte Rylan ihn immer beschützt. Hatte ihn davor bewahren wollen, dass man ihm genauso die Luft zum Atmen nahm wie ihm selbst.

Er hatte dafür gesorgt, dass sein Bruder eine Wahl hatte.

Kate klappte die Kinnlade herunter, als hätte sie nicht damit gerechnet, das alles von ihm zu hören. Doch es hatte nicht wehgetan, ihr das zu erzählen. Plötzlich wollte er die unzähligen Halbwahrheiten zurücknehmen, die er ihr aufgetischt hatte, und noch einmal neu anfangen.

Doch bei der Vorstellung schwindelte ihm, als würde er auf einem Seil balancieren und könnte jeden Moment abstürzen. Wenn er das tat, würde sie endgültig gehen.

Die Vorstellung tat nicht nur weh. Sie schmerzte auf eine Weise, auf die er nicht vorbereitet gewesen war.

Etwas in ihm rebellierte heftig, um ihn vor dem Abgrund zu bewahren, um ihn zu schützen. Ihm fielen all die Lektionen ein, die er sich eingebläut hatte – sich nicht in die Karten blicken zu lassen, niemandem etwas an die Hand zu geben, mit dem man ihn vernichten konnte.

Rylan ließ Kate los, hakte die Daumen in seinen Gürtel und trat einen Schritt zurück. Er spannte den Kiefer an, hob das Kinn und sagte: »Und das ist mehr, als ich irgendjemandem freiwillig erzählt habe. Seit Jahren.«

Verdammt, wann hatte er überhaupt das letzte Mal jemandem seinen Nachnamen verraten?

Darin lag eine Gefahr, doch er hielt ihrem forschenden Blick stand. Sie hatte ihn erfolgreich gebeten, ihr von sich zu erzählen. Wenn ihr das nicht genügte, war es nicht seine Schuld. Diesmal jedenfalls nicht.

Nach einer gefühlten Stunde schloss sie den Mund, und ihre Haltung entspannte sich. Sie streckte eine Hand nach ihm aus, und die Luft schien zu beben, als sie den Abstand zwischen ihnen überwand.

Ihre Hand fühlte sich weich, klein und kühl an, aber es tat gut, sie zu spüren. Und erst recht die andere, die sie auf sein Herz legte.

Sie sah ihn an und schenkte ihm ein ehrliches, zaghaftes Lächeln. »Danke.«

Seine Kehle war wie zugeschnürt, er konnte nur nicken.

»Komm«, sagte sie nach einem Augenblick und deutete mit dem Kopf auf die Halle. »Ich kann dir nicht viel über Eugène Boudin erzählen. Aber ich habe gehört, dass es hier eine unglaubliche Cézanne-Sammlung gibt. Was meinst du?«

Es erschreckte ihn, wie verlockend diese Einladung in seinen Ohren klang. Er drehte das Handgelenk, um seine Finger mit ihren zu verschränken, und schluckte den Kloß in seinem Hals hinunter. »Du gehst vor.«

Eine merkwürdige Mischung aus Aufregung und Angst wallte in Kate auf. Rylans Hand lag warm in ihrer, und er folgte ihr willig.

Sie hatte ihn herausgefordert. Hatte ihm vorgeworfen, dass er ihr ständig auswich, weil sie sich mit jedem abgewürgten Gespräch unwohler gefühlt hatte. Und er war ihr hinterhergelaufen und hatte ihr von sich erzählt. Nicht viel, aber genug.

Und jetzt wollte er von ihr etwas über Kunst hören. Sie ließ sich viel zu sehr auf diesen Mann ein, schenkte ihm immer mehr Vertrauen, obwohl eine Stimme in ihrem Kopf sie davor warnte. Und trotzdem, während sie sich ihren Weg durch die Ausstellungsräume bahnten, anderen Besuchern auswichen und im Vorübergehen dem Aufsichtspersonal zunickten, gab sie sich diesem Gefühl hin. Sie fühlte sich unglaublich, selbstbewusst und lebendig. Über die Folgen konnte sie sich später Gedanken machen.

Schließlich erreichten sie den Teil des Museums, den sie gesucht hatte. Kate blieb mitten im Raum stehen und blickte sich um. Landschaften und Stillleben und auch ein oder zwei Porträts hingen an den Wänden, alle mit kurzen, dicken Pinselstrichen gefertigt. Alle zeigten etwas, das sie selbst in ihren Arbeiten versucht hatte, ihr aber nie ganz gelungen war.

Sie sah sich nach Rylan um und bemerkte, dass er sie erwartungsvoll ansah. Kurz befielen sie Zweifel.

»Bist du sicher, dass du mich über dieses Zeug reden hören willst?«

»Ich habe dich doch darum gebeten, oder nicht?«

Das hatte er, aber sie konnte nicht ganz glauben, dass er es wirklich ernst meinte.

»Es ist nur ... wenn ich einmal anfange, rede ich manchmal ziemlich viel.«

»Wenn das passiert, melde ich mich schon.«

Nun, das glaubte sie ihm. Sie sammelte ihr Selbstvertrauen, nickte und deutete auf die Gemälde an den Wänden. »Wie viel weißt du darüber?«

Er legte den Kopf schief. »So viel wie jeder, dessen Mutter ihn als Kind mit in den Louvre genommen hat.« Auf ihren Blick hin zuckte er die Schultern. »Ein bisschen. Ich habe mich nie richtig damit beschäftigt, aber ich weiß, wer Cézanne war.« Er verzog den Mund. »So ungefähr.«

Nachdenklich kaute sie auf ihrer Lippe. Er brauchte bestimmt keine komplette Kunstgeschichtsstunde, aber er hatte gefragt ... »Also, in der Kunst hat es immer bestimmte Strömungen gegeben, richtig?«

»Davon habe ich gehört.«

Sie ging darüber hinweg. »Aber lange Zeit konzentrierte sich alles mehr oder weniger auf den Realismus. Innerhalb dessen gab es eine ziemliche Bandbreite und unterschiedliche Stilrichtungen, aber größtenteils nutzten die Menschen Kunst, um die Welt wiederzugeben. Es gab noch keine Kameras, also musste man sein Schloss auf andere Weise hübsch darstellen. Oder Dinge dokumentieren.«

»Klingt logisch.«

Gut, dass er sie nicht um eine richtige Kunstgeschichtsstunde gebeten hatte, denn sie nahm sich hier einige Freiheiten.

»Doch dann änderten sich die Dinge«, sagte sie und blickte sich im Raum um. Nichts von dem, was hier ausgestellt war, hatte sie in ihrem Studium behandelt, das, der Wahrheit die Ehre, im Bereich Kunstgeschichte etwas lückenhaft gewesen war. Doch sie hatte genügend Vorlesungen gehört und genügend Dias gesehen. Ausreichend Skizzen von den Werken anderer Maler angefertigt. »Diese Veränderung wird nicht offiziell mit der Erfindung der Kamera in Verbindung gebracht, aber ich stelle mir gern vor, dass sie der Auslöser war. Wenn man keine penible Wiedergabe mehr braucht, um sich daran zu erinnern, dass jemand gelebt hat oder dass etwas geschehen ist, wozu braucht man die Kunst dann überhaupt noch?«

Rylan grinste schief. »Um das Leid seiner armen, geschundenen Seele zum Ausdruck zu bringen?«

Sie lachte ein wenig atemlos. »Ja. Im Grunde schon. Dahin hat es sich schließlich entwickelt, als man die Kunst nicht mehr nur zur Dokumentation brauchte.« Sie hob eine Schulter und ließ sie wieder sinken. »Es ergab keinen Sinn, einen Maler dafür zu bezahlen, dass er drei Monate an etwas arbeitete, wofür ein Fotograf einen Tag brauchte.« Sie blickte ihm erneut in die Augen. »Und was eine Linse ebenso gut festhalten konnte, wenn ein Mensch so viel mehr kostete.«

Er sah sie voller Wärme an, und sie drückte seine Hand, dann wandte sie wieder den Blick ab. »Also fingen die Leute an, die Kunst zu verändern. Sie individueller zu gestalten. Der Impressionismus brachte all die verrückten Farben in die Kunst und ließ die Pinselstriche sichtbar werden, die die alten Meister verdeckt hatten. Sie ließen den Künstler in der Kunst hervortreten.«

Und das war immer der Punkt gewesen, mit dem sie so gerungen hatte. Sie wusste einfach nicht, was sie den Leuten von sich zeigen sollte.

Noch immer klang ihr die Stimme ihres Vaters im Ohr, der ihr erklärte, an ihr sei nichts, das es wert sei, gesehen zu werden.

Rylan nickte neben ihr. »Dann geht es mehr um die Interpretation dessen, was sie sahen, und nicht nur um die reine Darstellung des Gesehenen.«

So etwas Ähnliches hatte er schon einmal gesagt, oder? Als sie ihm ihr Zeichenheft gezeigt hatte?

»Ja«, bestätigte sie.

Sie standen einen Moment da, dann hob er seine Hand, ohne sie von ihrer zu lösen, und deutete auf die Bilder um sie herum. »Warum wolltest du mir ausgerechnet diese Bilder zeigen?«

Es fiel ihr schwer, das zu erklären. »Ich weiß nicht. Technisch gesehen, handelt es sich hierbei um Postimpressionismus, und es ist ... es ist meine Lieblingsepoche, glaube ich. Die Dinge wurden flächiger, und Cézanne hat versucht, mit ...« Sie suchte nach den richtigen Worten, um zu beschreiben, wie es sich anfühlte, was Cézanne versucht hatte. »Mit den Formen der Dinge zu spielen. Die Formen aufzulösen. Aber es war trotzdem noch real, weißt du? Das hier ist eindeutig ein Hausdach.« Sie zeigte auf ein Bild, dann auf ein anderes. »Und das ist ein Mann.«

»Ein ziemlich merkwürdig aussehender Mann.«

»Aber gerade, weil er so merkwürdig aussieht, ist er umso *echter.*« Der Gedanke begeisterte sie plötzlich auf eine Weise, die sie nur schwer erklären konnte. »Man erhält einen Eindruck von seiner Persönlichkeit oder davon, wie der Künstler seine Persönlichkeit gesehen hat.« Die dicken Pinselstriche unterteilten das Gesicht des Mannes in Flächen und kündigten bereits den Kubismus an. Seine Gestalt war aufgebrochen. In Einzelteile zerlegt und wieder zusammengesetzt und dadurch vollständiger, als er es in einer genauen Wiedergabe hätte sein können.

»Ich weiß nicht«, überlegte Rylan. »Ich sehe eher Cézannes Stil, als dass ich eine Persönlichkeit darin entdecke. Sehe ich, wer der Dargestellte war, oder sehe ich, wie der Mann vor der Staffelei ihn sehen wollte?«

»Schwer zu sagen, oder?«

Er ließ ihre Hand los, aber nur, um sich hinter sie zu stellen und die Arme um ihre Taille zu legen. Mit den Lippen an ihrer Schläfe fragte er: »Was willst du mir zeigen?«

Und sie wusste nicht, ob er es in Bezug auf die Bilder meinte. Sollte sie ihm die Werke zeigen, die sie in der Vergangenheit bewegt hatten? Oder meinte er, was sie selbst als Künstlerin wollte, oder als – was auch immer sie für ihn war – ... als diejenige, die die Tage mit ihm verbrachte und für die begrenzte Zeit, die ihnen zur Verfügung stand, das Bett mit ihm teilte?

Ein Gefühl von Unsicherheit flackerte in ihr auf, doch sie ignorierte es und legte ihre Hand auf seine. »Ich glaube, daran arbeite ich noch.«

KAPITEL 13

Rylan ließ die Schlüsselkarte zu ihrem Hotelzimmer auf den Tisch neben der Tür fallen. Das Klacken des Plastiks hallte unnatürlich laut durchs Zimmer. Kate war vor ihm durch die Tür getreten, stand jetzt mit dem Rücken zu ihm und blickte aus dem Fenster, während sie die Tasche auszog, die sie quer über der Schulter getragen hatte. Das offene Haar fiel ihr auf den Rücken, und er bekam einen trockenen Mund.

In dem letzten verschwendeten Jahr und in all der Zeit davor hatte er seine Eroberungen nach unterschiedlichen Kriterien ausgewählt. Meist hatte ihm ihr Aussehen gefallen. Von vollen Brüsten, sinnlichen Lippen oder unendlich langen Beinen angezogen, hatte er sich ihnen genähert, hatte seinen Charme spielen lassen und die Kreditkarte gezückt.

Und nun war da diese Frau. Sie war schön, aber sie war auch klug und lustig, und sie sah die Welt mit ganz anderen Augen als er – sie sprach über Kunst, als könnte Kunst die Welt retten. Sie versuchte, etwas aus ihrem Leben zu machen, und wenn sie sich auf einem anderen Kontinent, in einem anderen Universum begegnet wären, wäre er schreiend vor den Gefühlen davongelaufen, die sie in ihm weckte.

Liebe war eine Waffe. Die Leute nutzten sie, um dich dazu zu bringen, etwas zu tun, was du nicht tun wolltest, um dich zu bestehlen. Sie nahmen deine Liebe und warfen sie fort.

Aber das hier war keine Liebe. Das hier waren nur ein paar gemeinsame Tage. Er begehrte Kate, ihren Geist wie ihren Körper, aber nichtsdestotrotz war es Begehren.

Er begehrte sie so sehr, dass er kaum atmen konnte.

»Komm her.«

Als sie den Klang seiner Stimme hörte, drehte sie sich um. Der tiefe heisere Ton überraschte ihn selbst.

»Komm her«, wiederholte er.

Sie zog eine Augenbraue hoch, doch während sie ihr Haar zwischen den Fingern drehte, trat sie auf ihn zu. Sie hatte sich die Schuhe ausgezogen, und sogar ihre Füße waren zart und reizend, und die Konturen ihrer Beine, die sich unter ihrem Rock abzeichneten, machten ihn nur noch härter.

Sobald sie in seiner Reichweite war, packte er sie und zog sie an sich. In den beiden letzten Nächten war er sehr geduldig mit ihr gewesen, und ein Teil von ihm sehnte sich danach, sich zu nehmen, was er eigentlich wollte. Er könnte sie über die Matratze nach vorn beugen, so wie er es mit so vielen anderen Mädchen zuvor getan hatte, ihren Rock nach oben schieben und ...

»Rylan?«

Aus seinem Tagtraum gerissen, blickte er zu ihr hinunter. Sie legte eine Hand auf seine Brust, schob ihn zwar nicht weg, hielt ihn jedoch auf Abstand, und obwohl Verlangen in ihrem Blick lag, war da auch noch etwas anderes.

Angst.

Dieselbe Angst, für die er die anderen Männer verflucht hatte, weil sie sie überhaupt erst in ihr geweckt hatten.

Er schloss die Augen und atmete tief ein und aus, einmal, zweimal, bis sein Gesicht wieder weich und sein Griff sanfter wurde. »Entschuldige. Es ist nur ...« Erneut erfasste ihn das Gefühl, das er im Museum empfunden hatte, als sie ihm erklärte, warum sie das Bild von einem Mann, der ein Buch las, so bewegte. Unwillkürlich schlich sich ein Lächeln auf seine Lippen. »Du siehst so wunderschön aus, wenn du über Dinge sprichst, die dir etwas bedeuten.«

Sie errötete und wandte den Blick ab, doch das ließ er nicht zu.

Er fasste sanft ihr Kinn, neigte ihren Kopf nach hinten und sah ihr in die Augen. »Wirklich«, bekräftigte er. »Die ganze Zeit, als du geredet hast, wollte ich ...«

Am liebsten wäre er dort geblieben und hätte ihr für immer zugehört. Sie war das genaue Gegenteil von ihm – erfüllt, wo in ihm Leere herrschte, so voller Leidenschaft, während er mit jeder Entscheidung immer gleichgültiger geworden war. Ihre Lebendigkeit erweckte seine Seele zum Leben.

Doch das konnte er ihr nicht sagen. Ohne ihr mit Worten zu sagen, wie sehr sie ihn verwirrte, versuchte er es ihr zu zeigen, indem er seine Lippen auf ihre legte. Auch das hatte er im Museum tun wollen. Er hatte Monet, Degas und Picasso von ihren Lippen küssen wollen, bis sie nichts als Pinselstriche, Leinwand und Luft waren.

Bis sie dekonstruiert, in ihre Einzelteile zerlegt waren, genau, wie sie es gesagt hatte. Und von den geschickten Händen eines Künstlers wieder zusammengesetzt.

Unter dem Gefühl, selbst in seine Einzelteile zerlegt zu werden, verstärkte er seinen Griff um sie – ohne die Dominanz von eben, allerdings mit einer Leidenschaft, die ihn selbst überraschte. Jetzt erwiderte sie seine Umarmung, legte ihre Hand um seinen Nacken und strich mit den Fingern durch sein Haar. Er übernahm die Kontrolle und versuchte, all die Gedanken, die sie in ihm auslöste, in seinen Kuss zu legen.

Sie weckte Gefühle in ihm, und das an Stellen, die lange Zeit kalt und verlassen gewesen waren. Sie bewirkte, dass er sich bessern wollte.

Rylan schluckte den Kloß hinunter, der sich bei diesem Gedanken in seinem Hals bildete – er wusste, dass er in vielerlei Hinsicht unzulänglich war, vor allem im Moment.

Er hatte alle Verantwortung hinter sich gelassen, hatte das ihm aufgezwungene Leben weggeworfen, nachdem die Machenschaften seines Vaters ans Licht gekommen waren. Seither war er orientierungslos. Doch hier, mit Kate, hatte er ein Ziel. Er packte ihre Hüften, zog sie dichter an seine Brust und beherrschte sich, um das warme Gefühl, ihr nahe zu sein, genießen zu können. Die Lust pulsierte unter seiner Haut.

Sie stöhnte, gab sich ihm hin und ließ ihn willig in ihren Mund. Als sie mit den Fingernägeln über seine Kopfhaut strich, begann die Lust in ihm stärker zu brennen, und alles wurde ganz klar. Er wollte in ihr sein – wollte sie nehmen und berühren, von ihr berührt werden, aber mehr noch als das, wollte er ihr etwas *geben*.

Mit klopfendem Herzen, von seinem eigenen Begehren elektrisiert, schob er sie rücklings zum Bett. Er legte die

Hand auf ihre Schulter, damit sie sich setzte, und ging dann auf die Knie. Sie spreizte bereits die Beine, kaum dass er sie berührt hatte. Er befeuchtete seine Lippen und strich mit den Händen über die Kurven ihrer Waden. Dann sah er sie an, bat stumm um Erlaubnis, während er ihre Schenkel hinaufstrich und ihren Rock nach oben schob. Als er mit der Fingerspitze an ihrem Slip entlangstrich, hielt sie den Atem an. Der Stoff war feucht und heiß, der Duft ihrer Scham hing schwach in der Luft und machte ihn noch härter.

Er fuhr mit dem Daumen über die Mitte ihres Slips und sah ihr dabei fest in die Augen. »Das hier. Die ganze Zeit, als du über Kunst gesprochen hast, wollte ich das hier tun.«

»Was?« Sie umklammerte den Saum ihres Rocks so fest, dass sich die Haut an ihren Knöcheln hell abhob. »Mir zwischen die Beine fassen?«

Doch es war mehr gewesen als das. Er schüttelte den Kopf, beugte sich hinunter und küsste ihr Knie. Dann arbeitete er sich ihren Schenkel hinauf. Während er weiter mit den Lippen ihre Haut liebkoste, schob er die Finger unter den Bund ihres Slips und blickte zu ihr hinauf. »Mich bei dir bedanken.« Für so vieles, das er noch nicht laut aussprechen konnte. Darum hob er stattdessen das Kinn und grinste. »Dafür, dass du mir etwas über Kunst beibringst.«

»Ach, wirklich?« Aus ihren Worten sprach Skepsis, doch sie ließ willig zu, dass er ihr den Slip abstreifte. Er schob ihn über ihre Füße und spreizte erneut ihre Beine, legte die Hände auf ihre Schenkel und schob sie weit auseinander.

»Wirklich.«

Er wollte sich dafür bedanken, dass sie ihm zeigte, was sie sah, wenn sie alte Gemälde betrachtete, dafür, dass sie ihm zu verstehen half, was sie in ihrem eigenen abgenutzten Zeichenheft zu erreichen versuchte.

Dafür, dass sie ihm diese Woche voller Ablenkungen schenkte und ihn dazu brachte, über sich selbst zu sprechen, wenn auch nur ein wenig.

»Nun ...« Es klang wie ein Seufzer. Sie fühlte sich unwohl. Sie war unruhig und nervös, ihre Schenkel pressten sich gegen seine Hände, als versuchte sie, sie zu schließen. Ihr Widerstand war nicht annähernd so stark wie in jener ersten Nacht, doch er hätte sie immer noch am liebsten geschüttelt – um sie daran zu erinnern, dass hier nur schöne Dinge geschahen. Sie schluckte. »Gern geschehen?«

»Das darfst du erst sagen, wenn ich mit meinem Dank fertig bin.«

»Du warst noch nicht fertig?«

Er hob die Brauen. »Glaub mir. Wenn ich fertig bin, wirst du das merken.«

Er hatte noch nicht einmal angefangen.

Mit diesem Versprechen ließ er die Finger an ihren weichen, rosa Falten entlanggleiten – ihr Duft machte ihn schier verrückt. Er öffnete ihre Scham und senkte den Kopf, um den nächsten Schritt anzukündigen, blickte ihr aber noch einmal in die Augen, bevor er zum ersten Mal vorsichtig an ihr leckte.

Genau wie beim ersten Mal schmeckte er den salzig süßen Moschusgeschmack von Sex auf seiner Zunge. Sie war noch nicht so stark erregt – er hatte sie noch nicht so weit aufgeheizt, doch er selbst war bereits auf dem Gipfel der Lust und tauchte mit der Zunge unerschrocken und rückhaltlos in sie ein. Er umkreiste ihren Kitzler, dann glitt er ein bisschen tiefer, um sie von innen zu lecken. Schließlich ließ sie den Saum ihres Rocks los und krallte die Finger in seine Haare. Er schob den Stoff weiter nach oben. Die Situation hatte noch immer etwas Verruchtes, auch wenn er schon vor Jahren jegliches Schamgefühl verloren hatte. Er kniete vollkommen bekleidet vor einem Mädchen, den Kopf unter ihrem Rock, und saugte an ihr, während sie auf der Bettkante saß. Es war kindisch und unter seiner Würde. Und es war *fantastisch*.

Die Laute, die sie von sich gab, als er die Finger in sie hineingleiten ließ, die Hand gegen die zarte Haut ihres Schenkels presste und mit geschlossenen Augen an ihrem Kitzler saugte ... In der Nacht zuvor hatte sie ihm gezeigt, wie und wo er sie berühren musste, sie hatte den Vibrator genommen und ihn ...

Ihr Knie zuckte nach oben gegen seine Schulter, und ihr Stöhnen klang so hemmungslos, wie er es noch nie gehört hatte. Er fing ihr Bein auf, bevor sie damit noch Schaden anrichtete, legte es über seine Schulter, strich fester mit der Zunge über sie und krümmte die Finger, um den Winkel nachzuahmen, in dem sie gestern den Glasstab in sich hineingeschoben hatte.

Sie riss an seinen Haaren, und es tat weh, aber auf die beste Art. Sie versuchte loszulassen und stotterte eine Art Entschuldigung, doch er packte ihre Hand und legte sie wieder genau dorthin, wo sie gewesen war.

Er löste sich gerade so lange von ihr, um ihr einen vorwurfsvollen Blick zuzuwerfen. »Wage es ja nicht, dich zurückzuhalten.«

Nicht nach all den Fortschritten, die sie gemacht hatten, nicht, wenn sie endlich anfing, ihm genau das zu geben, was er wollte.

Auch wenn es nicht annähernd das war, worauf er zu Beginn eigentlich aus gewesen war.

Kurz darauf war es, als wäre der Bann gebrochen, und alle Hemmungen und Zweifel wären auf einmal von ihr abgefallen. Sie gab sich ihm hin und drückte ihre Hüften nach vorn. Er ließ noch einen dritten Finger in sie hineingleiten und füllte sie aus, so wie er sie eines Tages – hoffentlich – wirklich ausfüllen würde. Er küsste ihren Kitzler nass und weich, trank ihren Saft, und als sie schließlich alle Muskeln anspannte, verharrte er, wo er war. Er änderte nichts an dem Druck seiner Finger, nichts an dem Kreisen seiner Zunge ...

»O mein Gott!«

Sie zog sich um seine Finger zusammen und pulsierte, während sie ihren Körper durchbog und sich so fest an seine Haare klammerte, dass sie Schmerz und Lust durch seinen Körper trieb.

Er sehnte sich danach, sich über sie zu beugen und selbst in ihre nasse weiche Grotte einzutauchen, sich zu nehmen, was er wollte, und ebenfalls zum Höhepunkt zu kommen.

Doch bevor er sie überhaupt fragen konnte – bevor sie ihm wieder diesen *Blick* zuwerfen konnte, der jeden Gedanken an seine eigene Lust in Staub und Asche verwandelte, zog sie ihn zu sich herauf.

Er löste sich von ihrer Scham, und sie küsste ihren eigenen Saft von seinen Lippen.

»Gern geschehen«, sagte sie. Es klang atemlos und rau, begierig auf eine Art, die er von ihr noch nicht kannte.

Und kaum, dass sie es ausgesprochen hatte, warf sie ihn auf den Rücken und setzte sich rittlings auf seine Hüften. Er war so erregt, dass er kaum noch in der Lage war, sich zurückzuhalten.

Doch das musste er nicht.

Bevor ihn Zweifel befallen konnten, legte sie ihre Hand dorthin, wo er sich nach ihr sehnte und drückte sie wundervoll gegen seine Jeans. Ihr Gesicht war gerötet, ihr Haar durcheinander, und sie war wunderschön.

Sie richtete sich über ihm auf und sagte: »Jetzt bin ich dran, mich bei dir zu bedanken.«

Noch immer pulsierten zarte Nachbeben durch Kates Körper, während sie, nackt unter ihrem Rock, vor einem Mann kniete und die Hand auf seinen Schwanz legte. Er hatte sie zum Höhepunkt gebracht, und es war so *leicht* gewesen. In diesen wenigen Tagen hatte er sie von ihren Hemmungen befreit, und ohne diese konnte sie einfach die Beine spreizen, die Finger in sein Haar krallen und sich ihm hingeben.

Dafür war sie ihm so dankbar, dass es schmerzte.

Sie hatte keine Kondome dabei – nichts von alledem hatte sie für ihre Reise geplant gehabt –, aber er würde etwas dabei haben. Sie ignorierte den Geschmack, der noch an seinen Lippen hing, küsste ihn und schloss die Augen. Mit einer Hand stützte sie sich neben seinem Kopf ab, während sie mit der anderen seine Hose öffnete. Die letzten Male hatte sie ihn kaum berührt, was für ihn okay gewesen zu sein schien, doch jetzt wurde es Zeit.

Angst schnürte ihr die Kehle zu, doch sie schluckte sie hinunter.

Schluss damit.

Sie hatte die Nase voll von ihren Komplexen, davon, sich jedes Mal die Gegenwart von der Vergangenheit vermiesen zu lassen – in ihrem Leben und in diesem Bett. Dieses Mal würde es mit dem Sex klappen. Es musste klappen.

Die berauschende Ekstase ihres Orgasmus ließ ein wenig nach, als sie die Hand in seine Boxershorts schob und um seinen festen Schaft schloss. Er war groß, aber sie war noch nie so bereit gewesen. Wahrscheinlich würde es nicht wehtun. Und später würde sie froh sein, dass sie es getan hatte – wenn sie wieder allein in New York war und sich an den einzigen Mann erinnerte, der ihr je diese Gefühle bereitet hatte. Dann würde er immer noch hier sein und tun, was immer er vor ihr getan hatte.

Ein gequälter Ton entschlüpfte ihrer Kehle.

»Hey. Hey.«

Eine warme Hand legte sich um ihr Kinn. Sie setzte sich auf, und er fasste ihr Handgelenk und hielt ihre Hand ruhig auf seiner Haut. Seine Augen waren dunkel vor Lust, und er war hart in ihrer Hand. Verwirrt blickte sie zu ihm hinunter. »Was ist?«

Er schüttelte den Kopf. »Du wirkst etwas ...« Er verstummte, doch sie konnte die Worte dennoch hören, und ihr wurde heiß. *Ängstlich, steif.* Er strich mit dem Daumen über ihre Wange, und seine Stimme wurde weicher. »Ich will dich. So sehr. Aber wir tun nur, was du tun willst, und wenn du noch nicht so weit bist ...« Er zuckte die Schultern, ließ jedoch ihr Handgelenk los und strich mit der Hand ihren Arm hinauf zu ihrer Schulter.

Verdammt, es war so frustrierend. Sie wollte so weit sein. Sie fühlte sich so gut bei ihm, und wenn sie je Gefallen an Sex haben würde, dann mit ihm.

Nur, dass am Ende eine Stimme in ihrem Hinterkopf flüsterte: *Nein.*

Vergiss die Angst vor körperlichem Schmerz.

Bei seinem Anblick schnürte sich ihre Brust zusammen. Bei diesem markanten Kinn, von dem sie sich als Erstes angezogen gefühlt hatte, und bei all den Dingen, die sie seither an ihm zu lieben gelernt hatte. Die wirren dunklen Haare, die in alle Richtungen abstanden, wenn sie mit den Händen durch sie hindurchgestrichen hatte. Das zarte Grübchen an seinem Kinn.

Die Tiefe seiner strahlend blauen Augen.

Er war schön und verletzlich, sanft und freundlich und so wachsam, dass es ihr schon den Atem raubte, wenn er ihr nur einen Bruchteil von sich zeigte. Sie empfand bereits zu viel. Wenn sie ihn in sich hineinließ, wenn es so gut würde, wie er es ihr versprochen hatte ...

Ihre Rippen zogen sich so fest zusammen, dass es schmerzte.

Wenn sie das zuließe, wie sollte sie sich dann nicht in ihn verlieben?

Die Antwort pulsierte in ihrer Brust: Sie konnte es nicht tun.

Sie durfte es nicht tun.

Offenbar las er die Entscheidung von ihrem Gesicht ab, denn die Frage in seinen Augen erlosch. Er zog sie zu sich herab, um sie zu küssen. »Es ist okay.« Die Worte strichen warm über ihre Lippen. Er grinste. »Vielleicht werde ich ein bisschen sterben, aber es ist okay.«

Und sie konnte nicht anders. Sie lachte. »Das will ich aber nicht.«

»Ein kleiner Tod hat noch niemandem geschadet.«

Sie kicherte über den Wortwitz, unsicher, ob er ihn mit Absicht gemacht hatte, doch das war egal, denn sein Mund war warm und weich, die Küsse schmeckten nach Lust und nach einem kaum verhohlenen Feuer. Seine Hände glitten über ihren Rücken und über ihre Flanken und ruhten schließlich auf ihren Hüften. Ein Schaudern durchlief sie. Ihr Körper surrte befriedigt, doch noch immer pulsierte Lust in ihren Adern.

Sie wollte ihm wenigstens *etwas* geben.

Mit geschlossenen Augen löste sie sich von seinen Lippen und bewegte sie zu seinem Hals, wobei sie mit den Zähnen über die Bartstoppeln an seinem Kinn strich. Es war rau, seine Haut salzig und männlich, und ihr Mut wuchs.

»Kate …« Er strich mit den Fingern durch ihr Haar, ohne sie nach oben zu ziehen oder nach unten zu drängen, er hielt sie einfach nur.

Hier ging es um mehr als um Verlangen oder Begierde, auch um mehr als Mut. Es ging um so etwas wie Macht.

Ihre Zurückhaltung verschwand, als sie einen Knopf an seinem Hemd öffnete, dann den nächsten. Darunter trug er ein T-Shirt, aber sie küsste sich dennoch über seine Brust nach unten. Als sie an seinen Hüften anlangte, schob sie den Stoff nach oben. Sein Bauch war fest und glatt. Sie strich mit der Nase über seine Muskeln und leckte mit der Zunge über die Haut unter seinem Nabel.

Sie holte tief Luft und schob den Stoff seiner offenen Jeans zur Seite.

Der Griff um ihr Haar verstärkte sich. »Du musst das nicht tun.«

Sie blickte zu ihm hinauf – Gott, diese Augen. Das Gefühl von Macht wuchs. »Möchtest du, dass ich es tue?«

Er warf den Kopf zurück, bot ihr seinen Hals dar und stieß ein gequältes Lachen aus. »Natürlich. Mehr als alles andere.« Er blickte wieder zu ihr hinunter und hob eine Hand, um mit der Fingerspitze ihre Lippen nachzuzeichnen. »Dein Mund würde so wundervoll um meinen Schwanz aussehen.«

Ihr Herzschlag beschleunigte sich, und obwohl sie befriedigt war, pulsierte ihre Scham. Sie senkte den Kopf und legte die Stirn auf seine Hüfte.

Dann zog sie, ohne nachzudenken, den Bund seiner Boxershorts nach unten.

Sie hatte ihn schon einmal gesehen. Sie hatte ihn berührt, und er war auf ihr gekommen, aber ihm so nah zu sein war etwas völlig anderes. Er roch nach Sex, und er fühlte sich seidig unter ihren Fingern an, glühend heiß und feucht an der Spitze. Als sie mit dem Daumen an ihm hinabstrich, bewegte sich seine Vorhaut und entblößte noch mehr von der dunkleren Haut darunter.

Erregung erfasste sie, und am liebsten hätte sie ihr rückhaltlos nachgegeben. Sie wollte herausfinden, welche Laute er von sich gab, wenn sie diejenige war, die ihn zum Höhepunkt trieb. Doch er war so geduldig mit ihr gewesen, hatte sich so viel Zeit genommen, um herauszufinden, was genau sie verrückt machte.

Sie erkannte ihre eigene Stimme kaum wieder, tief vor Erregung, als sie fragte: »Was ist mit dir? Was gefällt dir?«

»Wenn du mich mit deinen Händen berührst.« Als sie

die Finger um den Ansatz seines Schaftes schloss, hielt er den Atem an. Als sie ein kleines Stück nach oben strich, schloss er die Augen und ließ den Kopf nach hinten sinken. »Alles, was du tust, fühlt sich gut an.«

Er sah wundervoll aus, die Sehnen an seinem Hals traten hervor, seine Bauchmuskeln spannten sich.

Lust durchfuhr sie. Und plötzlich begriff sie. Warum er sie so ansah, wie er es tat, warum er sie unbedingt berühren wollte, sie so gern befriedigte.

Während ihr all das bewusst wurde, verstärkte sie den Griff um ihn, und die Erregung benetzte seine Spitze.

»Alles, was du tust, fühlt sich *so verdammt* gut an«, wiederholte er und unterdrückte ein Stöhnen.

Ein triumphierendes Gefühl breitete sich in ihr aus, aber das genügte nicht. Sie wollte mehr.

Sie ließ von ihm ab und strich mit der Hand über seinen Schenkel. Ihr war am ganzen Körper heiß, während zugleich ein kaltes Kribbeln über ihre Haut kroch.

Sie ließ sich vom Bett gleiten und sank zwischen seinen Beinen auf die Knie.

Diesmal stöhnte er laut auf, als sie ihn erneut mit der Hand umschloss. »Was immer du willst«, sagte er, und es klang ehrlich und zugleich so, als würde es ihn umbringen, sie nicht nach unten zu ziehen und sich zwischen ihre Lippen zu drängen.

Sie drehte den Spieß um. »Was möchtest du, das ich tue?«

Er fluchte laut und krallte die Hände in das Laken unter sich. »Ich will deinen Mund ficken.«

Ein Blitz durchfuhr ihren Unterleib und schoss ihre Rippen hinauf. Wie würde das sein? Ein Teil von ihr erinnerte sich genau daran, wie es sich anfühlte, auf diese Weise benutzt zu werden, aber das hier war anders. Rylan war anders.

Rylan würde dafür sorgen, dass es gut wurde.

Dennoch schüttelte sie den Kopf. »Was soll *ich* tun?«

»Leck ihn«, lautete die unmittelbare Antwort. »Ganz oben – ja.« Als sie seiner Aufforderung folgte, stieß er einen lustvollen Laut aus. »Das ist perfekt. Streich mit deiner Zunge über mich. Sanft und nass.«

Er schmeckte nach Salz und ein wenig bitter, aber das warme Gefühl in ihrer Mitte und in ihrer Brust entschädigten sie mehr als genug dafür. Er legte eine Hand auf ihre Schulter, sanft und beruhigend. Aber schwer genug, um sie zu erden.

Sein Daumen strich über ihr Schlüsselbein. »Jetzt öffne die Lippen. Lass ihn in dich hineingleiten. *Oh.*«

Diesen Teil kannte sie. Aber es hatte sich nie zuvor so gut angefühlt. Die Art, wie er die Hüften anhob, und die Laute, die er von sich gab, nährten das Feuer tief in ihr. Sie holte Luft, schloss die Lippen um seinen harten Schwanz und nahm ihn in sich auf.

»Au Mann. Das sieht noch besser aus, als ich dachte.« Er hob die andere Hand und strich sanft mit den Fingerspitzen über ihre Lippen, die sich um ihn spannten. Als sie ihn weiter in sich hineingleiten ließ, erschauderte er und stieß die Luft aus. »Verdammt gut siehst du aus. Und wie du dich erst anfühlst ... oh, Shit ... warm und nass ...«

Da war es wieder, dieses Gefühl – diese seltsame Scham, die sie bei seinem Lob empfand, und wie es sie zugleich gegen ihren Willen erregte. Sie wand sich und presste die Schenkel zusammen.

»Gefällt es dir, mich zu lecken?«, fragte er.

Die Lust brannte in ihr, während sie sich kurz von ihm löste, um zu nicken.

Der Griff seiner Finger um ihre Schulter verstärkte sich. »So gut ...«

Seine Stimme verhallte, und Schweigen breitete sich zwischen ihnen aus, nur durchbrochen von den leisen Geräuschen ihres Mundes. Von seinem Atem und davon, wie sehr es ihr gefiel.

»Beweg deine Hand«, drängte er.

Und das gefiel ihr nur noch mehr. Die Bewegung fiel ihr leicht, als sie die Hand fest um ihn schloss und der nassen Spur ihres Mundes hinauf und hinunter folgte. Er hob die Hüften und schob sich in ihren Mund, doch vorsichtig genug, um sie nicht zu würgen. Sie folgte seinem Rhythmus und verlor sich in ihm. Sie wollte so sehr, dass er ...

»Baby ...«, setzte er an. Seine Beinmuskeln verkrampften sich, sein Bauch war angespannt, und die Art, wie er klang ... »Gleich ... ich ...« Seine Finger glitten durch ihr Haar, ein leichtes warnendes Ziehen, während seine Stimme erstarb, die Verzweiflung darin erregte sie über alle Maßen.

Sie ließ nicht von ihm ab. Ließ die ersten heißen Tropfen ihre Zunge benetzen und schluckte so viel hinunter, wie sie konnte. Als er zuckte und sie von sich schob, wischte sie sich mit dem Handrücken über den Mund, und er *knurrte*.

»Herr im Himmel, Kate.« Er zog sie zu sich hinauf, setzte sich auf und hielt sie auf seinem Schoß. Er küsste seine Lust von ihren Lippen, verschlang sie geradezu, während er die Hand zurück unter ihren Rock gleiten ließ.

Zum Glück schob er sich diesmal nicht in sie hinein. Sein Daumen strich über ihre Klitoris, sie war zu empfindlich – gerade erst hatte er sie mit dem Mund befriedigt, doch als seine Finger dann doch in sie hineinglitten, schluchzte sie an seinen Lippen auf.

»Meine Schöne.« Er rückte von ihr ab, um ihr in die Augen zu sehen, mit geöffneten Lippen und feurigem Blick bewegte er die Hand schneller, drang tiefer in sie ein.

Sie erschrak, als der Orgasmus so plötzlich über sie kam. Heiße Lava wallte in ihr auf, und sie grub die Nägel in seine Haut, verbarg das Gesicht an seinem Hals und schrie.

Alles, was sie denken konnte, als er sie hielt, war, dass sie das nicht geahnt hatte.

Sie war zweiundzwanzig Jahre alt und hatte mit zwei Männern geschlafen – wie konnte es sein, dass sie davon nichts gewusst hatte?

KAPITEL 14

Durch die dünnen Gardinen schien die Sonne ins Zimmer. Offenbar hatten sie am Abend vergessen, die schweren Vorhänge zuzuziehen.

Auch gut.

Rylan wischte sich den Schlaf aus den Augen und drehte sich im Bett um. Kate schlief noch, ihr Haar war zerzaust. Sie hatte darauf bestanden, zum Schlafen ein Tanktop und ein hübsches Spitzenhöschen anzuziehen, doch so, wie die Decke sich um ihren Körper wand, konnte er sich ebenso gut vorstellen, sie wäre nackt.

Ihre Haut war so glatt und so weich. Sein kleiner Freund zuckte erfreut, und er griff nach unten, um seine Boxershorts zurechtzurücken, die er ihr zuliebe anbehalten hatte. Sie hatte ihm nur diesen *Blick* zuwerfen müssen, als er sich ausgezogen hatte.

Anscheinend musste sie ihm immer nur einen Blick zuwerfen, und schon tat er einen Haufen Dinge, die er normalerweise niemals tun würde.

Vermutlich sollte ihn das mehr beunruhigen.

Sie schnaufte leise im Schlaf und vergrub das Gesicht in ihrem Kissen. Sie lag auf der Seite, mit dem Rücken zu ihm, und hatte die Decke unter ihren Arm geklemmt. Dabei war die bis zur Mitte ihres Schenkels nach oben gerutscht, sodass ihre lange schlanke Wade frei lag.

Rylan wollte sie nicht aufwecken, konnte jedoch nicht widerstehen. Auf den Ellenbogen gestützt, streckte er eine Hand aus, strich über ihre Schulter und schob ihr Haar zur Seite. Sie seufzte, rührte sich jedoch nicht, und so rückte er näher.

Seine Brust schmiegte sich so perfekt an ihren Rücken, als wäre sie dafür gemacht. Er legte die Lippen auf ihren Hals, hinterließ eine Spur zarter Küsse auf ihrer vom Schlaf warmen Haut, ließ seine Erektion über ihr Hinterteil streichen und unterdrückte ein Stöhnen. Falls sie ihn diesmal hineinlassen würde, könnte er einfach ihr Höschen zur Seite schieben. In dieser wundervollen feuchten Wärme versinken. Sie ganz langsam nehmen und einem morgendlichen Höhepunkt entgegentreiben.

Wenn.

Er atmete sein Begehren in ihre Haut und strich mit den Knöcheln seiner Hand ihren Arm hinunter. Sie brummte und gab schließlich ein Lebenszeichen von sich, indem sie ihre Hände mit seinen verschränkte.

»Wie spät ist es?«, fragte sie.

»Früh.« Rylan hatte keine Ahnung, wie viel Uhr es war. Er wusste nur, dass sie wunderschön war und sich gut an ihm anfühlte. Und dass er den ganzen Tag damit verbringen könnte, sie zu küssen und mit den Händen über ihre Haut zu streichen.

Doch Kate hatte etwas anderes im Sinn. Sie hob den Kopf und blickte sich um. »Es ist nach acht«, sagte sie, warf sich auf den Rücken und bedeckte die Augen mit ihrem Arm.

Rylan warf ebenfalls einen Blick auf die Uhr. Sonst schlief er nie so lang. Doch die leuchtend roten Ziffern sagten eindeutig, dass es 08:17 Uhr war.

Ha!

Er zuckte die Schultern, drehte sich auf den Bauch und drückte seine Erektion in die Matratze, während er sich über ihr abstützte und sie auf Wange, Ohr und Kinn küsste. »Hast du es eilig?« Er löste den Arm von ihren Augen.

Doch in ihrem Blick lag nicht die Leichtigkeit, auf die er gehofft hatte, kein Flirten, sondern Unruhe. »Ja, irgendwie schon.«

»Vor neun macht sowieso nichts auf. Lass uns unterwegs Croissants besorgen. Dann hast du noch nichts verpasst.« Er beugte sich vor, um sie auf die Lippen zu küssen.

Sie ließ es zu, eine Minute verging, dann zog sie sich viel zu schnell zurück. »Wir sollten aufstehen.«

»Hinlegen gefällt mir besser.«

»O Mann, hörst du nie auf?«

»Nicht, wenn es nicht sein muss.«

Die Zeichen, die sie sandte, waren widersprüchlich. Sie schmiegte sich an ihn, als er sie küsste, doch zugleich schob sie ihn von sich. Irgendwann setzte sie sich halb auf. »Willst du zuerst duschen oder soll ich?«

»Wir sollten zusammen duschen.«

Das würde ihm gefallen. Ständig zog sie sich ihre blöden Sachen wieder an. Auch wenn sie sich von ihm ausziehen ließ, blieb sie nie lange nackt. In der Dusche könnte er sie überall berühren. Ihr den Rücken einseifen. Sie vielleicht so weit erregen, dass er sie zwischen den Schenkeln mit der Hand oder dem Mund berühren durfte.

Vielleicht aber auch nicht. So, wie sie ihn ansah.

»Was ist?«, fragte er. »Ich will nur kein Wasser verschwenden.«

»Du willst nur nicht die Gelegenheit verschwenden, mich nackt zu sehen.«

»Verschwendung jeglicher Art ist eine Sünde.«

Sie verdrehte die Augen, legte ihm eine Hand auf die Wange und schob ihn fort. Offenbar meinte sie es diesmal wirklich ernst. Sie stieg aus dem Bett und ging ins Bad.

»Kate ...«

Bevor er noch etwas sagen konnte, schloss sie die Tür hinter sich.

Na großartig.

Er ließ sich auf den Rücken zurücksinken und starrte an die Decke. Sein Telefon blinkte, doch er wollte sich nicht mit dem Mist befassen, der ihn dort vermutlich erwartete. Nachrichten von den Leuten aus der Firma seines Vaters. Von McConnell, der Rylans Pflichten übernommen hatte und ihn regelmäßig auf dem Laufenden hielt, wobei er überaus deutlich machte, dass er froh wäre, wenn Rylan fortbliebe. Oder noch schlimmer von Thomas, der ihn anflehte, zurückzukommen und die Dinge in Ordnung zu bringen. Oder von seiner Schwester. Lexie war die Schlimmste. Er vermisste sie sehr, aber im Moment redete sie nur davon, dass er sie im Stich gelassen hatte.

Er hatte sie alle im Stich gelassen, aber sie konnten ihm gestohlen bleiben. Er hatte ihnen genug gegeben. Vielleicht würden sie das eines Tages begreifen. Bis dahin konnten sie alle noch einen gottverdammten Tag warten – oder noch ein Jahr. Er streckte den Arm aus, um das Display umzudrehen, sodass er das Blinken nicht mehr sah.

Nebenan im Bad wurde die Dusche angestellt, und er schlug mit der Faust gegen das Kopfteil des Bettes. Seine Morgenlatte hatte etwas nachgelassen, aber es brauchte nicht viel, um sie wieder zum Leben zu erwecken. Allein die Vorstellung, wie Kate unter dem Wasserstrahl stand und ihre Kurven einseifte ...

»Kommst du?«

Erschrocken fuhr er hoch. Irgendwie hatte er gar nicht mitbekommen, dass die Tür wieder aufgegangen war. Aufreizend lehnte sie im Türrahmen und warf ihm einen auffordernden Blick zu.

»Werde ich hoffentlich gleich«, murmelte er vor sich hin.

Er warf die Decke zurück und sprang aus dem Bett. Mit wenigen Schritten war er bei ihr, hob sie hoch und wirbelte sie herum. Als er sie wieder absetzte, legte er eine Hand in ihren Nacken und zog sie zu einem ausgiebigen, leidenschaftlichen Kuss an sich heran. Diesmal wehrte sie sich nicht, und so fasste er nach dem Saum ihres Oberteils und schob es nach oben.

»Warum so eilig?«, fragte sie, während er es ihr über den Kopf zog.

»Ich habe dir ja gesagt. Ich hasse es, Wasser zu verschwenden.«

»Aha.«

Ihr Höschen und seine Shorts folgten. Stöhnend drückte er seine Erektion gegen die weiche Haut ihres Bauchs. »Komm«, sagte er und zog sie in Richtung Dusche. »Bevor ich noch auf dem Waschbecken über dich herfalle.«

»Sollte mich das etwa abschrecken?«

Gute Frage.

So oder so schafften sie es, den Duschvorhang zur Seite zu schieben. Ohne sie loszulassen, stieg er in die Dusche und zog sie hinter sich her. Dampfend prasselte das Wasser auf ihre Haut – es war perfekt.

Noch besser wurde es, als sie eine Hand zwischen sich und ihn schob und sie um seinen Schwanz legte.

Er stöhnte laut auf und biss fester auf ihre Lippe, als er beabsichtigt hatte.

»Okay?«, fragte sie.

»Absolut.«

Er küsste sie und legte die Hände um ihre Brüste. Ihre Haut war glitschig vom Wasser, sie passten genau in seine Hände, und als er mit den Daumen über ihre Nippel strich, richteten sich diese auf und ragten hübsch nach oben. Kate gab wundervolle Laute von sich, und was zunächst wie eine morgendliche Enttäuschung ausgesehen hatte, verwandelte sich in rosige Aussichten, als sie einen gleichmäßigen Rhythmus mit ihm fand.

Er löste die Hand von einer ihrer Brüste und tastete blind hinter sich, bis er auf ein Stück Seife stieß. Er nahm es und schäumte es auf, dann schloss er seine seifige Hand um ihre. »Etwas fester«, drängte er und, *wow*, ja. »So ist es gut.«

Er bewegte die Hüften und stieß in ihre Fäuste, die jetzt glatt von der Seife waren. Dann zog er sie an sich, presste den geöffneten Mund an ihre Schläfe und drängte sie zu einem immer schnelleren Takt, bis …

Das Gefühl begann in seinen Zehen, erfasste seine Eier und spülte wie eine Sturzwelle durch seinen Körper. Vielleicht verlor er kurz das Bewusstsein, seine Knie wurden weich. Mit einer Hand stützte er sich an den Kacheln ab.

Als er zuckte, lachte sie. Er reagierte auf jede kleinste Bewegung ihrer Finger, während sie die letzten Tropfen aus ihm herauspumpte. Als er es nicht mehr aushielt, fasste er ihr Handgelenk und erschauderte, als sie noch einmal über die Spitze strich, bevor sie ihn losließ. Er wischte mit den Fingern über ihre und wusch seinen Saft von ihnen ab, dann nahm er ihr Gesicht in seine Hände und küsste sie zärtlich und dankbar

»Wie bin ich zu dieser Ehre gekommen?«

»Du sahst aus, als würdest du es brauchen.«

Das war etwas übertrieben, aber er widersprach nicht.

Sie wandte das Gesicht ab, richtete den Blick nach unten und küsste seine Brust. Er schloss sie in seine Arme und drückte sie fest an sich.

»Darf ich mich revanchieren?«

Sie schüttelte den Kopf. »Vielleicht heute Abend.«

Enttäuschend, aber nicht wirklich überraschend. Er lockerte seine Umarmung und drückte die Lippen auf ihre. »Auf jeden Fall heute Abend.« Er zögerte, dann ließ er sie los. In Anbetracht dessen, was sie ihm über ihr bisheriges Sexleben erzählt hatte, wollte er sichergehen. »Du weißt schon, dass du das nicht hättest tun müssen, oder? Kein Mann stirbt an dicken Eiern.«

»Ich weiß.« Sie sah ihn immer noch nicht richtig an, doch auf ihrem Gesicht erschien ein schüchternes Lächeln. Es war neu, das hatte er bei ihr noch nicht gesehen. »Ich wollte es.«

»Okay.« Mit einem letzten Kuss auf den Kopf ließ er von ihr ab.

Er legte die Seife fort – irgendwie war es ihm gelungen, sie trotz allem nicht fallen zu lassen – und untersuchte dann die Sammlung von kleinen Fläschchen auf dem eingebauten Regal. Als er eins fand, auf dem Shampoo stand, nahm er es und goss sich etwas in die Hand.

»Hast du kein eigenes dabei?«, fragte sie.

»Doch. Aber das hier ist nicht für mich. Dreh dich um.«

Sie warf ihm einen fragenden Blick zu, tat jedoch, worum er sie bat. Ihr Haar war nass, und er verteilte mit sanften Händen das Shampoo darin. Es schäumte und roch gut. Nicht zu intensiv. Nur angenehm.

»Ich liebe deine Haare«, sagte er leise.

Sie bebte.

Er ließ sich Zeit, massierte ihre Kopfhaut und schenkte ihr die Aufmerksamkeit, die sie ihm in sexueller Hinsicht hatte zukommen lassen, auf andere Weise. Sich so um sie zu kümmern ... berührte etwas in seinem Herzen.

Er ließ die Hände sinken und lehnte sich mit dem Rücken an die Wand. »Jetzt kannst du abspülen.«

Sie warf ihm einen weiteren Blick zu, dann schlängelte sie sich an ihm vorbei und neigte den Kopf unter das Wasser.

Es spülte die Seife über ihre Kurven, und zarter weißer Schaum streichelte ihre helle Haut. Sein Körper kribbelte noch immer befriedigt, doch bei ihrem Anblick hätte er am liebsten noch einmal von vorn angefangen.

Um sich abzulenken, nahm er sein eigenes Shampoo von einem anderen Regal. Er arbeitete es schnell und entschlossen ein und lenkte seine Gedanken auf andere Dinge.

»Ich habe nachgedacht«, sagte er.

»Hmm?«

»Was hältst du davon, wenn wir heute nach Versailles fahren?« Die meisten Frauen standen auf die Opulenz, die Kleider und all dieses Zeug dort. Nicht, dass er mit vielen Frauen dort gewesen wäre. Schließlich war es eine ziemliche Strecke dort hinaus. Doch er hatte nichts dagegen, mit Kate im Zug ein bisschen aufs Land zu fahren.

Sie drehte sich um, nahm eine kleine Flasche Conditioner und verteilte ihn in ihrem Haar. »Ich weiß nicht.«

Doch Rylan fand zunehmend Gefallen an der Idee. Er könnte sie im Schloss herumführen, und anschließend könnten sie irgendwo außerhalb der Stadt zu Abend essen. Ein bisschen frische Luft schnappen. Hand in Hand ein wenig herumlaufen wie ein romantisches Liebespaar.

Es wäre anders. Nett.

»Ich glaube, es würde dir gefallen. Es ist mitten in der Woche, darum wird es nicht so voll sein.«

»Ich …« Ihr Ton ließ nichts Gutes ahnen.

Das Shampoo drohte, ihm in die Augen zu laufen. Er wischte es mit dem Handgelenk fort. Sie seufzte, wusch sich den Conditioner aus den Haaren und tauschte dann mit ihm den Platz, damit er sich das Shampoo auswaschen konnte.

Er hielt die Augen geschlossen und konnte ihre Stimme durch das prasselnde Wasser kaum verstehen.

»Ich dachte, vielleicht ziehe ich heute mal alleine los.«

Oh. »Oh.«

»Ich meine, mir bleiben nur noch drei Tage, und ich habe längst nicht so viel gezeichnet, wie ich wollte. Außerdem muss ich mir noch über ein paar Dinge klar werden, bevor ich wieder nach Hause fahre. Es ist wirklich schön mit dir, aber ...«

Sie verstummte, und er konnte sich denken, was sie sagen wollte: Er war nur ein Zeitvertreib. Eine Zerstreuung. Sie hatte wichtigere Dinge zu tun.

Das hinterließ eine gewisse Leere in ihm.

Er biss sich auf die Zunge und blieb ein bisschen länger unter dem Wasserstrahl als eigentlich nötig. Ihr stand nur eine begrenzte Zeit zur Verfügung, und sie hatte viel zu erledigen. Aber er hatte auch nur eine begrenzte Zeit. Mit ihr. Und diese begrenzte Zeit wollte er nicht gelangweilt und allein verbringen.

Als er nicht länger vorgeben konnte, noch mehr Seife im Haar zu haben, seufzte er und drehte sich um. »Okay. Kein Problem.«

Sie sah ihn derart hoffnungsvoll an, dass sich die Leere in ihm nur noch verstärkte. »Bist du sicher?«

»Ja. Was immer du willst. Wir können ja morgen nach Versailles fahren.« Er zögerte und bemühte sich, locker zu klingen. »Wenn du Zeit hast.«

»Das sehen wir dann.« Sie hatte jetzt einen Nylonschwamm in der Hand und begann, einen zart duftenden Schaum auf ihrer Brust zu verteilen.

Er ballte seine Hände zu Fäusten und öffnete sie wieder. Dann gab er auf. Es war albern, auf Abstand zu bleiben, insbesondere in einer so kleinen Dusche.

»Lass mich das machen.«

Er nahm ihr den Schwamm ab und strich dabei über ihre Haut. Sie ließ es geschehen, schob ihr Haar zur Seite und drehte sich um, sodass er ihr den Rücken einseifen konnte. Mit einer Hingabe, die selbst ihn überraschte, folgte er den Kurven ihres Körpers. Prägte sie sich ein.

»Es ist nur so …« Sie verstummte, und er hielt überrascht inne. »Dass ich heute an meinen Kunstsachen arbeiten will.«

»Ja?« Er fuhr mit dem Einseifen ihres Körpers fort.

»Du weißt doch, dass ich hergekommen bin, um *mich selbst zu finden?*« Sie sagte es mit der gleichen selbstironischen Betonung wie bei ihrer ersten Begegnung. Als sie zugegeben hatte, Künstlerin und Träumerin zu sein, und begonnen hatte, ihn um den Finger zu wickeln.

Mit einem ironischen Lächeln wiederholte er ebenfalls seine Worte. »Das ist ein romantischer Gedanke.«

»Aber es stimmt tatsächlich.« Sie drehte sich um, und er ließ die Hand sinken, woraufhin sie ihm den Schwamm abnahm und sich hinunterbeugte, um sich die Beine einzuseifen. Als sie sich wieder aufrichtete, wirkte ihre Miene entschieden. »Ich habe einen Platz in einem MFA-Studiengang.«

Er zog die Brauen bis zum Haaransatz nach oben. Einen Masterstudienplatz in bildender Kunst? Das war nicht schlecht. »Wow. Herzlichen Glückwunsch.«

Sie schwankte zwischen Stolz und Zurückhaltung, was ihre Tonlage etwas in die Höhe schnellen ließ. »Und auch noch an einer ziemlich guten Uni. An der Columbia, in New York, sodass ich meine Wohnung und alles behalten kann.«

»Was ist dann das Problem?«

»Ich wollte nicht alles auf eine Karte setzen. Darum habe ich mich auch bei ein paar Firmen beworben. Und direkt vor meiner Abreise habe ich ein Angebot erhalten.«

Sie zögerte, dann fügte sie hinzu: »In einer Werbeagentur. Ein Anfängergehalt, aber fürs Erste würde es reichen.«

»Nun, das klingt auch großartig.« Verrückt, dass sie überhaupt darüber nachdachte, wenn sie die Chance hatte, das zu tun, was sie offensichtlich liebte. Trotzdem großartig. Vermutlich.

Sie deutete auf das Wasser, und er trat zur Seite, um mit ihr den Platz zu tauschen. Als sie unter den Strahl trat, lief der Schaum an ihrem Körper hinunter, und er bekam einen trockenen Hals.

Sie spülte sich auf eine Weise ab, die dazu bestimmt sein musste, ihn zu quälen, dann hängte sie ihren Schwamm auf und wischte sich das Wasser aus den Augen. »Ich kann nicht beides machen, das ist alles. Ich muss mich entscheiden.«

»Musst du da tatsächlich überlegen?«

»Ja. Es ist die schwierigste Entscheidung, die ich je getroffen habe.« Sie rang die Hände. »Diese Reise soll mir dabei helfen, Inspiration zu finden oder mich selbst oder was auch immer. Aber ich muss auch ein paar Entscheidungen treffen.«

Er konnte seine Verwirrung nicht länger verbergen. »Aber du liebst die Kunst.«

Sie schnaubte verächtlich. »Ich liebe es auch, etwas zu essen auf dem Tisch zu haben.«

Das ließ er nicht gelten. »Aber du *liebst* die Kunst.«

»Manchmal genügt es nicht, etwas zu lieben. Vom Malen kann man nicht leben.«

Es klang, als würde sie etwas nachplappern, das irgendjemand zu ihr gesagt hatte.

Er schüttelte den Kopf. »*Du* schon.«

Sie wich seinem Blick aus, und er legte ihr eine Hand auf die Schulter und die andere auf die Taille.

»Du schon«, wiederholte er.

Sie beugte sich vor und küsste seine Brust, dann lehnte sie sich an ihn und lud ihn ein, die Arme um sie zu legen. »Ich glaube, das muss ich mir noch beweisen«, sagte sie.

Er hielt sie im Arm und biss sich auf die Zunge.

Sie hatte keine Ahnung, welches Glück sie hatte, sich entscheiden zu können. Es hatte eine Zeit gegeben, da hätte er alles für diese Möglichkeit gegeben. Stattdessen war er auf das College gegangen, das bereits sein Vater besucht hatte, war in die Firma seines Vaters eingestiegen und hatte das verdammte Leben geführt, das sein Vater für ihn geplant hatte. Er hatte das alles zwar nicht verabscheut, sich aber eingesperrt gefühlt.

Und Kate hatte all diese Optionen. All diese Träume.

Er würde sie nicht daran hindern, ihnen zu folgen.

»Okay.« Er rückte von ihr ab und küsste sie auf die Schläfe. »Ich will nicht so tun, als wäre ich nicht enttäuscht, aber ich verstehe das.«

»Sicher?«

»Sicher.«

Er ließ sie los, griff nach seiner Seife und schäumte sich rasch ein.

Als sie wieder etwas sagte, klang es vorsichtig. »Weißt du schon, was du heute machst?«

»Nicht so genau.« Er hatte nicht vorgehabt, einen Tag allein totzuschlagen. »Vielleicht werde ich ein paar Dinge erledigen.« Wahrscheinlich musste er jede Menge E-Mails löschen. Das würde mindestens zehn Minuten dauern.

»Bleibst du hier?«

Er hielt in seiner Bewegung inne. »Willst du das denn?«

Sie zuckte die Schultern, dann trat sie zur Seite, sodass er sich unter dem Strahl abwaschen konnte. »Ich glaube nicht, dass ich den ganzen Tag unterwegs bin. Ich könnte zurückkommen, wenn ich fertig bin? Mich vielleicht vor dem Abendessen noch ein bisschen ausruhen.«

Das gefiel ihm. »Klar.« Er hielt den Kopf unter den Strahl. Nachdem er sich die Haare aus dem Gesicht gestrichen hatte, sagte er: »Dann bin ich einfach am späten Nachmittag wieder hier.«

»Okay.«

Er musste also nur ein paar Stunden rumkriegen. Das war praktisch gar nichts.

Es würde ihm zumindest so vorkommen. Später, wenn sie ganz fort war.

Doch darüber wollte er jetzt nicht nachdenken. Er hatte sich die Seife fertig abgeduscht und strich sich das Wasser aus den Augen. Trotz des aufsteigenden Wasserdampfs sah Kate aus, als wäre ihr kalt. Er streckte einladend die Hand aus. »Komm her.«

Sie folgte widerstandslos. Rylan zog sie an sich, küsste sie und eroberte ihren Mund. Er schloss die Augen. Und hielt sie ganz fest.

KAPITEL 15 Kate hatte sich viel zu wohl dabei gefühlt, Rylan auf ihren gemeinsamen Erkundungstouren die Führung zu überlassen. Als ihr jetzt klar wurde, wie sehr sie sich auf ihn verlassen hatte, befiel sie ein ungutes, beunruhigendes Gefühl.

In Gedanken schüttelte sie den Kopf über sich selbst. Nun, heute verließ sie sich nicht auf ihn. Heute saß sie allein in der Metro und betrachtete die vorbeifliegenden Schilder. Sie musste allein mit dem Metroplan und mit der Sprachbarriere zurechtkommen.

Schließlich machte gerade das einen Teil des Reizes aus, in fremde Länder zu reisen – dass man sich dort zurechtfinden musste, in einen ganz neuen Ort eintauchte, andere Worte von anderen Zungen hörte. Diese Erfahrung war ihr entgangen, als Rylan alles für sie geregelt hatte.

Allerdings hatte sie dafür eine andere Erfahrung gemacht. Ihre Wangen brannten, und sie versuchte, nicht daran zu denken, was sie in den letzten Nächten getan hatten. Es war gut gewesen. Richtig gut. Aber darum ging es jetzt nicht. Es war egal, wie viel Spaß sie gehabt hatte – Sex half ihr nicht dabei, sich über ihr weiteres Leben klar zu werden.

Und nichts war so leicht, wie Rylan es dargestellt hatte.

Als sie an seine Reaktion auf ihr Uni-Arbeits-Dilemma dachte, spürte sie Schmetterlinge in ihrem Bauch. Bei ihm hatte alles so einfach gewirkt. Sie liebte Kunst, darum sollte sie sich für sie entscheiden, alles investieren. Alles riskieren. Die bloße Idee war schon beängstigend.

Und aufregend. Diese Form der Unterstützung hatte sie nie zuvor erhalten. Niemand hatte der Stimme ihres Vaters in ihrem Kopf widersprochen, die ihr sagte, Zeichnen wäre Zeitverschwendung. *Sie* wäre Zeitverschwendung.

Das Flattern der Schmetterlinge verwandelte sich in einen schmerzhaften Krampf.

Durch Rylans Worte fühlte sie sich besser bei dem Gedanken, diese Chance zu ergreifen. Aber es waren nur wenige Worte gewesen, und das, nachdem sie jahrelang gehört hatte, dass sie nicht gut genug war. Klar, Rylans Meinung war die, der sie glauben wollte. Aber sie musste immer noch beweisen, dass sie diese Chance verdiente. Zumindest sich selbst.

Bald darauf kam ihre Haltestelle. Sie stand auf, drückte ihre Tasche fest an sich, stieg aus der Metro und machte sich auf den Weg nach oben.

Jetzt musste sie sich konzentrieren.

Kate hatte sich den Weg im Kopf eingeprägt und den Plan in ihre Tasche gesteckt, damit sie nicht zu sehr nach ahnungsloser Touristin aussah. So stiefelte sie gen Norden und hielt Ausschau nach Dingen, die ihr bekannt vorkamen. Mehr als einmal machte sie Anstalten, sich umzudrehen und auf etwas zu zeigen oder eine Frage zu stellen. Rylans Hand zu nehmen.

Sie verdrehte die Augen und überquerte die Straße. Albern. Schließlich hatte sie ihn nicht nur zurückgelassen, weil sie Zeit für sich brauchte – was stimmte –, sondern auch, weil es ihr peinlich war, dass sie an einen Ort zurückkehren wollte, an dem sie schon gewesen war.

An ihrem allerersten Tag mit ihm hatte sie sich geschworen, noch einmal in den Louvre zurückzukehren, doch seither hatte sie schon einige Zeit in der Stadt verbracht, und nichts zog sie mehr zu den großen, alten Gemälden im Museum. Stattdessen hatte sie begonnen, sich nach der Stadt selbst zu sehnen. Nach der Version, die Rylan ihr gezeigt hatte. Oben auf dem Hügel, wo er sie aufgefordert hatte, die Augen zu öffnen.

Was sie dabei gesehen hatte, war wunderschön gewesen.

Der Montmartre war genauso geschäftig, der Aufstieg zu Sacré-Coeur ebenso steil wie in ihrer Erinnerung. Doch als sie endlich oben ankam, war der Ausblick auf die Dächer, die Wolkenkratzer und die Stadt, die sich bis zum Horizont zu ihren Füßen erstreckte, diesmal sogar noch unglaublicher. Das Gefühl von Leichtigkeit in ihrer Brust noch stärker.

Sie schlängelte sich durch die heute, mitten in der Woche, nicht so zahlreichen Besucher und fand einen Platz am Geländer in der Nähe der Stelle, an der Rylan und sie am Sonntagnachmittag gestanden hatten. Es war früher am Tag, sodass die Sonne anders stand, doch das störte sie nicht. Sie suchte sich eine Stelle, wo sie sitzen konnte, nahm ihr Zeichenmaterial aus der Tasche und überlegte, wie sie vorgehen würde. Zuerst Bleistift auf Papier. Wenn ihr gefiel, was dabei herauskam, hatte sie noch weitere Optionen. Conté-Stifte oder Kohle. Eine einfache kleine Auswahl an Wasserfarben. Sie konzentrierte sich, entschied sich für eine Komposition und begann, den Bleistift über die Seite zu schwingen.

Zwanzig Minuten später hatte sie eine gute Darstellung der Szenerie erstellt. Sie hielt sie auf Armeslänge von sich und betrachtete sie nachdenklich. Gut, aber emotionslos. Die Zeichnung zeigte überhaupt nicht, wie es sich anfühlte, hier zu sein und über die Skyline von Paris zu blicken.

Frustriert blätterte sie die Seite um und begann von Neuem. Diesmal näherte sie sich der Szene mit mehr Leidenschaft, zeichnete kräftigere Linien und stärkere Schattierungen. Sie versuchte, das Licht, die Luft und den Duft von Montmartre in ihre Striche fließen zu lassen.

Plötzlich brach ihr Stift in der Mitte durch, und sie betrachtete wütend und durch die aufsteigenden Tränen blinzelnd ihr Werk. Ihre Augen brannten, und sie rang nach Luft. Mist, das war sogar noch schlechter.

Sie wollte den ganzen verdammten Zeichenblock von einer Klippe pfeffern. Wem wollte sie etwas vormachen? Das war Highschool-Niveau. Dafür würde sie von der Kritik verlacht werden. Sie würde von der ganzen Uni verlacht werden.

Und da war sie wieder – diese Stimme.

Das Schlimmste war, dass ihr Vater ihr eigentlich nie ins Gesicht gesagt hatte, dass sie nicht gut genug war. Er hatte es durch seine Miene und sein enttäuschtes Seufzen ausgedrückt. Sein absolutes Desinteresse, wenn sie versuchte, ihm etwas zu zeigen.

Und er hatte es ihrer Mutter gesagt. Vielleicht dachte er, sie könnte es nicht hören, oder noch schlimmer, vielleicht war es ihm egal gewesen. Aber Kate war im Nebenzimmer gewesen. *Sie verschwendet mit diesem Mist nur ihre Zeit. Ich werde auf keinen Fall den Unterricht bezahlen. Irgendwann muss sie erwachsen werden.*

Vielleicht war es tatsächlich an der Zeit, erwachsen zu werden. Aufzugeben.

Sie grub die Fingernägel in ihre Handflächen, tief genug, um sich aus ihrer Trance zu reißen. Nein. Sie würde auf keinen Fall aufgeben. Zehn Jahre hatte sie daran gearbeitet, ihre Zweifel zu vertreiben und diese selbstzerstörerischen Gedanken zu überwinden. Es war nicht leicht gewesen, als sie und ihre Mutter schließlich ausgezogen waren, aber es hatte ihnen gutgetan, nicht mehr auf Zehenspitzen im Haus herumzuschleichen aus Angst, die schlafende Bestie zu wecken. Sie hatten eine winzige, liebevoll eingerichtete Wohnung gehabt, und ihre Mutter hatte Kate immer wieder gesagt, dass sie alles machen und alles werden konnte.

Genau wie Rylan heute Morgen. Rylan, dem es selbstverständlich schien, dass sie in der New Yorker Kunstszene bestehen könnte. Rylan, der kaum etwas über sie wusste und trotzdem an sie glaubte.

Sie wischte sich mit einem sauberen Teil ihres Handgelenks über die Augen. Sie war besser als das. Sie konnte das besser.

Erneut schlug sie die Seite um, holte tief Luft und schloss die Augen.

In Gedanken kehrte sie an den Sonntagnachmittag zurück, auf diesen Hügel, an den Fuß der Kirche. Rylan stand hinter ihr. Sie spürte seine breite Brust fest in ihrem Rücken, seine Hände warm auf ihrer Haut. Er küsste sie auf den Nacken, so wie er es so gern tat – was sie jedes Mal erschaudern und dahinschmelzen ließ.

In jenem Moment hatte sie mehr als nur Ehrfurcht für die Stadt empfunden. Sie war müde gewesen von dem

Aufstieg, aber sie war in Begleitung eines interessanten Mannes gewesen, der gut aussah und der sie ebenso wie ihre Lust als etwas Kostbares behandelte. Sie hatte sich … *verbunden* gefühlt. Mit Paris. Mit ihrem eigenen Leben und mit ihrem Atem.

Und mit einem Mann, der mehr Geheimnisse besaß als sie Zeit.

Diesen beunruhigenden Gedanken konnte sie jetzt nicht gebrauchen.

Wenn er hier wäre, würde er ruhig neben ihr sitzen und sie unterstützen. Er würde lesen oder mit seinem Smartphone spielen und hin und wieder sagen, was ihm gerade in den Sinn kam. Aber er wäre geduldig. Er würde sie die Stadt auf die Weise sehen lassen, wie er sie kannte und liebte. Er würde sie etwas aus dem machen lassen, was sie sah.

Sie öffnete die Augen, und die Stadtansicht vor ihr schien sich aufzulösen. Ohne hinzusehen, tauschte sie den Bleistift gegen ein dickes Stück Kohle und begann, die Welt um sich herum mit breiten Strichen darzustellen.

Nachdem sie die Grundformen gezeichnet hatte, betrachtete sie ihr Werk. Sie war jetzt ruhiger und konnte die Zeichnung analytischer betrachten. Das Bild brauchte mehr Fülle. Sie suchte nach der kleinen Dose mit Kohlepulver. Als sie es zu Hause mit zu ihrem Gepäck gelegt hatte, hatte sie über sich selbst schmunzeln müssen. Damit zu arbeiten, war eine Sauerei, doch als sie jetzt die Finger hineintauchte, fühlte sich der Ruß genau richtig an. Sie verteilte ihn auf der Seite und nutzte den Druck ihres Fingers, um die Spalten und Tiefen zwischen den Gebäuden darzustellen. Ein leichter Hauch deutete die zarten Wolken am Himmel an.

Jetzt dunklere, festere Kohle. Feinere Linien. Ihre Finger fügten weitere Dinge hinzu. Vage Verbindungen zwischen Dächern und Straßen, die den Himmel in der Erde verankerten. Sie band sich und ihren Geliebten, den sie fast in ihrem Rücken *spüren* konnte, in das flüchtige Porträt eines Ortes ein. Einer Zeit.

Ihrer selbst, die sich hinter der Seite verbarg.

Schließlich legte sie das Kohlestück zur Seite. Ihre Schultern fühlten sich steif an, und ihr linker Fuß war halb eingeschlafen, doch in ihrem Schoß hielt sie eine Zeichnung. Sie betrachtete sie eine ganze Weile, und Erleichterung brach wie ein junger Morgen über sie herein.

Und als sie erneut auf die Stadt hinunterblickte, lächelte sie.

Irgendetwas stimmte nicht mit Rylan. Sein permanentes Auf- und Abmarschieren im Zimmer hatte ihn schon wieder vor eine Wand geführt. Stöhnend drehte er sich um, lehnte sich mit dem Rücken dagegen und schlug die Hände vors Gesicht.

Später Nachmittag. Irgendwann am späten Nachmittag sollte er sich mit Kate wieder hier treffen. Jetzt war es gerade einmal kurz nach zwei, und er lief ein Furche in den Teppich, während er auf sie wartete.

Doch was sollte er sonst noch tun? Er war joggen gewesen und hatte kurz bei seiner Wohnung haltgemacht, um ein paar schmutzige Klamotten gegen saubere zu tauschen. Anschließend hatte er in einem Café etwas zu Mittag gegessen und war seine Geschäftskorrespondenz durchgegangen. Hatte E-Mails und Sprachnachrichten aus seiner Mailbox gelöscht.

An einem normalen Tag hätte er ein Buch gelesen oder sich einen Film angesehen, oder vielleicht hätte er unter dem Eiffelturm nach hübschen Mädchen Ausschau gehalten, doch das alles reizte ihn jetzt nicht. Er wollte nur, dass Kate zurückkam, damit er mit ihrer Erlaubnis durch ihr Zeichenheft blättern konnte. Ihr sagen konnte, wie unglaublich sie war. Dass sie verrückt wäre, wenn sie sich die Chance entgehen ließ, ihre Kunst nicht ernsthaft weiterzuverfolgen. Er wollte sie zum Abendessen ausführen und dann all seinen Charme darauf verwenden, sie erneut zu verführen.

Rylan presste die Handballen auf seine Augen.

Was zum Teufel hatte er vor dieser Woche nur mit seinem Leben angestellt?

Als er gerade eine weitere Runde in dem lächerlich kleinen Zimmer drehte, vibrierte das Telefon in seiner Tasche. Er zog es heraus und hoffte inständig auf eine Ablenkung.

Das Gesicht seiner Schwester blickte ihm vom Display entgegen, und sein Daumen erstarrte über dem Button, mit dem er das Gespräch annehmen oder ablehnen konnte.

Seit er vor einem Jahr fortgegangen war, hatten sie ein paarmal miteinander gesprochen. Das letzte Mal war allerdings schon eine Weile her. Damals hatte sie darauf bestanden, dass er nach Hause zurückkehrte, und seither hatte er keinen Anruf mehr von ihr angenommen.

Dass er es heute tat, überraschte ihn selbst.

Mit leerem Blick starrte er auf den Bildschirm, als Lexies Stimme aus dem Lautsprecher drang. »Teddy? Bist du dran? ... Teddy?«

Gott, wie er diesen Namen hasste. Ganz davon abgesehen, dass er sich gar nicht mehr Theodore nannte, seit er den Namen seines Vaters vor zehn Jahren abgelegt hatte. Doch das schob er jetzt beiseite und hob das Telefon ans Ohr. »Ja.« Er räusperte sich. »Hallo, Lex.«

»Na, endlich erwische ich dich mal.«

Etwas an ihrem Ton nervte ihn. Seine Nackenhaare richteten sich auf, und von einem Moment auf den anderen war er gereizt und auf Abwehrstellung anstatt gereizt und gelangweilt. »Was willst du?«

Ihr Augenrollen war deutlich zu hören. »Ich freue mich auch, deine Stimme zu hören.«

Er seufzte. Atmete tief durch. Es war nicht ihre Schuld, dass sie wie ihre Mutter klang und wie ihr Vater sprach – abgehackte Sätze, viel zu schnell. Schon als Kind war es ihm manchmal so vorgekommen, als sprächen er und sie nicht dieselbe Sprache. Und irgendwann im Laufe der Jahre war ihnen dann auch das Wörterbuch abhandengekommen.

»Tut mir leid«, sagte er und rieb sich mit der Hand über das Gesicht. »Wie geht es dir?«

»Wie immer. Viel zu tun.« Sie hatte immer viel zu tun. »Und dir?«

»Auch wie immer.«

Sie schnaubte und machte so deutlich, was sie davon hielt. »In Europa rumzulungern ist bestimmt wahnsinnig anstrengend.«

Sie hatte ja keine Ahnung. Er ließ die Hand sinken und trommelte mit den Fingern gegen die Wand. »Hör zu, ich will nicht unhöflich sein, aber uns ist doch beiden klar, dass du nicht einfach anrufst, um mit mir zu plaudern.«

»Womöglich ja doch.«

»Nein.« Das hatte sie noch nie getan, seit er sie mit dem

Mist ihres Vaters hatte sitzen lassen. Mit dem Mist, von dem sein Vater ihm gesagt hatte, es sei sein Schicksal. Seit Rylan fortgegangen war, war es das nicht mehr.

Seine Schwester zögerte kurz. Dann sagte sie: »Du hast dich bei Thomas immer noch nicht wegen des neuen Vorstands gemeldet. Er versucht seit Monaten, dich zu erreichen.«

Würg. »Seit einem Jahr.«

»Ich weiß nicht, wovor du wegrennst ...«

Doch, das wusste sie. Sie wusste um den Druck, um all die Erwartungen, denn sie waren beide gezwungen, mit ihnen umzugehen. Sie war daraus als Workaholic hervorgegangen, verzweifelt darum bemüht, ihrem Vater zu beweisen, dass er sich in ihr täuschte. Und Rylan ...

Auch er hatte bis zur Erschöpfung gearbeitet, war an die Spitze aufgestiegen, genau wie sein Vater es von ihm verlangt hatte. Und doch war es ihm so erschienen, als wären die Wände mit jeder Stufe, die er emporstieg, weiter auf ihn zu gerückt, als würde der Raum immer enger, bis er keine Luft mehr bekam. Bis er den Boden unter den Füßen verlor ...

Er hatte hinuntergeschaut und nichts als Luft unter sich gesehen, und er war nicht bereit gewesen, auch nur noch eine Minute in dieser Enge zu verbringen und die Erwartungen eines Kriminellen zu erfüllen – eines Mannes, der Leben zerstört hatte und alles, wofür sie gearbeitet hatten. Sogar der Name ihrer Familie war heute nur noch ein Witz.

Also war er ausgestiegen, und wenn seine Schwester nicht verstand, warum er nicht bereit war zurückzukehren, dann ...

Er ballte die Hand zur Faust und biss die Zähne zusammen. »Ich komme nach New York zurück, wenn ich so weit bin.«

»Und wann wird das sein?«

Seinem klopfenden Herzen und dem kalten Schweiß auf seinem Rücken nach zu urteilen nicht so bald. »Ich weiß es nicht.«

Ein paar Sekunden vergingen. »Uns bleiben nur noch wenige Monate, dann bleibt der Vorstand dauerhaft im Amt. Wenn du nicht etwas unternimmst, bleibt McConnell am Steuer, und du weißt, dass Dad ihm nicht über den Weg getraut hat ...«

Rylan straffte den Rücken. Seine Augen weiteten sich ungläubig. »Ach, und warum sollte es mich interessieren, wem *Dad* vertraut hat?«

»Hör zu, ich weiß, du bist noch wütend.«

»Da hast du verdammt recht.«

»Aber es ist jetzt deine Firma! Ich bin nicht alt genug, um sie zu übernehmen, aber du schon. Wenn dir deine Familie egal ist, wenn dir alles egal ist ...«

»Wenn Dad sich nur ein bisschen für unsere Familie interessiert hätte, dann hätte er keinen Betrug begangen. Er hätte *uns* nicht betrogen«, zischte Rylan und schlug mit der Faust gegen die Wand. Seit einem Jahr hatte er sich nicht mehr so darüber aufgeregt. Er zwang sich, die Faust zu öffnen und tief durchzuatmen. Zwischen seinen Lungenflügeln hing der Ring seines Vaters an einer Kette und brannte auf seiner Brust.

Warum zum Teufel war er überhaupt ans Telefon gegangen?

Als Lexie weitersprach, klang ihre Stimme dermaßen

beherrscht, dass sich in ihm alles sträubte. »Es ist dir nicht egal. Du tust nur so. Du versteckst dich in Europa und gehst der Verantwortung aus dem Weg. Aber es ist dir nicht egal.«

Sie hatte recht. Es war ihm alles andere als egal.

Er lachte, doch es klang brüchig. »Du hast immer schon gern an das Beste im Menschen geglaubt.«

Rylan riss sich das Telefon vom Ohr, ignorierte, was Lexie noch zu sagen versuchte, und legte auf, bevor er sich noch tiefer in dieses Gespräch verstrickte. Er schaltete das Display aus und starrte es einen langen schmerzhaften Moment an, bis er nicht länger den schwarzen Bildschirm, sondern stattdessen sein eigenes Spiegelbild sah.

Lex besaß die Stimme seiner Eltern, doch er selbst hatte das Gesicht seines Vaters und die Augen seiner Mutter geerbt. Von beiden hatte er die Treulosigkeit geerbt, ihre Moral und alles, wofür er sie verurteilte.

Er drehte das Telefon so um, dass er auf die stumpfe Plastikseite blickte. Dann schleuderte er das verdammte Ding aufs Bett, ehe er es noch aus dem Fenster warf.

KAPITEL 16

Als Kate auf der Etage ihres Hotelzimmers aus dem Fahrstuhl trat, ging sie wie auf Wolken. Sie hatte ihr ganzes Zeichenheft gefüllt. Es war voll. Mit Bildern vom Montmartre, von Sacré-Coeur und dem Blick vom Hügel auf die Stadt. Von kleinen Cafés und großen Wolkenkratzern. Und zum ersten Mal empfand sie eine gewisse *Sicherheit*. Die Zeichnungen waren gut. Mehr als das, die Zeichnungen zeigten sie, Kate.

Sie konnte es kaum erwarten, Rylan zu erzählen, wie gut der Tag für sie verlaufen war. Diese Überzeugung in seinen Augen zu sehen, wenn er ihr sagte, dass sie es schaffen konnte.

Vor ihrer Zimmertür zog sie ihr Shirt hoch, griff in ihre Bauchtasche und holte die Schlüsselkarte heraus. Sie zog die Karte durch den Schlitz an der Tür und trat ein.

»Hey!« Sie warf ihre Tasche aufs Bett und sprang über den Teppich. Rylan saß mit dem Rücken zu ihr an dem kleinen Schreibtisch in der Ecke. Sie zog an dem Stuhl und drehte ihn zu sich herum. Doch als sie sein Gesicht sah, hielt sie inne, und ihre Hand zuckte unwillkürlich zurück. »Ist alles in Ordnung?«

In seinen Augen lag ein gehetzter Ausdruck – eine Erschöpfung, die sie schon einmal ganz kurz bei ihm gesehen hatte, aber nicht in dieser Form. Seine Wangen wirkten eingefallen, sein Kiefer angespannt. Es war Wut, alte Wut.

Für den Bruchteil einer Sekunde erinnerte er sie an ihren Vater.

Sie blinzelte, und das Bild verschwand, und dennoch wich sie zurück. Bevor sie sich allerdings noch weiter zurückziehen konnte, fasste er ihr Handgelenk und verzog die Mundwinkel zu einem angestrengten Lächeln – sie wusste mittlerweile, wie er aussah, wenn er ehrlich lächelte.

»Alles in Ordnung«, sagte er. Seine Miene entspannte sich etwas, doch noch immer sah sie überall die Zeichen seiner Anspannung – in seinen Augen und in dem Zug um seine Lippen. Er strich mit dem Daumen über ihr Handgelenk. »Entschuldige. Ich habe nur über ein paar Dinge nachgedacht.«

»Dinge?« Kate zog die Augenbrauen hoch, doch innerlich bebte sie. Sie versuchte, das Gefühl zu verdrängen. Mit ihm zu scherzen, wie sie es normalerweise tun würde. »Was für Dinge? Folter?«

Er lachte, und die Anspannung in ihren Schultern ließ ein wenig nach. »So ähnlich.«

Sein Gesicht zu berühren, schien ihr riskant, als würde sie eine Grenze überschreiten. Dennoch streckte sie vorsichtig die Hand aus und rechnete damit, dass er zurückzucken würde. Er zuckte tatsächlich ein bisschen, ließ den Kontakt jedoch zu. Sie schluckte, ihr Hals fühlte sich plötzlich sehr trocken an. »Aber im Ernst. Ist alles in Ordnung?«

»Ja.«

Fast glaubte sie es.

Rylan platzierte einen Kuss in ihrer Hand, ließ die Lippen dort einen Moment verweilen und schloss die Augen. Als er sie wieder öffnete, wirkten sie klarer. Er ließ ihr Handgelenk los und legte beide Hände auf ihre Hüften. »Und bei dir? Wie war dein Tag? Hast du alles geschafft, was du wolltest?«

Sie holte tief Luft. Allmählich ließ ihr inneres Beben nach.

Der finstere Ausdruck in seinen Augen mochte sie an etwas erinnert haben, das sie von früher her kannte und was sie jahrelang verfolgt hatte. Doch es war nur eine Erinnerung gewesen. An ihren Vater. An Aaron. Dieser negative Einfluss wirkte noch in ihr nach, obwohl sie sich von ihnen gelöst hatte.

Doch hier war sie sicher.

Sie ließ eine Hand über seinen Hals und sein Schlüsselbein zu seinem Herzen hinuntergleiten. »Es war gut. Ich habe viel gezeichnet.«

»Ja? Darf ich es sehen?«

Nervosität befiel sie, doch sie nickte.

Sie befreite sich von seinen Händen und ging zum Bett, öffnete ihre Tasche und zog ihr Heft heraus. Eigentlich wollte sie gleich zu der Arbeit von heute blättern, doch bevor sie dazu kam, schnappte er es ihr aus der Hand. Er ließ sich aufs Bett sinken und schlug die allererste Seite auf.

Jetzt war es nicht mehr nur Unruhe, die ihren Herzschlag beschleunigte. »Da drin ist eine Menge alter Kram.«

Alter Kram, dem sie viel Zeit, Energie und Hingabe gewidmet hatte ... Es war, als würde sie ihm all ihre unvollendeten Seiten zeigen, all die Dinge, an denen sie noch arbeitete. Und er hatte ihre Naivität und Einfalt bereits in anderen Situationen erlebt. In seinem Bett und mit den Händen zwischen ihren eigenen Schenkeln.

Sie unterdrückte den Impuls, ihm das Heft zu entreißen.

Ohne zu bemerken, wie aufgewühlt sie innerlich war, blätterte er langsam durch die Seiten und betrachtete jede einzelne ihre Zeichnungen mit abschätzendem Blick. Mit jeder neuen dilettantischen Imitation eines Kunststils, jeder fehlerhaften Perspektive wurden ihre Wangen heißer. Mit jeder Zeichnung, die genau zeigte, wie chaotisch es in ihr aussah und wie wenig sie wusste.

»Wirklich.« Ihre Stimme klang rau. »Einige von denen sind uralt.«

Kopfschüttelnd hob er den Kopf und bedeutete ihr wortlos, ruhig zu sein.

Sie ergab sich in ihr Schicksal, setzte sich neben ihn, nah, jedoch ohne ihn zu berühren, und nagte an ihren Fingernägeln. Er hatte gesagt, dass ihm die Zeichnungen, die sie ihm zuvor gezeigt hatte, gefallen hätten, und er traute es ihr zu, sich auf der Kunstakademie durchzusetzen. Doch da hatte er noch nicht viel gesehen, oder? Nicht genug, um sich ein Urteil bilden zu können. Und bei der Vorstellung, dass er seine Meinung jetzt, nachdem er mehr gesehen hatte, ändern könnte, krampfte sich ihr Magen zusammen. Dieses Gefühl verstärkte sich, als er bei der Hälfte des Hefts angelangt war und sich die Qualität der Bilder veränderte. An diesem Punkt etwa hatte sie angefangen, darüber nachzudenken, was sie nach dem College tun wollte – es gab Hunderte von Möglichkeiten. Kunstakademie und Bürojobs. Große Risiken und lebenslange Gefangenschaft.

Und dann das Bild, das sie an dem Tag gezeichnet hatte, an dem Professor Lin sie zur Seite genommen und ihr gesagt hatte, sie müsse einen eigenen Stil entwickeln, sonst werde nie eine Künstlerin aus ihr werden. Sonst werde sie nie etwas verkaufen.

Genau bei dieser Seite hielt er inne. Seine Finger schwebten über der Ecke des Blatts.

»Du warst wütend«, sagte er. Es war seine erste Bemerkung.

»Verängstigt«, korrigierte sie.

»Das kann ich sehen.«

Er blätterte über die Seiten hinweg, die sie ihm schon gezeigt hatte, die Bilder von dem Tag, als sie vor Notre Dame gezeichnet hatte, und betrachtete die erste Zeichnung von heute. Er zog die Brauen zusammen und sah sie an. »Du warst noch mal bei Sacré-Coeur?«

»Ja?« Es hatte eigentlich nicht wie eine Frage klingen sollen.

Er sah sie an, als könnte er geradewegs in sie hineinsehen. Seine Miene wirkte jetzt nicht mehr wütend oder erschöpft, doch er sah auch nicht wie der selbstbewusste, sexbesessene Kerl aus, auf den sie sich leichtsinnigerweise eingelassen hatte.

Er blickte ihr eine gefühlte Ewigkeit lang in die Augen. Dann hob er eine Hand, an der ein wenig Kohle von den Rändern ihres Zeichenheftes haftete, legte sie auf ihre Wange und beugte sich vor. Er gab ihr einen zärtlichen Kuss, legte unschuldig die Lippen auf ihre und drückte damit etwas Umfassenderes aus – Verbundenheit und Verständnis. Sie hatte gesehen, was er auf jenem Hügel gesehen hatte. Hatte es wahrgenommen und zu schätzen gewusst, und als sie das dringende Bedürfnis gehabt hatte, sich inspirieren zu lassen, einen Ansatz gebraucht hatte, um etwas mit ihren Händen zu schaffen ...

War sie dorthin zurückgekehrt.

Er ließ sie los und rückte von ihr ab, doch die Wärme in seinem Blick blieb, auch als er seine Aufmerksamkeit wieder der Zeichnung zuwandte. Er blätterte zur nächsten Seite, dann weiter, und sie hielt den Atem an. Das war das Bild, mit dem sie sich nach ihren zwei Fehlstarts so gut gefühlt hatte. Das, bei dem sie die Erinnerung an seine Gegenwart in ihre Fingerspitzen hatte fließen lassen, die jeden Strich und jede Schattierung hatte lebendig werden lassen.

Seine Finger schwebten über den schwarzen Linien. Ohne sie zu berühren oder zu verschmieren, folgte er den geschwungenen Bögen, die sie auf dem Papier eingefangen hatte. Er betrachtete es eine ganze Weile.

Schließlich begann er, weiter durch die Seiten zu blättern, und sie entspannte sich ein wenig. Diese Bilder lösten keine peinlichen Gefühle in ihr aus, wie es ihr sonst manchmal beim Anblick ihrer Arbeiten erging. Auf diese Bilder war sie stolz. Als er das letzte erreichte, ging er die Seiten noch einmal durch und hielt bei der Zeichnung an, die sie oben auf dem Hügel gemacht hatte.

»Die sind unglaublich«, sagte er.

Das Lob ließ sie erröten, doch zugleich verspürte sie den Impuls, ihm zu widersprechen. Doch er hatte vorher an sie geglaubt, und er glaubte auch jetzt an sie. Das verdrängte den Zweifel, der stets an ihr nagte, und stärkte ihre Inspiration. »Ich habe mit einer Idee gespielt.« Sie deutete auf das Netz aus Linien, das er zuvor so genau studiert hatte. »Alles miteinander zu verbinden.«

»Das ist großartig. Wirklich.« Er richtete den Blick auf sie. »Das ist einfach fantastisch.«

Was sollte sie dazu sagen?

Er schüttelte den Kopf, als spürte er, wie schwer es ihr fiel, ein Kompliment anzunehmen. »Es gefällt mir, wie du die Dinge siehst. Und das hier … Nicht, dass der Rest von deinen Sachen nicht gut war, aber was du heute gemacht hast, das ist etwas anderes.«

Sie konnte kaum atmen. Ein warmes Gefühl erfüllte ihre Brust, und Aufregung ergriff sie. Diese Bilder hatten sich anders *angefühlt*. Dennoch war das nicht nur ihrem Talent geschuldet. »Das liegt an der Stadt. An Paris. Es ist wunderschön hier.«

»Nein.« Seine Stimme klang so fest, dass ihr der Atem stockte. »Das bist du.« Er schüttelte den Kopf. »Ich weiß nicht, wie du überhaupt in Erwägung ziehen kannst, nicht auf die Kunstakademie zu gehen. Du hast dieses …«

Seine Stimme verhallte. *Sag nicht Talent, sag nicht Talent.* Das sagten die Leute immer, und sie fand es furchtbar. Es war eine Missachtung all der Arbeit, die sie in ihre Zeichnungen investierte.

Er verzog den Mund zu einem zärtlichen, traurigen Lächeln, und plötzlich sprach er nicht mehr von ihrem Zweifel, auf die Akademie zu gehen. »Es ist die Art, wie du die Dinge siehst, Kate. In diesen Bildern, die du heute gemacht hast … Es ist, als könnte ich mit deinen Augen sehen.«

Jetzt lag Sehnsucht in seiner Stimme. Sie hob den Blick und sah ihn an.

Erneut traten seine Gesichtszüge scharf hervor. Aber

er wirkte nicht so zerrissen wie vorher, nicht so erschöpft. Und plötzlich wurde ihr bewusst: Sie hatte keine Ahnung, wer dieser Mann war. Was ihm zugestoßen war, das diese dunklen Schatten in seine Augen gelegt hatte. Was er empfand oder woher er kam.

Doch sie wollte es erfahren. Unbedingt.

Sein Blick brannte. Als hätte er ihre Gedanken gehört, schloss er das Heft und strich mit der Fingerspitze über ihre Schläfe.

Und dann fragte er sie. »Wie siehst du mich?«

Und es klang, als wollte er es wirklich wissen.

Sie blinzelte, einmal, zweimal. Mit zitternden Händen, aber mit einer Sicherheit, von der sie nicht wusste, woher sie kam, griff sie nach ihrer Tasche und ihren Zeichenutensilien. Nach dem neuen Zeichenheft, das sie auf dem Rückweg zum Hotel erstanden hatte.

Genau das hatte sie von Anfang an gereizt, seit sie ihm zum ersten Mal begegnet war.

»Ich weiß nicht.« Sie schlug eine leere Seite auf. »Aber ich würde es gern herausfinden.«

Rylans Blick glitt von Kates Gesicht zu ihren Händen. Er wusste, was sie ihm anbot, und hatte er sie eben nicht darum gebeten?

Aber seit Lexies Anruf quälte ihn ein tiefer Zwiespalt. Er wollte hier sein, die letzten Tage mit ihr genießen, und gleichzeitig musste er immer wieder an seine Verpflichtungen zu Hause denken. An das Gesicht seiner Mutter und den Betrug seines Vaters und an alles, was er gerade zu Hause verpasste. An alles, wovor er weggelaufen war.

Alles, was er sah, war sein eigenes Spiegelbild, das ihm entgegenstarrte, und es war hässlich. Er wollte nicht in seine eigenen verdammten Augen blicken.

Doch es gab auch eine wütende, missmutige Stimme in ihm, die wollte, dass Kate ihn zeichnete. Dass sie ihn mit ihren hübschen braunen Augen betrachtete und dieselbe Gefühllosigkeit und Gleichgültigkeit sah, die man ihm im letzten Jahr so oft vorgeworfen hatte. Es wäre fast erleichternd, all das bestätigt zu sehen – ein Zeichen, dass seine Entscheidung, hier zu sein und sein Leben allein zu vergeuden, genauso gut war wie jede andere.

Bevor er noch die Seiten zerknüllen würde, legte er das Zeichenheft, das er noch immer in der Hand hielt, beiseite.

Er wollte von ihr gezeichnet werden. Und er wünschte sich, dass sie etwas in ihm sah, wofür es sich zu leben lohnte.

»Okay«, sagte er schließlich. Sein Mund war trocken, seine Hände feucht. Er brachte ein schwaches Lächeln zustande. »Was soll ich tun?«

»Such dir einfach einen bequemen Platz. Vielleicht setzt du dich auf den Stuhl. Oder legst dich hin?«

»Was immer du willst.«

Sie wandte den Blick ab und errötete.

Interessant.

Er beugte sich hinunter, suchte ihren Blick und hob eine Braue. »Was hättest du denn gern?«

»Na ja, wir ...« Sie spielte mit dem Gummi ihres Zeichenheftes. Es schien ihre ganze körperliche Kraft zu erfordern, ihm nicht in die Augen zu sehen. »Wir könnten eine Figurenzeichnung machen.«

»Das heißt?«

»Deine ...«, sie zeigte vage auf seinen Oberkörper, »*Figur* zeichnen.«

Plötzlich begriff er. »Du willst mich nackt zeichnen?«

Sie schlug scherzhaft mit dem Heft nach ihm. »Wenn du es sagst, klingt es so anzüglich.«

»Das klingt immer anzüglich.«

»Das ist es nicht.« Ihre Stimme nahm einen ernsthaften Ton an. Sie hob das Kinn. »Du bist ... du bist wunderschön. Diese Muskeln und dein Kinn und dein ... du.«

Etwas von den hässlichen Gefühlen, die den ganzen Nachmittag an seinem Herzen genagt hatten, fiel von ihm ab.

Sie zuckte mit den Schultern und senkte erneut den Blick. »Das stimmt«, beharrte sie. Sie war so mutig. Das hatte er nicht genug gewürdigt. »Am ersten Tag, als ich dir begegnet bin, war dein Kinn ein Grund, weshalb ich mich auf den Kaffee eingelassen habe. Du siehst aus wie eine Statue, und ich wollte dich noch ein bisschen länger ansehen.« Sie knetete ihren Knöchel und biss sich auf die Lippe. »Und dann habe ich dich auch noch berührt und dich ohne Kleider gesehen, und du bist einfach ... ich würde es gern versuchen. Wenn du mich lässt.«

Endlich hob sie den Blick, und er hielt den Atem an. Sein Hirn arbeitete auf Hochtouren und produzierte diverse Wortkombinationen, doch ausnahmsweise brachte er keinen Ton heraus.

Sie machte ein langes Gesicht. »Oder nicht. Wenn es dir unangenehm ist oder ...«

Was sollte er tun? Bevor sie sich von ihm abwenden konnte, streckte er die Hand aus, legte sie auf ihre Wange und hielt sie, während er sich vorbeugte, um sie zu küssen. Ihre Lippen schmeckten so süß, umso mehr, als eine ungewohnte Wärme in ihm aufstieg, derer er sich nicht erwehren konnte. Und warum sollte er auch?

Er löste sich von ihren Lippen und lehnte seine Stirn an ihre. »Ich glaube, das ist das Netteste, das je jemand zu mir gesagt hat.« Als sie schnaubte, beharrte er. »Doch, wirklich.«

Natürlich hatte er schon Komplimente erhalten. Leute – Frauen – hatten ihm gesagt, er sähe gut aus. Aber das hier war etwas ganz anderes.

Darum versuchte er ihre Worte mit dem Respekt zu behandeln, den sie verdienten. »Es ist mir eine Ehre.«

Das war kein Spruch, und es war keine Lüge. Er küsste sie noch einmal, dann wich er zurück.

»Jetzt?«, fragte er.

»Klar. Ich meine, ich habe all meine Sachen hier.«

Ihnen blieben noch ein paar Stunden, bevor sie normalerweise loszogen, um irgendwo zu Abend zu essen. Nichts sprach dagegen.

»Okay.« Er nickte, stand auf und fasste nach seinem Hemdkragen.

Und war das nicht seltsam? Noch immer raste sein Herz, und seine Kehle war trocken. Unzählige Male hatte er sich vor Frauen ausgezogen. Er schämte sich nicht für seinen Körper. Schließlich hatte er hart daran gearbeitet und wusste, dass er gut aussah. Bislang hatte er sich Kate gegenüber nie schüchtern gefühlt. Teufel, erst heute Morgen hatte er darauf gebrannt, sich vor ihr auszuziehen. Warum also verunsicherte ihn diese Situation so?

Hinter ihm hantierte sie mit ihren Sachen. Er warf einen verstohlenen Blick über die Schulter und entdeckte diverse Materialien ordentlich aufgereiht auf dem Schreibtisch. Als er sich wieder umdrehte, holte er tief Luft.

Er schob den Daumen in die Knopfleiste seines Hemds, öffnete alle Knöpfe und zog es aus. Er nahm sich sogar die Zeit, es aufzuhängen, und verfluchte sich in Gedanken dafür, dass er so zögerlich war. Lächerlich – warum tat er das? Entschlossen zog er das T-Shirt über den Kopf und ließ es zu Boden fallen. Zog Schuhe und Strümpfe aus und öffnete seinen Gürtel. Dann biss er in den sauren Apfel, schob Jeans und Boxershorts nach unten und trat aus ihnen heraus.

So wagemutig wie möglich drehte er sich zu Kate um. Er müsste lediglich eine blöde Bemerkung über seinen – nun ja, Schwanz, machen, und alles wäre okay. Normal.

Doch dann begegnete er ihrem Blick, und ... Verdammt. Darin lag eine Wärme, die mehr als nur ästhetische Wertschätzung war.

In seinem Kopf schrillten die Alarmglocken. Er schlief mit Touristinnen, mit Frauen, die auf der Durchreise waren. Er hatte genug Menschen enttäuscht, und er hatte einem netten Mädchen nichts zu bieten. Es war besser, er blieb ungebunden. Frei.

Doch in den wenigen Tagen, die sie gemeinsam verbracht hatten, war dieses Mädchen ihm unter die Haut gegangen. Es war zwecklos, das zu leugnen. Und auch er hatte Gefühle in ihr geweckt.

Wenn es vorbei war, würde es wehtun.

Jetzt allerdings sah sie ihn noch auf diese Weise an. Und jede anzügliche Bemerkung blieb ihm im Halse stecken.

»Wo willst du mich haben?«, fragte er.

»Leg dich hin.« Sie deutete auf das Bett, das sie aufgeschlagen hatte.

Er ließ sich von ihr führen, bis er so lag, wie sie ihn haben wollte, auf ein paar Kissen gestützt. Einen Arm streckte er ihr entgegen, den anderen hatte er unter den Kopf gelegt. Die Beine lagen ausgestreckt auf den Laken.

»Perfekt«, sagte sie nach einem Moment, und sie klang so heiser, wie er sich fühlte. »Meinst du, so hältst du es eine Weile aus?«

Er veränderte seine Position minimal, doch das Unbehagen, das er empfand, war nicht körperlich. »Ja. Ich glaube schon.«

»Sag Bescheid, wenn du eine Pause brauchst.«

»Klar.«

Schweigend lag er da, während sie es sich auf dem Stuhl bequem machte, ihr Zeichenheft auf den Schoß legte und einen Stift auswählte. Und dann starrte sie ihn einfach nur an – zumindest soweit er das beurteilen konnte.

Er musste den Blick abwenden.

Das Kratzen ihres Bleistifts auf dem Papier verriet ihm, dass sie mit der Arbeit begonnen hatte, und er musste den Impuls unterdrücken herumzuzappeln. *Entspann dich. Ruhig.* So gut er konnte, ließ er sich in das Bett sinken.

Doch egal, wie tief er atmete oder wie sehr er sich darauf konzentrierte, seine Gedanken schweifen zu lassen, die simple Wahrheit ließ sich nicht verleugnen.

Tausende Male zuvor war er nackt gewesen. Doch er hatte es noch nie so empfunden.

Nicht so.

KAPITEL 17

Wenn Kate in ihrem Element war, breitete sich eine tiefe Ruhe in ihr aus, und sie war aufmerksam und konzentriert. Bei dem wundervollen Anblick, der sich ihr jetzt bot, war sie allerdings weder konzentriert noch ruhig.

Allerdings äußerst aufmerksam.

Überdeutlich nahm sie Rylans Lippen und Augen wahr, sein wirres Haar und den Bartschatten auf seinen Wangen. Er hatte wunderschöne Schultern – muskulös, ohne bullig zu wirken, und seine Ober- und Unterarme waren schlank und stark. Sie liebte es, wenn seine Hände ihren Körper berührten, doch sie hatte sie bisher nie genauer betrachtet. Lange Finger und gepflegte Fingernägel. Unter seiner Haut spannten sich die Sehnen.

Und dann war da noch alles andere an ihm. Dadurch, dass sie seinen Körper leicht seitlich arrangiert hatte, stand sein Hüftknochen heraus, warf einen Schatten über den Bereich darunter und betonte seine definierten Bauchmuskeln. Feste Oberschenkel und wohlgeformte Waden. Verdammt, sogar seine Knöchel und Füße waren schön, und als sie ihn im Ganzen erfasste, konnte sie kaum atmen.

Er war nicht erregt, was vielleicht das Seltsamste war. Sie hatte ihn in verschiedenen Stadien der Erregung gesehen, auch wie er nach einem Orgasmus sanft in sich zusammenfiel, doch ihn vollkommen erschlafft zu sehen war neu. Unwillkürlich zog es ihren Blick immer wieder dorthin.

Sie hatte ihn dort berührt. Hatte ihn mit der Zunge und mit den Händen befriedigt, und er hatte ihn gegen ihren Rücken gepresst, während er ihr ins Ohr geraunt hatte.

Und jetzt konnte sie ihn betrachten. So lange sie wollte. Mit leicht zittrigen Händen richtete sie das Heft auf ihrem Schoß. Während sie noch gewartet hatte, dass er zur Ruhe kam, hatte sie bereits ein paar grobe Skizzen erstellt, doch die Anspannung in seinen Gliedern war auch jetzt noch deutlich zu erkennen. Wenn er sich nicht entspannte, würde er nicht lange stillliegen können.

»Willst du dich strecken oder so?«, fragte sie. »Was trinken?«

Er blinzelte ein paarmal, und seine Brust hob und senkte sich schneller. »Ja, gern.« Langsam setzte er sich auf, ließ die Schultern kreisen und bewegte die Füße.

Nur um etwas zu tun, stand sie auf und brachte ihm eine Flasche Wasser.

»Danke.« Er nahm sie und drehte den Deckel ab, führte sie an seinen Mund und trank vorsichtig ein paar kleine Schlucke, bevor er sie zur Seite stellte.

Während sie sich abgewandt hatte, um die Flasche zu holen, hatte er die Decke bis zur Taille nach oben gezogen. Sie war versucht, ihn ein wenig zu necken. Sonst hatte er immer so selbstsicher gewirkt, doch jetzt schien er verlegen.

Das sah ihm gar nicht ähnlich.

Sie kaute an ihrem Daumen und konnte den Blick nicht von dem Stoff über seinen Lenden abwenden. »Wir müssen das nicht machen, weißt du?«

»Ich weiß.« Er senkte den Blick. »Alles okay.«

»Bist du sicher?«

»Ja.«

»In Ordnung.« Sie kehrte zu ihrem Stuhl zurück und nahm wieder ihren Stift in die Hand.

Nach einer weiteren Minute, in der er sich gestreckt und gedehnt hatte, schob er die Decke fort und platzierte sich wieder auf den Kissen. Die Lage war etwas anders als vorher, doch eigentlich war sie fast noch besser. Was dieser Pose an Dramatik fehlte, wurde durch eine größere Entspanntheit ausgeglichen – er wirkte lockerer.

Und noch schöner. In ihrem Herzen regte sich etwas.

»Ist das so okay?«, fragte er.

Sie blickte auf und merkte, dass er sie ansah. Nach ein paar vergeblichen Anläufen sagte sie: »Perfekt.«

Makellos und perfekt. *Genau wie du.*

Sie schluckte und zwang sich, den Griff um den Stift zu lockern. Ein letztes Mal folgte sie im Geiste den Konturen seines Körpers.

Dann blätterte sie die Seite um und begann zu zeichnen.

Diesmal fiel es ihm leichter, seine Gedanken zu beruhigen. Ausgestreckt lag er auf den Laken, nackt bis auf die Kette um seinen Hals.

Wahrscheinlich hätte er sie abnehmen sollen. Aber so, wie Kate jetzt ins Zeichnen vertieft war, schien es nun zu spät dafür zu sein. Manchmal fragte er sich, warum er die Kette überhaupt trug.

Er konzentrierte sich auf das Kratzen des Bleistifts auf dem Papier und ließ die Gedanken wandern. Weil er sie nicht aus dem Konzept bringen wollte, indem er ihr in die

Augen starrte, richtete er seinen Blick mal auf ihre Hände, mal zum Fenster, mal zur Decke über seinem Kopf. Vielleicht hätte er sie fragen sollen, ob er lesen durfte oder ob sie den Fernseher einschalten könnten ...

Doch das schien ihm nicht richtig. Er wollte wissen, wie sie ihn sah. Sie sollte ihn sehen, ohne dass er von etwas abgelenkt war.

Darüber hinaus floss zwischen ihnen eine bestimmte Energie. Die Situation war intim.

Er gab sich ihr ganz preis.

In dem angestrengten Versuch, stillzuhalten, sog er die Innenseite seiner Wange zwischen die Zähne und kaute darauf herum.

Vielleicht stellte sie es sich so vor, mit ihm zu schlafen, ihn in sich hineinzulassen. Er hatte sich zurückgehalten; sobald er gespürt hatte, dass sie sich bei der Vorstellung verkrampfte, hatte er davon abgelassen. Doch jetzt hatte er zum ersten Mal das Gefühl, sie zu verstehen. So nackt ihrem prüfenden Blick ausgeliefert, fühlte er sich verletzlich. Das hier hatte nichts mit Sex zu tun, doch gerade deshalb war es so schwierig für ihn. Mit Sex kannte er sich aus, darin war er gut. Aber das hier – sich so zu öffnen – war etwas anderes, und darin hatte er keine Erfahrung.

Er lockerte seinen Kiefer, bevor er sich noch die Wange blutig biss. Wenn er ihr sagte, wie unwohl er sich fühlte, würde sie ihm wahrscheinlich anbieten, noch eine Pause zu machen. Doch er hatte das Gefühl, kurz vor einer Offenbarung zu stehen. Wenn er einen Weg fand, das hier durchzustehen, bedeutete es etwas. Für ihn und für sie.

Der Mann, der er bis vor wenigen Tagen gewesen war, sagte ihm, hiernach würde sie ihn endlich richtig ranlassen.

Doch eine neue Stimme in ihm sagte, dass es egal war. Ob er zum Zuge kam oder nicht, spielte keine Rolle mehr.

Wenn er das hier durchhielt, und wenn sie in ihm etwas Kostbares entdeckte ... würde er ihr Vertrauen gewinnen.

Die Erkenntnis, wie wichtig ihm das war, ließ ihn erzittern.

Einen Moment lang schloss er die Augen und lauschte dem Geräusch der Linien, die auf dem Papier entstanden. Dann richtete er die Aufmerksamkeit auf seinen Körper, er entspannte Zehen, Waden und Gesäßmuskeln. Atmete in seine Finger und Arme. Beruhigte seinen Herzschlag.

Als sein Blick zu ihr glitt, stellte er fest, dass sie ihn auf eine Weise studierte, durch die er sich zwar nicht gerade seziert fühlte, aber ...

Gesehen.

Sie lächelte ihn unsicher an, und er bewegte ganz leicht den Kopf.

Er wandte den Blick ab und konzentrierte sich auf die zarten Vorhänge, die die Balkontür umrahmten.

Und während sie weiterzeichnete, kam es ihm so vor, als würde sich die Leere tief in seinem Inneren irgendwie füllen.

Kate blickte auf ihre Zeichnung hinunter und blinzelte. Sie drehte den Kopf von der einen auf die andere Seite und bewegte die Beine. Rylan hatte noch zwei weitere Pausen gemacht, doch sie selbst hatte sich kaum bewegt, außer um nach einem neuen Stift zu greifen.

Jetzt kam es ihr so vor, als würde sie aus einem kreativen Nebel auftauchen, und sie studierte, was sie geschaffen hatte.

Es war ... gut.

Wirklich gut, und so etwas sagte sie nicht leichtfertig. Das Ego war eine schwierige Sache für einen Künstler. Doch das hier war mehr als gut. Es war *richtig*. Genau das, was sie sich vorgestellt hatte, als sie diesen Mann hatte darstellen wollen.

Sie hielt das Heft auf Armlänge von sich und betrachtete es mit kritischerem Blick. Seine Nase war gut getroffen. Einen Teil seiner Gesichtszüge hatte sie nur angedeutet, andere, die ihr wichtig waren, betont. Sie hatte seinen Stolz und seine Selbstsicherheit eingefangen, doch darunter schimmerte auch seine andere Seite durch.

Verletzlichkeit. Wut. Schmerz.

Der Mann, den sie gezeichnet hatte, hatte etwas Angespanntes, Zusammengerolltes an sich, und die Linien, mit denen sie seine Gestalt mit den Laken verbunden hatte, betonten das noch. Er sah aus, als würde er auf etwas warten. Sie wusste nicht, worauf – oder ob er es überhaupt selbst wusste. Doch die vorgeneigte Position seiner Hüften und die Anspannung in seinen Gliedern drückten eine gewisse Antizipation aus. Seine Haltung wirkte entspannt, und doch rechnete man damit, dass er jederzeit aufspringen und aus der Heftseite laufen könnte.

Kate spannte die Kiefermuskeln an. Soweit hatte sie ihn zumindest richtig eingeschätzt.

Sie richtete den Blick wieder auf Rylan und ließ den zarten Schmerz zu, der sich im Laufe der Woche in ihrer Brust gebildet hatte. Nach heute blieben ihr noch zwei ganze Tage in Paris. Sie war diejenige, die abreisen würde. Und er würde sie nicht daran hindern.

»Alles okay?« Seine Stimme durchbrach die Stille, die

sich zwischen ihnen ausgebreitet hatte, und überraschte sie.

»Ja.« Sie nickte und kehrte ins Hier und Jetzt zurück. »Alles okay.«

»Bist du sicher?«

»Ganz bestimmt.« Sie tippte mit dem Fingernagel auf die Seite. »Hältst du noch ein paar Minuten durch?«

»Klar.«

Sie schob das ungute Gefühl weg und betrachtete noch einmal ihre Arbeit. Vorsichtig ergänzte sie ein paar Striche, verstärkte einige Schatten und betonte einen vereinzelten Muskel. Anschließend ließ sie erneut den Blick über das Bild gleiten und verglich es mit dem Mann, der vor ihr lag. Die Zeichnung war fertig.

Aber *sie* war noch nicht fertig.

In der Hoffnung, dass es ihn nicht störte, blätterte sie vorsichtig die Seite um, damit die Arbeit, die sie gerade beendet hatte, nicht verschmierte. Sie veränderte ihre Haltung, um eine etwas andere Perspektive einzunehmen und betrachtete sein Gesicht.

Es war nicht nur Furcht, die sie jetzt in ihrem Bauch spürte. Es war auch keine Zuneigung, obwohl sie diese empfand. Es war ein tieferes, wärmeres Gefühl, und es brannte in ihrer Brust.

Ihn anzusehen *schmerzte.*

Mit schnellen Strichen versuchte sie, dieses Gefühl, das er in ihr auslöste, auf dem Papier festzuhalten – das Gefühl von Unsicherheit, als wäre sie diejenige, die sich zur Schau stellte, auch wenn er sich für sie nackt ausgezogen hatte. Mit wenigen Strichen hielt sie seine Gesichtszüge fest, konzentrierte sich auf Augen und Mund, löste sie in

Formen und Linien auf und destillierte heraus, was sie verstand.

Doch das Endergebnis half ihr nicht weiter. Es war das Porträt desselben rätselhaften, schönen, unergründlichen Mannes, und am liebsten hätte sie das Papier zerknüllt.

Sie schlug eine neue Seite auf und startete weitere Versuche, doch keiner brachte sie weiter. Die Verzweiflung machte sie wütend. Es war nicht die gleiche verzweifelte Wut, die sie auf dem Montmartre erfasst hatte. Es war das Gefühl, dass die Lösung des Puzzles zum Greifen nahe war und sie gleichzeitig zusah, wie der Sand durch das Stundenglas lief. Ihr blieb nur noch wenig Zeit.

Um sich selbst zu finden, klar. Aber auch, um annähernd zu begreifen, was hier zwischen ihm und ihr passierte.

Noch einmal blätterte sie eine Seite weiter. Rylan wurde allmählich unruhig, entweder, weil er zu lange keine Pause gehabt hatte oder weil er womöglich ihren Ärger spürte. Sie musste sich beruhigen. Bevor es zu spät und die Gelegenheit vorüber war.

Kate holte tief Luft, tauschte ihren harten Bleistift gegen ein Stück Kohle und begann von Neuem. Diesmal konzentrierte sie sich darauf, ihre Gedanken zu beruhigen und mit ruhigen Nerven und Händen an die Zeichnung heranzugehen.

Mit sanften Strichen glitt sie über das Papier. Die Andeutung einer Kontur. Dann weitere Linien. Langsam nahm sein Gesicht Form an. Die Augen, die sie so liebte, und der Mund, den sie geküsst hatte, und der Mann, den sie ...

Ein heftiger Stich raubte ihr den Atem.

Sie kannte Rylan nicht. Kannte ihn überhaupt nicht.

Aber sie kannte seinen Witz, seine Geheimnisse und seine behutsame Art, ihren Körper zu berühren. Er bereitete ihr Lust. Herrgott, er führte sie in *Museen* herum. Bot sich ihr auf diese Weise dar ...

Sie zeichnete seine geschwungenen Lippen, und das letzte Puzzleteil fiel an seinen Platz.

Sie liebte ihn.

Auf der ganzen Seite stand es geschrieben. Es stand so deutlich auf dieser Seite – deutlicher wäre es nicht gewesen, wenn sie es laut ausgesprochen hätte. Ihre Liebe zeigte sich in der Schattierung seiner Wange, in dem Fall seines Haars und an seinem weichen Ohrläppchen. In so vielen kleinen Details. Und er würde es sehen.

O Gott, er würde ihre Zeichnungen sehen wollen, und dann würde er es wissen.

Während sie vor sich hin starrte, rührte er sich. Sie hörte das Rascheln der Laken und ein leises Murmeln, das in dem Rauschen in ihren Ohren und ihrem lauten Herzschlag unterging. Sie spürte etwas Warmes auf ihrer Schulter, und dann berührten kräftige Finger das Zeichenheft und bildeten einen dunklen Kontrast zu der hellen Seite.

Kate kehrte in die Gegenwart zurück.

Sie ließ das Heft sinken und blickte auf. Das Laken um die Taille geschlungen, stand Rylan vor ihr und musterte sie besorgt. »Kate? Du bist plötzlich so ...«, er deutete mit der Hand auf sie, »... blass geworden. Ist alles okay bei dir?«

Am liebsten hätte sie gelacht.

Nein. Sie war alles andere als okay.

Sie hatte ihre Ersparnisse für eine idiotische Reise nach Paris ausgegeben, hatte sich die Tasche klauen lassen und die Tage hier verbracht, ohne sich um das zu kümmern, weswegen sie eigentlich hergekommen war, weil ein *Mann* ihr seine Aufmerksamkeit geschenkt hatte. Sich um sie gekümmert, sie mit seinem Charme betört und ihr alle möglichen Dinge gezeigt hatte, zu denen ihr Körper in der Lage war.

Ganz die traurige, naive Idiotin, die sie war, ganz die Tochter ihrer Mutter, hatte sie sich in ihn verliebt. Und sie wusste es. Sie hatte keinerlei Zweifel.

Er würde ihr das Herz brechen.

Sie rang nach Luft, als würde sie ertrinken. Wenn das Resultat bereits abzusehen war, was zum Teufel tat sie dann noch hier? Sie sollte sich ihre Sachen schnappen und zurück zu ihrem netten, sicheren Hostel mit den schrecklichen Zimmergenossen und dem Gemeinschaftsbad laufen.

Oder sie scherte sich einfach nicht darum. Schließlich hatte sie nichts zu verlieren.

Wenn sie etwas von ihm wollte, sollte sie es sich nehmen. Jetzt. Solange sie noch die Chance dazu hatte.

KAPITEL 18

Wäre es nicht so beängstigend gewesen, hätte es urkomisch sein können. Rylan hatte schon zahlreiche Frauen mit seinem Schwanz um den Verstand gebracht.

Doch noch nie hatte er es so wörtlich getan.

In ein Laken gewickelt, stand er vor Kate und versuchte sie aus irgendeinem tiefen Loch herauszuziehen, in dem sie versunken war. Sie starrte ihn an, während sich in Schüben verschiedene Gefühle auf ihrem Gesicht abzeichneten. Belustigung, Angst, Resignation. Eins nach dem anderen glitten sie über ihr Gesicht, bis es nur noch Entschlossenheit ausdrückte.

»Kate?«

»Willst du es sehen?« Sie blätterte zur ersten Seite ihres Zeichenhefts und überreichte es ihm wie ein Geschenk. Noch immer sah sie ihn so seltsam an, und am liebsten hätte er sie geschüttelt, um sie von dem Bann zu befreien, der sie offensichtlich erfasst hatte.

Doch er nickte nur. »Natürlich.« Als er die Hand ausstreckte, um ihr das Heft abzunehmen, fühlte es sich an, als würde er auf ein Fenstersims hinaustreten. Er legte die Finger um die Bindung des Hefts und zögerte, eine ganz neue Sorge stieg in ihm auf. Die ganze Angelegenheit hatte damit angefangen, dass er sie gefragt hatte, wie sie ihn sah. Jetzt würde er es erfahren. Aber wollte er das wirklich wissen?

Mit gespielter Tapferkeit räusperte er sich. »Du hast mich doch nicht etwa hässlich gemacht oder so?«

»Sag du es mir.«

Ihre Stimme ließ ihn erstarren, denn sie klang ängstlich.

Was zum Teufel hatte sie denn gezeichnet?

Er konnte es nicht länger abwarten, nahm das Buch und setzte sich auf die Bettkante.

Die erste Seite verriet ihm wenig. Sie zeigte eine Reihe grober Skizzen – keine Details. Nur den Umriss seines Körpers. Als er eine Skizze entdeckte, auf der seine *Anatomie* angedeutet war, hob er anzüglich eine Braue. Doch auch hier erfuhr er nichts Neues. Auf der zweiten Seite war es so ähnlich, aber die dritte ...

Er hielt die Luft an und riss den Kopf hoch. Sie beobachtete ihn dabei, wie er ihre Arbeit studierte, knetete ihre Knöchel und kaute auf ihrer Lippe. Er verspürte den Impuls, ihr zu sagen, dass es großartig war. Es war unglaublich. Aber er war zu klug, um diese Worte hinauszuposaunen, bevor er darüber nachgedacht hatte. Erneut neigte er den Kopf und betrachtete das Bild seines nackten Körpers auf den hellen Laken.

Allein die Ähnlichkeit war bemerkenswert. Doch es steckte noch mehr darin. Es ähnelte ihm nicht nur. Es fühlte sich an wie er, wie der Mann, den er jeden Morgen im Spiegel sah, nur besser. Er hatte gefragt, wie sie ihn sah. Das hier war die Antwort.

Doch sie betrachtete ihn zu liebevoll. In einem Licht,

das er nicht verdiente. Aus dem Abfall seines verkorksten Lebens hatte sie etwas Wunderschönes gemacht.

Die ganze Zeit war er insgeheim davon überzeugt gewesen, ohne das ganze Drumherum ein Niemand zu sein – ohne das Geld, die Kleidung und den Namen. Für sie hatte er das alles abgelegt. Von dem Moment an, in dem er ihr begegnet war. Und das hatte sie in ihm gesehen.

»Es ist gut«, sagte er schließlich. »Wie das vom Montmartre.« Er blickte ihr in die Augen. »Deine Sicht ist in jedem Strich zu spüren.« Der Anblick des Bildes löste Gefühle in ihm aus. Gefühle, von denen er noch nicht wusste, ob er bereit war, sie zuzulassen.

Ihre Miene hellte sich kein bisschen auf. »Blättere weiter.«

Er stutzte und blickte wieder nach unten. Er wollte dieses Bild noch weiter studieren. Es barg Schätze. All die Details in der Darstellung der Muskulatur, des Stoffes und des Raums.

»Blättere weiter«, insistierte sie.

Zögernd drehte er den Kopf. Nun gut, wenn sie es so wollte ...

Als er die Seite umschlug, zog sich sein Magen zusammen. Sie war wieder zu gröberen Skizzen zurückgekehrt, allerdings nicht ganz so vage wie die ersten, und sie hatte sich auf seine Schultern und sein Gesicht beschränkt.

Doch die Bilder waren wütend. Die Striche drückten Verzweiflung aus. Manche der Porträts sahen aus wie er, während andere ihm nur entfernt ähnelten.

Was hatte sie ihm gestern von Cézanne erzählt? Dass er mit den Formen der Dinge gespielt hatte, dass er sie realer machte, indem er sie verfremdete?

Es brachte ihn aus dem Gleichgewicht. Hielt sie ihn für ein Monster? Ein Puzzle, das man zusammensetzen musste?«

»Weiter«, sagte sie.

Er schlug die Seite um und befürchtete schon das Schlimmste.

Nur, dass das nicht nötig gewesen wäre.

Die Zeichnung, die ihn aus dem Heft anblickte, unterschied sich von den anderen. Doch das verstärkte seine Unsicherheit nur noch. Denn diese Zeichnung hier war kein bisschen wütend.

Sie wirkte unerträglich traurig.

»Kate ...«

»So sehe ich dich.«

Es war ein Netz aus zarten Linien, feinen Bleistiftstrichen. Das Bild, das aus ihnen entstand, war eine perfekte Abbildung seiner selbst, nur dass sie im Vergleich zu dem letzten Bild genau das Gegenteil in ihm hervorrief. Er fühlte ein Flattern in seiner Magengegend. Er war nicht so edel oder so ... so unnahbar. Er war einfach nur ein Mann. Der Fehler hatte und manchmal Angst. Unverantwortlich und rücksichtslos und so viele andere Dinge, die seine Schwester und sein Vater und all die Männer, die seine Firma führten, ihm vorwarfen.

»So sehe ich nicht aus«, sagte er, leise und unsicher.

»Für mich schon.«

Er schnaubte und lachte verächtlich. »Du bist zu nett zu mir.«

»Nein, bin ich nicht. Du bist einfach ... du bist toll.« Sie zögerte, als erwartete sie, dass er noch etwas sagen würde. Doch als er schwieg, ergriff sie seine Hand, nahm das

Zeichenheft von seinem Schoß und legte es zur Seite. Ihre Stimme klang angespannt. »Danke, dass du das zugelassen hast. Du hättest das nicht tun müssen, und es bedeutet mir sehr viel.«

»Kein Problem.«

»Doch. Es ist dir nicht leichtgefallen.«

Das war noch untertrieben, doch er schüttelte dieses Gefühl ab, so gut er konnte. Noch immer verwirrt von jenem Bild, auf dem sie ihn als besseren Menschen dargestellt hatte, blickte er auf ihre ineinander verschränkten Hände hinunter. Ihre zarten, kohleverschmierten Finger mit seinen. Seine waren stärker, aber sie waren sauber. Sie taten nichts, sie leisteten nichts.

Außer Kate zu berühren.

Als er erneut ihrem Blick begegnete, waren ihre Augen dunkel, und sie öffnete die vollen Lippen.

Während er sie ansah, richtete sie sich auf die Knie auf, ließ eine Hand in sein Haar gleiten und legte ihre Lippen auf seine. In ihrem Kuss lag Entschlossenheit, Leidenschaft. Er versuchte, sich darauf einzulassen, auf die Wärme und auf ihren Geschmack. Doch in seinem Hinterkopf war er noch damit beschäftigt, was sie aus ihm gemacht hatte – das verdiente er nicht.

Er verdiente es nicht, wie sie ihr Shirt über den Kopf zog und ihm ihre weiche, wunderschöne Haut darbot. Wie sie ihre Jeans aufknöpfte.

Schlagartig wurde ihm klar, was sie tat. Sein Schwanz, bereits erregt von ihrer Nähe und seiner Nacktheit, wurde sofort steinhart.

»Kate ...«

Der Ausdruck in ihren Augen, als sie sich von ihm

löste, ließ keinen Zweifel. Er schluckte, und aus unerfindlichen Gründen war seine Kehle wie zugeschnürt.

Sie ließ die Hand über seine Brust gleiten und legte sie auf sein Herz. »Ich will es.«

Sie konnte es unmöglich so sehr wollen wie er.

Und dennoch, trotz all seiner Erfahrung, erbebte er innerlich. »Das musst du nicht.«

»Das weiß ich.« Sie spreizte die Finger weit über seinen Rippen, und in ihren Augen, in denen zuvor stets Angst gestanden hatte, lag ein Ausdruck kühner Unerschrockenheit. »Willst du mich?«

Sein Mund war trocken. »Mehr als du ahnst.«

Mit festem Blick und geröteten Wangen sagte sie: »Dann ... Bitte, Rylan. Ich bin bereit.«

Er hatte es nicht begriffen.

Selbst als der offensichtliche Beweis für ihre Gefühle vor ihm gelegen hatte, war er Rylan entgangen. Aber als er ihre liebestrunkenen Zeichnungen studiert hatte, waren wieder diese Schatten in seine Augen getreten, und sie hatte gelitten. Ihret- und seinetwegen.

Sie hatte nur eine einzige Möglichkeit gesehen, es ihm klarzumachen. Eine Möglichkeit, die Lücke zu schließen, die der Gedanke, ohne ihn zu sein, in ihr aufriss.

Es hatte sie keine große Überwindung gekostet, sich ebenfalls nackt auszuziehen. So waren sie nun schon oft genug zusammen gewesen. Es war ihr noch nicht einmal schwergefallen, ihm anzubieten, worauf er die ganze Zeit gewartet hatte. Schließlich war das hier etwas anderes als der One-Night-Stand, den sie einmal gehabt hatte. Rylan war nicht betrunken, und er hatte ihr bewiesen, dass er nicht egoistisch war. Es würde ihr nicht wehtun. Wahrscheinlich würde es sich sogar gut anfühlen.

Und dann hätte sie etwas, woran sie sich erinnern könnte. Später, wenn sie ihn verlassen hatte und nach Hause zurückgekehrt war, würde sie immer daran zurückdenken können.

Rylan schluckte, legte seine Hand auf ihre und drückte sie fester an seine Brust. Sein Blick zuckte von ihren Augen zu ihren Brüsten, dann zu ihren Hüften und wieder zurück. »Bist du dir sicher?«

Genau wie er ihre Zeichnungen ausgiebig studiert hatte, bevor er sein Urteil gefällt hatte, wollte sie sich nun ebenfalls Zeit mit ihrer Antwort lassen und fühlte in sich hinein. Doch ihr Entschluss stand fest, sie war sich ganz sicher.

Dann zog sie ihre Hand unter seiner hervor. Sie griff nach hinten, um ihren BH zu öffnen, ließ die Träger über ihre Arme nach unten gleiten und hoffte, dass das als Antwort genügte.

Er richtete den Blick auf ihren Halsansatz, legte den Finger in die Mulde und ließ ihn zwischen ihren Brüsten hinunter zu ihrem Nabel gleiten. Wieder sah er ihr in die Augen. »Wenn du es dir anders überlegst, sag mir Bescheid. Wenn dir irgendetwas unangenehm ist. Wenn ich etwas mache, dich falsch anfasse oder …«

Sie nahm seine Hand und führte sie zu ihrer geöffneten Jeans. Er befeuchtete seine Lippen und nickte. Zusammen schoben sie die Hose samt Slip über ihre Hüften nach unten. Sie fasste das Laken, das er sich über die Taille gelegt hatte, und schob es zur Seite.

Und dann waren sie nackt. Beide. Sie zitterte, weil es

diesmal anders war. Und weil sie wusste, wie tief er sie in diesen wenigen Tagen berührt hatte.

Sie überwand ihre Unsicherheit, rückte dichter zu ihm und setzte sich auf seine Hüften. Sein fester Schaft war zwischen ihren Körpern gefangen, während sie die Finger um seinen Nacken legte und ihn zu einem Kuss zu sich heranzog. Sie öffnete die Lippen, und er ließ seine Zunge in ihren Mund gleiten, stieß einen lustvollen Laut aus und legte die Arme um sie. O Gott. Er fühlte sich so gut an, so warm, fest und beschützend. Seine große Hand lag sicher zwischen ihren Schulterblättern, die andere legte er auf ihre Hüfte und ließ sie hinuntergleiten, um ihren Po zu umfassen, bevor er über ihren Schenkel strich. Ihre Brüste waren gegen seine Brust gedrückt, und kribbelnd rieben sich ihre Nippel an seinem festen Körper.

Sie verlor sich in diesem Gefühl, und in ihrer Mitte erwachte heiß und nass ihr Verlangen. Er küsste sie voller Leidenschaft und drückte sie an sich. Wie hatte sie je daran zweifeln können, dass sich Sex mit ihm so anfühlte? So gefahrlos. Als könnte nichts ihr wehtun – nicht einmal er.

Sie schob die Hüften gegen seine, und er stöhnte in ihren Mund. Er löste sich von ihren Lippen, um sich nach unten zu neigen und ihren Hals und ihre Wangen zu küssen.

»Wie möchtest du es?«

»Ich weiß nicht.« Sie ließ den Kopf zur Seite sinken, wollte einfach nur, dass er mit dem fortfuhr, was er tat. Als er mit den Zähnen über ihren Hals strich, verstärkte sie den Griff um seine Schulter. »Was immer du willst. Wie auch immer du ...«

»Schhh«, machte er und brachte sie zum Schweigen. »Lass mich nur machen.«

Gott, woher wusste er, dass das genau das war, was sie jetzt hören musste? Als er sie hochhob und sich mit ihr umdrehte, bis sie auf die Matratze sank, erwachte die Lust zwischen ihren Beinen aufs Neue. Er schob den Kissenberg zur Seite, auf dem er sich aufgestützt hatte, während sie ihn gemalt hatte. Als er sich von ihr entfernen wollte, hielt sie ihn fest.

»Nur eine Sekunde«, versprach er.

Ohne seine Wärme zitterte sie, doch sie griff nicht nach der Decke. Es fühlte sich seltsam an, nackt dort zu liegen, während sie auf ihn wartete, doch so musste es sich für ihn angefühlt haben. Für einige Stunden hatte er sich ihr dargeboten, sich ihr vollkommen ausgeliefert.

Ein paar Minuten zu warten und dabei keine Angst zu haben war das Mindeste, was sie leisten können sollte.

Er hatte sich ans Fußende zurückgezogen, und sie runzelte verwirrt die Stirn. Bis er ihr Zeichenheft aufhob. Wie hatte sie vergessen können, dass es dort lag? Mit großer Sorgfalt klappte er es zu und legte es auf den Schreibtisch in der Ecke, dann drehte er sich um und grinste sie an. »Ich wollte nicht, dass es ins Gemenge gerät.«

Dann tastete er nach seinem Rucksack und öffnete den Reißverschluss an einer der kleinen Seitentaschen. Er nahm etwas heraus, und sie fragte sich, was es wohl war. Bis es ihr einfiel.

Er legte das Kondom auf den Nachttisch, setzte sich neben sie auf die Bettkante und ließ seinen Blick über ihren Körper gleiten. Sie bemühte sich, nicht rumzuzappeln. Behutsam strich er mit den Knöcheln über ihre Seite, folgte der Wölbung ihrer Brust und der Vertiefung ihres Nabels sowie dem Bogen ihrer Hüfte.

»Was würde ich dafür geben, jetzt zeichnen zu können.«

Ihre Lippe bebte, und sie konnte es nicht länger aushalten. »Komm her«, drängte sie, verschränkte ihre Finger mit seinen und zog ihn zu sich herab.

Bereitwillig rollte er sich neben sie auf die Seite. Sein erregtes Glied drückte sich an ihren Schenkel. Als er zu ihr hinunterblickte, wurde sie von einer wunderbaren Wärme durchströmt, und für einen Moment konnte sie sich einbilden, das hier wäre nicht nur ein kurzer Ausflug in die Intimität, und auch er hätte Gefühle für sie entwickelt.

Er ließ ihr diesen Moment. Seine Miene war noch immer voller Zärtlichkeit, als er sich vorbeugte, um sie erneut zu küssen. Sie spürte nur die sanfte Berührung seiner Lippen auf ihren, die Hitze seines Körpers auf ihrer Haut.

Und dann mehr. Als er mit der Zunge ihren Mund liebkoste und die Fingerspitzen über ihren Bauch tanzen ließ, immer tiefer. Jede Berührung verstärkte die Unruhe in ihr, und sie bewegte sich und versuchte, sich gegen seine Hand zu drängen. Sie strich seinen Arm hinauf und hinunter, wollte ihn ermutigen, aber nicht darum bitten.

Als er schließlich die Finger in ihre Grotte gleiten ließ, winselte sie, und er lächelte. Am liebsten hätte sie ihn geohrfeigt oder geküsst oder ... oder mehr.

Sie keuchte unter der Lustwelle, die er durch ihren Leib trieb. »Ich dachte, wir würden ...«

»Das werden wir auch.« Er küsste ihren Mundwinkel, ihr Kinn, ihre Wange. »Aber erst, wenn du es nicht mehr aushalten kannst. Ich werde dich so nass machen, Kate.« Sein Atem an ihrem Ohr beschleunigte ihren Pulsschlag. »Und dann. Erst dann, wenn du bereit bist zu schreien. Wenn dein Saft an deinen Schenkeln runterläuft. Erst dann weiß ich, dass du so weit bist.« Er strich mit den Zähnen über ihr Ohrläppchen. Presste den brennenden Beweis seiner eigenen Lust gegen ihre Hüfte, und sie zitterte. »Keine Minute früher.«

Sie schloss die Augen.

Kein Wunder, dass kein anderer Mann es je geschafft hatte, sie zum Höhepunkt zu bringen. Keiner von ihnen war die Sache so angegangen. Als wäre es eine Ehre und eine Aufgabe, etwas, das sie erreichen wollten, und wenn es das Letzte war, was sie taten.

Er hielt sein Versprechen. Mit geschickten Fingern trieb er sie immer weiter dem Höhepunkt entgegen, ließ zwei in sie hineingleiten und berührte sie genau dort, wo sie es sich ersehnte, während er den Daumen fest über ihre Klitoris kreisen ließ. Währenddessen küsste er ihre Haut, saugte an ihr und biss sie, und als er ihren Nippel mit den Zähnen reizte, zuckte sie zusammen. Sie fühlte sich, als würde Strom zwischen ihren Brüsten und in ihre Scham fließen, sie erbebte, und als ihre Lust dem Siedepunkt entgegenstrebte, drehte sie sich auf die Seite und zog ihn zu sich heran. Sie wollte ihn dicht bei sich haben, bevor das Gefühl sie überwältigte und erlosch, doch er hielt sie fest.

»Du bist so weit, stimmt's?« Er zog seine Finger zurück, und sie warf den Kopf in den Nacken und biss die Zähne zusammen. »Wie fühlt sich das an? Fühlst du dich leer und zitterst vor Verlangen?«

»Ja, Gott, ja.«

Gleich darauf war er über ihr und stützte sich mit den Händen neben ihrem Kopf ab, ihre Lust, die kurz vor dem Gipfel gewesen war, ebbte ein wenig ab und ließ sie sehnsüchtig zurück. Heiß spürte sie die Spitze seiner Erektion auf ihrer Hüfte. Sie streckte die Hand danach aus, um damit seinen seidigen Schaft zu nehmen, doch er wich aus. Sein Gesicht war vor ihrem, und seine Augen waren so dunkel, die Leidenschaft in ihnen überwältigend und perfekt. Vielleicht war sie doch nicht die Einzige, die von ihren Gefühlen beherrscht wurde.

Vielleicht empfand nicht nur sie, dass sich alles geändert hatte.

Er legte eine Hand auf ihre Wange. »Sag es mir«, forderte er sie mit heiserer Stimme auf.

Und beinahe wären ihr die Worte herausgerutscht. *Ich liebe dich. Verlass mich nicht. Lass mich nicht gehen.*

Gerade noch rechtzeitig kam sie zur Vernunft. Sie legte die Hand um seine Hüfte und berührte mit der anderen sein Gesicht. Und diesmal hinderte er sie nicht daran.

»Ich will dich.« Sie hatte das Gefühl, als erfordere dieser Satz all ihren Atem, und vielleicht war das auch so. Sein Kuss brachte sie endgültig um den Verstand. Er ließ sich nach unten sinken und strich mit seiner heißen, festen Rute durch das Tal zwischen ihren Schenkeln, eine Andeutung dessen, was folgen würde, eine kurze Qual für sie beide.

Und dann richtete er sich auf die Knie auf und nahm das Kondom, riss die Verpackung auf und rollte es über sein Glied, bevor sie überhaupt Anstalten machen konnte, ihm zu helfen. Als er erneut über ihr war, spreizte sie die Beine und bereitete sich auf das vor, was kam.

Doch er küsste sie nur. Ausgiebig und zärtlich, bis ihr schwindelte, bis sie nur noch seinen Mund fühlte, seine Umarmung und ihr Verlangen, das danach schrie, gestillt zu werden.

Und den Ort in ihrem Herzen, den er bereits eingenommen hatte, lange bevor sie ihn dorthin eingeladen hatte.

Als sie eine Hand nach unten gleiten ließ, um sein festes Hinterteil zu umfassen, stöhnte er und richtete seine Hüften neu aus. Mit seinem Schwanz stieß er gegen ihre Scham, doch sie blieb entspannt. Sie vertraute ihm.

Er blickte ihr in die Augen. »Du bist so schön«, sagte er.

Beim ersten Eindringen fühlte er sich stark an, doch es tat nicht weh. Kein bisschen. Er ließ sich vorsichtig und sanft in sie hineingleiten, und sie schloss die Augen und genoss das Gefühl, ausgefüllt zu werden. Eins zu sein, als seine Hüften ihre berührten.

Und dann tat er etwas, was noch kein Mann getan hatte. Er gab ihr einen zärtlichen, unschuldigen Kuss auf jede Wange, obwohl er *in ihr* war.

»Alles okay?«

Sie öffnete flatternd die Lider und sah ihn dicht über sich, sein Mund direkt über ihrem. »Ja.« Und es stimmte. »Mehr als okay.«

»Gut.« Als er tiefer in sie eindrang, zuckten seine Lippen, und er unterdrückte ein Stöhnen. »Weil du dich *unglaublich* anfühlst.«

»Ja?«

»Oh, Teufel, ja.« Erneut presste er seine Lippen auf ihre und zog die Hüften zurück, während er mit seiner Zunge in ihren Mund vordrang – es fühlte sich wie ein vollständiger Kreislauf an. Als würde dieser Mann sie besitzen, und sie wollte nie mehr woanders sein.

Mit sanften Stößen eroberte er sie. Sie ließ sich auf seinen Rhythmus ein, genau wie sie sich auf alles andere eingelassen hatte. Mit jedem neuen Eindringen strich er über ihren Kitzler und erweckte dieses warme Gefühl in ihrem Unterleib. Sie klammerte sich an ihn und hob die Hüften, um die lustvolle Reibung zu verstärken.

»So ist es gut, Baby«, murmelte er. Sie küssten sich nicht mehr, sondern atmeten dieselbe Luft. Sie waren eng miteinander verbunden, in diesem winzigen Raum, in dem er ihr gehörte und sie ihm. »Nimm dir, was du brauchst.«

Sie schloss die Augen, grub die Fingernägel in seinen Rücken und konzentrierte sich darauf, bis ...

Es begann als warmes Ziehen in ihrer Mitte, doch daran hielt sie sich fest. Sie klammerte sich an Rylan und drückte wimmernd ihr Gesicht an seinen Hals. Mit jedem Rollen seiner Hüften wuchs das Gefühl. Sie klammerte sich fester an ihn, zog ihn an sich, gegen ihre heiße lustvolle Scham, direkt über dem Punkt, wo er sie ausfüllte. Sie drängte ihre Hüften gegen ihn, bis sie nur noch brennende Lust spürte – Licht und Dunkelheit und ein berauschendes Nichts zogen sie mit sich hinunter, und sie hatte Angst, sie könnte auseinanderfallen.

Doch er war da. Hielt sie fest, zog sie an sich und raunte in ihr Ohr.

Das war alles, was sie brauchte, um loszulassen.

Ihr Höhepunkt brach als ein Crescendo aus Gefühl und Lust über sie herein. Alle Kraft wich aus ihrem Körper und aus ihrer Stimme, als sie immer wieder seinen Namen flüsterte. Das mit jemandem zu tun, der ihr so viel bedeutete, ihn ganz heiß in sich zu spüren, während er sich in ihr vergrub, war unbeschreiblich.

Erst als der Nebel sich langsam lichtete, zog er sich zurück. Sie blickte zu ihm auf, und er sah sie mit geröteten Wangen an. Erneut stieß er ein paarmal fest in sie hinein, dann bog er den Körper durch. Er öffnete den Mund, und das Stöhnen, das aus seinen Lungen drang, berührte sie. Sein ganzer Körper zitterte, und ihr Herz zog sich zusammen.

Er war so wunderschön in seiner Lust. Fühlte sich so richtig in ihrem Körper und in ihren Armen an.

Wie sollte sie ihn je gehen lassen?

Rylan brach auf Kate zusammen und dachte gerade noch rechtzeitig daran, sich abzustützen, um sie nicht sein ganzes Gewicht tragen zu lassen. Einen Moment konnte er nur dort liegen und ins Kissen atmen. Er war noch in ihr, zuckte noch und musste fester die Augen schließen.

Sex hatte er schon zuvor gehabt. Er hatte schon sehr viel Sex gehabt, aber noch nie so.

Lag das an Kate? Sie brachte ihn in Situationen, die er meinte, in- und auswendig zu kennen, um sie ihn dann ganz anders erleben zu lassen. Sie machte mehr aus ihnen.

Er erschauderte und richtete sich auf. Solche Dinge durfte er nicht denken. Als er sich auf die Ellbogen stützte, strich sie mit einer Hand über seinen Rücken und bewirkte tief in ihm ein Zittern. Ihr Gesicht war gerötet und glänzte, und ihre Beine lagen locker um seine Hüften. Ein Anflug von Zärtlichkeit erfüllte seine Brust. Er beugte sich vor, strich mit der Nase über ihre und küsste sie zärtlich auf den Mund. So, wie man eine Frau küssen sollte, nachdem sie einen Mann so nah an sich herangelassen hatte.

Sie schmeckte so köstlich, und ihre um ihn geschlungenen Schenkel ließen ihn erneut erbeben. Er hätte die ganze Nacht in ihr bleiben können.

Nachdem er ein letztes Mal an ihrer Unterlippe gesaugt hatte, zog er sich mit einem Stöhnen aus ihr zurück. »Bin gleich wieder da.«

Mit ziemlich weichen Knien ging er ins Bad, wobei er sich bemühte, sich das nicht anmerken zu lassen. Das Kondom zu entsorgen dauerte keine Sekunde, doch er trödelte herum und wusch sich die Hände deutlich sorgfältiger als üblich, um Zeit zu gewinnen, sich zu sammeln.

Er drehte den Wasserhahn zu, strich sich mit einer feuchten Hand durchs Haar und wischte es sich aus dem Gesicht. Dabei warf er einen kurzen Blick in den Spiegel.

Doch anstatt den Kopf zu schütteln und einfach weiterzumachen, wie er es sonst tat, streckte er das Rückgrat durch und zwang sich, sich richtig anzusehen. Nicht die vom Sex wirren Haare und auch nicht den Quatsch, der ihm sonst auffiel – das zu tiefe Grübchen am Kinn oder die Form seiner Nase oder die Züge, die ihn etwas zu sehr an seinen Vater erinnerten. Es war nicht leicht, sich selbst so ins Gesicht zu starren. Und egal, wie sehr er sich auch anstrengte, er konnte die Dinge nicht heraufbeschwören, die Kate gesehen und gezeichnet hatte. Und war das überhaupt zu irgendetwas nütze?

Er senkte den Blick, trocknete sich die Hände ab und ging zurück ins Zimmer. Als er leise Musik spielen hörte, runzelte er die Stirn.

Dann blieb er stehen. Es war, als würde von jetzt auf gleich alles in ihm zur Ruhe kommen.

Kate saß auf dem Bett vor dem Kopfteil, ein loses Laken unter die Arme geklemmt und um Brust und Hüften geschlungen. Die weiße Baumwolle auf ihrer hellen Haut erinnerte ihn an Pfirsich und Creme, und er schluckte schwer. Sie fummelte an ein paar Knöpfen an der Wand herum.

Er erkannte die Melodie.

»Édith Piaf?«

Sie drehte sich um und blickte ihn über ihre Schulter hinweg an. Sie war so schön, dass ihm der Atem stockte. Ihr zartes Lächeln berührte sein Herz. »Wir haben ein Radio hier. Aber die spielen immer nur diesen ganzen alten Kram.«

Und sie wirkte so verzaubert.

»Ja?«

»Ja.« Sie winkte ihn zu sich. »Komm her und hör es dir an.«

Seine Füße schienen am Boden festgewachsen zu sein. Sekundenlang konnte er nur dort stehen und sie anstarren.

Wenn er zeichnen könnte, würde er sie in Elfenbein, Rosé- und Erdtönen malen, genau so, wie sie jetzt aussah. Er würde sie für immer festhalten, damit er sie ansehen konnte, wenn er alt war. Genau so.

Doch er konnte nicht zeichnen.

»Rylan?«

»Entschuldige.« Er warf das Handtuch, das er benutzt hatte, vage in Richtung Badezimmertür, löste seine Füße vom Boden und ging zum Bett.

Dort angekommen, setzte er sich hinter sie, legte die Arme um ihre Taille und vergrub das Gesicht in ihrem Haar. Vanille und Rose, und darüber ein Hauch von seinem Aftershave. Ganz leichte Noten von Schweiß und Sex. Seine Kehle war wie zugeschnürt, und sein Herz schlug zu laut.

Sie legte ihre Hand über seine. »Ist alles okay?«

»Ja.« Er atmete ihren Duft ein und speicherte ihn in seinem Gedächtnis ab. *Ihrer beider* Duft.

»Bist du sicher?«

Er hob den Kopf und küsste sie auf die Schläfe. Wahrscheinlich zu gefühlvoll, wahrscheinlich zu lange. Erst nach einer Weile nickte er. »Absolut. Ich bin einfach ... glücklich.«

Sie lachte – ein leiser, klingelnder Ton. »Gut. Ich auch.«

Es kam ihm vor, als würde sein Herz gegen seine Rippen drücken, aber was konnte er tun? Er biss sich von innen auf die Wange und richtete den Blick zur Decke, dann deutete er auf das Radio und lenkte davon ab, dass er vollkommen überwältigt war. »Gibt es noch mehr Sender?«

Sie schaltete durch die wenigen Sender – einer seltsamer als der andere. Die ganze Zeit über hielt er sie und betrachtete sie, lauschte auf die Musik und machte Bemerkungen über die verschiedenen Songs.

Und das war noch so eine Sache, von der er bereits gehört hatte – und von der er dachte, er hätte sie schon erlebt. Aber im Grunde hatte er nie gewusst, wie es sich anfühlte, *danach im Glück zu baden.*

Bis jetzt.

KAPITEL 19

»Ich kann es nicht fassen, dass wir das hier tun.«

»Was?« Rylan lächelte sie frech an. »Hast du noch nie was beim Zimmerservice bestellt?«

Sie warf mit ihrer Serviette nach ihm. »*Das* habe ich nicht gemeint.«

Sie war sich tatsächlich nicht sicher, ob sie sich je etwas auf ein Hotelzimmer bestellt hatte. Das war ziemlich teuer. Doch Rylan hatte darauf bestanden, und irgendwie hatten sich ihre Beine auch so schlapp angefühlt. Eine Stunde, nachdem er sich in Wackelpudding verwandelt hatte, pulsierte ihr Körper noch immer, und von ihrer Mitte strahlte eine zufriedene Wärme ab.

Ja, das Abendessen auf dem Zimmer einzunehmen war eine gute Idee gewesen.

Trotzdem. »Nackt im Bett zu essen.« Sie hob eine Braue. »Machst du das oft?«

Er saß ihr im Bett gegenüber, die Teller mit dem Essen standen zwischen ihnen. Sie hatten die Decke so zwischen sich aufgeteilt, dass sie seinen Schoß bedeckte und Kate sich das andere Ende unter die Arme klemmen konnte. Alle wichtigen Körperteile waren bedeckt, dennoch fühlte es sich verboten an. Verrucht.

Sexy.

Schulterzuckend biss er von seinem Sandwich ab und kaute. »Es ist zwar nicht gerade eine Premiere, aber ich würde auch nicht behaupten, dass ich es ständig mache.«

Ihr Magen zog sich zusammen, und sie spürte diesen leichten Stich, den sie jedes Mal verspürte, wenn er sie daran erinnerte, dass sie eine von vielen war.

Doch dann zog er einen Mundwinkel nach oben. »Ich kann allerdings nicht behaupten, dass es mir je so viel Spaß gemacht hätte.« Er wischte seine Finger an der Serviette ab und strich mit seinen Knöcheln über ihren nackten Arm. »Oder dass der Ausblick je so gut gewesen wäre.«

Das ängstliche Ziehen verwandelte sich in ein Flattern. Sie senkte den Blick und starrte auf ihr Sandwich. Das machte er ständig mit ihr. Er gab ihr das Gefühl, etwas Besonderes zu sein, wo sie doch eigentlich nur eine aus seiner Sammlung war.

»Hey.« Er wartete einen Moment, dann legte er den Finger unter ihr Kinn und hob ihren Kopf. »Woran denkst du?«

»An nichts.« Sie versuchte zu lächeln.

Er musterte sie aus stechend blauen Augen. »Du bist eine miserable Lügnerin.«

»Mir fehlt wohl die Übung.«

Er legte eine Hand auf ihre Wange und strich mit dem Daumen über ihre Lippen. »Gut. Das mag ich an dir. Deine jugendliche Frische und deine Unschuld.«

Sie schüttelte den Kopf und küsste seinen Daumen, dann schlug sie seine Hand fort. »Sagt der Mann, der alles in seiner Macht Stehende getan hat, um mich zu verführen.«

»Nicht alles.« Seine Augen funkelten. »Aber vieles.« Sein Grinsen verblasste, während er mit der Gabel in seine restlichen Pommes frites stach. »Ich hoffe, ich habe es nicht zu weit getrieben.«

Er hatte es nicht als Frage formuliert, dennoch verstand sie es als solche.

Und sie konnte das. Sie konnte mit ihm über die Dinge sprechen, die sie getan hatten. Daran war nichts peinlich – auch wenn gerade ein kaltes, unangenehmes Gefühl ihre Lungen hinaufkroch. »Ich ... ich bereue nichts. Wenn du das meinst.«

»Genau das möchten Männer gerne wissen.« Er hob eine Schulter und ließ sie wieder sinken.

»Ich bereue es nicht.« Diesmal legte sie mehr Überzeugung in ihre Worte, weil sie es wirklich nicht bereute. Trotz des Liebeskummers, der ihr bevorstand. Es war ... fantastisch gewesen. So etwas hatte sie noch nie erlebt. Und sie war froh, dass sie es erlebt hatte. »Du warst wirklich nett zu mir.«

Er schnaubte leise und riss an dem Brot von seinem Sandwich. »Ich rege mich immer noch darüber auf, dass irgendjemand *nicht* nett zu dir war. Wenn du ...« Er verstummte und ballte die Hand zur Faust, dann entspannte er sie wieder. »Ich hoffe, du lässt dich nie wieder so von jemandem behandeln.«

Richtig. Da war es wieder, dieses leichte Ziehen in ihrem Magen. Er sprach von anderen Männern, mit denen sie schlafen würde, nachdem sie abgereist war.

»Nein.« Es klang zu ernst, aber es war schon raus. Und hing zwischen ihnen in der Luft.

Das hatte sie sich schon einmal geschworen, doch damals

war es zu abstrakt gewesen. Jetzt wusste sie, wie gut sie es die ganze Zeit über hätte haben können. Wie schrecklich es mit den anderen im Vergleich dazu gewesen war.

»Außerdem ...« Ihre Stimme drohte zu brechen. Wollte sie wirklich darüber sprechen? »... waren es nicht viele«, stieß sie hervor. »Vorher.«

Offensichtlich wollte sie.

Rylan zögerte. »Ja?«

So viel hatte sie ihm schon am allerersten Abend erzählt. Damals hatte er mehr erfahren wollen, aber sie hatte sich geziert. Jetzt allerdings ... hatte sie ihn in sich hineingelassen, hatte die eine Sache getan, vor der sie sich am meisten gefürchtet hatte. Sie konnte ihm noch ein kleines bisschen mehr von sich preisgeben.

»Einer war ein One-Night-Stand«, sagte sie und schmeckte den Wörtern auf ihrer Zunge nach. »Ich glaube, ich wusste noch nicht einmal, wie er hieß.«

Einen Monat nachdem es zwischen ihr und Aaron aus gewesen war, hatten ihre Freundinnen beschlossen, sie hätte genug getrauert. Sie meinten, es sei an der Zeit, sich zusammenzureißen. Wieder aufs Pferd zu steigen. Nach vorn zu blicken.

Also waren sie mit ihr in einen Club gegangen und hatten ihr den ganzen Abend über Drinks spendiert. Ein Typ hatte zu ihr hinübergesehen, und sie hatte sich derart nach Aufmerksamkeit gesehnt, dass sie sich von hinten von ihm hatte antanzen lassen. Und als er sie gefragt hatte, ob sie gehen wollte ...

»Ich war ... betrunken. Nicht so betrunken, dass ich mich nicht daran erinnere, aber doch so, dass ich vielleicht nicht die klügsten Entscheidungen getroffen habe.« Sie konzentrierte sich auf ihre Brotkruste, damit sie ihm nicht in die Augen blicken musste. Oder damit er nicht sah, dass ihre Hände zitterten. »Er war ... nett. Aber er hatte auch getrunken. Alles ging viel zu schnell.« Sie zuckte die Schultern. »Und als er fertig war, war es im Grunde vorbei.«

Danach war es zugleich auch mit ihrem Interesse an Sex vorbei gewesen. Bis sie Rylan begegnet war.

»Arschloch«, sagte er leise, aber eindringlich. Es ließ sie erschaudern.

Aber es bewirkte auch, dass sie ihm alles andere erzählen wollte. Er sollte alles hören, alles erfahren. Sie hatte nichts falsch gemacht. Aber Gott, was hatte sie mit sich machen lassen. Mit wie wenig hatte sie sich viel zu lang abgefunden. Ihr Magen verkrampfte sich, ihre Kehle schmerzte, sogar nach all der Zeit.

»Der Typ davor ... Aaron.« Sie ließ ihr Essen liegen. Sie hatte ohnehin genug, und allein der Gedanke daran ließ ihren Magen zu Stein erstarren. Sie schob ihren Teller von sich und faltete die Hände in ihrem Schoß. »Er war der Erste. Meine erste wirklich längere Beziehung, weißt du? Auf der Highschool war ich mit ein paar Jungen zusammen, aber es war alles nichts Ernstes. Jedenfalls war keiner dabei, mit dem ich ... Sex hatte.«

Rylan gab einen aufmunternden Laut von sich.

Sie zog die Knie an die Brust und schlang die Arme um sie. »Er war klug. Ein Wirtschaftsstudent. Ziemlich schlau und ehrgeizig.« *Zielstrebig* hatte er das genannt. Das Gegenteil von ihr mit all ihren Träumen von Galerien und Kunst. »Er hat mich schick ausgeführt und so.« Sie hielt inne, als Rylan sein Sandwich auf den Teller legte und sein Blick sich verdunkelte. Doch er versuchte nicht, sie zu unterbrechen, also fuhr sie fort. »Nach ein paar Monaten wollte er mehr, und ich auch.« Ein bitteres Kichern stieg in ihr auf. »Ich war zwanzig Jahre alt und Jungfrau, musst du wissen.«

Ein Teil von ihr hatte Angst gehabt, vor der Beziehung wie vor dem Sex. Die Ehe ihrer Eltern diente weniger als Vorbild denn als abschreckendes Beispiel, und sie hatte die seelischen Narben noch jahrelang mit sich herumgetragen. Im Grunde trug sie sie noch immer.

Ein anderer Teil von ihr hatte es einfach nur hinter sich bringen wollen.

»Er war nicht schrecklich im Bett oder so, aber wenn er ... etwas gemacht hat, hat es bei mir nie funktioniert. Ich war erregt, und wir ... hatten Sex. Aber ...« Sie hatte einen Knoten in der Zunge, und ihr Gesicht fühlte sich heiß an, ihr Nacken kalt. Warum konnte sie nicht einfach über diese Dinge *reden?* »Ich bin nie gekommen.«

»Was?« Rylan blickte sie verwirrt an, auf seiner Stirn erschien eine wütende Falte. »Er hat dich nie mit den Händen befriedigt oder mit dem Mund?«

Die Röte auf ihren Wangen verstärkte sich und breitete sich bis zu ihrer Brust aus. Er sagte das, als wäre es nicht schmutzig oder seltsam oder falsch.

Vielleicht, weil es das nicht war.

»Doch«, sagte sie. »Manchmal. Aber es hat nichts gebracht.«

»Und du hast die Dinge nie selbst in die Hand genommen?«

Die Scham erstickte ihr Lachen. »Bis du mich dazu gebracht hast, bin ich überhaupt nicht auf die Idee gekommen, dass ich das vor einem Mann tun könnte.« Jedenfalls nicht, ohne dass er sie für eine Schlampe oder für pervers halten würde. Oder was sonst noch.

Inzwischen hatte er sein Sandwich aufgegessen und beugte sich vor, um den Teller auf dem Boden abzustellen, dabei glitt die Decke von seinem Schoß. Als er sich wieder aufsetzte, rutschte er näher zu ihr, sodass sich ihre nackten Beine unter der Decke berührten. »Kate.« Er brachte sie dazu, ihre ineinander verkrampften Hände zu lösen und nahm ihre Hand in seine. Seine Haut fühlte sich warm, lebendig und fest an. »Ich habe dir ja gesagt: Es gibt nichts Erotischeres als eine Frau, die Lust empfindet.«

In ihrem Hals bildete sich ein Kloß. Weil er es wirklich so meinte. Das hatte er ihr mit jedem Kuss und mit jeder Berührung gezeigt, hatte es ihr dutzendfach ohne Worte gesagt, und es war nicht das erste Mal, dass er es auch laut aussprach.

»Im Ernst.« Die Leidenschaft in seiner Stimme wuchs. »Du verdienst jemanden, der dir das Gefühl gibt, wunderbar zu sein.«

Dass sie es *verdiente,* traf sie wie ein Schlag in die Magengrube. Ganz automatisch schüttelte sie den Kopf.

Er drückte ihre Hand fester. »Du bist wunderschön und süß und so verdammt begabt. Du verdienst ...« Er verstummte, und kurz zeichnete sich Verbitterung auf seinem Gesicht ab, die jedoch sogleich wieder verschwand. »Du verdienst jemanden, der dir alles gibt.«

Jemanden wie dich? Die Frage lag ihr auf der Zunge, doch sie schluckte sie hinunter, erstickte fast an ihr. Weil er wirklich genauso jemand war. Er hatte sie vorbehaltlos unterstützt, hatte ihr gezeigt, dass er an sie glaubte. Und hier in diesem Bett hatte er sich um sie gekümmert wie noch kein Mann zuvor.

Und er fand, dass sie es wert war.

Als ihr das klar wurde, bebte ihre Lippe, und das Atmen fiel ihr schwer. Sie versuchte, ihre Hände zurückzuziehen und ihre Fassung wiederzuerlangen. Damit, dass sie sich in ihn verliebt hatte, hatte sie sich abgefunden, doch dass er jetzt so nett zu ihr war, angesichts ihrer traurigen Geschichte - das verstärkte den Schmerz noch. Sie brach in Tränen aus, und er sah sie mit großen Augen an.

»Kate?«

Sie schüttelte den Kopf, doch ihre Stimme versagte. »Ich ...«

Eine unglaubliche Wärme, die sie kaum aushielt, legte sich um ihr Herz. Sie schloss die Augen, doch mit dem nächsten Atemzug rutschte er über das Bett zu ihr hin und zog sie in seine Arme, woraufhin sich die Hitze in ihr in eine Supernova verwandelte. Sie brannte in ihr.

Fast entfuhr ihr ein Schluchzen, und er hielt sie fester. Sie wischte sich die Augen, doch es half nichts. Au Mann, wie furchtbar, dass sie vor ihm zusammenbrach, und warum? Weil er nett zu ihr gewesen war?

Er murmelte leise, beruhigende Worte in ihr Haar und wiegte sie vor und zurück. »Es ist alles okay, Baby.«

Aber das stimmte nicht. Sie fühlte sich so seltsam.

Eine neue Erkenntnis reifte in ihr.

Er behandelte sie so gut, widmete ihr so viel Zeit, näherte sich ihr mit so viel Geduld und zärtlicher Fürsorge, weil er meinte, sie verdiente es, gut behandelt zu werden.

»Ich ...«, versuchte sie es noch einmal. Sie öffnete die Augen, und die Welt war nicht aus den Fugen geraten, die Decke und der Boden befanden sich noch genau dort, wo sie sein sollten. Sie war diejenige, die das Gleichgewicht verlor. Die Träne, die ihr über die Wange lief, fühlte sich glühend heiß an. »Mir war nicht klar, wie dringend ich das hören musste.«

Daraufhin drückte er sie so fest, dass sie keine Luft mehr bekam. »Ich werde es dir jeden Tag sagen«, versprach er, ohne eine Einschränkung hinterherzuschieben, weil ihre Zeit begrenzt war. »Du hast die ganze verdammte Welt verdient, Kate.«

Sie musste ihn nicht erst fragen, ob er das ernst meinte.

Und das brachte sie dazu, mit dem Rest der Geschichte herauszuplatzen.

Das Gesicht an seiner Brust vergraben, sagte sie: »Es war nicht nur der Sex mit Aaron.« Er hatte sie nicht missbraucht oder so etwas. So weit war es nie gegangen. Aber ... »Anfangs war er so nett, aber dann hat er mich immer wieder auf diese subtile Weise niedergemacht.« Die Scham darüber, dass sie sich das so lange hatte gefallen lassen, wallte erneut in ihr auf. Dass sie in die gleiche verdammte Falle getappt war. »Beiläufige Bemerkungen über meine Kleidung oder über die Kurse, die ich besuchte, oder darüber, was ich nach dem College tun wollte.«

Wenn du immer noch als Kellnerin arbeitest und ich an der Wall Street bin ...

»Und es wurde immer schlimmer, bis ich es tatsächlich geglaubt habe.« Sie hatte es immer geglaubt. »Dass er etwas Besseres war als ich und dass ich mich glücklich schätzen konnte, mit ihm zusammen zu sein.« Dass sie kein Recht hatte, mehr von ihm zu erwarten. Mehr Zuneigung oder mehr Zeit. Mehr Geduld mit ihrem Körper.

Rylans Stimme war heiser vor unterdrückter Wut. »Er kann sich glücklich schätzen, dass ich nicht weiß, wo er wohnt.«

»Ich könnte es dir verraten«, sagte sie schwach. Wenn Rylan dafür nach New York käme, konnte er so viele miese Exfreunde von ihr verprügeln, wie er wollte.

»Führe mich nicht in Versuchung.«

Sie biss sich auf die Lippe. »Als ich herausgefunden habe, dass er mich betrog …«

Rylan stieß wütend die Luft aus. Es klang fast wie ein Knurren.

Und das war es – dass er um ihretwillen wütend war –, das gab ihr die Kraft, ihm auch den Rest zu erzählen. »Da gab es eine Stimme in mir, die bereit war, ihm zu vergeben, weil es wahrscheinlich meine Schuld gewesen war.« Sie war schlecht im Bett gewesen, nicht aufmerksam genug, nicht gut genug für ihn. »Bis mir aufging … Bis mir klar wurde …«

Plötzlich kam alles wieder hoch. Schwindelerregender Schmerz und tiefes Bedauern.

Rylan strich ihr geduldig übers Haar. Immer war er so geduldig mit ihr.

»Meiner Mutter ist genau der gleiche Mist passiert.«

Ihrer verrückten, wunderbaren Mutter, die ihre eigenen Träume aufgegeben hatte, um ihren Ehemann durch die Uni zu bringen. Um eine Tochter großzuziehen, die sie viel zu jung bekommen hatte, und die sich nie darüber beklagt hatte. Erst als …

»Mein Vater hat das Gleiche gemacht, nur dass es viel schlimmer war.« Er war so viel schlimmer.

Er hatte sie beleidigt und ihnen beiden das Gefühl gegeben, ohne ihn verloren zu sein. Wirre Künstlertypen, die ständig alles verbockten. Die ihn manchmal so wütend machten …

Aber sie waren hart geblieben. Er war zu irgendeiner anderen Frau gezogen, und allein war es ihnen gut gegangen.

Aber Kate hatte ihre Lektion offenbar nicht gelernt.

»Nachdem ich das mit Aaron herausgefunden habe, rief ich heulend bei meiner Mutter an, und sie hat mich daran erinnert, dass sich Männer manchmal einfach ... verändern. Anfangs sind sie wundervoll, und dann zeigen sie ihre dunkle, hässliche Seite.«

Es war, als hätte sie ein Licht eingeschaltet. Plötzlich hatte sie all die kleinen Dinge gesehen, die sie im Lauf des Jahres, das sie mit Aaron zusammen gewesen war, fertiggemacht hatten. Am nächsten Tag hatte sie ihn verlassen und sich geschworen, nicht noch einmal darauf hereinzufallen. Ihre Selbstachtung mochte einen weiteren Schlag erhalten haben, doch sie hatte sich geschworen, dass sie sich nie wieder mit so wenig bei einem Mann zufriedengeben würde.

Und dann war Rylan gekommen. Und hatte ihr gezeigt, was ihr gefehlt hatte.

»Mein Vater hat es meiner Mutter angetan und Aaron mir. Anfangs waren sie nett, dann haben sie sich in Arschlöcher verwandelt, und ich ...« Sie konnte es laut sagen. Dank Rylan konnte sie es. »Ich habe etwas Besseres verdient.«

Und sie hatte es gefunden. Genau hier.

Doch Rylan schluckte heftig und hörte plötzlich auf, ihr zärtlich über den Rücken zu streichen. Eine ganze Weile sagte er nichts.

Währenddessen saß sie nackt vor ihm, so wie er für sie am Nachmittag. Und wartete. Wartete ...

Er holte tief Luft, dann ließ er sie los. Sein Blick brannte, als er ihr Gesicht in seine Hände nahm und sie küsste. Ihre Wangen, ihre Stirn, ihre Augen und schließlich ihre Lippen. Als er von ihr abrückte, flüsterte er: »Du verdienst das Beste.« Er umarmte sie erneut, und es war die wärmste Umarmung, die sie je erfahren hatte.

Für eine gefühlte Ewigkeit lag sie aufgewühlt in seinen Armen und ließ ihn den alten Schmerz aus ihr heraussaugen, der sie so lange niedergedrückt hatte. Er murmelte vage Entschuldigungen in ihr Haar, und sie ließ es geschehen.

Nackt und in den Armen eines beinah Fremden fühlte sie sich geborgener als in der ganzen Zeit mit Aaron. Vielleicht geborgener als in ihrem ganzen Leben.

»Weißt du was?«, sagte sie, als sie wieder frei atmen konnte.

»Was?«

»Ich wünschte, du wärst es gewesen.« Ja, wirklich. »Ich wünschte, du wärst der Erste gewesen. Du hättest mir gezeigt, wie ... wie *unglaublich* es sein kann.«

Wie anders wären die Dinge mit Aaron verlaufen, mit diesem One-Night-Stand, wenn sie das gewusst hätte! Hätte es dann überhaupt einen anderen gegeben? Wenn sie Rylan als Ersten hätte haben können? Wenn er mit seinen zärtlichen Händen und freundlichen Worten all die Wunden geheilt hätte, die ihr Vater ihr zugefügt hatte?

Wenn sie zusammengeblieben wären?

»Schhh.« Er strich wieder über ihren Rücken.

Sie vergrub das Gesicht an seinem Hals. »Bei dir ... bei dir fühle ich mich vollkommen sicher, weißt du?«

Als könnte sie loslassen. Als könnte sie ihn berühren und sich berühren lassen.

Als sei sie es wert.

»Ja«, sagte er und zog sie an sich. »Ich weiß.«

Rylan richtete die Fernbedienung auf den Fernseher und stellte den Ton so leise, dass er kaum noch zu hören war. Während der letzten halben Stunde hatte er die Stimme allmählich immer weiter gesenkt, während er die Liebesgeschichte, die auf Französisch im Fernsehen lief, für Kate übersetzt hatte. Schließlich hatte sie ganz regelmäßig geatmet. Als er den Ton leiser stellte, kuschelte sie sich dichter an ihn, wachte jedoch nicht auf.

Den Bildschirm ließ er an. Das hellblaue Licht ergoss sich über ihre Haut und beleuchtete ihr Gesicht. Ihr Kopf lehnte an seiner Schulter, ihr Haar lag weich zwischen seinen Fingern. Unter der Decke spürte er ihren nackten Körper an seinem.

Er verdiente das alles nicht. Nicht einen Bruchteil davon. Sein Herz zog sich zusammen, und er musste die Hand aus ihrem Haar lösen und sich die Faust auf den Mund pressen, um nicht vor Kummer aufzustöhnen.

Die ganze Zeit über hatte er sich diesen Idioten moralisch überlegen gefühlt, die es gewagt hatten, Kate anzufassen, ohne sie zu befriedigen. Doch als sie ihm den Rest der Geschichte erzählt hatte, war ihm gewesen, als hätte man ihm den Boden unter den Füßen weggezogen.

Wie in dem Moment, als sein Vater vorgeladen worden war. Als Rylan die Augen aufgegangen waren.

Er war seinem Vater in so vieler Hinsicht so ähnlich. Das hatte man ihm von klein auf erzählt. Bei jedem Schritt hatte man ihn darauf getrimmt, in die Fußstapfen des alten Mannes zu treten, und das hatte sich tief in ihn eingegraben. Der Weg, der für ihn vorgezeichnet worden war, jede Entscheidung, die er für sich hätte treffen sollen, war bereits vorherbestimmt gewesen. Doch das war es ihm wert gewesen. Sein Vater war ein Vorbild gewesen, ein Denkmal, dem jeder gleichen wollte. Und Rylan war es, der ihm in allem gleichen sollte.

Als Kate von ihrem Vater gesprochen hatte, ihrem Ex, diesen Männern, die so nett zu sein schienen und sich dann als dunkel und gemein herausstellten ...

An jenem Tag im Büro seines Vaters, als die Türen aufgestoßen worden waren und die Beamten hereinstürmten.

Dunkel und gemein. Diese Worte beschrieben es nicht annähernd.

Plötzlich waren all die Fehler seines Vaters ans Licht gekommen. Sein Charme war Untreue, sein Geschäftssinn Gier. Unerschrockenheit wurde zu Grausamkeit und Herzlosigkeit, und Rylan hatte all das gesehen. Er hatte all das in sich selbst gesehen.

Wenn Kate all das in Rylan entdeckte. Wenn sie herausfand, in was für ein Monster er im Begriff gewesen war, sich zu entwickeln ...

Seine Brust schnürte sich so fest zusammen, dass er kaum noch Luft bekam.

Wenn sie herausfand, dass er sie die ganze Zeit über angelogen hatte.

Er biss sich auf die Knöchel und versuchte die Galle zurückzudrängen, die seine Kehle hinaufstieg.

Rylan hatte Kate nicht angelogen. Nicht ein einziges Mal hatte er explizit die Unwahrheit gesagt. Doch das würde ihn nicht retten. Er war genauso schlecht wie ihr Ex oder ihr Vater. Diejenigen, die sie dazu gebracht hatten, in einem Mann, der ihr die Hand reichte, eine Bedrohung zu sehen.

Und Rylan war eine solche Bedrohung. Er war ein Lügner.

Und er hasste sich noch mehr dafür als jemals zuvor.

Ein Schaudern durchlief seinen Körper. Kate bewegte sich, und er erstarrte. Doch sie ließ nur ihr Knie über seinen Schenkel gleiten und legte die Hand weiter oben auf seine Brust.

Sie vertraute ihm.

Verdammt. Er ballte die Hände zu Fäusten und grub die Nägel in seine Handflächen, doch es half nichts. Ein anständiger Mann würde sie jetzt wecken und ihr alles erzählen. Er würde sie ihre eigenen Entscheidungen treffen lassen. Er würde zusehen, wie sie ging.

Doch das konnte Rylan einfach nicht. Sie würde weinen, und das würde ihn umbringen. Sie war so scheu gewesen, als sie ihm begegnet war, und die Vorstellung, dass er diese Angst zurück in ihre Augen treiben würde, bewirkte, dass er alles ungeschehen machen wollte. Jedes Wort und jede Berührung. Doch das würde er nicht tun. Nicht in einer Million Jahren.

Was sollte er tun?

Außer so gut zu ihr zu sein, wie er nur konnte.

Ihnen blieben nur noch zwei Tage, und wenn er sein Gewissen zum Schweigen brachte, konnte er diese Tage noch mit ihr verbringen, konnte ihr all die Zuneigung und Fürsorge schenken, die sie verdiente.

Am Ende würde sie gehen, ohne jemals die Wahrheit

zu erfahren. Sie würde die Hoffnung bewahren, dass es vielleicht dort draußen einen Typen gab, der sie nicht beschissen hatte.

Er wusste nicht, ob es der egoistischste Plan war, den er jemals gehabt hatte, oder der selbstloseste.

Ihr Körper zuckte erneut, und sein Herz zog sich zusammen. Doch er weckte sie nicht auf. Er ließ nicht zu, dass das Geständnis, das ihm auf der Zunge lag, über seine Lippen kam.

Er hatte sich entschieden.

Er würde tun, was seine Pflicht war. Er würde schweigen, und er würde alles tun, um sie zu verwöhnen. Er würde ihr nicht wehtun. Nicht mehr als nötig.

Erneut nahm er die Fernbedienung in die Hand und schaltete den Fernseher aus. Dunkelheit legte sich über Kate. Sie drehte sich murmelnd um, und Rylan schmiegte sich von hinten an sie. Er vergrub sein Gesicht in ihrem Haar, zog sie in seine Arme, schloss die Augen und atmete ihren Duft ein.

Doch es sollte noch eine ganze Weile dauern, bis er in den Schlaf fand.

KAPITEL 20 Rylan schlug die Augen auf und blinzelte gegen das frühmorgendliche Sonnenlicht an, das durch die Vorhänge hereinsickerte. Müde schloss er die Lider wieder. Normalerweise gelang es ihm nicht gut, noch einmal einzuschlafen, nachdem er erst einmal wach war, aber wenn er sich umdrehte und seine warmen Füße von der Decke befreite, ging es vielleicht.

Neben ihm gab Kate ein leises Stöhnen von sich, und mit einem Mal lichtete sich der Nebel in seinem Kopf. Sie lagen immer noch wie zwei Löffel hintereinander, wobei es ihm zum Glück gelungen war, etwas Abstand zwischen seinen Schwanz und ihr Hinterteil zu bringen. Nicht, dass das viel nutzte. Sie war warm vom Schlaf und lag entspannt an seiner Brust, die Finger neben ihrem Kopf verschränkt. Ihre Brüste drückten sanft gegen seinen Unterarm, der auf ihren Rippen ruhte.

Seine Morgenlatte zuckte, und er zog die Knie an, wobei er mit dem Schienbein über ihre Wade strich. Ihre Haut war so glatt. Wie gut sie sich anfühlte.

Doch die Gewissensbisse der letzten Nacht wallten aufs Neue in ihm auf. Er schloss die Augen und kämpfte gegen das Verlangen an, das in seinen Adern pulsierte. Vorsichtig zog er den Arm zurück, doch sie bewegte sich, brummte etwas und drückte seine Hand. Er schluckte und wollte sich gerade wegdrehen, als sie ihren Po an seine Hüften drängte.

Ein Blitz durchfuhr ihn.

»Kate«, stöhnte er, und es klang gepresst. Er löste seine Hand aus ihrer, fasste ihre Hüfte und versuchte, sie still zu halten. Sich nicht an sie zu drängen, egal, wie sehr er sich danach sehnte, nur für den Fall, dass es ihr nicht mehr gefiel, wenn sie ganz wach war.

»Hmm?«

Oh Gott. Sie drängte sich noch immer gegen ihn, wahrscheinlich war sie sich dessen überhaupt nicht bewusst.

Seine Stimme klang heiser und leise. »Du machst mich fertig.« Er versuchte, von ihr abzurücken, aber ohne Erfolg.

Mist. Diesmal schüttelte er sie. Sie war so geschmeidig und warm, streckte die Arme aus, reckte den Hals und fühlte sich so verdammt sexy an, dass er sich kaum beherrschen konnte.

Und dann erstarrte sie.

Genau. Das war keine Waffe, die sich da gegen ihr Hinterteil presste.

»Entschuldige«, murmelte er und löste seinen Griff um ihre Hüfte. Vielleicht würde sie jetzt zulassen, dass er von ihr abrückte. Er konnte sich im Bad einen runterholen. Oder kalt duschen. Irgendetwas unternehmen, um nicht den verdammten Verstand zu verlieren, weil er sie so sehr begehrte.

Weil er sich etwas nahm, das er nicht verdiente.

»Nein«, erwiderte sie jetzt wacher. Sie griff nach unten, legte eine Hand um seinen Schenkel und hinderte ihn daran zu gehen. Verdammt, er war schließlich nicht aus Stein.

Wieder legte er den Arm um sie, streichelte die Unterseite ihrer Brust und flüsterte an ihrer Schulter. »Baby.« Er schüttelte warnend den Kopf. »Du spielst mit dem Feuer.«

»Du hast mich noch nicht verbrannt.«

Sie hatte ja keine Ahnung.

Er drückte sie an sich und bemühte sich, den Drang, seine Hüften zu bewegen, zu unterdrücken, doch es war zwecklos.

Sie ließ die Hand an seinem Bein hinaufgleiten und drängte sich in seine Umarmung. Und er gab es auf. Er umschloss ihre Brust und genoss das Gefühl ihrer weichen Haut, die sich an seinen festen Schaft schmiegte. Mit einem zufriedenen Seufzen reckte sie den Hals. Er richtete sich auf und küsste sie. Sie schmeckte nach Schlaf und nach Sex, bewegte sich langsam im Rhythmus seiner Hüften und rieb ihre Schenkel aneinander.

Gestern Nacht hatte er eine Entscheidung getroffen. Er hatte beschlossen, den Status Quo aufrechtzuerhalten, ihr nicht zu sagen, auf welche Weise er sie getäuscht hatte, und dafür hatte er einen guten Grund. Klar, so konnte er zwei weitere Tage lang das Licht genießen, das sie in sein Leben brachte. Doch so würde auch sie ihre Begegnung in guter Erinnerung behalten. Es verschaffte ihm eine weitere Gelegenheit, sie mit all der Fürsorge und Freundlichkeit zu behandeln, die ihr gebührte.

Das konnte er. Er konnte sich vergnügen und sich dabei auf jede erdenkliche Weise revanchieren.

Er schloss die Augen, ließ die Stimme noch tiefer sinken und fragte: »Bist du nass für mich?«

Ihre einzige Antwort war ein heiseres Wimmern und Aneinanderreiben ihrer Beine. Wenn er bisher so mit ihr gesprochen hatte, hatte sie sich jedes Mal gewunden, doch ihr Körper hatte nie einen Zweifel daran gelassen, dass ihr das gefiel.

Stöhnend strich er mit den Zähnen über ihren Nacken. »Das muss ich wohl selbst herausfinden.«

Er kniff in ihren Nippel und ließ die Hand dann nach unten gleiten, über ihren flachen Bauch zum Ansatz ihrer Schenkel und zu diesem herrlichen, weichen Ort dazwischen.

»Oh, Baby«, stöhnte er und drehte sein Gesicht zum Kissen. »Du bist vollkommen nass. Hast du was Unanständiges geträumt?«

»Vielleicht.«

Was würde er darum geben, ihre Gedanken lesen zu können. Er ließ die Finger über ihre nasse Haut gleiten und tauchte zwei in sie hinein, damit sie schön feucht waren, wenn er mit ihnen über ihren Kitzler strich. Sie grub ihre Nägel in die Haut an seiner Hüfte.

»Fühlt sich das gut an?«

»Ja.« Sie drängte sich gegen ihn, spreizte die Schenkel und biss sich auf die Unterlippe. »Hast du noch ein Kondom?«

Noch eine ganze Packung. Er zog die Hand aus ihr heraus, packte ihr Handgelenk und führte ihre Finger dorthin, wo seine gewesen waren, weil das okay war. Sie sollte sich daran erinnern, dass sie das tun durfte. »Halt dich warm für mich.«

Entweder war sie ziemlich erregt oder noch etwas verschlafen, denn sie zeigte keinerlei Widerstand, nicht so wie neulich Nacht. Sie rollte sich zusammen, und die Bewegungen ihrer Finger waren leise im Zimmer zu hören. Gott, er könnte ihr den ganzen Tag zuhören und zusehen – und von ihr kosten.

Er stieß die Luft aus und riss sich los. Die restlichen Kondome steckten in der Seitentasche seines Rucksacks. Er riss eins ab und öffnete die Verpackung. Dann legte er eine Hand um sich, strich ein paarmal fest über sein Glied, rollte das Gummi hinunter und ging zurück zum Bett, um sich wieder an sie zu schmiegen.

Sie hatte nicht aufgehört, sich zu streicheln. Er konnte es kaum erwarten, in ihr zu sein, aber er zwang sich zur Ruhe. Mit dem Knie schob er ihr oberes Bein nach vorn, damit er etwas mehr Platz hatte. Dann strich er mit den Fingern über ihre, durch ihren Saft und über ihre Klitoris nach unten. Zwei Finger glitten locker in sie hinein, und sie umschloss sie fest, aber nicht zu fest. Sie war nass und unerträglich heiß.

»Darf ich?«, fragte er.

»Ja, komm.«

Fuck, sie war schon total erregt. Was für ein Wandel seit der ersten Nacht, und es trieb eine Wärme, die nichts mit Sex zu tun hatte, in seine Brust. Sie war offen, vollkommen vertrauensvoll. So bereit, ihm ihre Lust zu zeigen.

Es war wunderschön.

Er zog die Hand zurück und griff zwischen sie, um seinen Schaft in sie zu führen. Als er in ihren Körper hineinglitt, stöhnte er auf, und als er den Laut hörte, den sie daraufhin von sich gab, erregte ihn das nur noch mehr. Er legte den Arm um sie und biss fest in ihre Schulter.

»Du fühlst dich so gut an«, stieß er hervor.

»Du dich auch.« Sie machte Anstalten, die Hand fortzunehmen, und er schüttelte den Kopf.

Er hielt ihr Handgelenk fest und führte ihre Finger zurück an die Stelle, wo ihre Körper miteinander verbunden waren. »Nein. Hör nicht auf.«

»Aber du ...« Sie klang ehrlich verwirrt.

»Vögelst mich«, beendete er den Satz für sie. »Ja, glaub mir, das ist mir klar.«

»Also ...«

»Streichele dich weiter.«

»Willst du nicht ...«

Er war sich nicht sicher, was sie sagen wollte, dennoch schüttelte er den Kopf. »Ich will dich vögeln, während du deine kleine süße Muschi streichelst. Kannst du das für mich tun, Kate?«

Das Stöhnen, das sie hervorstieß, war eine Mischung aus Unwillen und Erregung, und es trieb ihn dazu, seine Hüften zu bewegen. Er konnte der Verlockung, in sie hineinzustoßen, nicht länger widerstehen. Schon nach diesen kurzen Stößen umklammerte sie ihn fester, und ja. Er wollte sie verrückt machen. Er wollte, dass sie das hier nie vergaß.

»Kannst du es tun?«, fragte er wieder. »Kannst du auf meinem Schwanz kommen?«

»Ja«, stieß sie atemlos hervor.

Und das war alles, was er hören musste.

Diesmal zog er sich weiter aus ihr zurück, bevor er erneut zustieß und mit der Hand über ihre Flanke strich. Er mochte diese Art, Sex zu haben – die Nähe und die Lust und dass er so gut an ihren Kitzler und ihre Nippel herankam.

Und hier, im schwachen Licht der Morgendämmerung, in diesem Bett, mit diesem Mädchen fühlte es sich noch intimer an. Dass er sich eng an ihren Rücken schmiegte, entsprach auf egoistische Weise seiner Stimmung. Er wollte ihr nah sein. Wollte ihre Haut berühren und ihre Ohren küssen, ihre Schultern und ihren Nacken. Er wollte ihr den besten Sex geben, den sie jemals gehabt hatte, damit sie nie wieder Angst davor hatte. Er wollte ihr alles geben.

Als er den Rhythmus seiner Hüften beschleunigte, verschleierte das Begehren seinen Blick. Es war eine Mischung aus Technik und Instinkt und ihr, die das Beste in ihm hervorzubringen schien. Er ignorierte seine wachsende Lust, beherrschte sich, um sie zum Höhepunkt zu bringen.

Als er ihren Nippel zwischen seinen Fingerspitzen rieb, keuchte sie, was sich noch verstärkte, als er die Hand zu ihrem Gesicht führte und mit dem Daumen über ihre Lippen strich. Es war schmutzig und perfekt, und er drängte seinen Daumen zwischen ihre Zähne, woraufhin sie fest daran saugte.

»Ah, das ist gut«, raunte er. Er löste seine Hand von ihrem Mund und rieb die nassen Finger über die feste Knospe ihrer Brust.

Sie wand sich und drängte seinen Schwanz tief in ihren Körper, während sie sich weiter selbst streichelte. Er war kurz vor dem Höhepunkt, schloss jedoch die Augen und biss die Zähne zusammen.

»Komm für mich. Umschließ mich. Lass los, Kate. Komm auf mir, lass mich kommen, lass los und …«

Da schrie sie seinen Namen, und fuck. Fuck, fuck, fuck, es fühlte sich sogar noch besser an, als er es erwartet hatte. Er beschleunigte seine Stöße und packte ihre Hüfte.

Gab sich ganz dem Gefühl hin. Sie war heiß und eng, und ihr Körper schmiegte sich an seinen. Es roch wundervoll, nach Sex und einfach nach *ihr*.

»Verdammt, Kate ...«

Als er in ihr kam und noch ein paarmal zustieß, bis das Gefühl zu stark wurde, wurde ihm schwarz vor Augen. Noch immer tief in ihr, beruhigte er sich allmählich und versuchte, wieder zu Atem zu kommen. Nach einer Weile zwang er sich, seine Finger zu lösen, und strich über ihre Flanke. Er hoffte, dass er sie nicht zu fest angefasst hatte, dass sie keine blauen Flecken zurückbehielt.

Wenn er auch noch Zeichen auf ihrer Haut hinterließe, hätte er ein noch schlechteres Gewissen.

So sanft wie möglich legte er den Arm um sie und zog sie an sich. So lagen sie eine Weile schweigend beieinander, bis seine Erektion nachließ. Widerwillig zog er sich aus ihr zurück, aus ihrer warmen Höhle, und presste die Lippen auf ihr Kinn.

Bevor er jedoch aufstehen konnte, drehte sie sich um, berührte mit einer Hand sein Gesicht und zog ihn zu sich herunter, um ihn auf die Lippen zu küssen. Es war ein zärtlicher, ernster Kuss.

Nach einer Weile löste er sich von ihr. »Alles okay?«

»Ja.«

Er öffnete den Mund, um zu fragen, ob sie sicher sei, doch welches Recht hatte er, sie zu bedrängen? »Okay.« Er beugte sich hinunter, um sie ein weiteres Mal zu küssen, bevor er sich an die Bettkante rollte. Mit dem Rücken zu ihr strich er sich mit einer Hand durchs Haar und stand auf.

Der Sex war fantastisch gewesen, und er hatte sich ihr gegenüber anständig verhalten. Er hatte ihr gegeben, was er konnte. Das war der Weg, dem er an diesen zwei letzten kostbaren Tagen mit ihr folgen musste. Er würde den Mund halten und sie rundum verwöhnen.

Und am Ende würde er sie gehen lassen.

»Und?«, rief Rylan aus dem Badezimmer. »Bist du bereit, meinen großartigen Plan für heute zu hören?«

Kate verstärkte den Griff um das Tintenfass, das sie gerade zurück in ihre Tasche steckte. Eigentlich hatte sie sich anziehen wollen, während Rylan sich rasierte, doch dann war sie von ihren Kunstutensilien abgelenkt worden und von der Überlegung, wo sie heute Vormittag zeichnen könnte. Seine Frage erwischte sie kalt.

Sie hatte bereits Pläne für den Tag. Gute Pläne.

Pläne, die sie von den verworrenen Gefühlen für Rylan ablenken würden.

Nachdem sie sich ihm gestern Abend hingegeben hatte, hatte sie sich so viel leichter gefühlt. Sie hatte ihn in ihren Körper gelassen, in ihr Herz und sogar in ihren Kopf, und es war wundervoll gewesen.

Aber all das machte die Aussicht, sich bald von ihm trennen zu müssen, nur noch unerträglicher.

»Wie sieht dein Plan aus?«, fragte sie und ließ das Tintenfass los.

Sie kniete sich neben ihren Koffer und holte die saubere von ihren beiden Jeans heraus. Dann duckte sie sich hinter das Bett, überzeugte sich davon, dass Rylan sie nicht sehen konnte und zog den Bauch ein, bevor sie sie anzog.

»Gestern hatte ich dir doch vorgeschlagen, nach Versailles zu fahren, weißt du noch?«

Mist. Jetzt da er es sagte, fiel es ihr wieder ein. Die Hände an ihrem Hosenbund, hielt sie nachdenklich inne.

Die schlichte Wahrheit war, dass sie nicht nach Versailles fahren wollte. Klar, die Geschichte des Ortes war reizvoll, aber überall hatte sie gelesen, dass es überteuert und überfüllt sei. Und darüber hinaus war es nicht die Art von Geschichte, die sie interessierte.

»Schwach«, sagte sie und schüttelte ein T-Shirt aus. Sie zuckte die Schultern. Es war nicht allzu zerknittert.

Im Bad lief das Wasser, und das Geräusch des Rasierers, der gegen das Porzellan geschlagen wurde, verriet, dass Rylan fast fertig war. Als er zu ihr ins Zimmer zurückkam, hatte sie sich das Shirt angezogen und die nassen Haare gekämmt. Sie versuchte sich nicht zu verspannen, als er hinter sie trat und eine Hand auf ihre Hüfte legte.

Falls er die Anspannung in ihrem Körper bemerkte, sprach er sie jedenfalls nicht darauf an. Stattdessen legte er die Arme um sie und stützte das Kinn auf ihre Schulter. Seine Wärme ließ ein angenehmes Schaudern durch ihren Körper rieseln.

»Stell es dir vor.« Er wiegte sie behutsam in den Armen. »Eine Zugfahrt aufs Land. Das alte, elegante, prunkvolle Schloss. Abendessen irgendwo in einem kleinen Château, weit weg von Lärm und Verkehr. Das wird romantisch.«

Das war das Letzte, was sie jetzt brauchte. Er hatte sie schon mit schlichteren Gesten umgehauen. Wenn er sich jetzt auch noch *Mühe* gab, sie zu umgarnen, wusste sie nicht, wie sie das überleben sollte.

In ihrer Stimme waren ihre Bedenken zu hören. »Ich weiß nicht. Ich habe nur noch heute und morgen.«

Allein der Gedanke daran tat weh.

»Ich weiß«, sagte er ernster, als sie erwartet hatte. »Darum möchte ich dir ja eine schöne Zeit bereiten, bevor du abreist.«

Klang seine Stimme so wehmütig, wie sie sich fühlte?

Sie schalt ihr übereifriges Herz und wand sich aus seinen Armen. »Rylan ...«

»Du musst nicht, wenn du nicht willst.« Er zuckte die Schultern, aber sein Lächeln reichte nicht bis zu seinen Augen. »Ich dachte nur, es wäre nett.«

Er wandte sich ab, ging zu seiner Tasche und ließ dort das Handtuch fallen. Sein Anblick war von hinten genauso herrlich wie von vorn. Vielleicht sogar noch besser. Für einen Moment verlor sie sich in ihm und starrte ihn an, bis er seine Boxershorts hochzog.

Sie riss den Blick von ihm los, trat ein paar Schritte zurück und ließ sich auf den Stuhl neben dem Bett fallen.

»Es ist nur ...« Kate kaute auf der Innenseite ihrer Lippe. Sie konnte ihm nicht sagen, dass sie nicht nach Versailles wollte. Er würde einfach mit einem neuen, besseren Plan aufwarten. Ihm zu sagen, dass sie Angst hatte, noch mehr Zeit mit ihm zu verbringen, war auch keine Option. Und so blieb nur ... »Ich habe dir doch erzählt, worüber ich mir diese Woche alles klar werden muss. Über die Kunstschule und einen Job und all diese Dinge.«

»Und ich habe dir gesagt, dass du verrückt wärst, nicht das zu tun, was du liebst.« Während er seine Jeans ausschlug, sah er sie über die Schulter hinweg an und fügte sachlich hinzu: »Und worin du fantastisch bist.«

»So einfach ist das nicht.«

»Warum nicht?« Er stieg in seine Hose, zog sie hoch und schloss sie, bevor er sich zu ihr umdrehte.

Wo sollte sie anfangen? »Ist es eben nicht. Wenn ich auf die Uni gehe, muss ich ein Darlehen aufnehmen. Kann ich das je zurückzahlen? Verschwende ich nur meine Zeit?« Das musste er doch verstehen. »Freunde von mir sind auf die Kunsthochschule gegangen und hinterher trotzdem in Werbeagenturen gelandet, nur dass sie dann schon zwei oder drei Jahre älter waren und obendrein einen Haufen Schulden hatten.«

»Die sind nicht du.«

Sie schnaubte. »Bei dir klingt das so einfach.«

»Dann mach es einfach.« Er sprang über das Bett und baute sich so nah vor ihr auf, dass ihre Knie sich beinahe berührten. Als er ihr die Hände reichte, legte sie ihre in seine. Er wirkte so ernst. »Hör zu. Wenn du wirklich glaubst, ein weiterer Tag mit deinem Skizzenbuch würde dir helfen herauszufinden, was du mit deiner Zukunft anfangen willst – wohin du gehen und was du tun sollst ...« Er schluckte schwer, und darunter lag noch eine andere Bedeutung, die sie nicht ganz greifen konnte. »Dann ist das okay. Tu das.«

»Ich ...«

»Aber ...«, unterbrach er sie. »Ich glaube, dass du eigentlich schon weißt, was du willst. Du kämpfst nur noch mit dem, was du befürchtest, tun zu *sollen.*« Er hörte auf, mit dem Daumen über ihre Knöchel zu streichen, und zwischen seinen Brauen bildete sich eine Falte. »Mit dem, was andere Leute von dir erwarten. Und wenn du noch so lange darüber nachdenkst, daran wird sich nichts ändern.« Er zuckte mit den Schultern, und seine Miene hellte sich auf. »Was bedeutet: Mach einen Ausflug mit mir. Lass mich dir ein paar hübsche Dinge zeigen und versuchen, an unpassenden Orten mit dir rumzuknutschen.« Lächelnd drückte er ihre Hände. »Die Entscheidung liegt bei dir.«

Er hatte ja keine Ahnung, welche Entscheidung ihr gerade am meisten zu schaffen machte.

Aber noch war sie nicht bereit nachzugeben. Sie zog ihre Hände zurück und stieß einen langen Seufzer aus. »Ich mach mich fertig und denk darüber nach, okay?«

Die Antwort schien ihm nicht zu gefallen, trotzdem nickte er. »Okay.«

Als sie sich die Haare geföhnt und sich geschminkt hatte, fühlte sie sich keinen Deut besser. Sie legte die Hände aufs Waschbecken und starrte sich im Badezimmerspiegel an. Mit lauter Stimme, damit er sie hörte, fragte sie: »Versailles ist doch ziemlich teuer, oder?«

Er steckte den Kopf durch den Türrahmen, komplett bekleidet und aufreizend gut aussehend. »Meine Idee. Meine Rechnung.«

Sie sah ihn skeptisch an. »Wie kannst du dir das leisten?«

»Keine Sorge. Das kriege ich schon hin.« Er stemmte die Hände in die Hüften. »Entscheide dich einfach, Kate.«

Dass er darauf bestand, die Kosten zu übernehmen, ließ sie einen Moment außer Acht – sie würde einfach eine Möglichkeit finden müssen, ihm das Geld vor ihrer Abreise zurückzugeben. Unter keinen Umständen würde sie zulassen, dass er sich ihretwegen finanziell übernahm. Nachdenklich verzog sie den Mund, betrachtete sich im Spiegel und wog ihre Möglichkeiten ab. Am Rand ihres Blickfelds konnte sie auch sein Spiegelbild sehen.

Auf seinem Gesicht zeichnete sich bereits Enttäuschung ab.

Und wem wollte sie eigentlich etwas vormachen?

»Ach, zum Teufel.« Es fühlte sich an, als würde sie alle Vorsicht in den Wind schlagen, als würde sie die Schule schwänzen. Und das in dem Wissen, wahrscheinlich erwischt zu werden. Sie ignorierte das flaue Gefühl in ihrem Magen. »Ich kann immer noch nach Fotos zeichnen, wenn ich nach Hause komme, stimmt's?«

Sein Mundwinkel schnellte nach oben. »Ist das ein Ja?«

»Klar. Warum nicht?«

Ihr fielen jede Menge Gründe ein, warum sie es nicht tun sollte, aber im Grunde ... hatte er recht. Sie wusste, wie sie weitermachen wollte – mit ihrem Leben und mit ihm. Was sie tun *sollte*, darüber konnte sie sich später Gedanken machen.

Und für einen Moment konnte sie den Gedanken an die Konsequenzen sogar beinahe verdrängen, als das größte, breiteste Lächeln auf seinem Gesicht erschien. Strahlend und wunderschön und ganz allein für sie. Er sprang nach vorn, packte sie an der Taille und wirbelte sie herum. »Du wirst es nicht bereuen.«

Sie versuchte, sein Lächeln zu erwidern.

Hoffentlich hatte er recht.

KAPITEL 21 Okay. Vielleicht hatte Rylan das alles hier in seiner Vorstellung ein wenig beschönigt.

Mit einem etwas mulmigen Gefühl fing er Kates Blick auf und deutete mit dem Kopf auf den nächsten Raum. Sie verschränkte die Arme über der Brust und nickte. Sie bahnten sich einen Weg an der Horde koreanischer Touristen vorbei zum nächsten Durchgang.

Mittlerweile waren sie im berühmtesten Teil dieses verflixten Palastes angekommen, und Kate hatte bislang noch nicht ein einziges Mal gelächelt.

Ein paar Räume und eine Touristengruppe später wurden sie in die prunkvollsten Räume gespült. Das Schlafzimmer war schwach beleuchtet, strahlte mit seinen goldenen Vorhängen und den glänzenden Tapeten aber dennoch einen überbordenden Glanz aus. Jede Lücke war verziert, sei es mit einer Lilie, einem Schnörkel oder einer Sonne. Unglaublich, sogar der Kamin war aus Lapislazuli.

Das war es. Das Schlafzimmer von Ludwig XIV., das Herzstück dieses ganzen Ladens.

In der Hoffnung auf irgendeine Reaktion drehte Rylan sich zu Kate um. »Und?«

»Es ist ... cool?« Sie hob die Mundwinkel, doch er wusste, wenn man ihm etwas vormachte.

Mist.

Er ballte die Hände zu Fäusten und versuchte den Palast mit ihren Augen zu sehen. Er war prächtig, fürstlich und triefte vor Reichtum.

Und er war nutzlos. Hohl. Genau wie Rylan selbst.

Mit einem ungeduldigen Schnauben lief Kate einen Bogen um einen Touristen, der ihr im Weg stand. Rylan folgte ihr und fasste sie am Arm. Sie erschrak, als hätte sie nicht mit seiner Berührung gerechnet, und das schmerzte ihn.

Er konnte das wieder in Ordnung bringen. Er würde es wiedergutmachen.

»Hey«, sagte er und beugte sich dicht zu ihr hinüber. »Willst du hier raus?«

Sie blickte ihn verwirrt an. »Willst du?«

»Ich weiß nicht.« Es war ihm egal. Hauptsache sie lächelte.

»Du wolltest doch herkommen, oder nicht?«

»Ich wollte, dass *du* es siehst. Aber du scheinst nicht gerade begeistert zu sein.«

Er verstummte, als eine kleine weißhaarige Frau versuchte, sich zwischen ihnen hindurchzudrängen. Er konnte sich gerade noch beherrschen, sie nicht anzuschreien, dass sie gefälligst um sie herumgehen sollte – sah sie denn nicht, dass sie hier etwas zu besprechen hatten? Kopfschüttelnd deutete er auf den nächsten Raum und zog Kate mit sich. Sie wehrte sich nicht, also konnte sie von dem blöden Sonnenkönig nicht allzu beeindruckt sein.

Natürlich war es im nächsten Raum auch nicht besser, woraufhin er sich mit ihr an allen anderen vorbeischob. Sie verpassten all das berühmte Zeug, aber das war ihm egal. Schließlich erreichte er das Ende und stürmte die Treppe hinunter, doch sie entriss ihm ihren Arm.

»Langsam«, zischte sie und nahm die Stufen halb so schnell wie er. Das brachte ihn zur Besinnung.

Er beherrschte sich, um sie nicht weiter mit sich zu reißen und blieb schweigend einen Schritt hinter ihr, bis sie wieder im Hof an der frischen Luft standen.

Sie trat zu ihm. »Was war denn da drin mit dir los?«

Er zuckte die Schultern und blickte auf das Gebäude hinter ihr. »Du hast so unglücklich ausgesehen.«

»Ich habe dir gesagt, dass das nicht so mein Ding ist.«

»Ich weiß, ich weiß.« Ja, er wusste es. »Tut mir leid, okay, blöde Idee.«

»Es hätte schlimmer kommen können.«

»Inwiefern?«

Auf ihrem Gesicht erschien die Andeutung eines Grinsens, und er hatte das Gefühl, als würde ein Gewicht von seinen Schultern genommen. »Es hätte auch noch eine russische Reisegruppe dort sein können?«

Er lachte auf, wischte sich mit der Hand über die Stirn und schüttelte den Kopf. »Hör zu, ich wollte einfach, dass du einen wunderschönen Tag hast.« Darum hatte er sich so bemüht. »Aber offenbar habe ich es versaut.«

Zum ersten Mal, seit sie in den Palast gegangen waren, trat sie ganz nah an ihn heran. Sie legte die Hände auf seine Brust und wartete, bis er sie ansah. »Du hast nichts versaut. Okay, das war nicht mein Lieblingsausflug, aber niemand ist perfekt.«

»Das war wirklich weit entfernt von perfekt.«

»Alle anderen Orte, an die du mich gebracht hast, waren perfekt.«

Er wurde diese irrationale Panik, dass ihnen nur noch wenig Zeit blieb und er das Beste daraus machen wollte, einfach nicht los. Doch als sie ihn zu einem Kuss zu sich herabzog, konnte er nicht anders. Er ließ die Schultern sinken, und die Anspannung wich aus seinem Rücken.

»Es tut mir leid«, wiederholte er. Sie sah aus, als wollte sie ihn unterbrechen, aber er ließ sie nicht zu Wort kommen. »Nicht nur, weil ich dich überredet habe, mit mir hierherzukommen.« Er nahm ihre Hand und hielt sie in seiner. »Sondern auch, weil ich wie ein Vierjähriger geschmollt habe, weil du ausgesehen hast, als würde es dir nicht gefallen.«

»Entschuldigung angenommen.« Sie stellte sich auf die Zehenspitzen und zog ihn zu sich hinunter, um ihn auf die Nase zu küssen.

Jetzt fühlte er sich ruhiger. Er ließ sie los und zeigte auf den Palast hinter ihnen. »Willst du noch einen Versuch wagen und wieder reingehen? Dir den Garten ansehen? Irgendwas? Oder willst du einfach nur weg?«

»Sind unsere Eintrittskarten mit einem Zeitstempel versehen?«

Wenn er in seiner Familie etwas gelernt hatte, dann wie man Leute dazu brachte zu tun, was man selbst wollte. Manchmal musste man jemanden schmieren, aber das war kein Problem. Dennoch holte er sein Portemonnaie heraus, klappte es auf und suchte nach den Tickets. Er betrachtete sie einen Moment. »Ich sehe nicht, dass etwas dagegen spricht, noch einmal zurückzugehen.«

Als er von den Tickets aufblickte, sah er, dass sie mit gerunzelter Stirn auf seine Hände starrte. Sofort klappte er das Portemonnaie wieder zu.

In seinem Nacken brach kalter Schweiß aus. Die ganze Woche über hatte er es geschafft, stets bar zu bezahlen, egal, wo sie gewesen waren, und in kleinen Scheinen, da er weder seine Kreditkarte hatte zeigen wollen, noch wie viel Geld er normalerweise mit sich herumtrug. Er hatte das Portemonnaie immer nur unter dem Tisch oder hinter seiner Jacke geöffnet und war so verflucht vorsichtig gewesen. Und jetzt hielt er ihr das Ding am helllichten Tage einfach unter die Nase!

Sein Puls raste. *Bleib cool.* Er konzentrierte sich auf die Karten und steckte das Portemonnaie zurück in seine Hosentasche. »Und? Willst du es noch mal mit den Massen aufnehmen?«

Sie starrte weiter auf seine Hände.

»Kate?«

Sie schüttelte den Kopf und kam wieder zu sich. »Hä? Oh, äh. Nein. Aber ich hätte nichts dagegen, mir den Garten anzusehen. Es ist so ein schöner Tag, und wir sind extra hier rausgefahren.«

Er musste einen Seufzer der Erleichterung unterdrücken. Dennoch wurde er das Gefühl nicht los, dass sie ihn durchschaut hatte. Doch solange sie nichts sagte, würde er es ganz bestimmt nicht ansprechen. Lächelnd reichte er ihr den Arm. »Folgen Sie mir, meine Dame.«

Bereitwillig hakte sie sich bei ihm ein. Doch während sie durch den Garten streiften, musterte sie ihn nachdenklich und ein wenig zu gründlich.

Viele Kreditkarten sahen sich so ähnlich, dass man sie gar nicht voneinander unterscheiden konnte.

Das sagte sich Kate immer wieder, während der Argwohn an ihr nagte. Sie wusste noch nicht einmal, wie eine Black Amex aussah – woher auch? Aber wenn es dort wörtlich gestanden hatte ... Was sollte es sonst sein?

Verstohlen blickte sie ihn von der Seite an. Sie waren ein ganzes Stück durch den Garten um den Palast herumgelaufen – hoffentlich lange genug, dass er sich ein wenig besser fühlte. Allmählich wollte sie vorschlagen, wieder in die Stadt zurückzufahren.

Bevor sie sich zu ihm umdrehen konnte, hielt er sie mit einer Hand am Arm fest. »Hey.« Mit der anderen holte er sein Handy heraus. »Erinnerst du dich noch an den Trick?«

Er zog sie in seinen Arm, so wie er es an ihrem ersten Tag vor dem Louvre getan hatte.

Nervosität stieg in ihrer Brust auf. »Als du mich überzeugt hast, ein Selfie zu machen, und das als fadenscheinige Ausrede benutzt hast, den Arm um mich zu legen?«

»Jepp. Bitte lächeln.«

Kate lächelte, so gut sie konnte, und betrachtete dabei heimlich sein Smartphone. Ein brandneues Modell. Elegant. Teuer.

Sie verdrängte den Gedanken, und er ließ sie los und scrollte zurück, um zu sehen, ob das Bild etwas geworden war. Zufrieden lächelnd zeigte er es ihr. »Wir sehen gut aus, oder?«

Das taten sie. Ein wenig angespannt, aber gut. Sie nickte.

Er hielt das Telefon quer und die Daumen so, als wollte er etwas tippen. »Du hast mir gar nicht deine E-Mail-Adresse gegeben.«

Das wusste sie. »Ach. Stimmt.«

»Willst du die Bilder nicht haben?« Er hob eine Braue.

»Doch.« Aus irgendeinem Grund beunruhigte sie der

Gedanke. Als würde sie eine Grenze überschreiten, wenn sie ihm die Möglichkeit gab, Kontakt zu ihr aufzunehmen. Lächerlich, in Anbetracht der Tatsache, dass sie alle anderen Grenzen ohne mit der Wimper zu zucken fröhlich überschritten hatten. Sie unterdrückte dieses seltsam kribbelnde Gefühl in ihrer Magengrube und ratterte sie herunter.

Er tippte die Adresse ein und nickte. »Gesendet.«

»Okay, dann habe ich jetzt auch deine Adresse.«

»Jepp.«

Seit sie aus dem Hostel ausgezogen war, hatte sie nicht mehr in ihre E-Mails geschaut. Wahrscheinlich sollte sie das bald tun, nur für alle Fälle. Ohne darüber nachzudenken, wohin sie ging, setzte sie sich wieder in Bewegung.

»Und«, begann er, als er zu ihr aufgeholt hatte, »willst du hier noch etwas sehen?«

Sie hatte hier eigentlich überhaupt nichts unbedingt sehen wollen. »Eigentlich nicht.«

»Darf ich dir einen Vorschlag machen?« Er wirkte etwas weniger überheblich als sonst. Es klang wie eine echte Frage.

»Darfst du.«

»Wie wäre es, wenn wir den Zug zurück nach Paris nehmen und heute Abend auf meine Kosten essen gehen?«

Er hatte sie diese Woche schon häufig genug eingeladen. Sie hatte nicht mehr mitgezählt.

Jetzt überschlug sie es im Kopf. »Das musst du nicht tun.«

»Ich will aber.« Er stieß sie mit der Schulter an. »Na komm, nimm es als Entschädigung für ... das hier.« Er wies mit der Hand auf das Schloss und den Park um sie herum.

Das hier hatte er auch bezahlt.

Ihr schlug das Herz bis zum Hals. »An was hast du gedacht? Essensmäßig?«

Schulterzuckend lenkte er sie zum Hauptausgang. »Ich habe dich bisher noch gar nicht in ein richtig französisches Restaurant geführt. Was meinst du? Escargot? Cassoulet? Foie gras?« Seine Stimme ging nach oben, als er mit perfektem französischen Akzent die Gerichte aufzählte.

Den er sich angeeignet hatte, als er mit seinen Eltern als Kind durch Europa gereist war.

Plötzlich wurde aus dem vagen Verdacht, den sie gerade versucht hatte beiseitezuschieben, Gewissheit. Ihr Herz hämmerte gegen ihre Rippen. All das Gerede über Hostels und das Teilen der Hotelkosten – war das alles nur ein Trick gewesen? Wenn, dann war sie darauf hereingefallen. Er musste sie für eine vollkommene Idiotin halten.

»Können wir vorher erst zurück zum Hotel gehen?« Sie musste sich sammeln.

Besorgnis zeichnete sich auf seinem Gesicht ab. »Ist alles okay bei dir?«

»Ja.«

Doch als er versuchte, wieder den Arm um sie zu legen, konnte sie sich nicht entspannen und an ihn schmiegen.

Den ganzen Tag, seit sie sich heute Morgen im Bett von ihm gelöst hatte, war sie immer wieder damit beschäftigt gewesen, ihr Herz vor ihm zu schützen.

Vielleicht hätte sie noch vorsichtiger sein müssen. Womöglich von Anfang an.

KAPITEL 22

Rylan musste sich zusammenreißen, um zu warten, bis sie die Tür ihres Hotelzimmers hinter sich geschlossen hatten, bevor er sich zu ihr umdrehte. Mist, er spürte förmlich, wie er automatisch auf das zurückgriff, was sein Vater ihm für die Arbeit in der Vorstandsetage beigebracht hatte. Abstand wahren. Harter Blick.

Genau wie sein Vater, der diese Miene auch aufgesetzt hatte, wenn Rylan, seine Geschwister oder auch ihre Mutter ihn enttäuscht hatten.

Was zum Teufel sollte er auch sonst tun? Kate hatte sich auf dem Heimweg zwar nicht gegen seine Berührungen gewehrt, aber es war ihm wie die längste Zugfahrt seines Lebens vorgekommen. Sie hatte neben ihm gesessen, die Hand locker in seiner, bis sie sie schließlich fortgenommen hatte, um an ihren Nägeln, ihrem Haar oder an ihrer Tasche herumzunesteln. Er durfte ihre Hand zwar halten, wenn er sie berühren wollte – doch nie suchte sie von sich aus den Kontakt zu ihm. Die ganze Zeit über hatten sie vielleicht ein Dutzend Worte gewechselt.

Bedauern nagte an ihm, das sich jedoch allmählich in Wut verwandelte. Er hätte sie niemals dazu drängen dürfen, den Tag mit ihm zu verbringen. Und er hätte eindeutig nicht Versailles vorschlagen sollen.

Er hätte die Eintrittskarten irgendwo anders hin und nicht in sein Portemonnaie stecken sollen.

Es schien unwahrscheinlich, dass es so einfach war, doch nachdem sie das verdammte Ding entdeckt hatte, war sie auf einmal völlig verschlossen gewesen. Man musste kein Detektiv sein, um darauf zu kommen.

Er schloss die Augen und ballte die Hände zu Fäusten, atmete dreimal tief durch und blickte sie dann an. Letzte Nacht hatte alles perfekt geschienen. Und nun war es so gekommen.

Mist.

»Sag es.« Er riss sich die Jacke vom Körper und schleuderte sie mit den restlichen Sachen in die Ecke. »Was immer du denkst. Sag es einfach.«

Sie hatte sich von ihm abgewandt und wühlte in ihrer Tasche, aber bei seinem harten Ton schob sie das Ding zur Seite und ließ es polternd auf den Boden fallen. Die Heftigkeit erschreckte ihn, und sein Herz zog sich zusammen, als sie die Hände auf dem Schreibtisch abstützte. Sie ließ den Kopf sinken und zog die Schultern hoch.

»Wer bist du?« Sie sah ihn erst an, nachdem sie die Frage ausgesprochen hatte, und selbst dann wandte sie sich ihm nicht zu. Sie drehte nur den Hals, um ihn mit finsterem, traurigem Blick anzusehen.

Ihm klopfte das Herz bis zum Hals. »Was meinst du damit?«

Die Ironie der ganzen Sache raubte ihm den Atem. Ja, er hatte ihr Einzelheiten seines Lebens verschwiegen. Aber in diesen wenigen Tagen hatte er ihr all diese anderen Dinge gezeigt. Seiten von sich, die andere Menschen, die viel mehr Fakten über ihn wussten, noch nie gesehen hatten. Seiten, die er noch niemandem zuvor gezeigt hatte.

»Ich meine«, wiederholte sie langsam, »wer bist du?«

»Das weißt du.«

»Nein.« Ihr Mund war nur noch eine schmale Linie. »Das ist das Problem. Ich weiß es nicht.«

Einen Moment lang, der sich wie eine Ewigkeit anfühlte, stand er da und wartete auf den Schlag.

Schließlich drehte Kate sich mit ausdruckslosem Blick zu ihm um. Ihre Stimme klang ruhig, aber fest. »Zeig mir dein Portemonnaie.«

Und da war er. Kein körperlicher Schlag, aber dennoch ein Schlag in die Magengrube. »Kate ...«

Verhandeln. Einen Bogen um das Thema machen. Den Spieß umdrehen.

Sie streckte die Hand aus. »Gib es mir.«

Er versuchte zu scherzen. »Wenn du Geld brauchst, kannst du das doch einfach sagen ...«

»Brauche ich nicht. Das ist das Letzte, was ich von dir will.« Sie schluckte heftig, und ihre Augen glänzten. »Weißt du das denn nicht?«

Es gab nichts zu verhandeln – so, wie sie ihn durchschaute. Sie hatte in sein Herz gesehen. All diese Tage und Nächte hatte er es ihr immer wieder gezeigt. Doch das reichte offenbar nicht. Sie wollte die Hülle.

Und das war alles seine Schuld. Er hatte es sich von Anfang an selbst eingebrockt.

»Ich kann dir alles erklären«, versuchte er, doch sie schüttelte den Kopf.

»Zeig es mir einfach.«

Er wünschte, er hätte sie ein letztes Mal küssen können.

Entmutigt griff er in die Hosentasche und zog das blöde Ding heraus. Wenn sie aufgepasst hätte, hätten ihn allein schon die Marke und das weiche Leder verraten. Hundert winzige Details verrieten ihn – angefangen von der Uhr, die er am ersten Tag getragen hatte, bis hin zu den abgenutzten Formeln, die er über den Ring seines Vaters losgelassen hatte. Doch sie hatte es nicht sehen wollen. Es nicht hören wollen.

Und jetzt musste er ihr die Wahrheit sagen.

»Schon seltsam«, sagte er und reichte ihr das Portemonnaie. Die Welt schien zu beben, ein leichter Schwindel schien alles ins Wanken zu bringen. »Ich habe dir meinen Nachnamen genannt, als wir im Musée d'Orsay waren. Aber du hast nicht mal mit der Wimper gezuckt.«

»Hätte ich das tun sollen?«

»Viele Amerikaner tun das.«

Sie öffnete das Fach mit den Geldscheinen und zählte die fünf Hundert-Euro-Noten, die sich noch darin befanden. Dann zog sie mit unsicheren Händen die Black-Amex-Karte heraus. Die Mitgliedskarte des VIP-Fitnessclubs, der zum Appartementhaus seiner Mutter gehörte. Eine Karte war belastender als die nächste.

»Theodore Rylan Bellamy der Dritte«, sagte er, als würde er sich ihr zum ersten Mal vorstellen, und eine Last hob sich von seinen Schultern. Doch zugleich schien ein Anker ihn auf den Meeresboden hinunter zu ziehen. »Der älteste Sohn von Theodore und Felicienne Bellamy.«

Langsam wiederholte sie den Namen, und allmählich legte sich die Erkenntnis wie eine zunehmende Leere in ihren Blick. »Theodore Bellamy.«

»Es überrascht mich, dass du dich nicht daran erinnerst, wenn du in New York auf dem College warst. Es stand letztes Jahr in allen Zeitungen. Er hat die Hälfte der Gewinne von Bellamy International unterschlagen.« Unwillkürlich fasste er nach dem Ring unter seinem Hemd. »Innerhalb von fünf Jahren ist es von einem der größten börsennotierten Unternehmen des Jahrzehnts zu einem abschreckenden Beispiel geworden.«

Ihr Blick folgte der Bewegung seiner Hand, als er den Griff um den kleinen goldenen Ring verstärkte. »Dein Vater, der im Gefängnis ist.«

»Er sitzt gerade das zweite Jahr einer fünfzehnjährigen Haftstrafe ab.«

»Ich erinnere mich nicht ...« Sie verstummte. »Damals habe ich die Nachrichten nicht so aufmerksam verfolgt.«

»Viel mehr gibt es nicht zu berichten. Na ja, es sei denn, du liest die Klatschpresse. Dann gibt es da noch seine Ehefrau, die offenbar mit der Hälfte aller jungen Männer in Europa eine Affäre hatte. Sie verfügt über ein eigenes Vermögen, sodass sie neu angefangen hat, als Dad wegging. Irgendwo. Ich bin mir sicher, es geht ihr gut.«

»Und dein Vermögen?«

»Mein Vater hat fast alles verloren, aber wir verfügten alle über Treuhandfonds, die vor dem Betrug angelegt worden waren. An die kam das Gericht nicht heran.«

Sie sah blass aus, ließ sich auf die Bettkante sinken und stützte den Kopf in die Hände. »Treuhandfonds. Du besitzt einen Treuhandfonds.«

Natürlich hängte sie sich daran auf.

»Ich habe dich nicht angelogen, Kate.« Laut ausgesprochen klang es genauso hohl wie letzte Nacht in seinen Gedanken.

Sie starrte ihn mit funkelnden Augen an. Verdammt, anscheinend klang es sogar noch schlimmer.

Und dann lachte sie. Es klang hässlich und falsch, beinahe hysterisch. »Nein«, stieß sie unter Lachen hervor. »Nein, natürlich nicht. Ich dämliche Kuh bin einfach davon ausgegangen, dass du ein ganz normaler Kerl bist. Ich dämliche Kuh habe gedacht, dass du in einem genauso schrecklichen Hostel wohnst wie ich.«

»Ich hätte das richtigstellen sollen.«

»Ja, das hättest du, verdammt noch mal.« Sie riss sich an den Haaren. Es sah schmerzhaft aus – am liebsten wäre er zu ihr gegangen und hätte sie davon abgehalten oder den Schmerz durch seine Berührung gelindert. »Au Mann, du musst mich ja für total bescheuert halten.«

»Nein. Überhaupt nicht.« Er wagte es, die Hand auszustrecken, doch sie wich ihr aus, stand auf, trat zurück und brachte so viel Abstand wie möglich zwischen ihre beiden Körper.

Es war ein Schlag ins Gesicht. Nicht, dass er den nicht verdient hatte, aber er traf ihn überraschend. Als sie die Arme um sich schlang, schmerzte es ihn nur noch mehr.

Sie wirkte verloren. »Du hast mich angelogen. Ich habe dir vertraut, und du hast mich angelogen. Nach allem, was ich zugelassen habe, nach allem, was ich dir gestern Nacht erzählt habe ...«

»Ich wollte es dir ja sagen ...« Jetzt wirkten seine Entschuldigungen und seine Absichten nur noch lächerlich.

Sie schüttelte den Kopf. »Mit so viel Geld kannst du

alles haben, alles tun, was du willst. Im schönsten Hotel der Stadt wohnen. Und trotzdem bist du hier.«

»Ich dachte, es wäre dir angenehmer ...«

»Was? Etwas Billiges?«

Irgendwie lief das Gespräch in eine völlig falsche Richtung.

»Etwas ...« Das Wort blieb ihm im Hals stecken. »Normales.«

Denn das war es, was er hier heimlich gesucht, was er aus dieser Auszeit hatte mitnehmen wollen. Die Chance, *normal* zu sein. Ein normales Leben zu besitzen, anstatt ... er zu sein.

Doch das kam bei ihr nicht gut an.

»Normal.« Ihre Mundwinkel zuckten verächtlich. »Du meinst *gewöhnlich*, stimmt's?«

Sie war alles andere als gewöhnlich. »Nein!« Er stampfte mit dem Fuß auf und raufte sich die Haare. »Du verdrehst alles, was ich sage.«

»Weil du gelogen hast«. Ihre Stimme klang jetzt ganz ruhig. »Ich habe dich so oft gefragt, wer du bist, und du hast gelogen.«

»Nicht an den entscheidenden Stellen.«

Etwas in ihrem Blick brach. »Aber bei Dingen, die mir wichtig waren.«

Was sollte er darauf erwidern?

Es tat ihm nicht leid. Hätte sie es gewusst, hätte sie ihn niemals berührt, und für kein Geld der Welt würde er auf das verzichten, was sie miteinander geteilt hatten. Auch wenn es jetzt wehtat. Er hätte niemals darauf verzichten wollen.

»Sag mir, wie ich es wiedergutmachen kann.«

Kopfschüttelnd wandte sie den Blick ab. »Ich glaube nicht, dass du das kannst.« Sie wischte sich mit der Hand über die Augen, drehte sich um und hob ihre Tasche vom Boden auf.

Dann griff sie nach ihrem Koffer.

Alles in ihm schrie auf. Sie würde ihn doch nicht tatsächlich verlassen. Nicht, ohne ihm noch eine Chance zu geben, es wieder in Ordnung zu bringen. »Was machst du?«

»Packen.«

»Und wohin gehst du?«

»Weiß ich nicht. Zurück ins Hostel. In ein anderes Hostel. Egal.«

»Nein. Auf keinen Fall.«

»Entschuldige, aber du wirst mir bestimmt nicht sagen, was ich zu tun habe.«

Seine Kehle schmerzte. »Willst du das alles wirklich wegwerfen? Einfach so?«

Sie sah ihn über ihre Schulter hinweg an. »Was wegwerfen? Das hier wäre doch ohnehin nicht von Dauer gewesen.« In ihren Worten lag Bitterkeit. »Selbst wenn ... selbst wenn du nicht ... Es war eine Affäre. Ich lebe in New York, und du lebst hier. Selbst, wenn ich in deiner Liga spielen würde ...«

»Sag das nie wieder«, herrschte er sie an. Sie durfte vieles sagen, aber nicht das.

»Bitte«, schnaubte sie und wandte sich erneut ab, doch er sah, dass ihre Augen gerötet waren. »Ich bin eine naive arme Kunststudentin, und du bist ...«

Das Wort kam heraus, bevor er es verhindern konnte. »Verloren.« Mit ihr hatte er zum ersten Mal seit Monaten das Gefühl gehabt, zu sich gefunden zu haben. Zum ersten Mal seit Jahren. »Du hattest recht, als wir auf dem Montmartre waren. Als du mich gefragt hast, wovor ich weglaufe. Vielleicht verfüge ich über mehr Geld ...«

»Und mehr Erfahrung und all diese ...« Verlegen winkte sie ab. »... Maschen. Deine Abschleppnummer.«

»Meine Abschleppnummer hat bei dir überhaupt nicht gezogen.«

Sie schüttelte den Kopf. »Sie hat viel besser funktioniert, als du es dir vorstellen kannst. Ich habe nur so getan, als würde sie nicht funktionieren, weil ...«

Er ließ ihr einen Moment Zeit, dann fragte er: »Was?«

»Weil ich wusste, dass du mir das Herz brechen würdest.«

»Kate ...«

»Nein.« Sie sammelte ihre paar Dinge vom Nachttisch ein und stopfte sie in ihre Tasche. »Egal.«

»Mir ist es aber nicht egal.«

Sie schnaubte verächtlich und kletterte über das Bett, um ihn auf dem Weg zum Bad nicht berühren zu müssen. Kaum war sie weg, hechtete er zu ihrem Koffer und begann ihn wieder auszupacken. Sie kehrte mit Kultur- und Schminktasche in ihren Händen zurück und starrte ihn wütend an.

»Ich werde dich nicht kampflos ziehen lassen«, versprach er. »Nach allem ... Nachdem wir an all diesen Orten gewesen sind, und nach ...« Sein Blick glitt zum Bett. Auf dem sie sich von ihm hatte ausziehen lassen. Ihn von sich hatte kosten, sich von ihm hatte berühren und ihn in sich hineingelassen hatte. Er ballte die Hände zu Fäusten. »Nach allem, was wir zusammen getan haben.« Ihm wurde noch elender zumute. »Nachdem ich für dich Modell gesessen habe.«

Er hatte ihr seine verdammte Seele gezeigt, und jetzt bedeutete ihr das alles nichts mehr? Weil er ihr ein paar kleine Halbwahrheiten erzählt hatte?

Sie hielt inne. Ihr Atem beruhigte sich, und einen kurzen Augenblick lang schöpfte er Hoffnung. Sie blickte auf den Ort, wo sie sich berührt und geküsst – und sich geliebt hatten.

Und dann schenkte sie ihm ein schrecklich trauriges Lächeln. »Vielleicht ist es besser so.«

»Besser?«

Sie trat um ihn herum und legte ihre Sachen in den Koffer. Dann schluckte sie schwer und nahm seine Hände, und es fühlte sich so verdammt gut an. Bis sie das Shirt nahm, das er in seiner Faust zusammengeknüllt hatte, und es seinen Fingern entwand.

Zusammen mit den anderen Sachen, die er herausgeholt hatte, packte sie es wieder ein. »Wenn es so weitergegangen wäre ... Wenn ich mit dem Gefühl abgereist wäre, das ich gestern hatte ...« Ihre Stimme brach, und als er das hörte, brannten seine Augen. »Ich hätte mich ewig nach dir gesehnt. Ich hätte immer wieder an dich gedacht.«

Er würde niemals aufhören, an sie zu denken.

»Und jetzt?« Er traute sich kaum zu fragen.

Sie zog den Reißverschluss ihres Koffers zu, und es klang wie das Ende der Welt. »Jetzt kann ich nach Hause fahren mit dem Wissen, dass es nie hat sein sollen.«

Er trat einen Schritt zurück. Sie war fertig. Ganz und gar, und er gab sich keinen Illusionen mehr hin, sie noch umstimmen zu können. Außerdem war es nicht richtig. In der ersten Nacht hatte er ihr versprochen, er werde sie zu nichts zwingen, was sie nicht wollte. Und dabei war es ihm nicht nur um Sex gegangen.

Es war ihre Entscheidung. Und er respektierte sie. Er *musste* sie respektieren.

Sie nahm den Griff ihres Koffers und drehte sich zur Tür.

Verdammt. Scheiß auf Anstand und Respekt. »Weißt du was?«, sagte er. »Der einzige Grund, weshalb ich dir nicht gleich die Wahrheit gesagt habe ...« Es fiel ihm nicht leicht, es zuzugeben, aber egal. Alles andere hatte er ihr ohnehin schon erzählt. »... hatte nichts damit zu tun, dass ich dich täuschen oder dich verführen wollte.«

Sie hielt inne.

Es war seine einzige Chance.

»Du warst so schön und klug, und du hast meine Masche sofort durchschaut.« Er holte tief Luft. »Und ich dachte ... ich dachte, du würdest mehr sehen als nur diesen oberflächlichen Kram. Es war, als *wolltest* du mehr als das sehen. Und genau danach habe ich mich gesehnt. Am Anfang war mir noch gar nicht klar, wie sehr. Die Vorstellung, dass eine Frau mich einmal nicht wegen meines Namens oder wegen meiner Eltern mögen könnte, oder weil ich ein bisschen Geld habe.« Denn all diese Dinge entzogen sich seiner Kontrolle. Seine Lungen fühlten sich hohl an in seiner Brust. »Ich wollte, dass du mich um meinetwillen magst.«

»Oh, Rylan.« Ihr Blick suchte seinen. »Ich hätte dich trotzdem um deiner selbst willen gemocht.« Ihre Lippe bebte. »Aber du hast dich entschieden, mir nicht zu zeigen, wer das ist.«

Er musste den Blick abwenden.

Als er sie wieder ansah, waren ihre Augen glasig und ihre Wangen rot gefleckt, doch sie straffte die Schultern und hob das Kinn.

»Du hast mir erzählt …« Sie verstummte und fing noch einmal an. »Heute Morgen hast du gesagt, dass du glaubst, ich wüsste bereits, was ich wollte. Ich müsste nur aufhören darüber nachzudenken, was ich tun *sollte,* und es einfach machen. Du hattest recht. Du hattest recht, was mich angeht.« Sie schüttelte den Kopf. »Hoffentlich findest du auch raus, was *du* eigentlich willst, Rylan. Ich hoffe, dass du dann ehrlich sein kannst, wenigstens zu dir selbst.« Sie schenkte ihm ein schwaches Lächeln. »Denn ich bin nicht die Einzige, der du in dieser Woche etwas vorgemacht hast.«

Sie ließ von dem Griff ihres Koffers ab, kam zu ihm und legte die Hände auf seine Schultern. Doch er wusste, was das bedeutete.

Der Kuss fühlte sich wütend und traurig an. Er schmeckte nach Abschied.

»Geh nicht«, sagte er, und es klang selbst für seine Ohren gebrochen. »Wenn du willst, dass ich gehe, gehe ich, aber bleib. Nimm du das Zimmer.« *Es gehört dir sowieso.*

Mit einem wehmütigen Lächeln erwiderte sie: »Ich zahle mein Zimmer gern selbst.«

Und das war es.

Sie war bereits an der Tür, als er einknickte und sie ein letztes Mal aufhielt. Es war verdammt masochistisch, den Abschied derart in die Länge zu ziehen, aber diese eine Sache musste er ihr noch sagen. »Als ich dir gesagt habe, wie wunderbar du bist, habe ich nicht gelogen.« Auch nicht, als er gesagt hatte, dass er hoffte, sie würde ihre

Kunst und ihre Träume weiterverfolgen, weil sie so verdammt gut war. Sie machte die Welt zu einem schöneren Ort.

Doch bevor er noch einmal den Mund öffnen konnte, sagte sie: »Ich auch nicht.« Sie drehte sich nicht mehr um.

Die Tür ging auf und schloss sich hinter ihr. Es klang wie eine Totenglocke. Plötzlich wich alle Energie aus seinem Körper, und er brach auf dem leeren Stuhl in dem vollkommen leeren Zimmer zusammen.

Sie war weg. Einfach so.

KAPITEL 23 O Gott.

Kate schaffte es gerade noch bis zum Aufzug, dann brach sie zusammen. Immer wieder schlug sie mit der Hand auf den Knopf, um den Lift zu rufen, während der Damm in ihr brach. Der erste schwere Schluchzer löste sich aus ihrer Brust, während sie noch immer auf den Knopf einhämmerte und darauf wartete, dass sich diese blöden Türen öffneten. Sie musste sich unter Kontrolle bekommen – schließlich konnte jemand im Lift sein, Rylan könnte sich entschließen, ihr zu folgen, ein Zimmermädchen könnte vorbeikommen –, aber es hatte keinen Zweck. Die ganze Zeit im Zimmer war es ihr gelungen, sich zusammenzureißen, doch jetzt brach alles über ihr zusammen.

Sie hatte ihn verlassen. Er hatte sie belogen, hatte vorgegeben jemand zu sein, von dem er meinte, sie könnte ihn mögen. Die ganze Zeit, während er sie berührt und ihr erklärt hatte, dass sie mehr verdient hatte, das alles war eine große Lüge gewesen.

Die Fahrstuhltüren glitten zur Seite und gaben den Blick auf eine leere Kabine frei – zum Glück. Den Koffer hinter sich herziehend, trat sie ein, drückte den Knopf für die Lobby und vergoss, als die Türen sich schlossen, eine neue Tränenflut.

Ganz allein in diesem kleinen, geschützten Raum erschauderte sie und vergrub das Gesicht in den Händen. Sie hatte ihn so sehr geliebt. Es war viel zu früh für ein so starkes Gefühl, aber so empfand sie nun einmal. Doch nichts daran war echt gewesen. Wie idiotisch von ihr, dass sie sich überhaupt auf ihn eingelassen hatte. Und vor allem, dass sie sich so schnell und so heftig in ihn verliebt hatte. Wahrscheinlich lachte er jetzt über sie.

Doch sie hatte seinen Blick gesehen. Die Verzweiflung darin. Er war ein verdammt guter Schauspieler, das war ihr klar, aber so gut? Aber interessierte sie das überhaupt?

Mit einem kurzen *Ping* kam der Aufzug im Erdgeschoss zum Stehen, und sie wischte sich über die Augen. Als ob das helfen würde.

Sie hatte jetzt andere Dinge zu klären. Zuerst einmal musste sie ein Zimmer finden, in dem sie die beiden letzten Nächte bleiben konnte. Wahrscheinlich würde Rylan nicht nach ihr suchen, aber eine Garantie dafür gab es nicht, also musste sie in ein anderes Hostel gehen als in das, in dem sie zuerst gewohnt hatte. Er besaß ihre E-Mail-Adresse, aber sonst keine Kontaktdaten von ihr. Wahrscheinlich war sie vor ihm sicher.

Sie strich sich das Haar aus dem Gesicht, straffte die Schultern und trat hinaus in die Lobby. Plötzlich fielen ihr zahlreiche Details, die sie seltsamerweise jedes Mal ignoriert hatte, wenn sie in den letzten Tagen hier vorbeigekommen war, ins Auge. Die vergoldeten Spiegel, die Marmorbüste neben der Tür. Dicke Vorhänge und glänzende Fliesen. Natürlich kostete dieser Laden mehr, als Rylan behauptet hatte. Dieser *Lügner*.

Kopfschüttelnd ging sie zum Empfangstresen, grub in

ihrer Tasche nach der Schlüsselkarte und schob sie der Frau hinter dem Tresen zu.

Die ihr natürlich eine Frage auf Französisch stellte.

Mist. Sie hatte sich in der letzten Woche viel zu sehr daran gewöhnt, sich auf Rylan zu verlassen. Kate blinzelte ein paarmal – irgendwie war all ihr Highschool-Französisch aus ihrem Kopf gelöscht.

»English?«, fragte sie leise.

»Aber natürlich. Wollen Sie auschecken, Mademoiselle?«

»Nein. Nein, ich ... ich habe mir das Zimmer mit jemandem geteilt. Er kann es noch behalten.« Es war ohnehin seins. Sie biss sich auf die Lippe. Vielleicht sollte sie ihr anbieten, die Hälfte der Rechnung für die vergangenen Tage zu bezahlen. Als ob sie sich das leisten konnte. »Nur ich reise ab.«

»Verstehe.« Die Frau nahm die Schlüsselkarte und sah Kate voller Mitgefühl an, sodass die am liebsten im Boden versunken wäre. »Dort ist eine Toilette.« Sie deutete nach links den Flur hinunter, dann auf ihr eigenes Gesicht. »Wenn Sie sich etwas frisch machen möchten, passe ich so lange auf Ihren Koffer auf.«

Wie verheerend sah sie wohl aus?

Sie nickte. »Danke.« Und rollte ihren Koffer ans Ende des Tresens, wo die Frau ihn in Empfang nahm.

Mit heißen Wangen ging Kate um die Ecke in Richtung Toilette, zog die Tür auf und trat ein. Der Raum war zum Glück leer, sodass niemand sie in ihrem jämmerlichen Zustand sah. Sie stellte sich vor den Spiegel und musterte sich lange und ausgiebig.

Es war schlimmer, als sie gedacht hatte.

Augen und Nase waren gerötet, und der Liebeskummer stand ihr deutlich ins Gesicht geschrieben. Verzweifelt nahm sie ein paar Papierhandtücher und hielt sie unter den Wasserhahn.

Unter den verdammten filigranen goldenen Wasserhahn.

Verdammt.

Kate zerknüllte die nassen Tücher in der Faust und warf sie weg, dann drehte sie den Wasserhahn zu und schloss sich in einer Kabine ein. Sie ließ den Kopf gegen die Tür sinken, ihr Blick verschwamm, und ihre Augen brannten. Heiße Tränen strömten über ihr Gesicht. Ihr Zimmer war genauso hübsch und erlesen eingerichtet gewesen, die Armaturen ebenso filigran und glänzend.

Sie kam sich so dumm vor, und nicht nur, weil sie die Zeichen übersehen hatte.

Immer wieder hörte sie die Stimme ihrer Mutter, die ihr sagte, dass die Leute nicht immer die waren, für die sie sich ausgaben. Kate hatte nichts aus den Fehlern ihrer Mutter gelernt und noch nicht einmal aus ihren eigenen. Nach ihrer letzten Trennung hatte sie sich geschworen, dass sie auf sich aufpassen, sich nie mehr von schönen Worten einlullen lassen würde.

Rylans Worte waren ganz schön gut gewesen.

Erneut löste sich ein heftiges Schluchzen aus ihrer Kehle. Er hatte ihr das Gefühl gegeben, etwas Besonderes zu sein, und so hatte sie ihre Schutzschilde sinken lassen, überzeugt davon, dass auch er anders war als die anderen.

Zitternd holte sie Luft. Dann atmete sie aus und öffnete die Augen. Sie riss eine Handvoll Toilettenpapier ab, wischte sich damit die Tränen fort und putzte sich die Nase.

Diesmal hatte sie ihre Lektion gelernt. Es war ein Fehler, Menschen an sich heranzulassen und zu glauben, was sie ihr erzählten, nur um sie ins Bett zu kriegen. Das alles war ein Fehler.

Einer, den sie nie wieder begehen würde.

Rylan hätte gern mit etwas geworfen. Sein Blick wanderte zu seinem Smartphone, der Lampe, dem Inhalt seines Rucksacks. Er trat zurück und holte schon Schwung, um mit der Faust gegen die Wand zu schlagen, besann sich jedoch im letzten Augenblick eines Besseren.

Er sah schon die Schlagzeile in der Klatschpresse vor sich: BELLAMY-ERBE VERWÜSTET HOTELZIMMER. Derlei Quatsch konnte er nicht gebrauchen.

Nichts von alledem konnte er gebrauchen.

Er fuhr sich mit der Hand durch die Haare und sah sich in dem leeren Zimmer um, in dem er allein zurückgeblieben war. Kate war erst seit ein paar Minuten fort. Wenn er rannte, konnte er sie noch einholen. Für ein paar Euros würde ihm der Türsteher vermutlich bereitwillig verraten, in welche Richtung sie gegangen war.

Aber nein. Nein, verdammt. Er hatte sich ihr bereits erklärt, hatte sie zehnmal aufgehalten, bevor er sie hatte gehen lassen. Was könnte er noch sagen, um etwas zu ändern? Wahrscheinlich würde er alles nur noch schlimmer machen. Er durfte ihr nicht hinterherrennen.

Er konnte aber auch nicht alleine hierbleiben.

Mit zusammengebissenen Zähnen und noch immer kaum beherrschter Wut sammelte er seine paar Sachen ein, die im Zimmer verstreut lagen, und packte sie in seinen Rucksack. Aus Gewohnheit öffnete er alle Schubladen und überprüfte den Kleiderschrank. Er hob sogar die Bettdecke an ...

Und fand dort ein Heft.

Ein Zeichenheft.

Mist.

Plötzlich war seine Brust so eng, dass er kaum noch Luft bekam. Er schlug das Heft auf und musste die Augen schließen. Musste sich zusammenreißen, um das Papier in seiner Faust nicht zu zerknüllen.

Es waren die Bilder von ihm. Ein Dutzend Seiten von seinem Gesicht, seinen Augen und seinen Händen. Von seinem ganzen Körper, der nackt auf dem Bett lag.

Er hatte ihr so viel von sich gezeigt. Klar, er hatte ihr Dinge verschwiegen, die er ihr nicht hätte verschweigen dürfen, dennoch stieg heftige Wut in seiner Brust auf.

Sollte sie doch gehen. Er pfiff auf sie und auf alles andere auch. Rylan packte die Seiten und machte Anstalten, sie herauszureißen und ...

Doch er konnte es nicht. Das hier war alles, was ihm von ihr geblieben war.

Zögernd und mit brennenden Augen schloss er das Heft und legte es zu den anderen Sachen in seinem Gepäck. Er musste eine Möglichkeit finden, es ihr zurückzugeben. Das war das einzig Richtige.

Mit diesem Vorsatz schloss er den Reißverschluss seines Rucksacks und schulterte ihn.

Er nahm die Treppe ins Erdgeschoss. Als er der Frau hinter dem Tresen die Schlüsselkarte zuschob, hob sie eine Braue und fragte: »Vous partez?« *Sie reisen ab?*

Das hatte er vorgehabt, doch ... »Nein.« Er hatte das Zimmer bis zum Ende ihres Aufenthalts gebucht.

Er mochte jetzt zwar wütend auf sie sein, aber wenn sie kein anderes Zimmer fand ... konnte sie immer noch hierher zurückkehren. Diese Möglichkeit wollte er ihr nicht nehmen.

Die Frau runzelte die Stirn, während sie die Karte scannte. »Une clé nous a déjà été rendue pour cette chambre.« *Eine Schlüsselkarte für dieses Zimmer wurde bereits zurückgegeben.* Sie sah von ihrem Bildschirm auf und warf ihm einen vernichtenden Blick zu.

Kate hatte ihre Schlüsselkarte abgegeben, als sie gegangen war. Das machte ihn nur noch wütender. Sie war gegangen, ohne sich eine Hintertür offen zu lassen. Was, wenn sie woanders kein Zimmer fand? Ihre Möglichkeiten mussten aufgrund ihres Budgets beschränkt sein, und manchmal waren die Hostels ausgebucht.

»Oh.« Er blinzelte ein paarmal. Verdammt. Er ignorierte den Blick der Empfangsdame und bat darum, der Reservierung einen weiteren Namen hinzuzufügen.

Kate würde nicht zurückkommen. Das ließ ihr Stolz nicht zu. Aber wenn sie dazu gezwungen war ... wäre sie versorgt.

Es war zu wenig und zu spät. Aber es war alles, was er noch für sie tun konnte.

Natürlich war das einzig noch verfügbare Bett ein oberes – mitten im Raum.

Kate setzte eine tapfere Miene auf. Sie war froh, überhaupt einen Platz zum Schlafen gefunden zu haben, den sie sich leisten konnte. In diesem Moment war es ihr egal, dass sie dort keine Privatsphäre hatte oder dass sie wahrscheinlich von da oben runterstürzen und sich den Hals brechen würde, wenn sie mitten in der Nacht zur Toilette musste.

Sie schüttelte den Kopf und rollte ihren Koffer an die Wand neben dem Bett. Sie war froh, hier zu sein, und es war ja nur für zwei Nächte. Zwei Nächte allein in einem winzigen Bett, in einem Zimmer, das sie sich mit fünf Fremden teilte.

Aber es war okay. Und wenn sie darüber nachdachte, war es das Beste, worauf sie hatte hoffen können.

Sie nahm ihre Tasche und kletterte die Leiter zu ihrem Bett hinauf. Wenigstens war die Zimmerdecke hoch genug, um sich einigermaßen aufsetzen zu können, ohne sich den Kopf zu stoßen. Seufzend wühlte sie in ihrer Tasche, bis sie den Reiseführer fand. Der Abend war schon fortgeschritten, sodass es nicht viel Sinn hatte, noch auszugehen, aber sie konnte sich überlegen, was sie mit dem Rest ihrer Zeit anfangen wollte. Es war noch nicht alles verloren. Ihr blieb noch ein Tag hier in Paris, und es stand ihr frei zu tun, was sie wollte. Keine Verhandlungen darüber, wann sie sich mit irgendjemandem zum Abendessen treffen würde. Keine schmachtenden, flehenden Blicke. Kein gut aussehender Mann, der sie eindringlich bat, bei ihm im Bett zu bleiben.

Nur sie und ihr Zeichenheft. Genau, wie sie es sich gewünscht hatte.

Nur, dass sie sich das jetzt nicht mehr wünschte.

Die Vorstellung, allein durch die Museen zu streifen, schmerzte sie. Allein im Café zu essen. Ein Buch zu lesen, wenn sie im Bett eingekuschelt merkwürdige Fernsehsendungen sehen konnte, während ihr die Übersetzung warm ins Ohr geflüstert wurde. All das tat weh.

Das Cover des Reiseführers verschwamm vor ihren Augen, als ihr aufs Neue die Tränen kamen. Sie hatte sich so oft ausgemalt, wie diese Reise verlaufen würde, und alles war anders gekommen.

Ihr blieb noch ein Tag, um alles zu besichtigen, was sie noch nicht gesehen hatte.

Doch sie wollte nur nach Hause.

Rylan stieß die Wohnungstür so hart auf, dass sie gegen die Wand flog. Er schloss sie hinter sich, ließ den Rucksack im Flur fallen und marschierte in die Küche.

Das Chaos, das er hinterlassen hatte, war beseitigt worden, doch das widerliche, beklemmende Gefühl hing noch immer in der Luft. Kein Putzkommando der Welt konnte das beseitigen. Er lachte finster auf.

Dann ging er zum Schrank und nahm ein Longdrinkglas heraus. Der gute Sprit befand sich in der Bar im Wohnzimmer. Es schien eine jämmerliche Verschwendung, einen dreißig Jahre alten Scotch einer derart vergifteten Stimmung zu opfern, doch das war schließlich der Vorteil von seinem Leben, nicht wahr? Von seinem idiotischen, sinnlosen Leben.

Mit dem Glas in der Hand ging er zur Bar, ohne sich die Mühe zu machen, das Licht einzuschalten. Die Vorhänge waren offen, sodass das Licht der Stadt hereinschien. Er zog den Verschluss aus einer der Kristallkaraffen und schenkte sich großzügig ein. Der Whisky glitt angenehm seine Kehle hinunter.

Mit einem harten Klirren setzte er das Glas ab, dann stützte er sich mit den Armen auf den Bartresen und ließ den Kopf hängen.

Eine Woche. Eine verdammte Woche hatte er mit Kate verbracht. Nachdem er ein Jahr im Grunde allein gewesen war, hätte das gar nichts sein dürfen. Ein Tropfen auf dem heißen Stein. Und doch war es alles für ihn gewesen.

Eine Woche hatte genügt, ihm die Leere seines Lebens vor Augen zu führen.

Er hob den Kopf, und sein Blick fiel auf eine Vase, die auf der Ecke des Bartresens stand. Sie bestand aus rosafarbenem Porzellan. Wahrscheinlich kostete sie ein Vermögen.

Er *hasste* dieses verdammte Ding.

Er hasste die Zeit, die er im letzten Jahr damit verbracht hatte, sie anzustarren, er hasst ihre Farbe und die Vorstellung, dass seine Mutter – seine *Mom* – sie mit all dem anderen überflüssigen Kram, den sie nicht brauchte, zurückgelassen hatte.

Die Wut, die ihn im Hotel erfasst hatte, kehrte mit aller Gewalt zurück. Ehe er wusste, was er tat, packte er die Vase, schwang den Arm zurück und schleuderte sie mit aller Kraft und seiner ganzen Wut gegen die Wand.

Sie ging klirrend zu Bruch. Ein Scherbenregen prasselte auf den Teppich nieder.

Er hatte alles versaut.

»War das wirklich nötig?«, fragte eine Stimme wie aus dem Nichts.

Er riss den Kopf hoch, schwang den Arm nach hinten und bekam einen Korkenzieher zu fassen, der auf dem Tresen lag. Auf dem Sofa saß eine Gestalt – genau dort, wohin er gerade erst eine Vase geschleudert hatte. Mit rasendem Puls fasste er hinter sich, tastete an der Wand nach dem Lichtschalter und schaltete das Licht an.

Als sich seine Augen an das Licht gewöhnt hatten, rang er nach Luft und legte den Korkenzieher zurück auf die Bar.

Was zum Teufel?

»Lexie?«

Seine Schwester bog den Rücken durch und gähnte herzhaft. »Lange nicht gesehen, liebster Bruder.« Sie zögerte einen Moment und setzte sich gerade auf, dann blinzelte sie und legte den Kopf schief. »Mensch, du siehst ja echt beschissen aus.«

KAPITEL 24

»Im Ernst, was ist los?«

Rylan hätte am liebsten den Kopf auf die Tischplatte geschlagen, schaffte es jedoch gerade noch, sich zu beherrschen. »Könnten wir uns vielleicht zuerst darauf konzentrieren, was zum Teufel du hier machst?«

»Was?« Lexie sah sich unschuldig um. »Im Esszimmer? Wo soll ich denn sonst mein Abendessen zu mir nehmen? Oder meinen Mitternachtssnack? Ist es in dieser Zeitzone nicht schon fast Mitternacht? Ich bin mir nicht sicher.«

Er verdrehte die Augen.

Nachdem er sich einigermaßen von seinem Herzinfarkt erholt hatte, den er ihrem plötzlichen Auftauchen in seinem Wohnzimmer verdankte, war er ins Schlafzimmer gestürmt, hatte sich Wasser ins Gesicht gespritzt und versucht, sich zu sammeln. Seine Schwester hatte die Gesprächspause offenbar dafür genutzt, sich etwas zu essen kommen zu lassen.

Jetzt saß sie an dem großen, eleganten Esstisch, den er nie benutzte. Sie hatte das dunkle Haar zu einem Knoten aufgesteckt und trug einen pinkfarbenen Pyjama, dessen Farbe in seinen bereits angegriffenen Augen schmerzte.

Er zeigte auf das Croissant, den Räucherlachs und das Obst, das sie aus der braunen Papiertüte holte, in der es an die Wohnungstür gebracht worden war. »Wer liefert denn Croissants?«

Sie zuckte die Schultern. »Keine Ahnung. Jerome besorgt dir alles, was du willst. Rund um die Uhr.«

»Jerome.« Der Concierge unten in der Halle. »Woher kennst du Jerome?«

Sie sah ihn an, als wäre er nicht ganz bei Trost. So hatte ihn seit Längerem niemand mehr angesehen, doch es kam ihm schmerzlich vertraut vor. »Mutter, Evan und ich haben irgendwann mal einen ganzen Sommer hier zusammen verbracht.« Sie winkte ab. »Aber das weißt du nicht mehr. Du hattest damals beschlossen, in Exeter zu bleiben oder so.«

Natürlich hatte er das. Er hatte jede Ausrede genutzt, um nicht nach Hause fahren zu müssen. »Wie alt warst du damals? Fünfzehn?«

»Vierzehn.«

»Und Jerome hat dir alles gebracht, was du wolltest, ja?«

»In Maßen.« Sie hob eine Braue. »Manche Dinge habe ich lieber intern geregelt.«

Welche Dinge, wollte Rylan gar nicht wissen.

Er wartete einen Moment, während sie ein Stück Croissant abriss, etwas Lachs darauflegte und es sich in den Mund schob. Die Laute, die sie von sich gab, waren nahezu obszön. »So ein Croissant bekommt man nur in Paris.«

Das stimmte natürlich nicht. Allein in New York fielen ihm fünf Läden ein. »Lex«, sagte er schließlich, als ihm die Geduld ausging. Er war hierher zurückgekehrt, um seine Wunden zu lecken, verdammt, nicht, um sich mit seiner Schwester auseinanderzusetzen. »Was machst du hier?«

»Nun, ich habe versucht, ein wenig zu schlafen. Bis du beschlossen hast, dass dir Moms Inneneinrichtung nicht gefällt.«

Er ignorierte ihre Anspielung. »Müsstest du nicht an der Uni sein?«

Sie rollte mit den Augen. »Ich habe vor zwei Wochen meinen Abschluss gemacht. Wenn du deine E-Mails lesen würdest, wüsstest du das.«

»Und? Das willst du jetzt mit einem Trip nach Paris feiern? Bist du hier, um dich selbst zu finden oder so was?« Die Frage klang höhnisch, doch sie drohte, ihn zu ersticken.

»Ha, ha. Nicht alle von uns haben die Zeit, nur so zum Spaß um die Welt zu reisen, weißt du?« Sie spießte ein Stück Obst auf, dann legte sie die Gabel zur Seite und sah ihn aus schmalen Augen an. »Hör zu, Thomas hat versucht dich anzurufen. Ich habe es versucht. Das einzige Mal, als du tatsächlich abgenommen hast, hast du mich in drei Sekunden abgefertigt. Das Jahr ist um, Teddy.«

»Nenn mich nicht so.«

»Ich nenne dich, wie ich will. So ist das, wenn man eine Familie hat.«

Er schnaubte. »Familie.«

»Jawohl. Ob es dir gefällt oder nicht, das sind wir.«

»Und was sollen wir tun? Zusammenhalten und die Scherben aufsammeln, die unser in Ungnade gefallener Patriarch uns hinterlassen hat?«

»So ungefähr.«

»Tja, das will ich aber nicht.« Er erhob sich von seinem Stuhl – an diesem schicken Tisch in diesem hässlichen, schicken Zimmer fühlte er sich gefangen. In dieser Unterhaltung. Er rieb sich durchs Gesicht, ging zur Wand, drehte sich um und lehnte sich mit dem Rücken dagegen. »Ich bin für diese ganze verdammte Angelegenheit nicht verantwortlich.«

»Auch nicht für Evan und mich?«

»Evan ist das alles scheißegal.«

»Das wird sich ändern, wenn er eines Tages aus seinem Hippie-Traumland erwacht.«

Dieses *Hippie-Traumland* war eine Kunsthochschule. Wut stieg in Rylans Kehle auf. »Warum musst du immer schlechtmachen, was er mit seinem Leben macht?«

»Weil es kein richtiges Leben ist! Er sollte mit ins Familiengeschäft einsteigen ...«

»Nicht jeder will so sein wie du!«

Mist. Erst Kate, die ihre wahre Leidenschaft ignorieren wollte, weil sie meinte, sich irgendeinem Druck unterordnen zu müssen, und jetzt das hier. Und so war es immer gewesen.

Immer strebte Lexie danach, in die Fußstapfen ihres Vaters zu treten. Nur, dass ihr Vater nicht gewollte hatte, dass seine Tochter die Firmenleitung von ihm übernahm. An dieser Stelle wollte er einen Sohn sehen. Evan war zu sensibel, interessierte sich zu sehr für andere Dinge.

Also musste Rylan antreten. Er hatte getan, was er tun musste – für die Familie, für die Firma und auch für Lexie und Evan. Er hatte darum gekämpft, dass Lexie einen Platz im Vorstand erhielt. Dass Evan studieren konnte, was er wollte. Er hatte sich für alle eingesetzt, nur nicht für sich selbst, und das hatte er satt.

Er war fertig.

Er blickte auf Lexie hinab, die ihn mit erstarrter Miene taxierte.

»Verdammt«, murmelte er vor sich hin. Sie würde niemals Verständnis für jemanden haben, der nicht ihren Ehrgeiz besaß.

Er war schon fast an der Tür, als sie sagte: »Ich erwarte von niemandem, dass er so ist wie ich.« Ihre Stimme klang ungewöhnlich sanft. Etwas zitterig.

Er drehte sich nicht um, sondern blickte in den Flur, als er erwiderte: »Aber du erwartest von uns, dass wir alle dasselbe wollen wie du.«

»Das stimmt nicht. Ich will nur, dass es dir nicht egal ist.«

»Tja, ist es aber.«

»Nur, weil man Dad erwischt hat ...«

»Er wurde nicht einfach nur erwischt, Lex, kapierst du das denn nicht?«

All die Dinge, über die er niemals sprach – die Dinge, die er noch nicht einmal *dachte* –, stiegen in ihm auf, schnürten ihm die Kehle zu und ließen Gift in seinen Magen sickern.

Sie warf die Hände hoch. »Nein! Tue ich nicht, okay? Ich verstehe es nicht. Seit dieser ganzen Sache spielst du den Beleidigten ...«

»Sie haben alles genommen.« Mist, Mist, *Mist*. Er schlug mit der Faust gegen den Türpfosten, schloss die Augen und lehnte die Stirn gegen seine Hand. »Ich habe mein ganzes Scheißleben für Dads Ehrgeiz geopfert.« Seine Lungen verengten sich, er konnte kaum atmen. »Es war alles, was ich hatte, okay? Dads Name, Dads Firma und Dads dreckiges Geld. Der Name ist jetzt nichts mehr wert. Unsere Familie ist nichts mehr wert. Die Firma ist ruiniert. Alles, was mir bleibt, ist das Geld.«

Er hatte gedacht, dass da noch etwas anderes gewesen war. Mit Kate, als sie nicht gewusst hatte, wer er war oder was er besaß. Sie hatte ihn angesehen, als stecke mehr in ihm.

Doch am Ende, nachdem sie es herausgefunden hatte …

Es hatte trotzdem nicht genügt.

Er schloss fest die Augen und stieß hervor: »Ohne das bin ich ein Niemand.«

Es folgte eine betäubende Stille, die das Rauschen in seinen Ohren übertönte.

»Teddy …«

Er unterbrach sie sofort, stieß sich von der Wand ab, öffnete die Augen und richtete sich auf. »Wenn du morgen früh noch da bist, der Kaffee ist …«

»In dem Marmeladenglas neben dem Kühlschrank.«

»Richtig.« Er entfernte sich noch einen Schritt.

Ihre Stimme folgte ihm. »Du bist kein Niemand.«

»Natürlich.«

»Und du weißt, dass du nicht ewig davonrennen kannst.«

Er ballte die Hände zu Fäusten und ging.

Erst in der Stille seines Zimmers, hinter der geschlossenen Tür, flüsterte er: »Das wirst du schon noch sehen.«

Am nächsten Morgen kniete Kate neben ihrem geöffneten Koffer und sammelte ihre Sachen zusammen, um zu gehen. Bei dem Gedanken daran, was gestern geschehen war, schmerzte ihr Herz noch immer, doch damit war sie fertig. *Fertig.*

Am Abend zuvor war sie in Selbstmitleid versunken, doch heute Morgen lag ihr Paris zu Füßen. Sie würde all die Dinge nachholen, die ihr wegen ihrer stürmischen Romanze entgangen waren. Sie wollte ein paar Sehenswürdigkeiten besichtigen und um jeden Preis noch einmal in den Louvre zurückkehren. Alles, was sie brauchte, waren Stifte und Zeichenkohle, vielleicht noch das Fläschchen Tinte. Ihr neues Zeichenheft ...

Mit klopfendem Herzen ging sie zum zweiten Mal den Inhalt ihres Koffers durch.

Ihr Zeichenheft war nicht da.

Das Metallgestell des Bettes hinter ihr quietschte, als sich eine ihrer noch schlafenden Zimmergenossinnen umdrehte. Kate biss sich auf die Lippe. Sie hatte ein schlechtes Gewissen, weil sie so viel Lärm machte, aber sie brauchte dieses Heft. Rein beruflich. Die Zeichnungen, die sie gemacht hatte, dokumentierten den neuen Stil, den sie gerade entwickelte. Sie konnten ihr als Vorlage dienen, wenn sie ...

Sie hielt inne. Ein hässliches Lachen kroch ihre Kehle hinauf und erstickte dort.

Wenn sie was tun wollte? Ihn *zeichnen*?

Und auf einmal wollte sie das unbedingt tun. Nicht die liebeskranken Zeichnungen, die sie eigentlich hatte überarbeiten wollen, während sie ihr gebrochenes Herz pflegte, sondern wütende. Sie wollte ihn zerreißen, ihn mit zornigen Pinselstrichen darstellen und ihn mit einem Glasurmesser malträtieren. Ihn als Lügner und als Dieb darstellen und ...

Als *Dieb*.

Eine frische Welle eiskalter Wut schoss wie Eis durch ihre Adern. Hatte er ihr etwa das Zeichenheft *gestohlen*? Die Gelegenheit dazu hätte er gehabt. Während sie im Bad gewesen war und er begonnen hatte, ihre Sachen wieder auszupacken, um sie zum Bleiben zu bewegen. Er hatte ihr schon ihre Geheimnisse, ihre Geschichte und ihren

Körper gestohlen. Ihre Kunst zu nehmen wäre nur eine weitere Misshandlung.

Vielleicht hatte er es getan, damit sie Kontakt zu ihm aufnahm. Er fand immer die richtigen Worte. So hatte er sie in sein Bett gelockt, und gestern hätte er sie beinahe zum Bleiben bewegt. Vielleicht war das alles nur ein weiterer Trick, um ihr die Zeit zu stehlen oder sie davon zu überzeugen, noch einmal mit ihm zu vögeln, bevor sie abreiste.

Vielleicht sollte sie das einfach tun.

Er hatte ihr gesagt, dass sie sexuelle Befriedigung verdiente, und er wusste eindeutig, ihr diese zu bereiten. Sie könnte ihn fragen, ob er ihr Zeichenheft gefunden hatte, zu der Villa gehen, in der er wahrscheinlich wohnte, und ihn dazu bringen, sie erneut zu küssen. Diesmal könnte sie sich nehmen, was sie wollte.

Und dann gehen. Nach Hause fahren, nachdem sie alle erdenklichen Lektionen gelernt hatte.

Darüber, was sie im Bett fordern konnte und was geschah, wenn sie zuließ, dass mehr daraus wurde. Mehr als nur Sex.

Aber nein. Nach allem, was sie gesagt hatte, zu ihm zurückzukriechen – diese Genugtuung gönnte sie ihm nicht.

Dieses Risiko durfte sie nicht eingehen. Sie mochte wütend sein, aber ihr Herz war noch immer viel zu empfindlich. Zu verletzt. Sie traute sich nicht.

Ihr Herz – und sie – brauchten Zeit, um sich zu stählen, bevor sie wieder jemandem nahekam.

Mit zitternden Händen packte sie die Sachen zurück in den Koffer und verstaute ihn, dann sah sie ihre Tasche durch. Sie würde bei dem Hotel vorbeigehen, in dem sie mit Rylan gewohnt hatte, für den unwahrscheinlichen Fall, dass ein Zimmermädchen ihr Heft gefunden hatte. Dass sie es versehentlich dort hatte liegen lassen.

Wenn es nicht dort war, würde sie es als verloren abschreiben. Sie würde es hinter sich lassen.

Und nach vorn schauen.

Als Rylan aufwachte, war Lexie noch da. Sie hatte den Pyjama gegen ihre übliche Kleidung getauscht, ein schwarz-weiß-rosafarbenes Oberteil und Jeans, für die sie vermutlich ein Vermögen ausgegeben hatte, damit sie so verwaschen aussahen. Sie hatte sich die Haare gemacht und sich geschminkt, obwohl er nicht wusste, wofür.

Er blieb an der Schwelle zum Wohnzimmer stehen und blinzelte sich den Schlaf aus den Augen.

Gott, seit wann sah sie ihrer Mutter so ähnlich?

Er rieb sich das Gesicht, während er an der Couch vorbeitaumelte, auf der sie offenbar geschlafen hatte, denn auf dem Boden daneben lagen ordentlich gefaltete Decken und Kissen. Als er an ihr vorbeikam, brummte er zur Begrüßung.

»Du wirkst ja putzmunter.«

Er brummte erneut und goss sich einen Kaffee ein. Lexie musste ihn gemacht haben. Zu irgendetwas musste ihr Besuch ja gut sein.

Es war noch früh. Für seine Verhältnisse hatte er an den wenigen Morgen mit Kate ausgeschlafen, doch allein aufzuwachen, hatte anscheinend seine alten Gewohnheiten zurückgebracht. Und er fühlte sich erschöpft.

»Warum bist du schon auf?« Er goss sich etwas Milch in den Kaffee und trank einen Schluck.

»Jetlag. Ich bin kurz eingenickt, aber das war's.«

»Du hättest eins der Zimmer benutzen können.«

»Das, in dem ich immer gewohnt habe, benutzt du jetzt. Und Mutters Zimmer …«

Ja. Das war auch der letzte Raum, in dem er schlafen wollte.

»Es gibt auch Hotels.«

»Wie das, in dem du die letzten Tage verbracht hast?«

Jetzt war er wach. »Wie bitte?«

»Du hast die Rechnung auf dem Tisch im Flur liegen lassen. Ist dir klar, dass du das Zimmer noch eine weitere Nacht gebucht hast?«

»Nicht für mich.« Nicht mehr.

»Und der Rucksack neben der Tür ist wohl immer voll mit schmutziger Wäsche?«

Darauf wusste er keine Antwort. Also zeigte er ihr den Mittelfinger.

»Wie erwachsen.« Sie schaltete den Fernseher aus und kam mit dem leeren Kaffeebecher in der Hand auf ihn zu. »Du hast mir gestern Abend gar nicht mehr erzählt, was los ist.«

Es hatte keinen Zweck zu leugnen, dass ihn etwas bedrückte. Die zerbrochene Vase in der Ecke war ein deutlicher Hinweis. »Ich will nicht darüber reden.«

»Oh, das klingt interessant.« Sie schenkte sich Kaffee nach und lehnte sich mit dem Rücken an den Tresen. »Na, komm schon«, lockte sie ihn. »Ich kann dir Zöpfe flechten, und du vertraust mir deine Geheimnisse an.«

Er warf ihr einen prüfenden Blick zu. Sie bemühte sich etwas zu sehr. Andererseits drängte sie ihn ganz offensichtlich nicht, nach New York zurückzugehen, um die Firma zu retten. Und sie machte ihm auch keine Vorwürfe wegen seines gestrigen Ausbruchs.

Also hob er einen Mundwinkel und erwiderte: »Die Sache mit den Zöpfen hat nur bei Evan funktioniert, und das weißt du.«

Sie brummte zustimmend. »Er hatte so schöne Haare, bevor Dad ihn gezwungen hat, sie sich abzuschneiden.«

»Wahrscheinlich sind sie inzwischen nachgewachsen.«

»Das letzte Mal, als ich ihn gesehen habe, waren sie noch kurz.«

»Wann war das?«

»Vor ungefähr einem halben Jahr? Er hat mich über Weihnachten besucht.«

Währenddessen war Rylan hier gewesen und hatte aus dem Fenster auf Paris geblickt, das wie ein erleuchteter Weihnachtsbaum ausgesehen hatte.

»Teddyyyy«, jammerte sie. »Jetzt erzähl schon.«

Schon bei dem Namen richteten sich die Härchen in seinem Nacken auf.

»Es ist nichts.« Er umfasste den Becher fester. »Nur ... nur ein Mädchen.«

»Ich wusste es!«

»Bitte.«

»Wie heißt sie? Was macht sie? Ist sie Französin? Ich wette, sie ist Französin.«

»Das spielt keine Rolle mehr.« Er stellte den Becher ab, bevor er ihn noch zerbrach. »Sie ist weg.« Er legte die Hände auf den Tresen und wandte sich von ihr ab. Verdammt, es tat weh, das zuzugeben. »Es ist vorbei.«

Es war schon vorbei gewesen, bevor es überhaupt angefangen hatte, erinnerte er sich.

Kate zögerte. Sie stand am Fuß einer weißen Marmortreppe. Es war einer ihrer Lieblingsorte im Louvre. Über ihr ragte die Siegesgöttin Nike auf, die riesige Statue, die sie an jenem ersten Tag mit Rylan besichtigt hatte, als er sie hergeführt hatte, um ihr Vertrauen zu gewinnen. Hier waren sie entlanggegangen. Nur noch ein paarmal abbiegen, dann wäre sie wieder in den Räumen, in denen er sie beim Betrachten der wunderschönen, riesigen Gemälde umgarnt hatte. Wo er über die griechische Mythologie philosophiert und ihr von seiner Familie erzählt hatte. Ob irgendetwas davon stimmte? Ein bitterer Geschmack stieg in ihrer Kehle auf.

Doch dann zögerte sie. Seine Geschichten über die reiche Mutter, eine Dame der Gesellschaft, die mit ihm die Kunstmuseen besucht hatte, wenn die Familie auf Geschäftsreise in Paris gewesen war – sie passten zu dem, was er ihr gestanden hatte, nachdem sie ihn entlarvt hatte. Vielleicht war nicht alles, womit er sie gelockt hatte, gelogen gewesen. Nur der Großteil.

Wenn sie doch nur die Zeit zurückdrehen und ihr früheres Ich schütteln könnte. Sich die Augen öffnen und vor diesem Liebeskummer schützen könnte. Die Zeichen waren da gewesen. Sie war nur zu dumm gewesen, sie zu erkennen.

Sie grub die Nägel in die Handflächen. Doch er war so gemein gewesen, sie glauben zu lassen, was sie glauben wollte.

Dort, wo sie stand, hielt sie den Verkehr auf. Seufzend drehte sie sich um, entfernte sich von der Treppe und ging zurück in Richtung der Galerie, aus der sie gerade gekommen war. Es gab einen ganzen Bereich, den sie nicht besichtigt hatten. Und davon würde sie sich so viel wie möglich ansehen.

Deswegen war sie schließlich in erster Linie nach Paris gekommen. Nicht um sich auf eine heiße Liebesaffäre einzulassen oder sich Hals über Kopf in einen schönen Mann mit wirren Haaren und blauen Augen zu verlieben.

Einen reichen, verwirrten, traurigen Lügner.

Sie war wegen der Kunst hier, wegen der Schönheit und der Kultur. Um ihre Muse zu finden – und das war ihr bereits gelungen. Sie hatte zu einem völlig neuen Zeichenstil gefunden, den sie mit nach Hause nehmen würde, mit in ihren nächsten Lebensabschnitt, wie immer der auch aussehen würde.

Sie brauchte Rylan nicht, damit ihre Kunst lebendig wurde. Musste nicht heraufbeschwören, wie es sich anfühlte, wenn er hinter ihr stand, um richtig zeichnen zu können. Nein.

Das würde sie nicht zulassen.

Am nächsten Morgen knallte Lexie eine Aktentasche auf den Couchtisch.

Rylan betrachtete sie einen Augenblick lang, dann richtete er seine Aufmerksamkeit wieder auf sein Smartphone. »Nett. Aber ich bevorzuge schwarzes Leder. Braune Schlangenhaut ist mir etwas zu feminin.«

»Arschloch.«

»Ja, Schätzchen?«

Es war sinnlos, dennoch ließ er seine Inbox noch einmal nach neuen Mails suchen. Als nichts passierte, schnürte sich ihm die Kehle zu.

Es gab so vieles, wonach er Kate nicht gefragt hatte. Er

wusste nicht, wo in New York sie wohnte oder wie ihre Eltern hießen. Er wusste, dass sie auf der Columbia angenommen worden war, aber er wusste nicht, ob sie das Angebot annehmen würde, und falls nicht, wo sie dann arbeiten würde.

Er wusste, dass sie das Land heute verließ, um eine unbekannte Uhrzeit, mit einem unbekannten Flug. Er hatte nicht damit gerechnet, dass sie Kontakt zu ihm aufnehmen würde, und dieselbe Beherrschtheit, die ihn davon abgehalten hatte, ihr hinterherzulaufen, als sie das Hotelzimmer verlassen hatte, hielt ihn nun davon ab, ihr von sich aus eine Nachricht zu schicken.

Aber sie würde abreisen. Und zwar bald. Es fühlte sich jetzt schon so an, als wäre sie ein bisschen weiter weg.

Lexie schob die Aktentasche dichter zu ihm. »Das sind alle Berichte, auf die du als Dads Stellvertreter Zugriff hast.«

»Wunderbar. Ich kann ein bisschen Brennstoff gut gebrauchen.«

»Herrgott, Teddy.«

Er riss den Kopf hoch. »Ich habe dir gesagt, du sollst mich nicht so nennen.«

»Und ich habe dir gesagt, dass du nach Hause kommen sollst.« Einen Augenblick lang bebten ihre Lippen, und in diesen kühlen, distanzierten Augen zeigte sich echtes Gefühl.

Es ließ ihn zögern.

»Lex ...«

»Bitte. Ich kann das nicht ohne dich. Offiziell bin ich nicht dazu befugt.« Sie holte tief Luft und ließ die Arme sinken. »Ich will das nicht allein machen. Dad hat die

Firma aus dem Nichts aufgebaut. Es ist alles, was uns geblieben ist.«

»Er hätte sie dir ganz übertragen sollen.«

»Ja.« Das sagte sie ohne jegliche Ironie. »Nachdem du dich verpufft hast, hätte er das tun sollen. Hat er aber nicht.« Sie sah ihm in die Augen. »Bitte. Rylan.« Ihre Stimme zitterte, als sie nachgab und seinen eigentlichen Namen benutzte. »Ich weiß, dass er dich verraten hat. Er und Mom. Sie haben uns alle verarscht. Aber wir können etwas daraus machen.«

»Zum Beispiel?«

»Ein Leben? Eine Familie?« Ihr halbherziger Versuch zu lächeln scheiterte. »Ich weiß nicht. Vielleicht ist das eine dumme Idee. Aber es ist mir wichtig. Und es ist mir wichtig, dass es dir gut geht.«

Er lehnte sich auf dem Sofa zurück. »Mir geht es immer gut.«

»Nein. Das stimmt nicht.« Sie durchquerte den Raum und ging zu einem Koffer. Offenbar war sie dabei zu packen, was ihm bislang irgendwie entgangen war. Sie schlüpfte in ihre Jacke und zog den Griff ihres Koffers heraus. »Ich habe es dir schon einmal gesagt. Du kannst nicht ewig davonrennen.«

»Ist das eine Drohung?«

»Eine Tatsache.« Sie schüttelte den Kopf. »Ich kann dir nicht vorschreiben, was du tun sollst. Aber ich mache mir Sorgen um dich. Ich bin auch sauer auf sie, aber ich will etwas aus dem machen, was sie uns hinterlassen haben. Wenn du deine Meinung änderst ...«

»Bist du die Erste, die es erfährt.«

»Bitte, Rylan. Wenn du nicht heute mit mir zurückkommen willst ... das nächste Vorstandstreffen ist in ein paar

Monaten.« Sie warf ihm einen flehenden Blick zu. »Es ist unsere letzte Chance.«

Seine Brust schnürte sich zusammen, ebenso wie seine Kehle.

In einer der E-Mails, auf die er nicht geantwortet hatte, hatte man ihn darauf hingewiesen, dass der Termin bevorstand. Neunzig Tage nach der Verurteilung hatte man interimsmäßig einen Vorstand berufen und für ein Jahr mit der Verwaltung betraut. Nach Ablauf dieses Jahres hatte die Familie Bellamy eine letzte Chance, ihren Anspruch auf das Unternehmen geltend zu machen, sonst war es aus. Alles, was sein Vater aufgebaut und zerstört hatte – alles, was er selbst mit aufgebaut hatte ...

Er würde mit ansehen müssen, wie alles unterging. Ein stummer Teilhaber, der von der ersten Reihe aus zusah, wie sein Erbe verbrannte.

Er hätte lachen sollen. Hätte froh sein sollen, zusehen zu können, wie alles unterging.

Aber da war noch etwas anderes. Eine leise Stimme in seinem Herzen, die Kate geweckt hatte.

Sie sagte ihm, dass er etwas Besseres zu tun hatte, als hier tatenlos rumzusitzen. Er konnte etwas aus seinem Leben machen.

Rylan schob den Gedanken fort und wandte sich wieder seinem Smartphone zu. Er könnte zurückgehen. Aber wenn er das tat, würde sein Leben nicht mehr ihm gehören.

Seufzend rollte Lexie ihren Koffer über den Teppich zu ihm herüber. Sie beugte sich hinunter und gab ihm einen Kuss auf die Wange. »Komm nach Hause. Hilf mir, das wieder in Ordnung zu bringen.«

Er fasste ihre Hand und drückte sie.

Aber er konnte ihr nichts versprechen.

Als er sie losließ, sagte er: »Gute Reise, Lex.«

Ihre Miene drückte Enttäuschung aus. Wortlos wandte sie sich ab.

Er sah ihr nicht hinterher, als sie sich mit dem Koffer in der Hand entfernte. Von diesem Anblick hatte er genug fürs ganze Leben. Stattdessen richtete er den Blick auf das Display seines Telefons.

Und ließ die Inbox erneut nach neuen Mails suchen. Wieder und wieder.

Mit einem tiefen Seufzer ließ Kate sich in den einzigen freien Stuhl im Internetcafé am Flughafen sinken. Menschen mit winzigen Rollkoffern rauschten an ihr vorbei und kramten dabei nach ihren Pässen. Sie steckte ihre Bordkarte vorn in ihre Tasche. Ihre Bauchtasche hatte sie nun wieder ganz unten in ihren Koffer verbannt.

Da ihr Flug erst in eineinhalb Stunden ging und sich das Gate nur eine Treppe entfernt befand, entspannte sie sich. Es war nicht leicht gewesen zu packen und aus dem Hostel auszuchecken, ihre Sachen in die Metro hinunter zu tragen, die einsame Fahrt hinaus zum Flughafen Charles de Gaulle auszuhalten. Doch sie hatte es geschafft, und jetzt war es vorbei.

Ihre Reise war zu Ende.

Sie bewegte die Maus, damit der Bildschirmschoner verschwand. Ein Fenster öffnete sich und bat sie um ihre Zahlungsinformationen, bevor sie sich einloggen und den Internetzugang nutzen konnte. Sie zögerte. Sie war durchaus bereit, die paar Euro zu zahlen, so unverschämt der Preis auch sein mochte. Aber sie wollte sich erst sortieren und verhindern, dass sie ihre Online-Zeit verschwendete.

Sie war aus einem bestimmten Grund hergekommen. Nach Paris und in dieses Café.

Kate schluckte, wühlte in ihrer Tasche und zog ihre Zeichenhefte heraus. Sie blätterte das eine durch, das bereits voll war, und zwang sich, den Fortschritt anzuerkennen, den sie in den Bildern sah. Über ein Jahr hatte sie an ihnen gezeichnet, über ein Jahr hatte sie versucht herauszufinden, wer sie war.

Als sie zu der Zeichnung kam, die sie oben auf dem Montmartre angefertigt hatte, strich sie mit dem Daumen über den Fuß der Seite. Sie war gut. Richtig gut. Nachdem sie sich im Laufe des Jahres an diversen Stilen versucht hatte, bildete diese Zeichnung einen wunderbaren Abschluss – es war eine Zeichnung in ihrem eigenen Stil.

An jenem Tag hatte sie etwas gefunden. Allein dafür hatte sich die Reise gelohnt. Egal, wie schmerzhaft der Rest auch war.

Doch darüber wollte sie jetzt nicht weiter nachdenken. Sie schloss das Heft und schlug das auf, das sie am Vortag begonnen hatte. Sie hatte ein Dutzend Seiten mit Studien einer Statue aus dem Louvre gefüllt sowie mit Ansichten vom Arc de Triomphe und der Seine. Die Zeichnungen erreichten nicht dieselbe Qualität wie jene, die entstanden waren, bevor sie sich von Rylan getrennt hatte. Aber das war okay. Dort würde sie mit der Zeit wieder hinkommen. Wenn sie erst ein paar Tage ihre Wunden geleckt hatte.

Sie nickte sich aufmunternd zu, wendete sich wieder dem Computerbildschirm zu und gab ihre Informationen ein. Nachdem sie eingeloggt war, öffnete sie einen Browser und ihr E-Mail-Postfach. Sie blickte auf die Uhr, die ihr genau fünf Minuten Zeit ließ, in Erinnerungen zu schwelgen.

Die Schnappschüsse, die Rylan ihr geschickt hatte, brauchten ein paar Sekunden, um geladen zu werden. Mit klopfendem Herzen starrte sie auf den Bildschirm. Als die Bilder erschienen, versetzte ihr der Anblick einen Stich. Das war am ersten Tag gewesen, als sie beide vor dem Museum gestanden hatten. Er wirkte so charmant, und sie sah aus, als würde ihr Lächeln jeden Augenblick zerbröseln. Spröde und auf der Hut. Sie hatte nicht geahnt, was ihr bevorstand.

Und dann ihr letzter gemeinsamer Tag, als sie auf ganz andere Art unglücklich gewesen war.

Auf dem Bild sah Rylan ... zerbrechlich aus. Als wüsste er, was kommen würde, hätte es akzeptiert und wartete nur auf den Schlag.

Nun, den hatte sie ihm versetzt. Dafür, wie er sie benutzt, sie belogen und ihr Vertrauen missbraucht hatte, hatte er noch Schlimmeres verdient. Aber zumindest war sie erhobenen Hauptes gegangen. Sie war ihm auf die Schliche gekommen, und diesmal hatte sie nicht gezögert. Sie war nicht wie ihre Mutter und auch nicht wie ihr früheres Ich.

Sie hatte etwas Besseres verdient. Und das würde sie auch endlich einfordern.

Doch so sehr sie ihre gemeinsame Zeit vergessen wollte, so sehr hatte diese Zeit ihr auch etwas gegeben, wofür sie dankbar war. Rylans Stimme hatte ihre eigene gestärkt und die ihres Vaters zum Schweigen gebracht. Er hatte ihr gesagt, dass ihre Kunst großartig war, und das war nicht bloß so dahergeredet gewesen. Er hatte sich ihre Arbeiten wirklich angesehen, mit einem kritischen Blick. Und immer hatte er erst nachgedacht, bevor er ihr seine Einschätzung gegeben hatte.

Er hatte ihr gesagt, dass sie etwas Besonderes sei. Ihre Art, die Welt zu sehen. Das, was sie auf dem Papier erblühen ließ.

Und dass sie bereits wisse, was sie wolle.

Ihr blieben noch ein paar von den fünf Minuten Online-Zeit, die sie gekauft hatte, um einmal kurz in Erinnerungen zu schwelgen, aber sie verkleinerte das Fenster mit den Bildern und kehrte zu ihrem Postfach zurück.

Es dauerte nur einen Moment, um die Nachrichten zu finden, die Kate die ganze Zeit über beschäftigt hatten. Sie öffnete beide jeweils in einem neuen Fenster und schob sie nebeneinander.

Kunsthochschule oder ein richtiger Job. Risiko oder Sicherheit. Traum oder Vernunft.

Sie war nach Paris gekommen, um einem Traum hinterherzujagen. Und dann war sie einem anderen gefolgt, einem von Liebe und Sex und dem perfekten Mann, der sie ehrlich und fürsorglich behandelte.

Doch wie sich herausgestellt hatte, war es nichts als eine Fantasie gewesen.

Aber der andere ...

Rylan mochte nur eine Fantasie gewesen sein. Aber er hatte ihr ein paar Dinge gesagt, die sie hatte hören müssen.

Ohne weiter darüber nachzudenken, klickte sie auf die Nachricht von der Zulassungsstelle.

Mit zitternden Händen nahm sie den Studienplatz an.

Vielleicht war es verrückt, aber wenn sie diese Chance nicht nutzte, würde sie es ewig bereuen.

Ihre Absage des Stellenangebots war schneller geschrieben, sie ging ihr leichter von der Hand. Sobald man wusste, was man mit seinem Leben anfangen wollte, schien sich alles zu fügen.

Sie schickte beide Nachrichten ab und schloss die Fenster.

Bevor sie sich aus dem Terminal ausloggte, rief sie noch einmal die Fotos von Rylan und sich auf. Seit sie ihn verlassen hatte, war sie ständig hin- und hergerissen zwischen dem Verlangen, ihm eine reinzuhauen, und dem Wunsch, Kontakt mit ihm aufzunehmen. Sie wusste nicht, was sie sagen sollte, aber irgendwie schien die Sache zwischen ihnen noch nicht ganz geklärt zu sein.

Vorsichtshalber überprüfte sie ein letztes Mal ihren Posteingang und atmete tief aus, als sie dort keine Nachricht von ihm fand. Ein winziger Teil von ihr hatte noch auf einen Annäherungsversuch gehofft, auf irgendeine Art von Entschuldigung.

Auch gut.

Da ihre Online-Zeit ablief und ihr nur noch eine Stunde bis zu ihrem Abflug blieb, warf sie einen letzten Blick auf sein Gesicht. Sie war immer noch wütend, aber da war auch etwas anderes.

Sie legte die Finger auf ihre Lippen, dann strich sie mit ihnen über den Bildschirm.

»Danke«, flüsterte sie. »Du Mistkerl. Für alles.«

Sie beendete ihre Sitzung und sammelte ihre Sachen zusammen.

Es war Zeit, Paris – und Rylan – hinter sich zu lassen.

KAPITEL 25 *Drei Monate später*

Der Barhocker neben Rylan gab ein unangenehmes kratzendes Geräusch von sich, als er über den Boden gezogen wurde. Er runzelte die Stirn. Er hatte gar nicht gemerkt, dass sich ihm jemand genähert hatte. Dann blickte er von seiner Zeitung auf und musterte das Mädchen, das sich neben ihm niederließ.

Glatte, karamellfarbene Haut, dichte Locken. Eine von diesen komischen Taschen in Tränenform.

Shorts. Chucks.

Er faltete die Zeitung zusammen und schenkte ihr ein halbherziges Lächeln. Verdammt. Er flirtete ganz automatisch, als wäre es ein Reflex. Kein Wunder, dass er nicht gerade vertrauenswürdig wirkte.

Das Mädchen erwiderte sein Lächeln und hob eine Hand, um den Barkeeper auf sich aufmerksam zu machen. Der Mann trat zu ihr und blickte zwischen den beiden hin und her.

Rylan tippte auf sein leeres Glas. Und während der Barmann nach Rylans Whisky griff, sah er das Mädchen erwartungsvoll an.

»Anglais?«, fragte das Mädchen. *Englisch?*

Ach, scheiß drauf. Rylan langweilte sich. Er hob die Hand, um dem Barkeeper zu bedeuten, dass er einen Moment warten sollte, anschließend wandte er sich seiner neuen Bekanntschaft zu. »Ich lade dich ein. Was möchtest du trinken?«

Sie hob eine Braue. »Rotwein. Trocken. Etwas aus der Gegend wäre nett.«

Rylan kannte genau den Richtigen. Er ratterte die Bestellung herunter, während der Barmann einschenkte, streckte Rylan ihr die Hand entgegen. »Rylan.«

Als sie diese nahm, war ihr Griff warm und fest. »Naya.«

»Nett, dich kennenzulernen.«

»Freut mich auch.«

Der Barkeeper stellte ihr den Wein hin. Rylan ließ ihre Hand los, nahm sein Glas vom Tresen und hielt es hoch. Sie stießen an, und beide tranken einen Schluck.

Es war ein vielversprechender Anfang, wenn auch ein müder. So früh am Abend gab es mehr als genug freie Stühle in dieser Bar. Sie hätte sich nicht direkt neben ihn setzen müssen. Er hätte ihr keinen Drink ausgeben müssen. Und dennoch hatten sie es beide getan.

Vor wenigen Monaten hätte er darin noch geradezu ideale Bedingungen gesehen. Jetzt war es für ihn nur eine Möglichkeit, die Zeit totzuschlagen.

»Bist du allein unterwegs?«, fragte er. Ein schrecklicher Gesprächseinstieg, aber das war ihm ziemlich egal. Es würde ohnehin zu nichts führen.

»Nein. Meine Freundin wollte in einen Club. Aber das ist nicht so mein Ding.«

Er brummte und trank einen Schluck Whisky. »Und was ist dein Ding?«

»Ruhige Bars. Dunkle, rätselhafte Fremde.« Sie stieß mit ihrem Ellbogen gegen seinen, und ja, noch vor wenigen Monaten hätte er sein Glück kaum fassen können.

Heute schüttelte er den Kopf und grinste schief. »Was noch?«

Zumindest verstand sie seinen Hinweis. Sie zog den Arm weg. Aber sie nahm nicht ihr Glas und ging. »Ich weiß nicht.« Sie zuckte die Schultern. »Kunstmuseen.«

Sie sagte das so beiläufig, als wäre es eines von vielen Dingen, die sie sich in der Stadt ansehen wollte. Nicht so, wie Kate es gesagt hatte, voller Ehrfurcht. Als wären diese Schreine für alte, tote Meister für sie genau das: heilig.

Dennoch hob er den Blick. Sein nachlassendes Interesse war aufs Neue geweckt. »Ja? Hast du dir schon welche angesehen?«

»Heute war ich im Louvre. Morgen steht das Musée d'Orsay auf dem Programm.«

Rylan drehte sich auf seinem Stuhl um, damit er sie besser anschauen konnte. »Das wird dir gefallen. Die haben ...« Er hielt inne, plötzlich war sein Hals ganz trocken. »Die haben eine fantastische Cézanne-Sammlung.«

»Ich werde danach Ausschau halten.« Sie maß ihn von oben bis unten mit ihrem Blick. »Und was ist so dein Ding?«

Nein. Unmöglich. Er schüttelte den Kopf. »Mach dir um mich keine Gedanken.« Er drehte sein Glas in den Händen und spürte, wie sich seine Brust wehmütig zusammenzog. »Ich bin nur irgendein Typ.«

Er gehörte zum Inventar.

Er wusste nicht, warum er überhaupt noch hier war.

Er kippte das fünfte Glas Whisky hinunter.
Sie holte ihr Zeichenheft heraus.
Er bestellte noch einen.

»Wow, alles okay bei dir?«

Rylan hing auf seinem Stuhl und betrachtete unglücklich sein leeres Glas. »Alles okay«, log er.

Das Mädchen zögerte und nahm den Stift in die Hand.

Blinzelnd legte er den Kopf schief. »Weißt du, an wen du mich erinnerst?«

»An wen?«

Sein Lächeln erstarb, als würde es zerbrechen. Genau wie seine Rippen.

Genau wie sein Herz.

Er öffnete den Mund, um zu antworten ...

Am nächsten Morgen wachte Rylan vom Klingeln seines Telefons auf. Sein Kopf pochte, und einzelne Bilder der letzten Nacht blitzten in seinem Kopf auf, während er sich mühsam aufsetzte und auf den Nachttisch griff, wo er das verdammte Ding immer zum Laden hinlegte. Nur, dass es dort nicht war.

Nur, dass er noch nicht einmal in seinem Bett lag. Gott, er war schon wieder auf dem Sofa eingeschlafen. Rasch tastete er seine Taschen ab und fand das Telefon. Als er es sich vors Gesicht hielt, las er den Namen seiner Schwester. Er drückte das Gespräch weg und warf das Handy zur Seite, bevor er sich stöhnend wieder aufs Sofa zurücksinken ließ.

Er hatte ihr blödes Vorstandstreffen nicht vergessen, vielen Dank auch. Als könnte er vergessen, dass die Zukunft der Firma davon abhing, ob er den Schwanz einzog und sich zurück in das Leben ziehen ließ, dem er endlich entkommen war. Ein Leben voller Verantwortung und Schuldgefühle, in dem ihm sein Vater ständig im Nacken saß. Mit heiklen Verhandlungen, Wein und Abendessen, dem berauschenden Gefühl von Adrenalin und Macht, wenn man bekam, was man wollte.

Dem befriedigenden Gefühl, wenn man einen guten Job gemacht hatte.

Er ließ den Kopf gegen die Sofalehne krachen und bereute es sofort. Ein heftiger Schmerz explodierte in seinem Schädel. Jammernd schloss er die Augen und fasste sich an den Kopf.

Seht ihr? Wozu brauchte er sein altes Leben zurück? Hier hatte er ein unbequemes Designersofa, eine leere Wohnung, öde Tage und ein verdammt ödes Herz.

Und einen teuflischen Kater.

Was zum Teufel hatte er sich gestern Abend angetan? Zumindest hatte er es noch nach Hause geschafft, aber er war komplett angezogen auf dem Sofa eingeschlafen, und er stank wie ein Aschenbecher.

Und nach Parfum.

Mist. Da war dieses Mädchen gewesen. Eine Künstlerin. Sie hatte versucht, ihn abzuschleppen, doch er hatte abgelehnt. Er hatte eindeutig Nein gesagt. Er wusste jetzt, wie diese Dinge endeten.

Kate war weg, so wie Lexie, und er war geblieben und hatte *versucht,* wieder in seine Routine zurückzufinden. Seine Vergnügungen wieder aufzunehmen. Doch keine war wie Kate.

Dieses Mädchen war auch nicht wie Kate gewesen.

Doch es hatte versucht, ihn anzumachen.

Als ihm alles wieder einfiel, zog sich sein Magen zusammen.

Das Mädchen hatte gewartet, bis er ziemlich betrunken gewesen war, ehe es ihn gefragt hatte, ob es ihn zeichnen dürfe, und er hatte abgelehnt. Doch das Mädchen hatte nicht locker gelassen. Schließlich hatte er die Augen geschlossen und sie gewähren lassen, was äußerst schmerzhaft gewesen war. Tief in seinem Inneren, an einem Ort, den der Alkohol nicht betäuben konnte, egal, wie sehr er sich darum bemühte, schmerzte es ihn.

Weil er sich erinnerte, wie er sich, so nackt wie ein Mensch nur sein konnte, zurückgelehnt und einer Frau alles von sich preisgegeben hatte. Wie er zugelassen hatte, dass sie es auf Papier festhielt.

Nur damit sie ihn einen Tag später verließ.

Irgendwann war das Mädchen fertig gewesen. Trotz seines Protestes hatte sie ihm die Zeichnung gezeigt, und alles war anders gewesen als bei Kate. Das Bild, das ihm entgegenblickte, hatte so hässlich ausgesehen, wie er sich fühlte. In der Mitte befand sich sein offen stehendes Hemd, auf seiner Brust glänzte der Ring seines Vaters.

Er fasste nach der Kette um seinen Hals. Und es brannte. Er trug das Ding jetzt seit Jahren, und warum, wenn es ihn doch nur an seinen Vater erinnerte und daran, dass er alles weggeworfen hatte? Er hatte seine Mutter weggestoßen, weil sie genauso untreu war wie er selbst. Er hatte Lexie verstoßen, weil sie ein Mädchen war, und Evan, weil er mehr wollte, und Rylan ...

Galle stieg seine Kehle hinauf.

Rylan hatte er nicht verstoßen, zumindest nicht die Teile, die ihm von Nutzen waren. Alles andere, was Rylan sich in seinem Leben gewünscht hatte, hatte er wie Abfall entsorgt. So wie er auch versucht hatte, den Ring wie Abfall zu entsorgen.

Nur damit Rylan ihn rettete. Ihn bewahrte und ihn auf dem Herzen trug.

Plötzlich stand Rylan wieder im Büro seines Vaters, an dem Tag, als die Scheidungspapiere unterzeichnet worden waren. Er hatte zugesehen, wie sein Vater sich den Ring vom Finger gerissen und ihn über den Mülleimer gehalten hatte. »Halt«, hatte Rylan gesagt.

Die Welt drohte zu verschwimmen, und das lag nicht an der unterschwelligen Übelkeit oder daran, dass sein Kopf vom gestrigen Abend pochte.

Kate hatte ihn berührt, weil sie die Welt mit anderen Augen gesehen hatte. Sie hatte *ihn* mit anderen Augen gesehen.

Und der plötzliche Anfall von Schwindel rührte daher, dass er sein Leben plötzlich in einem anderen Licht sah.

Er hielt sich den Kopf, um den Schmerz zu lindern, schob sich vom Sofa und taumelte durch den Flur zu seinem Zimmer. Kurz hielt er sich am Türrahmen fest, dann ging er zum Schrank in der Ecke und zog die Schublade heraus, die er sonst niemals öffnete.

In der Schublade lag Kates Zeichenheft. Dort, wo es immer lag.

Er streckte die Hand danach aus. So vorsichtig wie möglich legte er seine Finger um die Spiralbindung, zog das Heft daran heraus, ließ sich nach hinten fallen und machte sich darauf gefasst, dass er gleich mit dem Hintern auf dem Boden landen würde. Bei dem Aufprall zuckte er dennoch zusammen und hielt seinen Kopf noch etwas fester, dann setzte er sich in den Schneidersitz, legte das Zeichenheft auf seinen Schoß und strich mit den Fingerspitzen über das Deckblatt. Er schlug es auf. Blätterte die Seite um, auf der sie ihren Namen vermerkt hatte. Blätterte durch die Seiten mit ihren Fingerübungen bis zu dem Bild von seinem nackten Körper, der vor ihr auf dem Bett gelegen hatte.

Ohne darüber nachzudenken, fasste er nach dem Ring seines Vaters. Er stach aus Kates Zeichnung hervor, die Kette auf seiner nackten Haut war dunkel schattiert. Rylan hatte sie nicht abgelegt, obwohl er sonst alles ausgezogen hatte, und Kate hatte sie behandelt, als wäre sie ein Teil von ihm. Vielleicht war sie das.

An ihrem ersten gemeinsamen Tag hatte Kate ihm ein kleines Stück von ihrer Welt gezeigt, ihm Kunst und Schönheit in Erinnerung gerufen sowie all die Dinge, von denen sein Vater behauptet hatte, dass in seinem Leben kein Platz für sie sei. Als er sie in den einsamen Museumsflügel geführt hatte, hatte er ihr etwas zurückgeben wollen, das war ihm damals nur noch nicht bewusst gewesen ...

Er hatte ihr ein Gemälde gezeigt, das ihm einmal sehr wichtig gewesen war. Ein Stück von sich, aus einem anderen Leben. Als er noch voller Hoffnung gewesen war.

Voller Hoffnung für Zeus und Hera und für die Ehe seiner Eltern. Eine vergebliche Hoffnung, denn er wusste, dass beide Fälle schlecht geendet hatten, aber dennoch. Eine Hoffnung, dass es vielleicht trotz allen Schmerzes und Schreckens etwas gab, das es wert war, bewahrt zu werden.

Er strich sich durchs Haar und riss an seiner Kopfhaut, bis sich das Ziehen in einen heftigen Schmerz verwandelte.

Rylan hatte sich so sehnlichst das Beste für seine Eltern gewünscht und für das Leben der antiken Götter.

Aber nicht für sein eigenes.

Als er zuerst nach Paris gekommen war, hatte er das Gefühl gehabt, der Teufel sei hinter ihm her. Der Prozess lag noch nicht lange zurück, der Verlust schmerzte. Er hatte sich mit Begeisterung darangemacht, sein Leben zu verschwenden, und verdammt gute Arbeit geleistet. Die Zeit war nur so verflogen. Bis sie es irgendwann nicht mehr getan hatte. Und auch dann hatte die Unruhe ihn nur dazu getrieben, sich noch intensiver seinen Vergnügungen zu widmen.

Bis eines Tages ein wunderschönes Mädchen in ein Café spaziert war, das die Welt auf eine völlig neue Weise gesehen hatte. Es hatte ihn daran erinnert, dass Teile seines Lebens es wert waren, bewahrt zu werden.

Und dann hatte er getan, was er das ganze Jahr über getan hatte. Er hatte seine Vergangenheit verleugnet. Verdammt, er hatte es verdient, dass sie ihn verlassen hatte.

Seither war ihm jeder Tag so lang vorgekommen wie ein ganzes Jahr. Er wusste nicht mehr, was er tun sollte. Unverbindlicher Sex konnte ihm nichts mehr geben; Sehenswürdigkeiten besuchen, Touristinnen anquatschen und die Stadt erkunden – all das gab ihm nichts mehr.

Er blätterte zu der Seite, auf der Kate nur sein Gesicht gezeichnet hatte.

Die Zeichnung stand in einem solchen Kontrast zu der des Mädchens von gestern Abend.

Hier sah er aus wie der Mann, der er sein wollte.

Seine Sicht verschwamm, er ballte die Hände zu Fäusten.

Ehe er noch etwas zerstörte, schloss er Kates Zeichenheft und schob es von sich.

Kurz bevor sie gegangen war, hatte Kate ihm erklärt, er müsse herausfinden, was er wollte. Er müsse aufhören zu lügen. Ihr etwas vorzumachen, aber auch sich selbst.

Vielleicht wusste er es bereits. Vielleicht musste er nur die Dinge überwinden, die ihn daran hinderten.

Um ihn herum wurde es ganz still. Er hielt den Atem an.

Mit zitterigen Fingern tastete er nach seinem Nacken und nestelte an dem Kettenverschluss herum. Ein, zwei Versuche, dann glitt sie von seinem Hals.

Nichts passierte. Keine Musik spielte, und sein Leben änderte sich nicht plötzlich, aber er fühlte sich irgendwie leichter. Er ließ den Ring in seine Hand fallen und betrachtete dessen dumpfen Glanz.

Sich nach Frankreich abzusetzen, war seine Art gewesen, allen und allem zu sagen: Fahrt zur Hölle. Seinem Vater mitsamt dessen Verrat, den dieser immer und immer wieder an ihm begangen hatte; seiner Mutter und ihrer Distanziertheit. Aber die ganze Zeit über hatte er dieses Symbol um den Hals getragen. Er hatte es als Erinnerung daran behalten, dass selbst inmitten einer schrecklichen Enttäuschung einst in seinem Kern etwas Gutes gewesen war.

Etwas, das es wert war, nicht aufgegeben zu werden.

Er hatte in letzter Zeit eine Menge aufgegeben.

Er hatte Kate kampflos ziehen lassen.

Er hatte sein Leben und seine Familie aufgegeben, die Firma, die er mit aufgebaut hatte – es spielte keine Rolle, dass das alles nicht seine freie Wahl gewesen war. Schließlich war er derjenige, der in die Fußstapfen seines Vaters getreten war.

Und er war derjenige, der etwas aus den Trümmern retten konnte.

Doch auch sich selbst hatte er aufgegeben.

Das Blut rauschte in seinen Ohren, und er nahm den Ring seines Vaters und legte ihn auf den Boden. Dann ließ er die Kette, die ihn jahrelang an diesen Ring gebunden hatte, daneben fallen und starrte beides an.

Er musste aufhören, Menschen zu verklären, die zu schwach waren, um sich selbst zu retten.

Es gab etwas, das es wert war, gerettet zu werden. In seinem Leben. In seiner Arbeit.

Und in Bezug auf die Frau, die ihm überhaupt für all das erst wieder die Augen geöffnet hatte.

Kate.

Egal wie sehr Kate sich bemühte. Nichts funktionierte.

Lediglich ihre Sparsamkeit hielt sie davon ab, die blöde Leinwand in den Mülleimer zu werfen – oder noch besser, sie zu verbrennen. Nun ja, ihre Sparsamkeit und ihr vages Ziel zu versuchen, genauso gut wie die anderen durch ihr Studium zu kommen. Sie zog sich die Ohrstöpsel heraus und blickte sich im Atelier um. Niemand achtete auf sie. Dennoch unterdrückte sie ein verzweifeltes Stöhnen, als sie ihre Pinsel in das Terpentin fallen ließ und das Gesicht mit den Händen bedeckte.

Das Semester hatte gerade erst begonnen, und sie fragte sich bereits, ob sie nicht doch die falsche Entscheidung getroffen hatte.

Nein. Das war wieder die Stimme ihres Vaters, die sich da meldete.

Sie ohrfeigte sich im Geiste, zog die Pinsel aus der

Flüssigkeit und strich sie auf einem Papiertuch ab. Etwas fester, als es gut für die Borsten war, aber egal.

Sie gehörte hierher, Teufel noch mal. Sie war genauso gut wie die übrigen Studenten ihrer Gruppe, und sie hatte genauso hart für ihren Studienplatz gearbeitet. Sie hatte genauso viel dafür geopfert, wenn nicht sogar noch mehr. Sie hatte lediglich eine Schaffenskrise, das war alles. Eine gigantische Rylan-induzierte Schaffenskrise.

Kate spürte einen leichten Stich in ihrem Herzen und verstärkte den Griff um das mit Farbe vollgesogene Tuch.

Drei Monate war es her, dass sie ihn verlassen hatte. Seit sie ihn und all die wundervollen, unglaublichen Dinge zurückgelassen hatte, die er für ihr Leben und ihr Selbstvertrauen getan hatte. Er hatte ihren Körper und ihre Kunst zum Leben erweckt. Und dann hatte er ihr das verdammte Herz herausgerissen.

Sie hatte versucht, ihn zu malen. Mit Kohle und Öl das Chaos darzustellen, das er in ihrer Brust angerichtet hatte. Dabei bediente sie sich der grobkörnigen Fotos von ihrem Handy und der unscharfen Bilder von ihrer Kamera, die sie heimlich aufgenommen hatte, als er es nicht bemerkt hatte, und folgte den Konturen seines Gesichts. Doch jedes Mal, wenn sie versuchte, seine Lippen zu zeichnen oder seine gefühlvollen Augen, war sie zusammengebrochen.

Sie hatte versucht, ihn in ihren Bildern zu zerstören. Hatte ihn auf ganz andere Weise analysiert als in diesem perfekten Hotelzimmer an jenem perfekten Nachmittag. Mit dunkelroten und schwarzen Streifen über den falschen Linien seines Lächelns, hatte eine Augenhöhle durchgestrichen und ihre Wut über sein Ohr geschmiert, als ob er sie dann hören würde.

Ein- oder zweimal hatte sie auch versucht, ihn zu würdigen. Hatte liebevoll die Details seiner Braue und seines Kiefers nachgezeichnet. Doch das hatte auch nicht funktioniert.

Sie hasste ihn, und sie liebte ihn, und wenn sie noch eine Sekunde länger darüber nachdachte, würde sie nie aus diesem Chaos herauskommen, in das sie sich gestürzt hatte. Sie musste nach vorn schauen. Vielleicht hatte sie die richtige Entscheidung getroffen, indem sie sich noch nicht einmal seine Erklärung angehört hatte, vielleicht aber auch nicht. Aber sie hatte sich damals so entschieden, und jetzt musste sie damit leben.

Und sie war hier. All die Bilder von Paris wurden von ihren Erinnerungen getrübt, aber New York ... New York war ihr Zuhause. Entschlossen, sich dem zuzuwenden, was sie besaß, anstatt um das zu trauern, was sie verloren hatte, war sie mit ihrer einfachen Kamera in alle Ecken der Stadt gefahren. Um die Menschen, den Schmutz und die Schönheit der Stadt festzuhalten. Sie hatte versucht, sie zu *sehen*, so, wie sie es auf ihrer Reise gelernt hatte.

Seufzend wandte sie sich wieder ihrer Leinwand zu. Die Straße wirkte düster, ihre Arbeit mit den Linien, durch die in Paris etwas Besonderes entstanden war, wirkte hier künstlich, albern und sinnlos.

Sie strich sich mit dem Handgelenk über die Braue.

Dann griff sie nach einem Pinsel. Sie drückte noch etwas Himmelblau auf ihre Palette und tauchte die Borsten in die Farbe. Mit einem zugekniffenen Auge betrachtete sie das Bild.

Dann steckte sie sich die Stöpsel wieder in die Ohren und trat dichter vor die Leinwand.

Sie hatte Rylan aufgegeben, doch das hier würde sie nicht aufgeben. Die Zeit heilte alle Wunden, und bald, wenn sie hart genug daran arbeitete, würde sie ihre Muse wiederfinden.

Sie würde sich *selbst* wiederfinden. Allein. Zu Hause.

KAPITEL 26

Zu Hause. Rylan blickte durch die getönten Scheiben des Wagens auf die Straßen, die er für fünfzehn sinnlose Monate hinter sich gelassen hatte.

Damals war es ihm völlig egal gewesen, ob er sie jemals wiedersehen würde. Als er ins Flugzeug gestiegen war, hatte er der Stadt den Stinkefinger gezeigt und die Erinnerung an den Prozess, seinen Vater und sein verpfuschtes Leben mit scharfem Whiskey aus der Bordbar hinuntergespült. Er war mit den Kleidern, die er am Körper getragen hatte, und einem Rucksack mit ein paar Büchern aufgebrochen, und jetzt kehrte er mit nicht viel mehr zurück. Mit einem einzigen Koffer und Lexies Aktentasche.

Und Kates Zeichenheft.

Er schluckte schwer und strich ein letztes Mal mit dem Daumen über das Deckblatt, bevor er es sicher verstaute. Mit diesem Brandherd würde er sich später befassen. Zunächst musste er ein paar Feuer löschen, um die er sich ursprünglich nicht hatte kümmern wollen.

Aber das war vorbei.

Elegant glitt der Wagen um die Kurve und bog in die Sixth Avenue ein. Rylan spannte den Kiefer an, beugte sich vor und stützte sich mit den Ellbogen auf den Knien ab. Er schloss die Augen und ging im Geiste noch einmal die wichtigsten Punkte durch.

Es war das erste Mal, dass er die Höhle des Löwen allein betrat, und dieses ALLEIN ließ seinen Puls höher schlagen. Wenn sein Vater hier wäre, würde er mit Rylan den Plan immer wieder durchgehen, um sicher zu sein, dass er alles verstanden hatte. Rylan hätte aus dem Fenster gestarrt, genickt und stumm vor sich hin gegrübelt.

Er hatte alles erfüllt, was sein Vater von ihm verlangt hatte, hatte den von ihm geforderten Abschluss gemacht, all seine Zeit und Energie und auch alles andere dafür geopfert. Das Mindeste, was Rylan jetzt erwarten konnte, war, dass man ihm zutraute, diese Aufgabe zu bewältigen.

Niemand hatte ihm gesagt, dass er jetzt hier sein musste. Okay, Lexie hatte ihn inständig darum gebeten, und der Vorstand hatte ihn dazu aufgefordert, aber am Ende des Tages war es allein Rylans Entscheidung gewesen.

Die erste, die er seit langer Zeit über sein eigenes Leben getroffen hatte.

Der Wagen verringerte seine Geschwindigkeit, und Rylan atmete tief durch und öffnete die Augen. Da war es. Bellamy International. Beim Anblick seines gottverdammten Namens in großen roten Lettern an der Seite eines hundertstöckigen Gebäudes zog sich seine Brust zusammen.

Egal was sein Vater angerichtet hatte, das hier blieb. Es trug seinen Namen, also gehörte es auch ihm, Rylan.

Und es wurde höchste Zeit, dass er sich auch so verhielt.

Als der Fahrer um den Wagen herumkam, um ihm die Tür zu öffnen, sah Rylan auf seine Armbanduhr. Ihm blieben noch fünf Minuten. Genau, wie er es geplant hatte.

Er nahm Lexies Aktentasche, richtete Krawatte und Manschetten und schloss den Knopf seines Jacketts.

Showtime. Die Tür des Wagens schwang auf, und er trat auf den Bürgersteig – nicht als Rylan, sondern als Theodore R. Bellamy III. Und ob es ihm gefiel oder nicht, er war zu Hause.

Kaum hatte er die Lobby betreten, wurde bereits um ihn herum getuschelt. Er verstärkte den Griff um Lexies Aktentasche, hielt den Blick geradeaus gerichtet und durchquerte mit langen, gemessenen Schritten die mit Marmor geflieste Halle. Als er eins der Mädchen am Empfang erkannte, nickte er ihr zu. Sie sah ihn mit großen Augen an und griff zum Telefonhörer, doch er legte einen Finger auf seine Lippen. Er erwartete nicht, gegrüßt zu werden, und ganz sicher wollte er nicht angekündigt werden. Sie sah ihn aus schmalen Augen an, zog die Hand jedoch zurück. Braves Mädchen.

Am Fahrstuhl für die Führungsetage schenkte ihm der Liftboy einen ganz anderen Blick. »Mr Bellamy. Wir haben Sie heute gar nicht erwartet.«

Er hob eine Braue und trat in den Aufzug. »Ich freue mich auch, Sie zu sehen, Marcus.«

»Ich habe ja nicht gesagt, dass ich mich nicht freue, Sir.« Marcus drückte den Knopf, um die Türen zu schließen. Sein Spiegelbild lächelte. »Es ist nur eine unerwartete Freude.«

»Fünfundneunzigste Etage, wenn Sie so nett wären.«

»Natürlich.«

Um die zweiundachtzigste Etage herum knackte es in Rylans Ohren. Als die Türen auseinanderglitten, verabschiedete er sich von Marcus. Er wartete, bis sich der Fahrstuhl hinter ihm geschlossen hatte, erst dann hob er den Kopf und blickte in die Halle.

Denn sonst wäre er womöglich gleich wieder zurück in den Lift gestiegen.

Alles hier oben war nach den genauen Vorgaben seines Vaters eingerichtet worden. Roter Teppich, dunkles Holz und all die kleinen Details und Kniffe, mit denen er seine Besucher daran erinnerte, dass sie sich in seinem Herrschaftsbereich befanden.

Für Rylan war es alles andere als ein Zuhause. Doch wenn er sich überlegte, dass er sich von all seinen Unterkünften in den letzten zehn Jahren in einem winzigen Hotelzimmer in einer nach Brot duftenden Straße in Paris am ehesten zu Hause gefühlt hatte, besagte das vielleicht nicht viel.

Er straffte die Schultern und machte sich auf den Weg.

Um Punkt zwei erreichte er den Konferenzraum. Die Tür war nicht ganz geschlossen, ein Spalt gewährte Einblick in den Saal. Leise schob er ihn etwas weiter auf und spähte hinein.

Die Szenerie war ihm ausreichend vertraut. Um den gigantischen Eichentisch herum saßen diverse Männer, die alt genug waren, um sein Vater zu sein. Am Kopf des Tisches thronte dieser Mistkerl McConnell. Thomas hatte man auf einen Platz ungefähr zwei Drittel weiter unten am Tisch verbannt. Rylan registrierte ein halbes Dutzend weiterer vertrauter Gesichter, ebenso wie ein paar neue, darunter einige unfreundliche. Er ließ den Blick weiter schweifen und musterte den Rest des Raums. Hinter den Vorstandsmitgliedern befanden sich auf Stühlen, die um den Tisch herum, aber nicht *am* Tisch standen, die Schar aus Sekretärinnen, persönlichen Assistenten und ...

Rylan hatte immer gewusst, dass es schlimm aussah. Früher hatte er jedoch selbst am Tisch gesessen und nicht von außen hineingesehen.

Und er hatte nicht auf seine verrückte, wild entschlossene Schwester geachtet, die ganz allein in einer Ecke saß und nicht einmal zu einem der alten weißhaarigen Männer am Tisch gehörte, der ihre Anwesenheit gerechtfertigt hätte.

Ein Mitglied ohne Stimmrecht. Das war der Status, den sie Lexie zugebilligt hatten. Diese kurzsichtigen Idioten. Sobald sie mündig war oder Rylan einen Weg fand, ihr an der Satzung vorbei einen Platz in der Firmenleitung zu besorgen, würden sie sich wünschen, sie nie verärgert zu haben. Denn sie würde es ihnen zeigen.

Nur ... nur, dass sie jetzt gerade nicht ganz in ihrem Element zu sein schien. Rylan legte den Kopf schief und betrachtete sie. Ihr Blick glitt von ihren Notizen zum Kopf des Tisches, dann zur Uhr und wieder zurück. Sie saß kerzengerade und mit erhobenem Kinn. Sie gab kein Stück nach, o nein. Doch irgendwie wirkte sie resigniert. Nicht einmal enttäuscht, sondern als würde sie davon ausgehen, enttäuscht zu werden. Als wäre sie schon oft enttäuscht worden.

Heute nicht. Zumindest nicht von ihm.

An der Stirnseite des Tisches räusperte sich McConnell. »Was sagen Sie, meine Herren? Fangen wir an?«

Das war vermutlich das Stichwort, bei dem Rylan sich zu erkennen geben sollte, doch er lehnte sich grinsend gegen den Türrahmen, verschränkte die Arme und wartete auf den richtigen Augenblick. Man sollte ihm nicht nachsagen, dass er nicht wüsste, wie man einen Auftritt inszeniert.

»Kommen wir zur Tagesordnung. Halten wir fest, dass die Vorstandssitzung von Bellamy International um 14:02 Uhr begonnen hat. Anwesende Mitglieder sind …« McConnell ratterte die Namen all der grauhaarigen Männer am Tisch herunter. Dann ließ er den Blick durch den Raum gleiten, wobei er Lexie ganz bewusst überging. »Ist ein Vertreter der Familie Bellamy anwesend?«

Jetzt. Er zählte bis drei und wartete gerade so lange, bis Lex mit den Zähnen knirschte und den Mund öffnete. Doch bevor sie ein Wort sagen konnte, stieß Rylan die Tür auf.

»Allerdings«, verkündete er in die Runde, während er in den Raum fegte. Ein Dutzend Köpfe flogen herum und gafften ihn an. Er registrierte jede einzelne Reaktion. Nahm den überraschten Ausdruck auf McConnells Gesicht wahr, bevor dieser sich wieder fing. Und Lexies Grimasse, die sich in ein breites Lächeln verwandelte, das Rylan bei ihr in diesem Raum noch nie gesehen hatte. »Eigentlich sogar zwei«, sagte er und hob die Hand zum Gruß. »Hallo, Schwesterherz.«

Sie nickte, warf ihm einen triumphierenden Blick zu und beherrschte ihr Lächeln. »Theodore.«

Das würde er ihr später heimzahlen.

Mit Absicht ein wenig stolzierend steuerte er auf den Tisch zu und sah den Kerl, der so anmaßend war, seinen Platz einzunehmen, mit erhobener Braue an. McConnell lief rot an und rang ganz offensichtlich mit sich, ob er den Stuhl räumen sollte oder nicht. Thomas starrte ihn ebenfalls an, sodass der Stuhldieb schließlich einknickte. Er überließ es seiner Assistentin, seinen Kram einzusammeln, und rückte am Tisch ein Stück weiter nach unten, woraufhin Rylan sich auf den freien Platz fallen ließ.

Er öffnete die Aktentasche, zog eine Mappe heraus und legte sie auf den Tisch.

Seit dem Tag, an dem sein Vater in Handschellen abgeführt worden war, hatte Rylan mit sich und seiner Herkunft gehadert. Er fürchtete zu sehr, der Mann geworden zu sein, zu dem sein Vater ihn hatte machen wollen – seinem Ebenbild. Doch in diesem Moment, an diesem Tisch kehrte die Erinnerung zurück. Ein Rausch erfasste ihn. Er war gut in diesen Dingen. Er hatte sein ganzes Leben lang dafür trainiert.

Rylan ließ das Adrenalin der bevorstehenden Konfrontation in sich aufsteigen und speicherte es. Dann lehnte er sich mit perfekt inszenierter Lässigkeit in seinem Stuhl zurück, ließ seinen Stift kreisen und nickte McConnell zu, der um Fassung rang und sich durch die Tagesordnung zu arbeiten begann. Nacheinander erholten sich die Vorstandsmitglieder von ihrem Erstaunen über sein unerwartetes Erscheinen.

Bis er seine erste Frage stellte. Da wendeten ihm unisono alle ihre Köpfe zu.

»Was?« Er zeigte auf die Stelle in seinen Papieren, über die sie gerade sprachen. »Ich habe die Unterlagen gelesen.«

McConnell gab einen erstickten Laut von sich.

Zum Glück sprang Thomas ein, bevor McConnell noch die Augen aus dem Kopf fielen. »Mr Bellamy spricht da einen wichtigen Punkt an.«

Rylan schaukelte mit seinem Stuhl vor und zurück, während die Diskussion nun eine neue Wendung nahm. Im Laufe der nächsten Stunde überließ er die Leitung der Sitzung jenen Leuten, die die ganze Zeit über die Stellung gehalten hatten, doch es war ihm gelungen, die Dinge in die gewünschte Richtung zu lenken.

In die Richtung, die Lexie ihm gewiesen hatte.

Als sich das Geschehen in ihrem Sinne entwickelte, warf er ihr einen Blick zu und hob fragend eine Braue. *Zufrieden?*

Sie seufzte und hob dramatisch die Schultern, doch ihr Lächeln verriet sie.

Nach einer gefühlten Ewigkeit näherte sich die Sitzung dem Ende. Es stand nur noch ein Punkt auf der Tagesordnung.

McConnell blickte sich im Raum um, und Rylan konnte sehen, wie er im Geiste rechnete. Tja, Rylan hatte seine Hausaufgaben ebenfalls gemacht. »Was den Rückfall der Leitung an die Familie Bellamy betrifft …« Sein Blick glitt zu Rylan.

Der Mistkerl war sich nicht sicher, ob er genug Stimmen bekommen würde, um weiter im Amt zu bleiben. Ehrlich gesagt, wusste Rylan es ebenso wenig.

Aber eines würde er sicher durchsetzen können.

Rylan räusperte sich und stand auf. »Ich verlange einen Aufschub von neunzig Tagen bis zur Abstimmung.«

Im Raum machte sich spürbar Erleichterung breit. McConnells Schultern sanken kaum sichtbar nach unten. »Der Antrag steht zur Abstimmung«, sagte er. »Eine einfache Mehrheit genügt.«

Die stimmberechtigten Anwesenden hoben die Hände und stimmten mit Ja. Rylan sank in seinen Stuhl zurück.

Neunzig Tage. Neunzig Tage, um Unterstützer zu gewinnen und eine Strategie zu entwickeln.

Um zu entscheiden, wie weit er es treiben wollte und ob er bereit war, das Ruder zu übernehmen.

Kurz darauf endete die Sitzung, und Rylan streckte zufrieden die Arme über den Kopf. Es gab noch eine Menge zu klären, aber zumindest hatte er den ersten Schritt getan. Er war gekommen. Hatte seinen Platz wieder eingenommen. Und hatte verhindert, dass Rom in Flammen aufging.

Rylan stand auf, packte seine Aktentasche und wehrte ein paar Leute ab, die ihn in ein Gespräch verwickeln wollten, indem er mit dem Kopf auf seine Schwester deutete. Sie war noch dabei, sich Notizen zu machen, als er zu ihr trat.

»Und?«, fragte er. »Wie war ich?«

»Da ist noch Luft nach oben.« Sie schloss ihre Mappe und legte den Stift weg. »Aber ich glaube, du hast Potenzial.«

Er grinste. Sie hatte ihm die Gunst seines Vaters so lange geneidet, dass sich schon dieses kleine Zugeständnis wie ein Triumph anfühlte. »Freut mich zu hören.«

Sie stand auf und verschränkte die Arme vor der Brust. »Dein Timing war etwas knapp.«

Sein Mundwinkel zuckte, doch er schaffte es, eine

neutrale Miene zu bewahren. »Entschuldige. Zu viel Verkehr über dem Atlantik.«

»Mistkerl.« Sie blickte ihn noch einen Augenblick finster an. Dann hellte sich ihre Miene schlagartig auf, und sie breitete die Arme aus.

Er trat vor und umarmte sie.

»Danke, dass du gekommen bist«, sagte sie an seiner Brust.

»Danke für den Tritt in den Hintern.«

Einen langen Moment standen sie so, und er drückte sie fest an sich. Sie würden nicht groß über ihre Gefühle reden. Tatsächlich hatten sie schon mehr gesagt als sonst. Das passte nicht zu ihnen. Doch die Umarmung war Entschuldigung und Vergeben zugleich. Beiderseitige Bestätigung.

Schließlich ließ er sie los und trat einen Schritt zurück.

»Also«, fing sie an und schulterte ihre Tasche. »Willst du etwas trinken oder so? Abendessen im Ai Fiori's? Ich kann dort anrufen und Dads Tisch bekommen. Er wird ihn sicher nicht beanspruchen.«

Rylan deutete mit dem Daumen zur Tür. »Danke, aber ich bin gerade erst angekommen und habe noch ein paar Dinge zu erledigen.«

»*Pfft*. Du warst ein Jahr weg. Wen interessiert es schon, ob du die Dinge noch einen Tag länger aufschiebst.«

»Mich.«

Sie warf ihm einen prüfenden Blick zu, und nicht zum ersten Mal hatte er den Eindruck, dass sie in ihn hineinsehen konnte. Nach einem Moment wandte sie den Blick ab und zuckte mit den Schultern. »Wenn du meinst. Weißt du schon, wo du wohnst?«

Er hoffte es. »Ich finde etwas.«

»Nun, wenn nicht ...«

Er schüttelte den Kopf. »Danke für das Angebot, aber ich denke, ich komme zurecht.«

»Wie du meinst. Aber lass uns in den nächsten Tagen noch mal reden. Wir müssen eine Strategie entwickeln, wie wir weiter vorgehen.« Sie zeigte auf den Verhandlungstisch.

»Klar.« Er wandte sich halb ab und war bereits auf dem Weg zum Ausgang, als sie ihn noch einmal zurückhielt.

»Rylan?«

»Ja?«

»Ich bin froh, dass du wieder zu Hause bist.«

Bei dem Wort meldete sich ein seltsames, nicht zu deutendes Gefühl in seiner Brust. *Zu Hause.* »Ja.«

»Es ist nur ... es gibt nicht mehr viele Menschen, auf die ich zählen kann. Denen ich vertrauen kann. Es ist schön zu wissen, dass du dazugehörst.«

Er schluckte die Dinge hinunter, die er darauf erwidern wollte, brachte ein recht armseliges Lächeln zustande und tastete nach der Außentasche der Aktenmappe. Durch das Leder fühlte er die Spiralbindung des Zeichenheftes, das er dort hineingesteckt hatte.

Die Tatsache, dass er es noch immer besaß, sagte, dass er niemandes Vertrauen verdiente.

Doch er bemühte sich, das zu ändern.

Er nickte und wandte Lexie und dem Raum den Rücken zu.

Auf Drängen seines Vaters hin hatte er auf ein Leben außerhalb dieses Gebäudes verzichtet, aber das war nun vorbei. Er hatte noch andere Pflichten zu erledigen, noch andere Entschuldigungen vorzubringen.

Und er konnte nur beten, dass seine Entschuldigung erhört werden würde.

KAPITEL 27

»Ich hätte nicht gedacht, dass du aus Brooklyn kommst.«

Kate fuhr herum, riss sich dabei die Kopfhörer aus den Ohren und stieß einen Pinsel um. Während sie nach beidem tastete, blickte sie auf. Hinter ihr stand Liam, ein Typ aus ihrem Studiengang, und amüsierte sich ganz offensichtlich, dass er sie so erschreckt hatte. Den Farbklecksen auf seiner Jeans und in seinem widerspenstigen, sandfarbenen Haar nach zu urteilen, war er schon seit einer Weile im Atelier. Sie musste ziemlich vertieft gewesen sein, dass sie ihn nicht bemerkt hatte.

Als sie sich hinunterbeugte, um den Pinsel aufzuheben, lächelte sie. Nicht, dass sie unter den Studenten hier noch keine Freunde gefunden hätte, aber Liam sagte ihr immer Hallo und bot ihr an, ihr einen Kaffee mitzubringen, wenn er selbst eine Koffeinspritze brauchte. Sie gab sich keinen Illusionen hin. Wahrscheinlich war seine Freundlichkeit ein Versuch, mit ihr zu flirten, aber das war nicht gerade das Schlimmste auf der Welt.

Wenn es etwas gab, das sie aus dem Desaster dieses Sommers gelernt hatte, dann, wie sie mit einem Typen umgehen musste, der ihr an die Wäsche wollte.

Das zarte Lächeln auf ihren Lippen verblasste und

erstarb. Schwankend richtete sie sich wieder auf. Dieser Sommer ... Tja, sie hatte vieles gelernt und das meiste auf die harte Tour. Aber das war okay. Die Zeit heilte schließlich alle Wunden. Die Narben, die Rylan in ihrem Herzen hinterlassen hatte, waren noch nicht verheilt, aber sie schlossen sich langsam und ließen sie stärker zurück, als sie es je zuvor gewesen war.

Langsam, aber stetig kam sie wieder zu Kräften.

Wenn sie das doch nur auch von ihrer Kunst sagen könnte.

Mit einer Grimasse blickte sie über ihre Schulter auf das Gemälde, an dem sie gerade arbeitete. Liam hatte es zumindest erkannt, das war ja wenigstens etwas.

»Was ist falsch an Brooklyn?«, fragte sie.

»Nichts. Nun ja, es sei denn, du sprichst von Park Slope. In dem Fall so ziemlich alles.« Liam grinste. »Aber Bushwick ist ziemlich cool.« Er deutete mit dem Kopf auf das Foto, das sie neben die Staffelei geklemmt hatte. »Ist das da her?«

»Ja.« Sie war in diversen Vierteln umhergestreift, hatte Fotos gemacht und nach verschiedenen Formen von Architektur und Stadtansichten gesucht. Aber sie schien keine Verbindung zu ihnen zu finden, nicht so, wie sie sie in Paris empfunden hatte. Es fühlte sich nicht genauso an, wenn sie versuchte, sie zu malen.

»Bist du damit zufrieden?«

Sie seufzte. »Es ist ein Prozess.« Das sagten alle, wenn sie mit sich rangen.

»Vielleicht hast du es zu lange angestarrt?«

»Nein. Ich bin erst seit ...« Sie wischte sich die Hand an der Hose ab, zog ihr Handy heraus und machte große Augen.

Wie zum Teufel war es so spät geworden? »... okay, schon ziemlich lange hier.« Vielleicht war es Zeit für eine Pause. Wie aufs Stichwort knurrte ihr Magen. Zwischen der Frühstücksschicht im Diner, ihrem Seminar und dem Malen hier, bei dem sie völlig die Zeit vergessen hatte, hatte sie nichts mehr gegessen. Und nicht gesessen. Oder sonst etwas getan.

»Du musst eindeutig hier raus.« Sein Ton veränderte sich und klang etwas zu beiläufig. »Hast du Lust, irgendwo was essen zu gehen? Ich kenne ein paar gute Läden.«

Die Einladung ließ sie zögern. Um Zeit zu gewinnen, wandte sie sich halb ab und tauchte ihre Pinsel in das Terpentinglas.

Erst vor dreißig Sekunden hatte sie gedacht, dass er vermutlich mit ihr flirtete, darum durfte sein Vorschlag sie eigentlich nicht überraschen. Doch sie war sich nicht sicher gewesen – um ehrlich zu sein, war sie es noch immer nicht.

Auch wenn er ein Lügner gewesen war, hatte Rylan aus seinen Absichten zumindest kein Hehl gemacht.

Doch was immer Liam im Schilde führte, ihr fehlte jetzt die Energie dazu. »Ehrlich gesagt, bin ich ziemlich fertig. Ich glaube, ich gehe lieber nach Hause.«

Er senkte den Blick, doch falls er enttäuscht war, zeigte er es nicht. »Bist du sicher?«

»Ja. Vielleicht ein anderes Mal.«

»Okay.« Das schien seine Laune zu heben. »Ich glaube, ich gehe dann mal.« Er deutete mit dem Daumen in Richtung Tür. »Oder soll ich auf dich warten? Dich zur U-Bahn bringen oder so?«

Sie schüttelte den Kopf. »Ich brauche noch eine Weile, um alles aufzuräumen.«

Als er weg war, wusste sie nicht, ob sie darüber erleichtert war oder nicht.

Es war das erste Mal seit dem Sommer, dass ein Mann einen Schritt auf sie zu gemacht hatte, und es brachte sie stärker aus der Fassung als erwartet. Während sie ihre Pinsel auswusch und ihre Palette einpackte, dachte sie noch einmal darüber nach.

Was hätte schlimmstenfalls passieren können, wenn sie Ja gesagt hätte? Liam und sie waren Freunde, klar, aber sie kannten sich noch nicht lange. Selbst wenn ihr sogenanntes Date ein Reinfall gewesen wäre, würden sie wahrscheinlich damit klarkommen. *Sie* würde damit klarkommen.

Als sie ihre Jacke anzog und sich auf den Weg zur U-Bahn machte, hatte sich ihre Überzeugung gefestigt.

In der kurzen Zeit, die sie in diesem Sommer mit Rylan verbracht hatte, hatte sie eine Menge gelernt. Anders als vorher wusste sie jetzt, dass sie das Recht hatte zu sagen, was sie wollte. Sie hatte das Recht, einem potenziellen Partner zu sagen, was sich gut anfühlte oder nicht. Oder noch schlimmer, wenn er ihr wehtat. Sex war Sex. Liebe allerdings war etwas völlig anderes, etwas, woran sie sich erneut verbrannt hatte. Sie hatte viel zu schnell zu viel empfunden.

Aber sie hatte bei Rylan nicht denselben Fehler begangen wie bei Aaron. Nicht denselben Fehler, den ihre Mutter bei ihrem Vater gemacht hatte. Bei dem ersten Hinweis auf Rylans Betrug war sie nicht geblieben, um sich seine Ausreden anzuhören oder sich von ihm überreden zu lassen, ihm noch eine Chance zu geben. Sie hatte ihren Koffer gepackt und war gegangen.

Vielleicht, nur vielleicht, konnte sie es noch einmal versuchen, mit einem anderen Mann. Aus diesem Fehler genauso lernen wie aus ihrem letzten. Sie konnte einen Mann finden, sei es Liam oder wer auch immer, und sie konnte all die Berührungen und die Küsse und den überwältigenden Sex bekommen, den sie in ihrer Woche mit Rylan flüchtig kennengelernt hatte – nur diesmal ohne den Schmerz. Wenn sie auf ihr Herz achtgab, konnte es sogar funktionieren. Sie konnte es langsam angehen lassen, ihre Gefühle und ihre Geheimnisse für sich behalten. Sie würde sich selbst noch eine Chance geben.

Vielleicht war sie bereit für einen Neuanfang. Zumindest in Maßen.

Als sie schließlich ihre Haltestelle erreichte und die letzten Blocks nach Hause stapfte, hatte sie sich fast davon überzeugt, dass sie jetzt wirklich bereit war, nach vorn zu blicken. Sie überquerte die Straße und grub in ihrer Tasche nach ihren Schlüsseln, nur um dann festzustellen, dass die Haustür ohnehin offen stand. Verdammt, die Leute schlossen ihre Türen hier in der Gegend nicht ohne Grund ab. Sie trat den Türstopper weg, warf einen Blick in ihren Briefkasten und ging zur Treppe.

In der zweiten Etage bog sie zu ihrer Wohnung ab und suchte erneut nach den Schlüsseln. Als sie den richtigen gefunden hatte, hob sie den Blick. Und erstarrte.

Ihre Knie zitterten, und sie umklammerte den Riemen ihrer Tasche so fest, dass ihre Knöchel schmerzten. Ein halbes Dutzend Mal blinzelte sie, doch an dem Bild vor ihren Augen änderte sich nichts. Es blieb. Es war *real.*

Ihr schlimmster Albtraum und ihre verzweifeltste, schamvollste Fantasie.

Die Gestalt, die auf dem alten Teppich vor ihrer Tür saß – in einem dreiteiligen Anzug, das volle Haar locker mit den Fingern frisiert, das Kinn so markant wie eh und je –, war Rylan. Daneben stand ein Koffer.

Und in seinen Händen lag ihr Zeichenheft.

KAPITEL 28

Es war nur ein winziger Laut. Die schwache Andeutung eines Wimmerns, aber in dem stillen Flur klang es wie Geschützfeuer. Rylan riss den Kopf hoch und schreckte auf. Seit Stunden hatte er auf die Risse in der Wand vor sich gestarrt und war dabei in einen meditationsähnlichen Zustand abgedriftet. Hätte nicht Kates Name neben der Klingel an der Tür gestanden, hätte er sich Sorgen gemacht, vielleicht am falschen Ort zu sein.

Doch die Warterei war es ihm wert. Wenn nötig, hätte er auch noch die ganze Nacht gewartet und trotzdem gesagt, es habe sich gelohnt.

Da war sie. Kate. Einen Moment lang war er zu nichts anderem in der Lage, als ihren Anblick in sich aufzusaugen. Ihre Wangen waren gerötet, ihre Augen strahlten, und ihr Haar war zerzaust. Sie trug die unattraktivste, schrecklichste, formloseste Jeans mit Farbklecksen, die er je gesehen hatte, und trotzdem. Er begehrte sie. Nicht nur in seinem Bett und in seinen Armen, sondern in seinem *Leben.*

Ihr Name lag ihm auf den Lippen, doch bevor er ihn aussprechen konnte, lösten sich alle Worte auf, die er ihr hatte sagen wollen, die er so lange für diesen Moment einstudiert hatte. Ganz langsam, als würde er sich einem scheuen Pferd nähern, klopfte er sich den Staub von der Hose und stand auf. Die Luft zwischen ihnen pulsierte. In der Stille bemühte er sich weiter, etwas zu sagen.

Dann flüsterte sie schließlich: »Rylan.«

Er nickte.

»Du bist hier.«

Ein Lächeln stahl sich auf sein Gesicht, und er fand seine Stimme wieder. »Ja.«

Keiner von ihnen rührte sich vom Fleck. Rylan musste an ihre erste Unterhaltung denken. In jenem vollen französischen Café. Sie war misstrauisch gewesen, und er übertrieben selbstbewusst. Er hatte ihr jedes Wort aus der Nase ziehen müssen. Bei der Erinnerung breitete sich ein zärtliches Gefühl in ihm aus. Seine Kate.

Nun, er könnte auch heute die Unterhaltung in Gang bringen. Er öffnete den Mund.

Doch bevor er etwas sagen konnte, herrschte sie ihn an: »Was zum Teufel machst du hier?«

Der zarte Schleier der Erinnerung löste sich auf. Ihr scharfer Tonfall und die Wut in ihren Augen stachen wie ein Messer zwischen seine Rippen.

Richtig. Das hier war keine gemütliche Ecke in einem Café, und sie waren nicht zwei potenzielle Liebende, die sich vorsichtig einander annäherten. Sie war nicht mehr dieselbe stille, zurückhaltende Frau. Er war nicht mehr der dreiste, gelangweilte, wütende Mann.

Ihr Blick wurde schärfer, und seine Brust schnürte sich zusammen. Wenn jemand ihn darauf angesprochen hätte, hätte er es geleugnet, aber insgeheim hatte er sich an die Hoffnung geklammert, sie würde ihn vielleicht mit offenen Armen willkommen heißen. Selbst nach allem, was er getan hatte, nachdem er sie so verletzt hatte. Nun fielen all seine Illusionen in sich zusammen.

Es war anders, als dem feindlich gesinnten Vorstand gegenüberzustehen, aber er merkte, dass er sich dennoch gerade aufrichtete und auf seine mögliche Verteidigung vorbereitete.

Sie warf sich ihm nicht in die Arme? Gut. Aber diesmal würde er sie nicht gehen lassen, ehe sie ihm zugehört hatte.

»Ich ...« Er biss die Zähne zusammen. Wo sollte er anfangen? Er umfasste fest die Spiralbindung des Zeichenheftes und hob es hoch. »Ich habe das hier gefunden.«

Sie hob die Brauen. »Und? Streikt die Post in Frankreich?« Er zögerte, und sie stieß ein harsches, bellendes Lachen aus. »Ich meine, ich weiß, dass sich die Wirtschaft in einer Krise befindet, aber wenn Milliardäre jetzt schon persönlich als Kurier einspringen müssen ...«

»Kate ...«

»Nein.« Sie hob abwehrend eine Hand, und er blieb abrupt stehen und machte keinen Schritt auf sie zu, obwohl er gerade unbewusst dazu angesetzt hatte.

Weil sie da war. Real und wunderschön. Sie war alles, was er je gewollt hatte, doch er war zu dumm gewesen, sie zu halten, als er die Chance dazu gehabt hatte. Er sehnte sich so sehr danach, sie zu berühren, dass es schmerzte.

»Kate«, versuchte er es aufs Neue, »du musst wissen ...«

»Nein, ich muss gar nichts wissen.« Wenn das überhaupt möglich war, wirkte ihre Haltung jetzt noch abweisender.

Er trat einen einzigen Schritt auf sie zu und breitete die Arme aus. Am liebsten hätte er auch das Zeichenheft fortgeworfen, wäre es nicht das Wertvollste gewesen, das er besaß. »Du musst wissen, dass ich deinetwegen hergekommen bin. Um dich zu sehen. Das hier gehört dir. Ich habe es in unserem Zimmer gefunden, nachdem du weg warst. Es war egoistisch von mir, es so lange zu behalten …«

»Drei Monate lang. Drei Monate, Rylan. Nach dieser ganzen Zeit kannst du nicht einfach in ein fremdes Leben spazieren.«

»Aber ich habe jede Sekunde, jeden Augenblick an dich gedacht.«

Mit geröteten Wangen schoss sie vor, ihre Hände waren zu Fäusten geballt. »Denkst du, ich hätte nicht auch an dich gedacht? Daran, wie dumm ich war? Du hast mich benutzt.«

»Nein«, sagte er und spie das Wort geradezu aus. Er war hergekommen, um sich zu entschuldigen, aber nicht dafür. Wut brodelte tief in seinem Bauch und verdrängte etwas von dem Bedauern und dem Schmerz. »Ich habe nichts von dir genommen, was ich nicht bereit war, dir hundertfach zurückzugeben.«

»Abgesehen von meinem Vertrauen.« Sie verzog das Gesicht, ihre Augen glänzten, und es war das erste Mal, dass ihr Gesicht nicht nur Abwehr ausdrückte. Ihre Stimme bebte. »Abgesehen von meinem Herzen.«

Er erschauderte und holte tief Luft.

Tief in seinem Inneren, wo er den Schmerz genährt hatte, mit dem sie ihn zurückgelassen hatte, hatte er sich immer auch gefragt: So wütend, wie sie gewesen war, so betrogen, wie sie sich gefühlt hatte, musste sie etwas für ihn empfunden haben. Sein verkrüppeltes Herz, das so lange gar nichts gefühlt hatte, war durch sie zu dreifacher

Größe angewachsen, und selbst wenn sie nicht genauso für ihn empfand, so hatte sie ... sie hatte ihn gemocht. Irgendwann.

Er würde jetzt nicht mehr vorsichtig sein und schweigen. Das hatten sie in den letzten endlosen Monaten genug getan. Er trat noch näher und hob flehend die Hände. »Wie schon gesagt. Nichts, was ich nicht bereit war, dir zurückzugeben.«

Sie machte große Augen. Ihr ganzer Körper erstarrte, und er spürte eine unendliche Sehnsucht in sich. Wenn er sie doch nur berühren, den Abstand zwischen ihnen überwinden könnte. Zwischen ihnen war etwas. Das hatte sie zugegeben. Etwas, das es wert war, gerettet zu werden, wenn sie ihn nur ließ.

In einer der unteren Etagen wurde quietschend eine Tür geöffnet und zugeschlagen. Gedämpfte Schritte und das Klimpern von Schlüsseln hallten durchs Treppenhaus und rissen Rylan aus seiner Trance.

Sie befanden sich hier an einem öffentlichen Ort. Es konnte jederzeit jemand vorbeikommen. Wahrscheinlich hatten die Leute in den umliegenden Wohnungen alles mit angehört.

Er schüttelte den Kopf und beugte sich das letzte Stück vor. Als er die Hand um ihren Arm legte, durchfuhr ihn ein Stromschlag, die Wärme der Berührung tröstete ihn, auch wenn sie Kate nur noch mehr aufzubringen schien. Er strich mit dem Daumen über ihr Handgelenk und spürte, wie sie unter ihrer Kleidung bebte. Er suchte ihren Blick, hielt ihn fest und senkte die Stimme. Das musste niemand anders hören.

»Bevor du gegangen bist, hast du gesagt ... Du hast

gesagt, ich müsse eine Menge Dinge für mich klären, und das habe ich versucht. Ich habe mich verdammt bemüht.« Er schluckte, sein Hals war trocken, und er zog ihre Hand an seine Brust, schob sie unter seine Krawatte und drückte sie flach auf die Muskeln darunter. Wo er noch das Gewicht des nicht mehr vorhandenen Rings seines Vaters spürte.

Verstand sie ihn? Er war jetzt freier. Er lief nicht mehr weg, nicht vor sich selbst oder vor der Möglichkeit, erkannt zu werden. Und er würde nie mehr vor ihr verheimlichen, wer er war.

»Es gibt vieles, woran ich noch arbeite«, sagte er, »aber es gibt zwei Dinge, die ich ganz sicher weiß. Ich bin jetzt ein besserer Mensch. Und das bin ich durch dich geworden.«

»Rylan ...« Ihr Blick glitt zu seiner Brust. Zu seinem Herzen unter ihrer Hand.

»Es tut mir leid. Alles. Aber bitte.« Er war sich nicht zu schade, sie anzuflehen. Mit einem bedeutungsvollen Blick auf die umliegenden Türen bat er: »Bitte, lass mich mit reinkommen. Und rede mit mir.«

Sie schloss die Augen und schüttelte sanft den Kopf, woraufhin ihm der Magen in die Kniekehlen rutschte. Doch sie wich nicht zurück. »Hast du eigentlich eine Ahnung, wie wütend ich auf dich bin?«

»Ich glaube, allmählich schon, ja.«

Sie krallte die Finger in den Stoff seines Hemds, und es war so falsch, so unangemessen, aber selbst während er auf sein Todesurteil wartete, überlief ihn ein Schauer. Seine Lust, die in den letzten Monaten quasi nicht mehr vorhanden gewesen war, meldete sich zurück.

Als sie den Blick wieder zu seinen Augen hob, lag darin eine neue Unsicherheit. Daran war er schuld, und er wollte den Rest seines Lebens daran arbeiten, sie ihr wieder zu nehmen.

»Wenn ich dich reinlasse, heißt das nicht, dass ich nicht immer noch sauer bin.«

Ihm schwindelte vor Erleichterung. Es fühlte sich an, als würde er zum ersten Mal durchatmen, seit er sie hatte gehen lassen.

»Damit kann ich leben.«

»Das weiß ich«, brummte sie.

Und plötzlich begriff er, dass er vielleicht, nur vielleicht, eine Chance hatte.

Sie löste die Hand von seiner Brust und wandte sich zu ihrer Wohnungstür. An der Stelle, wo sie ihn berührt hatte, blieb eine kalte Leere zurück, und seine Augen brannten, als ihr Gesicht, während sie die Tür öffnete, aus seinem Blickfeld verschwand. Doch all das spielte keine Rolle, weil sie eine Sekunde später die Tür für ihn aufhielt, anstatt sie ihm vor der Nase zuzuschlagen.

Sie drehte sich zu ihm um und fragte: »Und? Kommst du nun rein oder nicht?«

Seit zwei Jahren wohnte Kate jetzt in diesem schuhschachtelgroßen Appartement, und noch nie hatte es sich derart klein angefühlt.

Mechanisch öffnete sie die Knöpfe ihrer Jacke und ließ die Schlüssel in die Schale auf dem kleinen Tisch neben der Tür fallen – den sie buchstäblich am Straßenrand gefunden hatte. Die ganze Zeit über klebte ihr Blick an Rylan.

In ihrer gemeinsamen Zeit in Paris hatte sie ihn immer nur lässig gekleidet gesehen, doch der Anzug stand ihm verdammt gut. Teuer und perfekt geschnitten, ließ er ihn noch größer wirken, als sie ihn in Erinnerung hatte, noch attraktiver. Ihre Augen brannten.

Sie wollte dem Zittern in ihren Händen und Knien nachgeben. Zu ihm laufen, ihn küssen und ihn bitten, sie hart zu nehmen, auf ihrem Bett oder auf dem Fußboden oder an der Wand. Es nicht zu tun erforderte all ihre Beherrschung.

Doch genauso gern hätte sie ihn geohrfeigt.

Es war, als würde er die Luft aus dem Raum saugen und keine für sie übrig lassen. Ihre Lungen verengten sich. Er nahm so viel Platz ein. Sie hatte ihm erlaubt einzutreten, und schon nahm er die Wohnung auf dieselbe Weise in Besitz, wie er sich in ihre Zeit in Paris gedrängt hatte und anschließend in ihre Gedanken und in ihr Leben.

Doch wie konnte er es wagen? Drei lange Monate, nachdem sie ihn entlarvt hatte, nachdem sie den schwersten Schritt ihres Lebens getan und ihn verlassen hatte. Nachdem sie die ganze Zeit daran gearbeitet hatte, über ihn hinwegzukommen – und mit Erfolg. Sie war so weit gewesen.

Jetzt würde sie wieder ganz von vorn anfangen müssen.

Was zum Teufel machte er überhaupt hier? Was machte *sie* hier?

Sie schob diese Gedanken fort, stellte ihre Tasche ab und hängte ihre Jacke auf. Sie gestattete sich nicht, sich noch einmal zu ihm umzudrehen, als sie sich in die kleine vollgestellte Küche begab. »Alles, was du zu sagen hast, kann warten, bis ich etwas gegessen habe.«

»Willst du irgend wohingehen? Ich kenne mich in der Gegend nicht gut aus, aber …«

»Nein.« Wenn ihr heute Morgen jemand erzählt hätte, dass sie nicht nur eine, sondern gleich zwei Einladungen zum Abendessen ausschlagen würde, hätte sie sich vor Lachen ausgeschüttet. Aber wenn Rylan extra zu ihr gekommen war, zu ihr nach Hause, musste er auch mit ihrem Essen leben. Ihrem schrecklichen Essen.

Sie öffnete einen Schrank und musterte den Inhalt, bevor sie seuzend eine Packung Asia-Nudelsuppe herausnahm.

»Hast du Hunger?«, fragte sie. Es würde zu Lasten ihrer Haushaltskasse gehen, aber sie war sich ziemlich sicher, dass sie die siebzehn Cent für einen Gast aufbringen konnte.

»Ich könnte etwas vertragen.«

Natürlich konnte er. Sie nahm eine zweite Packung heraus und schloss den Schrank. »Hoffentlich magst du Ramen.«

»Habe ich noch nie gegessen.«

Sie stützte sich so fest auf dem Tresen ab, dass es wehtat. Nachdem sie ein paarmal langsam und gleichmäßig geatmet hatte, löste sie die Hände und drehte sich zu ihm um.

Da war er. Rylan, der Mann, der ihr in diesem Sommer das Herz gestohlen und in Stücke gerissen hatte. Da stand er, mit dem Rücken zu ihr, in diesem perfekt geschnittenen, teuren Anzug, mit seinem perfekten Haar und wusste noch nicht einmal, was Ramen war. Und er befand sich in ihrer Wohnung und betrachtete ihre Sachen. Ihr *Leben.*

Einen Moment lang verschwamm ihr Blick, und ihre Sicht änderte sich. Sie hatte sich so sehr bemüht, aus ihrer Wohnung mit beschränkten Mitteln und wenig Zeit ein

Heim zu machen. Taubengraue Wände, damit der überfüllte Raum gemütlich wirkte, Kunst ihrer Freunde sowie eine bunte Mischung von Dingen, nach denen sie auf Flohmärkten und im Ausverkauf überall in der Stadt gesucht hatte, um dem Zimmer Charakter zu verleihen.

Und alles sah so billig aus.

Wenn sie gewusst hätte, dass er kam, hätte sie wenigstens ein bisschen aufgeräumt. Auf ihrer Staffelei in der Ecke stand ein weiteres missglücktes Gemälde, und auf dem Boden an der Wand lehnten schlechte Zeichnungen. Jede ebene Fläche war von Papieren, Büchern oder Kunstutensilien belegt, und aus dem Wäschekorb quollen ihre farbverschmierten Klamotten hervor. Noch schlimmer: Obenauf lagen die nach Bratfett stinkenden Klamotten aus dem Diner.

Und sie selbst sah erst recht schrecklich aus. An ihren Ärmeln klebte Farbe und wahrscheinlich auch in ihrem Gesicht. Ihr Haar war vom Wind zerzaust. Dieser Mann hatte ihr glaubwürdig versichert, dass sie schön sein konnte, aber wenn er sie so sah und er selbst so schick war …

Sie hielt den Atem an, ein erstickter Laut stahl sich aus ihrer Kehle.

Verflucht, warum musste er ihr auch auflauern? Warum musste er sich in ihre Wohnung schleichen und sie dazu bringen, ihn wieder zu begehren.

»Kate?« Er drehte sich um und blickte ihr in die Augen, und sie konnte seinem Blick nicht standhalten. Nicht eine Sekunde.

Ihre zugeschnürte Kehle drohte sie zu ersticken. »Könntest du kurz ins Bad gehen?«

»Wie bitte?«

Wie sollte sie ihm das erklären? »Ich brauche nur …« Er

musste irgendwo hingehen, damit sie Ordnung machen konnte. Die Kontrolle wiedererlangen. Sie musste *nachdenken.*

Er sah sie skeptisch an und kniff die Augen zusammen. Doch offenbar spürte er, wie aufgelöst sie war. »In Ordnung.« Er legte ihr Zeichenheft ab, und dass er es immer noch besaß – ob er es nun gestohlen oder gefunden hatte –, war ein weiterer Skandal, der ihre angespannten Nerven endgültig zu zerreißen drohte.

Sie zeigte auf die rechte Tür. Es gab nur zwei, eine zu einem winzigen Kleiderschrank und eine zu einem noch kleineren Bad – er konnte es nicht verfehlen. Rylan schlüpfte hinein, verharrte jedoch noch einen Moment im Türrahmen und betrachtete sie, als wüsste er ganz genau, mit welcher Zeitbombe er es zu tun hatte.

Sie wartete, bis sich die Tür geschlossen hatte und die Lüftung anging, dann vergrub sie den Kopf in ihren Händen und drehte sich um. Sie ließ sich mit dem Rücken am Küchenschrank hinuntergleiten, bis sie auf dem Boden landete.

Bis sie nicht mehr weiter sinken konnte.

Okay. So hatte Rylan sich das nicht vorgestellt.

Obwohl sofortige Vergebung, gefolgt von begeistertem Versöhnungssex, sein heimlicher Favorit gewesen war, hatte er die Möglichkeit nicht ausgeschlossen, dass das Wiedersehen auch mit Schreien, Türenschlagen und der Aufforderung, sich zu verpissen, enden konnte. Er hatte sich auch ein paar mögliche Szenarios dazwischen vorgestellt.

Damit, dass er auf dem Rand ihrer Badewanne sitzen und den Inhalt ihres Badezimmers mustern würde, hatte er allerdings nicht gerechnet.

Wie lange sollte er hier warten?

Das Brummen der Lüftung dämpfte sicherlich mögliche Geräusche von nebenan, doch er hörte so gut wie gar nichts von dort. Er strengte sich an, spitzte die Ohren und ballte die Hand zur Faust. Sie war doch nicht etwa gegangen? Wenn sie sich nicht mit ihm abgeben wollte, wäre es logischer gewesen, sie hätte ihn rausgeschmissen, statt ihn zu bitten, sich in ihr Bad zu setzen, und sich dann davonzumachen.

Sein Herz zog sich zusammen. Er versuchte, sich keine allzu großen Hoffnungen zu machen, aber er hatte so lange auf dieses Wiedersehen gewartet. Wenn er sie doch nur dazu bringen konnte, mit ihm zu reden. Ihm eine Chance zu geben.

Schließlich hielt er es nicht mehr länger aus. Er blickte auf seine Armbanduhr – mittlerweile hockte er schon ganze zehn Minuten hier drinnen. Da der Akku seines Smartphones lange leer und seine Geduld ebenso am Ende war, richtete er sich auf. Er überprüfte sein Spiegelbild. Dann holte er tief Luft und öffnete die Tür einen Spalt breit.

»Kate?« Was genau sollte er sagen? *Darf ich jetzt wieder rauskommen?* Er verdrehte die Augen. »Bist du noch da?«

»In der Küche«, rief sie. Allein ihre Stimme zu hören hätte ihn nicht so erleichtern dürfen.

Er stieß die Tür etwas weiter auf und versuchte, durch den Spalt zu spähen. »Nicht, dass mir die Einrichtung hier drinnen nicht gefiele, aber …«

Das Scheppern von Metall auf Metall war zu hören, gefolgt von einem Seufzen. Sie grummelte etwas vor sich hin, was er nicht verstand, und sagte dann lauter: »Komm schon raus.«

Er steckte zuerst den Kopf hinaus und sah sich im Zimmer um. Von seinem Platz aus konnte er nicht in die Küche sehen, was ein Wunder war. Er hatte in Häusern gewohnt, in denen die Kleiderschränke größer gewesen waren als die gesamte Wohnung.

Und trotzdem gefiel ihm ihr Appartement besser als jedes dieser Häuser. Nicht irgendein Designer hatte Kates Zuhause für sie eingerichtet. Hier gab es kein Feng-Shui. Nur Kunst. Nur *Leben,* an dem es in den Villen, die man zuvor als sein Zuhause bezeichnet hatte, mangelte.

Während er sich weiter umblickte, runzelte er die Stirn. Es war kaum zu merken, aber während seiner Verbannung ins Bad hatte sich etwas verändert. Es war ordentlicher geworden. Er hob einen Mundwinkel und war im Begriff, ihr zu sagen, dass sie für ihn wirklich nicht ihre Unterwäsche vom Boden hätte aufheben müssen, doch dann hielt er inne. Das war nicht das Einzige, was sie weggeräumt hatte.

Alle Gemälde, all ihre Kunst war verschwunden. Nicht vollkommen verschwunden, dafür war hier nicht annähernd genügend Platz, aber Kate hatte das Bild auf der Staffelei – war es eine Brücke gewesen? – hinter die Kommode geschoben; nur der Rand lugte noch hervor. Die Bilder, die an der Wand aufgereiht gewesen waren, hatte sie umgedreht. Nachdenklich betrachtete Rylan die leeren Rückseiten der Leinwände.

Am zweiten Tag ihrer Begegnung hatte er sie dazu gebracht, ihm ihr Zeichenheft zu zeigen. Nur die letzten Bilder, ja, aber sie hatte kaum gezögert, ihm auf diese Weise

Zugang zu ihrer Seele zu gewähren. Er hatte ihre Kunst mit dem Respekt behandelt, den sie verdiente, hatte sich ihre Arbeit genau angesehen, bevor er ein Urteil gefällt oder eine Bemerkung gemacht hatte, und beim nächsten Mal hatte sie ihm noch mehr gezeigt. Sie hatte ihm gestattet, sich die Zeichnungen aus monate-, vielleicht sogar jahrelanger Arbeit anzusehen.

Sie hatte ihm gezeigt, wie sie ihn mit ihren Augen sah, hatte seine Leere mit ihrer zarten Hand gefüllt, während sie ihn betrachtet und auf Papier festgehalten hatte.

Jetzt durfte er nichts von ihren Arbeiten sehen.

Er biss die Zähne zusammen, um den Schmerz zu unterdrücken, den er darüber empfand. Er hatte so viel verloren, als sie aus der Tür gegangen war. Mehr, als ihm damals klar gewesen war.

Verdammt, er hoffte, sie würde ihm eine Chance geben, es zurückzubekommen.

Er straffte die Schultern und drehte sich zur Küche um. Falls sie ihn beobachtet hatte, dann hielt sie den Blick jetzt wieder auf den Topf gerichtet, der auf dem Herd blubberte, und würdigte ihn keines Blickes.

»Das Essen ist fast fertig.«

Er schluckte ein paarmal. Das war seine geringste Sorge. »Klingt gut.«

Sie schnaubte. »Ist es nicht, glaub mir.«

»In Ordnung ...«

Kopfschüttelnd stellte sie den Herd aus und trat zur Seite. Sie nahm einen Becher von dem Abtropfgestell neben der Spüle und kramte in einem Schrank, bis sie mit einem weiteren, größeren in einer anderen Farbe wieder auftauchte. Sie streute etwas aus diversen kleinen, in

Folie verpackten Päckchen in die Becher und rührte um, dann kippte sie kurzerhand das, was auch immer sie auf dem Herd gebraut hatte, dazu. Sie zog eine Schublade auf, holte zwei unterschiedliche Löffel heraus und steckte einen in jeden Becher. »Bitte.« Sie deutete auf die Suppe, als wollte sie sagen: *Leg los.*

Er musste zugeben, er war neugierig.

Als er vortrat, erwartete er, dass sie zurückweichen würde, und seine Haut kribbelte, als sie keinen Zentimeter zur Seite wich. So nah waren sie sich nicht gewesen, seit sie ihn in ihre Wohnung gelassen hatte, fast so nah wie vorhin, als er ihr Handgelenk gefasst hatte. Nur, dass sie ihn diesmal nicht wütend anstarrte und ihn nicht anherrschte. Er sah seine Chance gekommen. Ganz langsam legte er seine Hand auf ihre Taille. Ihr Atem stockte, und sein Herz hämmerte, und vielleicht war doch noch nicht alles verloren. Einen Moment lang atmete er ihren Duft ein – noch nasse Farbe, in die sich Rose und Vanille aus ihrem Haar mischten.

Fast hätte er sich vorgebeugt. Fast hätte er sich den Kuss genommen, nach dem er sich in den letzten drei Monaten so sehr gesehnt hatte. Doch obwohl ihr Körper einladend wirkte, lag in ihren Augen Angst, und ihr Mund bildete eine schmale Linie.

Er tadelte sich für seine Reaktion und ermahnte sich: Bei diesem Mädchen musst du dir Zeit lassen, sie ist es wert.

Ohne ihren Blick loszulassen, griff er mit seiner freien Hand hinter sie und nach dem Becher, der ihm am nächsten stand. Erst als er ihn fest in der Hand hielt, nahm er die andere Hand von ihrer Taille.

Sie starrte ihn mit verhangenem Blick an, als er zurücktrat. Jeder Zentimeter, den er sich von ihr entfernte, schmerzte, doch er übte sich in Geduld. Er konnte warten.

In ihrer Küche gab es keinen Tisch und auch keinen Stuhl, auf den man sich setzen konnte, darum wandte er sich zum anderen Zimmer um. Hier sah es nicht viel besser aus. Der einzige Stuhl, den sie zu besitzen schien, hatte Rollen und stand vor einem kleinen weiß gestrichenen Schreibtisch, der in die Ecke neben ihre Staffelei gequetscht war. Wenn er sich dorthin setzte, wäre sie Welten von ihm entfernt.

Es war ein überschaubares Risiko. Doch nachdem er einen Moment nachgedacht hatte, ging er durch das Zimmer zu ihrem Bett. Es war ein schmales Bett, gerade groß genug für zwei – nicht, dass ihn das gestört hätte. Wenn sie ihn jemals zu sich in dieses Bett ließe, würde er sie nie mehr loslassen. Er würde ganz dicht an sie geschmiegt schlafen müssen ... Etwas Besseres konnte er sich nicht vorstellen.

Rylan warf Kate über seine Schulter einen Blick zu, bevor er sich auf dem Rand ihrer Matratze niederließ.

Sie gab kaum nach, aber das war egal. Weiche, verwaschene, violette Laken glitten unter seiner Hand hinweg, als er über den Stoff strich. Vielleicht würde sie sich hier zu ihm setzen. Neben ihn.

Doch stattdessen blieb sie im Türrahmen stehen und hielt ihren Becher derart fest umklammert, dass sich ihre Knöchel weiß färbten.

Zum ersten Mal richtete er seine Aufmerksamkeit auf seinen eigenen Becher, und er musste sich beherrschen, nicht das Gesicht zu verziehen. Der Inhalt war ... nun ja, braun. Ein Knäuel aus gewellten Nudeln schwamm in einer trüben Brühe. Er stieß mit seinem Löffel hinein und hob eine Braue. Auf der anderen Seite des Zimmers führte Kate einen vollen Löffel zu ihrem Mund und pustete, wobei sie die rosigen Lippen spitzte, und einen Moment lang verlor er sich in diesem Anblick.

Sie bedeutete ihm, ebenfalls etwas zu essen. Er sammelte sich und betrachtete wieder seinen Becher. Ihr Blick lastete auf ihm, als er ein paar Nudeln nahm. Bei der Aussicht auf den bevorstehenden Geschmack überlief ihn eine Gänsehaut.

Schulterzuckend nahm er einen Löffel.

Das hier war kein Test. Kate hätte Stein und Bein darauf geschworen. Sie hatte einfach wirklich nichts anderes im Haus, was sie ihm hätte anbieten können.

Dennoch hielt sie den Atem an, als er den Mund um den Löffel schloss.

An ihrem letzten gemeinsamen Tag in Paris hatte er so vieles gesagt. Sie war blind vor Wut gewesen über seinen Verrat, hatte ihre Sachen in den Koffer gestopft und durch den Tränenschleier kaum etwas gesehen. Und er hatte geredet. Hatte gesagt, dass er es bereue und dass er sie nur angelogen habe, weil er sie so sehr begehrt habe.

Dass er habe normal sein wollen. Dass er sich nach diesem kleinen Stück Normalität dort in diesem Zimmer mit ihr gesehnt habe. Und sie hatte sich kaum zu ihm umgedreht.

Das Problem war, dass er noch nicht einmal wusste, was normal war. Egal, wie sehr seine Anwesenheit sie aufwühlte, egal, wie hin- und hergerissen zwischen Euphorie und Wut und jedem anderen Gefühl dazwischen sie war – wenn er nicht mit billigen, schrecklichen Nudeln umgehen konnte –, wenn er sie nicht hinunterbekam, ohne sie zu belügen ... dann waren sie verloren.

Er zog den Löffel zwischen seinen weichen Lippen hervor, die sie nur allzu gern geküsst hätte, seine Schultern verspannten sich, seine Miene erstarrte. Er brauchte unendlich lange, um zu schlucken.

»Und?«, fragte sie.

Sie sah an seinem Adamsapfel, dass er es endlich geschafft hatte. »Na ja ...«

»Lüg nicht.« Es sollte locker, sogar neckend klingen. Aber es stand eine zu bedeutsame Geschichte zwischen ihnen. Die Bemerkung war zu belastet. Ihr Hals fühlte sich rau an.

Sein Blick zuckte zu ihr, und ein dunkler, scharfer Ausdruck lag in seinen Augen.

Natürlich wusste er, dass dies ein Test war.

Ganz langsam streckte er den Arm aus und stellte den Becher auf dem Nachttisch ab. Sie starrte auf den leuchtend roten Griff, es war ein albernes Werbegeschenk, das sie beim Studentenwerk als Gegenleistung für irgendeine Unterschrift erhalten hatte, und sie servierte darin einem Milliardenerben Asianudeln. Ihre Augen kribbelten.

Und dann war er plötzlich bei ihr, seine warmen Hände umschlossen ihre, und sie hatte fast vergessen, wie gut es sich anfühlte, von ihm berührt zu werden. Von diesem Mann, der jede Frau haben konnte, die er wollte – und wahrscheinlich auch gehabt hatte ...

Nicht, rief eine Stimme in ihrem Kopf. *Vertrau ihm nicht, lass ihn nicht an dich heran, lass nicht zu, dass er dich noch einmal berührt.* Doch ihr Körper gehorchte ihr nicht.

Vorsichtig löste er ihre Finger und nahm ihr sanft den Becher ab. Als er sich umdrehte, um ihn auf den Tresen hinter ihr zu stellen, kam er ihr noch näher. Sie fühlte sich so spröde und rissig, als könnte sie jeden Augenblick zerbröseln, doch seine Wärme, die Nähe seines Körpers ließen die Risse und Kanten schmelzen. Mit seiner Wärme band er sie beide mit dem vagen, unmöglichen Versprechen aneinander, dass er sie, Kate, wieder ganz machen konnte.

Er nahm ihr Gesicht in seine Hände und neigte ihren Kopf nach hinten, bis ihr keine andere Wahl blieb, als ihn anzusehen. Sie blickte in seine unglaublich blauen Augen. Sie liebte diesen Mann so sehr. Eine perfekte Woche lang hatte sie ihn geliebt.

Aber sie konnte ihm nicht vertrauen.

»Es tut mir leid«, sagte er. »Es tut mir so leid. Alles, womit ich dich verletzt habe.«

Sie schüttelte den Kopf in seinen Händen, und ihr Blick verschwamm. War es nicht genau das, was sie von ihm hatte hören wollen? Was sie von all den Männern in ihrem Leben hatte hören wollen, die sie verletzt hatten?

Er sah sie durchdringend an. »Wenn du nicht willst, dass ich dich belüge, wie versalzen und widerlich diese Suppe ist, dann tue ich das nicht. Ich verspreche dir, ich werde dich nie wieder anlügen. Nicht bei etwas, das wichtig ist, und auch nicht, was deine Kochkünste angeht, wenn du das willst.«

Ein schnaubendes Lachen löste sich aus ihrer zugeschnürten Kehle. »Ich würde das kaum als Kochen bezeichnen.«

Er ließ nicht zu, dass sie das Thema wechselte oder auswich. »Egal, wie du es nennst. Ich werde dich nicht belügen.«

Sie blickte wieder in seine Augen. »Dann hättest du mir also die Wahrheit gesagt?« Denn das war das Problem. Als sie ihn in Paris wegen seiner ganzen Halbwahrheiten zur Rede gestellt hatte, hatte er geschworen, er habe sie niemals angelogen, nicht richtig, und vielleicht stimmte das ja sogar. Aber er hatte geschwiegen und war ihren Fragen ausgewichen. »Oder hättest du einfach nichts gesagt? Hättest mich glauben lassen, was ich wollte?«

Er strich mit den Daumen über ihre Wangen. »Wir reden hier nicht über deine Suppe.«

»Nein. Wohl kaum.«

Seufzend und unendlich traurig nahm er eine Hand fort und stützte sich damit hinter ihr an der Wand ab. »Dann sprich mit mir über etwas anderes als über die Suppe.«

Als hätte man einer Marionette die Fäden durchgeschnitten, sackte sie in sich zusammen und ließ sich rücklings gegen die Wand sinken. Es wäre so einfach, den Kopf an seine Schulter zu lehnen, sich dort einen Moment auszuruhen. Er war bereit, ihr jeglichen Trost zu spenden, nach dem sie sich sehnte, aber das würde nichts heilen. Dass er hier auftauchte, ihr Versprechungen machte, die sie bislang keinen Anlass hatte zu glauben – das alles löste nichts.

»Rylan.« Sie legte die Hand auf seine und zog sie sanft von ihrer Wange. »Was machst du hier? Im Ernst.«

»Das habe ich dir doch gesagt. Ich bin deinetwegen hier.«

»Aber warum?« Das hier hatte nichts mit der Unsicherheit von ihrem ersten gemeinsamen Abend zu tun, als sie unter dem Pariser Himmel Crêpes gegessen hatten. Sie hatte ihn in gewisser Weise in der Hand, das war nicht mehr zu leugnen. Aber: »Warum hier? Warum jetzt?«

Er drehte seine Hand in ihrer und verschränkte seine Finger mit ihren. Wie leicht es war, das zuzulassen. Sie drückte seine Hand und hielt sie fest. Denn das war wichtig.

Als er wieder sprach, klang seine Stimme tiefer, und sein Adamsapfel hüpfte. »Es ist merkwürdig, weißt du. Bevor ich dir begegnet bin, war ich ein Jahr in Paris, und die ganze Zeit über war ich nie einsam. Ich war zu wütend, zu ...« Er verstummte und stieß ein raues Lachen aus. »Ich fühlte mich verraten. Ich war dorthin vor dem Shitstorm geflohen, den mein Vater uns hinterlassen hatte, und ich konnte nichts anderes sehen als das. Nicht einmal, wie unglücklich ich war. Ich wusste, dass mein Leben leer war, aber ... es kam mir so fast besser vor.«

Und das hatte sie gesehen. Sie hatte es die ganze Zeit über aus dem Augenwinkel bemerkt, die gesamte Zeit, die sie miteinander verbracht hatten, war davon überschattet gewesen. Er hatte eine Ruhelosigkeit ausgestrahlt, eine Unzufriedenheit, die er niemals zugegeben hätte, die sie jedoch gespürt hatte. Warum stürzte sich ein Mann wie er sonst derart in etwas hinein, wie er es getan hatte? Warum sollte jemand wie er für eine ganze Woche seine Pläne umwerfen, und wofür? Für ein Mädchen?

Sie wollte sich nicht kleinmachen, aber das ergab keinen Sinn.

»Das erklärt immer noch nicht ...«, hob sie an.

»Und dann bist du in mein Leben getreten, und du warst alles andere als leer. Du warst so vom Leben und von deiner Kunst erfüllt, und du hast zugelassen, dass ich dich berühre ...« Seine Stimme verhallte, sein Blick wanderte zur Mitte ihres Körpers und hinterließ dort eine warme Spur. »Und zum ersten Mal seit einer Ewigkeit habe ich mich nicht leer gefühlt.«

»Also hast du gelogen.«

»Also habe ich dir Details meines Lebens verschwiegen. Weil ich für diesen Moment, für diese wenigen Tage, in deinem Leben leben wollte. Als mir klar wurde, wie sehr ich dich brauche – dass ich dir die Wahrheit sagen musste ... war es zu spät.« Er verzog den Mund zu einem gequälten Lächeln. »Ich dachte, ich würde das Richtige tun. Ich hatte es schon versaut, es gab keine Möglichkeit, dich zu halten, aber ich konnte nicht – ich konnte es einfach nicht. Wollte nicht noch so ein Kerl sein, der dir wehtut.«

Ihre Augen füllten sich mit Tränen. Doch sie würde vor ihm nicht ihre Fassung verlieren. »Dir ist die Ironie deiner Bemerkung schon bewusst, oder?«

»Ich bereue nichts so sehr wie den Umstand, dass ich dich verletzt habe.«

»Aber das hast du.« Sie musste den Worten kein Schimpfwort folgen lassen. Sie wirkten auch so – wahr und schrecklich. »Du hast mir das Herz gebrochen. Weil ich gedacht habe, du wärst anders. Du hast mir nur diese kleinen Stücke von dir gezeigt ...«

»Ich habe dir mehr gezeigt als je einem anderen Menschen zuvor.«

Ihr schwindelte, weil er das tatsächlich glaubte. So, wie er sie ansah, mit diesem festen Blick, musste er es glauben.

»Ich weiß, dass ich dir mehr gezeigt habe, weil es mehr war, als ich mir selbst eingestanden habe.« Er nahm ihre Hand in seine beiden Hände. »Nachdem du weg warst, musste ich dem ins Auge blicken. Ich konnte mir nichts mehr vormachen. Ich habe es versucht. Ich habe mich so sehr bemüht. Aber nichts war mehr wie vorher.«

»Und was dann? Hast du diese letzten Monate ohne mich einfach verschwendet?«

Er zuckte die Schultern, doch es wirkte alles andere als lässig. »Im Grund schon.«

Sie konnte seinen intensiven Blick nicht länger ertragen. Plötzlich bekam sie keine Luft mehr, sie drehte sich um, zog ihre Hand weg und wand sich unter seinem Arm hindurch.

»Ich bin doch bloß irgendein Mädchen«, beharrte sie und wich zurück. Sie entfernte sich nur ein Stück von ihm, aber es fühlte sich an, als lägen Welten zwischen ihnen.

»Nein.« Seine Stimme brach. »Verstehst du denn nicht? Du bist *das* Mädchen. Du bist die Frau, die mir die Augen geöffnet hat. Vor dir, Kate, habe ich ...« Er drehte sich um und nahm ihren Platz mit dem Rücken zur Wand ein. Es wirkte, als wäre es das Einzige, was ihn aufrecht hielt. »Ich bin davongelaufen. Ich habe niemanden an mich herangelassen. Und das hast du durchbrochen.« Er hob den Kopf. »Vor zwei Tagen habe ich den Ring meines Vaters abgelegt.«

Ein Schauder überlief ihren Rücken. Richtig. Er hatte ihre Hand auf seine Brust gepresst, bis sie gespürt hatte, dass die Kette fehlte.

»Ich bin hergekommen. Nach New York, zu einer Vorstandssitzung, um die Firma meines Vaters zu retten, weil ich es leid bin, so zu tun, als hätte ich keine Wahl. *Du* hast mich dazu gebracht, dass ich mein Leben wieder in die Hand nehmen will. Etwas Gutes daraus machen will.« Seine Augen strahlten. »Ich bin es satt, in dem Schatten meines Vaters zu leben. Ich *will* hier sein. Ich *will* die Dinge mit meiner Familie in Ordnung bringen. Und mit dir.«

Ihre Lippe bebte. »Aber was, wenn du das nicht kannst?«

»Ich würde mein Leben dafür geben.«

Sie lachte, aber es kam mit einem Schluchzen heraus. »Ein bisschen melodramatisch, findest du nicht?«

»Kaum.« Er befeuchtete seine Lippen. »Kate ...« Er verstummte, die Hände an seinem Körper zuckten, als wollte er sie wieder berühren. Reflexartig wich sie einen Schritt zurück. Dann noch einen.

Ihre Wohnung war ein solcher Schuhkarton, nur noch wenige Schritte, und sie würde mit den Kniekehlen gegen das Bett stoßen und rücklings daraufplumpsen.

»Das ist verrückt.« Endlich schaffte sie es, den Gedanken über ihre Lippen zu bringen. »Du kennst mich doch kaum, und du hast mir kaum etwas von dir gezeigt. Wir hatten nur ... wie viel? Eine Woche zusammen?«

»Wir hätten sieben Nächte miteinander gehabt.«

»Aber so weit sind wir nicht gekommen.« Wie konnten sie darauf hoffen, es weiter zu schaffen? »Und jetzt willst du meinetwegen dein ganzes Leben umkrempeln? Das ist zu viel.«

»Ich bin noch zu viel mehr bereit. Das ist nur ein Anfang.« Mit rauer Stimme sagte er: »Was wir hatten, hat vielleicht nicht lange gedauert, aber es hat mich verändert. Und ich glaube, dich auch.«

Das stimmte. In vielerlei Hinsicht.

»Als du mich an dich herangelassen hast, als du mich in dich hineingelassen hast, hat das etwas bedeutet.« Seine Worte trieben heiße Lust in ihre Mitte. Doch der Sex war nicht das Problem. Bevor sie den Mund öffnen konnte, um zu protestieren, schluckte er schwer, seine Augen verdunkelten sich. »Ich muss immer noch die ganze Zeit daran denken. Wie süß du geschmeckt hast, wie es sich angefühlt hat, dich zu berühren ...«

»Nicht.« Sie hob die Hand, als könnte ihn das aufhalten. Sie bebte innerlich. Gott, es waren lange drei Monate gewesen, in denen nichts sie befriedigt hatte. Er entfachte ein Feuer in ihr, und sie konnte es nicht löschen. Sie konnte es nur brennen lassen. Drei Worte von ihm, und die Glut drohte sie zu verschlingen.

»Ich habe noch das Spielzeug, das wir gekauft haben. Wie gern würde ich dich damit noch einmal verwöhnen. Dich immer wieder kommen lassen ...«

Die Welle des Verlangens, die über sie hinwegspülte und sie umzuwerfen drohte, traf sie wie ein Schlag. Sie schüttelte den Kopf und presste die Schenkel aneinander.

»Da war etwas zwischen uns. Etwas, das ich noch nie zuvor erlebt habe, und ich war ein Narr, dass ich dich kampflos habe gehen lassen. Das werde ich auf keinen Fall noch einmal zulassen. Ist es nicht zumindest einen Versuch wert? Ich bitte dich doch nur um einen Versuch. Lass mich dich zurückgewinnen, mir dein Vertrauen verdienen.«

Und plötzlich geriet alles in ihr durcheinander. Die Wut, die Verletzung und der Verrat mischten sich mit ihrer Liebe zu ihm, mit ihrem Verlangen, das sie noch immer nach ihm hatte. Und mit der Unsicherheit, dass sie nicht wusste, ob sie ihm je wieder vertrauen konnte. »Ich kenne dich nicht!«

Sie dachte, sie würde ihn kennen, doch er hatte sich jedes Mal vor ihr versteckt, und so war alles, was angeblich zwischen ihnen gewesen war, Asche, die bei der leichtesten Brise davonflog. Er war genau wie ihr Vater gewesen, genau wie Aaron, er hatte sich verstellt. Hatte nur darauf gewartet, auf sie loszugehen.

Er war schuld daran, dass sich ihr Herz verschlossen hatte. Dank ihm hatte sie ihre Lektion gelernt, dass es nur zu Verletzungen führte, wenn man sich öffnete.

Sie grub die Fingernägel in ihre Handflächen und blinzelte die Tränen fort.

Wenn sie ihn wieder an sich heranließ und er sie noch einmal verletzte, würde sie sich das niemals verzeihen.

Aber wenn sie ihn hinauswarf. Wenn sie ihm diese Chance verwehrte. Würde sie das nicht eines Tages ebenso bereuen?

Sie schloss die Augen und rang nach Luft. Sie sollte ihn hinauswerfen. Und wenn auch nur für heute Abend. Wieder mit all dem konfrontiert zu werden, nachdem ihre Wunden gerade zu heilen begonnen hatten, wühlte sie zu sehr auf. Sie musste ihr Gleichgewicht wiederfinden – brauchte Zeit zum Nachdenken.

Als sie die Augen wieder öffnete, bemerkte sie jedoch, dass er ihr näher gekommen war. Und als sie sah, dass er vor ihr kniete ... raubte ihr dieser Anblick erneut den Atem.

Er spannte die Kiefermuskeln an, als müsste er seine Kraft beherrschen, sein Verlangen. »Du kennst mich«, stieß er hervor. »Besser als jeder andere Mensch auf dieser Welt. Ich habe dir meine verdammte Seele gezeigt. Ich habe mich von dir zeichnen lassen. Und wenn das nicht genügt ...«

Sie hörte die unterschwellige Botschaft. *Wenn ich nicht genüge ...*

Er schüttelte den Kopf. »Lass mich dir beweisen, dass ich der Mann bin, der ich behauptet habe zu sein. Tief im Inneren. Wenn du willst, zeige ich dir auch den Rest. Das Geld, meine Familie. Alles. Aber das wird nichts ändern. Der Mann, der in Paris mit dir geschlafen hat, war ich.«

Ein fester angespannter Muskel hatte all die Monate in ihr geschmerzt, jetzt gab er dem Druck nach und entspannte sich. »Wie?«, fragte sie.

Er zögerte und blinzelte einen Moment. Dann, als hätte er einen plötzlichen Einfall, hellte sich seine Miene auf. Noch immer auf den Knien rückte er näher und nahm ihre Hände, und bei Gott, sie ließ es zu.

»Sieben Nächte hätten wir in Paris haben sollen.«

»Ja ...«

»Dann gewähre mir sieben weitere hier in New York. Wenn ich dir bis dahin nicht bewiesen habe, dass ich derjenige bin, der ich behaupte zu sein ... wenn du dann immer noch denkst, dass du mir nicht vertrauen kannst ...« Er schob den Kiefer vor und zurück. »Nun, ich kann dir nicht versprechen, dass ich dann still und leise gehe, aber ich werde gehen.«

Sie wusste nicht, ob das die lächerlichste oder die beste Idee war, von der sie je gehört hatte. »Rylan ...«

»Kate. Ich bin ...« Die Worte schienen ihm im Hals stecken zu bleiben, doch er brachte sie dennoch hervor. »Ich flehe dich an. Bitte. Gib mir eine Chance. Ich verspreche dir, unendlich gut zu dir zu sein.« Die Lust schlich sich zurück in seine Stimme und ließ sie dunkler klingen. »Erinnerst du dich daran, wie gut wir beide zusammen waren?«

Das war ja das Problem. Seinetwegen war der Sommer ein Desaster gewesen, aber es hatte auch strahlende Momente gegeben, die sie nie vergessen würde. Als sie neben ihm im Museum gestanden und ihm erzählt hatte, was sie in Cézanne sah, und als er zusammengebrochen war und ihr von seiner Familie erzählt hatte.

Momente, in denen sie unter ihm gelegen hatte, als sein Mund auf ihr gewesen war, als er sie ausgefüllt und ihren Körper vor Lust auf eine Art hatte explodieren lassen, von der sie nichts geahnt hatte.

Es war dumm, dass sie es überhaupt in Erwägung zog, und noch dümmer, dass ein Teil von ihr, der so lange unbefriedigt geblieben war, ihm sofort nachgeben wollte.

Sie sollte unbedingt zuerst darüber nachdenken. Sich einen Tag Zeit nehmen. Sie sollte ganz bestimmt nicht zulassen, dass er Wärme in ihre Hände rieb, seine breiten Fingerspitzen auf die Haut ihrer Handgelenke presste.

Sie sollte nicht ihre Hand in seine schmiegen. Es durfte sich nicht so gut anfühlen.

Als wollte er seinen Standpunkt unterstreichen, senkte er den Kopf und küsste ihre Knöchel. »Bitte.«

Und ganz ehrlich, was waren schon sieben Nächte? So lange konnte sie auf ihr Herz aufpassen und die Lust genießen, die er ihr beigebracht hatte, von einem Mann zu fordern. Und wenn sie sich unweigerlich trennen würden, konnte sie ihn ohne irgendwelche Zweifel ziehen lassen. Dann musste sie nicht mehr auf diesen Moment zurückblicken und sich fragen, *was wäre gewesen, wenn?*

Zitternd sagte sie: »Sieben Nächte.«

»Das ist nicht zu viel verlangt.«

»Einschließlich heute Nacht?« Es war ein weiterer halbherziger Test, denn eigentlich hatte sie keine Lust mehr auf das Gerede. Sie war hungrig, und nicht nur auf das Essen, von dem sie nur die Hälfte gegessen hatte.

Hungrig nach Nähe und nach Berührung, denen sie sich eine Weile hingeben konnte.

»Ich denke, das kommt drauf an.«

»Worauf?«

Sie hielt den Atem an, als seine Hand ihren Arm hinauffuhr, zu ihrer Schulter und ihrem Hals, bevor er sie in der Mitte wieder hinuntergleiten ließ. Er verharrte mit der Hand zwischen ihren Brüsten, und jede Berührung löste einen Funkenflug aus. Sein vorheriges Flehen war verschwunden und einem ruhigen Selbstvertrauen gewichen, das er immer ausgestrahlt hatte, wenn sie so zusammen waren. Wenn er ihr beweisen wollte, dass in ihrem Körper noch so viel verborgen lag.

»Darauf, ob du es zulässt, dass ich dich auf dieses Bett lege oder nicht. Ob du es zulässt, dass ich dich daran erinnere, wie gut wir es zusammen haben können.«

»Sieben Nächte«, sagte sie ein letztes Mal, schon leicht schwindelig.

»Angefangen mit heute.« Seine andere Hand glitt zu ihrem Schenkel und schob sich mit jedem Atemzug ein Stück höher.

Ein Moment verging, dann noch einer. Und vielleicht war sie dumm. Aber das hier nicht mitzunehmen, wäre noch dümmer.

Schließlich hatte er ihr genau das die ganze Zeit über

zu zeigen versucht. Dass sie Lust verdiente. Sie hatte das Recht, sie von ihm anzunehmen.

Sie schluckte ihre Nervosität hinunter, stählte ihr Herz und legte die Hände auf seine. Gab sich der Lust hin, die schon diese simple Berührung in ihr weckte. Der leisen Stimme in ihr, die bereit war, ihnen eine Chance zu geben.

Sie beugte sich vor und ließ die Lippen über seinen schweben. »Dann sollten wir lieber keine Zeit verlieren.«

DANK Mein Dank gilt all jenen Menschen, die mir geholfen haben, dieses Buch zu realisieren. Im Einzelnen danke ich:

Meiner Lektorin, Megha Parekh, die das Potenzial der Geschichte erkannt und mir geholfen hat, es ganz zur Entfaltung zu bringen.

Meiner Agentin, Mandy Hubbard, die sich auf jedem Schritt dieses Weges für mich eingesetzt hat.

Meinen kritischen Mitstreitern: Brighton Walsh, die meine Hand gehalten, das Zimmer mit mir geteilt und meine Grammatik korrigiert hat und die mich immer wieder aus der Reserve gelockt hat. Und Heather McGovern, die mir in schwierigen Zeiten eine Stimme der Vernunft gewesen ist. Sie ist die beste Unterstützung, die frau sich wünschen kann.

Den wunderbaren Blogging Ladies von *Bad Girlz Write,* die meine Arbeit stets gewürdigt und mit Lob und Anerkennung begleitet haben, und den tollen Leuten bei Capital Region Romance Writers of America, die mir mit Rat und Hilfe zur Seite standen.

Und meinem unglaublichen Ehemann, meiner Familie und meinen Freunden, die mich verrücktes Huhn genauso akzeptieren und lieben, wie ich bin.